荊楚文庫

張盛藻集

〔清〕張盛藻 著
周德富 金華 校注

荊楚文庫編纂出版委員會
華中師範大學出版社

荊楚文庫

張盛藻集

ZHANGSHENGZAO JI

圖書在版編目(CIP)數據

張盛藻集 /〔清〕張盛藻 著；周德富　金華 校注
—武漢：華中師範大學出版社，2017.12
ISBN 978-7-5622-8054-5

Ⅰ．①張…
Ⅱ．①張…　②周…　③金…
Ⅲ．①古典詩歌—詩集—中國—清後期　②古典散文—散文集—中國—清後期
Ⅳ．① I215.22

中國版本圖書館 CIP 數據核字（2017）第 293315 號

責任編輯：石亞培　馮會平
整體設計：范漢成　曾顯惠　思　蒙
責任校對：魏耀武
責任印制：王興平
出版發行：華中師範大學出版社
地址：湖北省武漢市洪山區珞喻路 152 號
電話：027-67863426（發行部）　郵政編碼：430079
録排：桂子工藝
印刷：湖北新華印務有限公司
開本：720mm × 1000mm　1/16
印張：23　插頁：4
字數：320 千字
版次：2017 年 12 月第 1 版　2017 年 12 月第 1 次印刷
定價：80.00 元

ISBN 978-7-5622-8054-5

9 787562 280545 >

出版説明

湖北乃九省通衢，北學南學交會融通之地，文明昌盛，歷代文獻豐厚。守望傳統，編纂荆楚文獻，湖北淵源有自。清同治年間設立官書局，以整理鄉邦文獻爲旨趣。光緒年間張之洞督鄂後，以崇文書局推進典籍集成，湖北鄉賢身體力行之，編纂《湖北文徵》，集元明清三代湖北先哲遺作，收兩千七百餘作者文八千餘篇，洋洋六百萬言。盧氏兄弟輯録湖北先賢之作而成《湖北先正遺書》。至當代，武漢多所大學、圖書館在鄉邦典籍整理方面亦多所用力。爲傳承和弘揚優秀傳統文化，湖北省委、省政府决定編纂大型歷史文獻叢書《荆楚文庫》。

《荆楚文庫》以“搶救、保護、整理、出版”湖北文獻爲宗旨，分三編集藏。

甲、文獻編。收録歷代鄂籍人士著述，長期寓居湖北人士著述，省外人士探究湖北著述。包括傳世文獻、出土文獻和民間文獻。

乙、方志編。收録歷代省志、府縣志等。

丙、研究編。收録今人研究評述荆楚人物、史地、風物的學術著作和工具書及圖册。

文獻編、方志編録籍以 1949 年爲下限。

研究編簡體横排，文獻編繁體横排，方志編影印或點校出版。

《荆楚文庫》編纂出版委員會

2015 年 11 月

張盛藻畫像

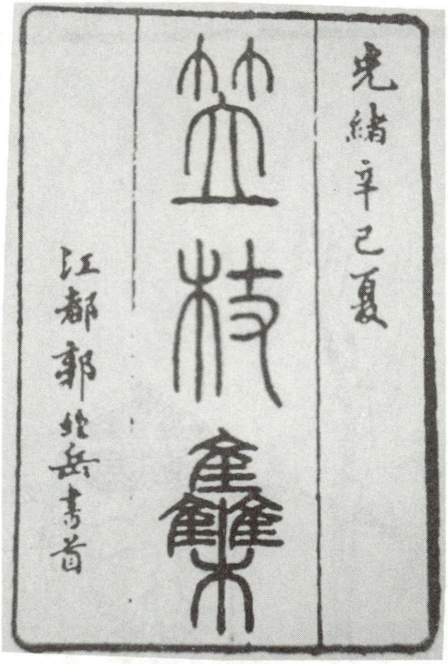
光緒辛巳夏

笠杖集

江都郭蛙岳書首

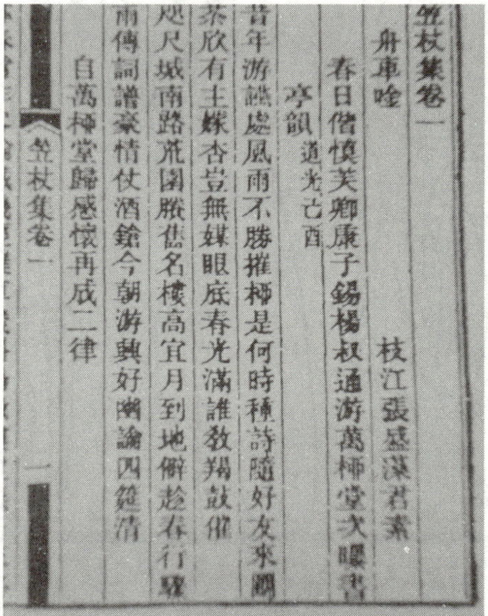
笠杖集卷一

舟車唫

枝江張盛藻君素

春日偕愼芙卿康子錫楊叔通游萬柳堂次曉

亭韻 道光己酉

昔年游讌處風雨不勝摧柳是何時種詩隨好友來鬮

茶欣有主蝶杏豈無媒眼底春光滿誰教羯鼓催

咫尺城南路荒園勝僞名樓高宜月到地僻趁春行驛

雨傳詞譜豪情仗酒餘今朝游興好幽論四筵清

自萬柳堂歸感懷再成二律

笠杖集卷一　一

《笠杖集》書影

三雁紀游

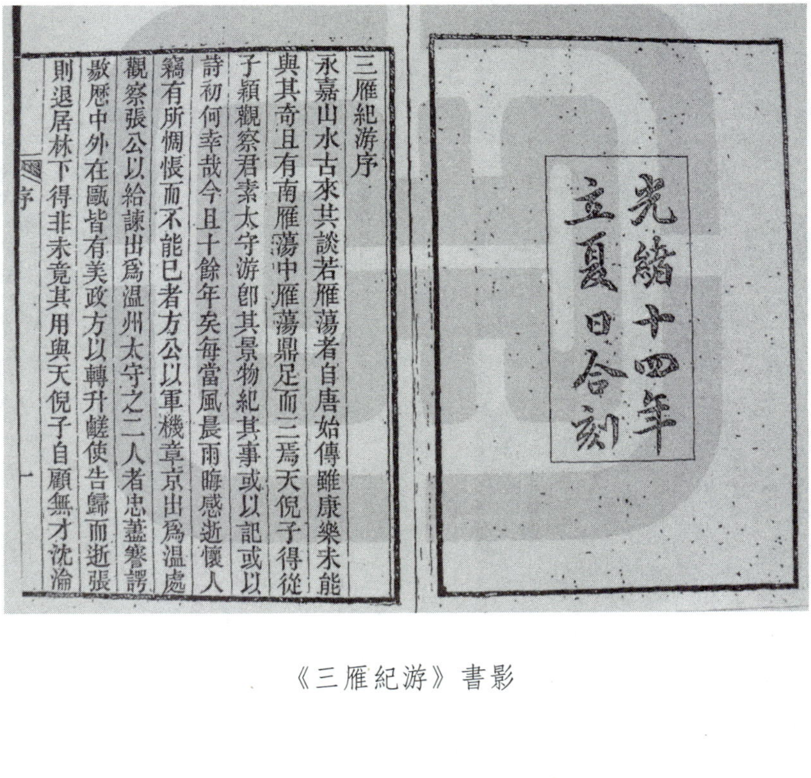
光緒十四年立夏日合刻

三雁紀游序
永嘉山水古來其談若雁蕩者自唐始傳雖康樂未能
與其奇且有南雁蕩中雁蕩鼎足而三焉天倪子得從
子穎觀察君素太守游卽其景物紀其事或以記或以
詩初何幸哉今且十餘年矣每當風晨雨晦感逝懷人
竊有所惆悵而不能已者方公以軍機章京出爲溫處
觀察張公以給諫出爲溫州太守之二人者忠藎謇諤
敭歷中外在甌皆有美政方以轉升鹺使告歸而逝張
則退居林下得非未竟其用與天倪子自顧無才沈淪

序　一

《三雁紀游》書影

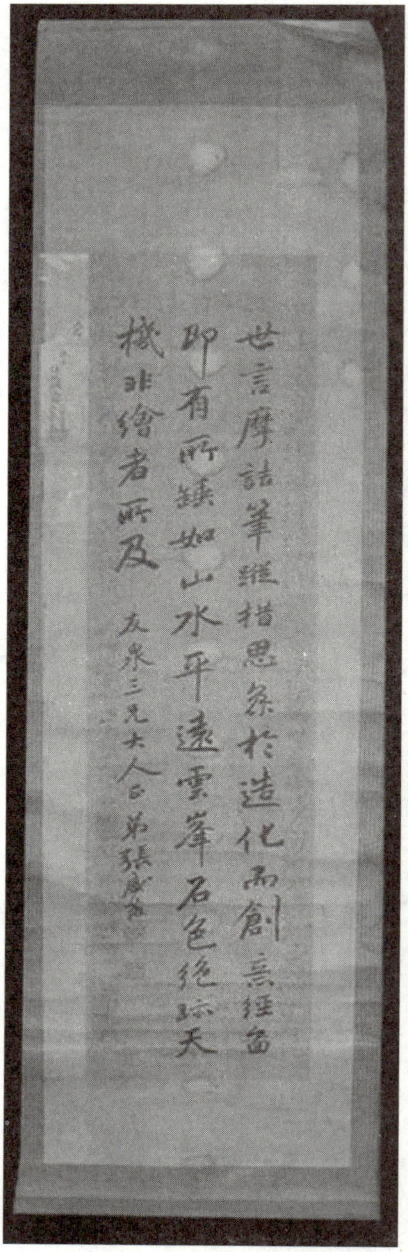

張盛藻手書立軸

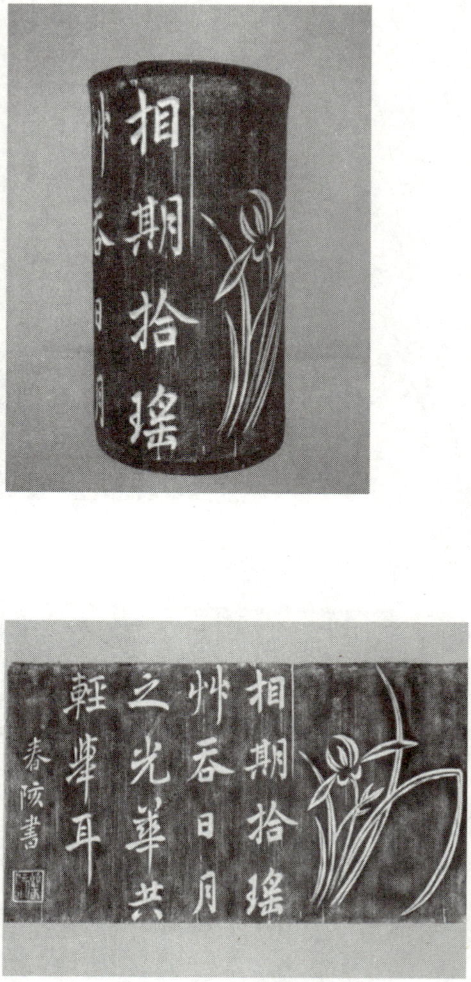

張盛藻題詞的筆筒

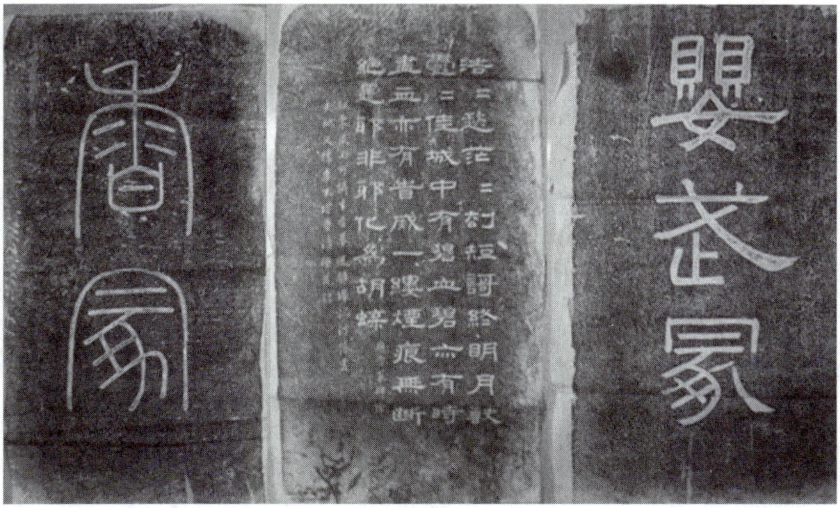

張盛藻立於北京陶然亭的香冢碑和嬰武冢碑拓片

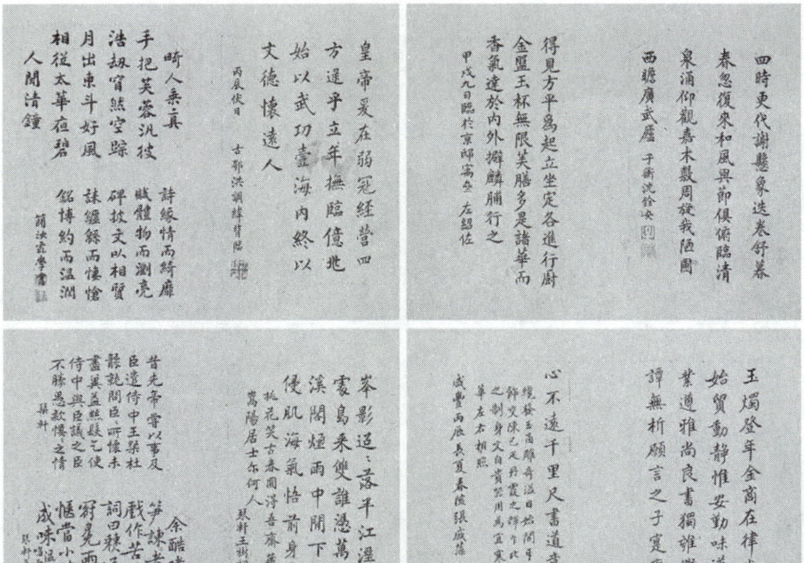

《湖北名賢詩册》所收張盛藻的書法作品

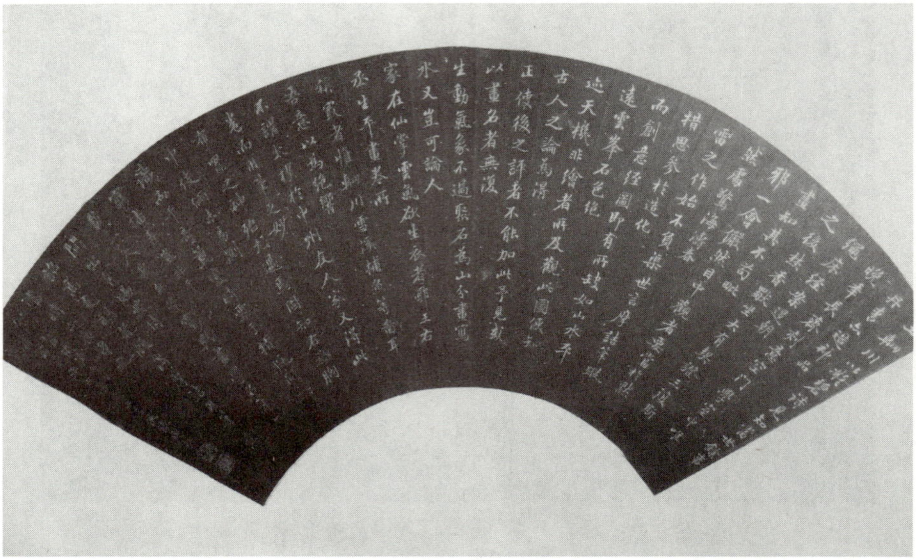

張盛藻楷書扇面

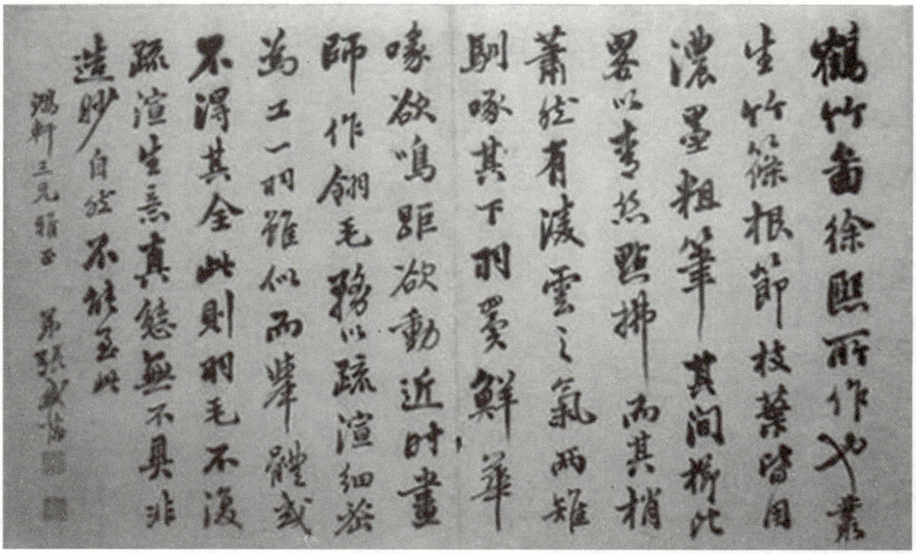

張盛藻行書尺幅

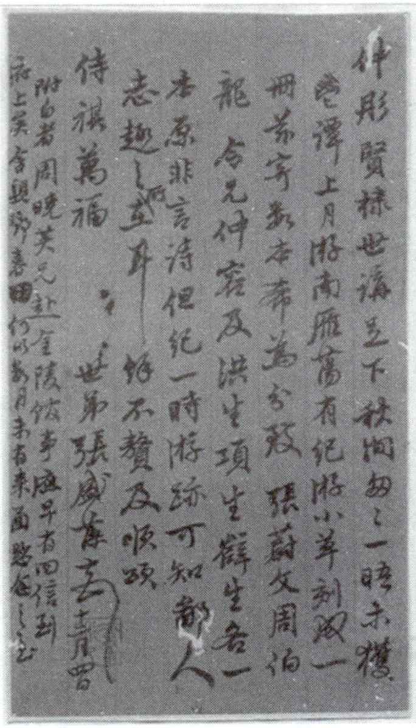
仲彤賢棣世講足下秋間匆匆一晤未獲
罄譚上月將南歸富有紀游小草刻成一
冊並寄數本希爲分致　張蔚文周伯
龍令兄仲容及洪生頊生顏生各一
本原非言詩但紀一時游跡可知鄙人
志趣之所在耳　餘不贅及順頌
侍祺萬福　世弟張盛藻頓首　[illegible]
附白者周曉芙兄赴金陵[illegible]

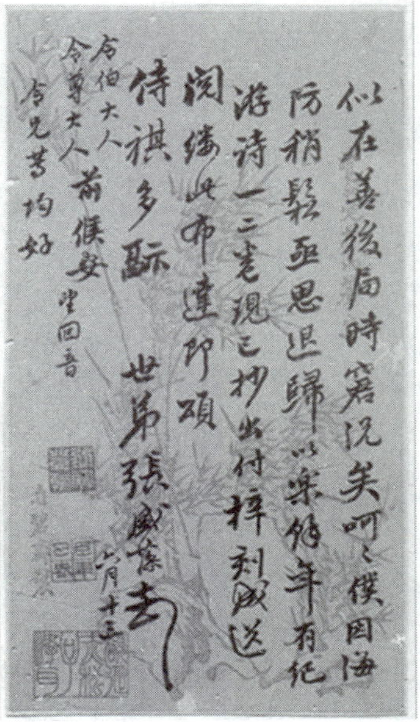
似之在善後局時窘況矣呵呵　僕因海
防稍鬆亟思退歸以樂餘年　有紀
游詩一二卷現已抄出付梓刻成送
閱　餘此布達即頌
侍祺多祜　世弟張盛藻頓首　六月十三
令伯大人
令尊大人前　俱安　望回音
令兄等均好

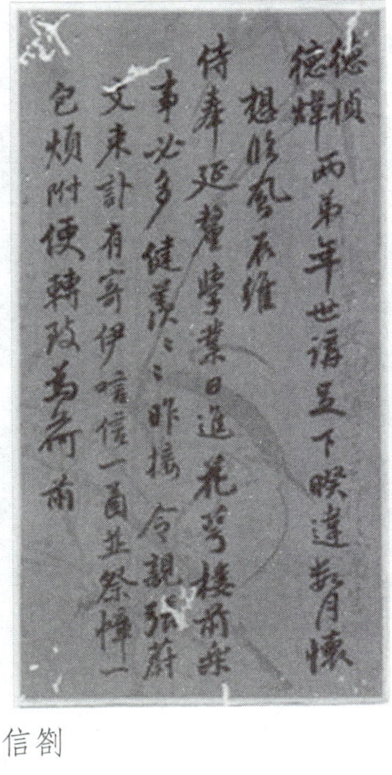
總楨
德煒　兩弟年世講足下睽違數月懷
想[illegible]
侍奉延釐學業日進　花萼樓前[illegible]
事必多健羨之之　昨接　令覲張蔚
文來訃有寄伊唁信一函並祭幛一
包煩附便轉致爲荷[illegible]

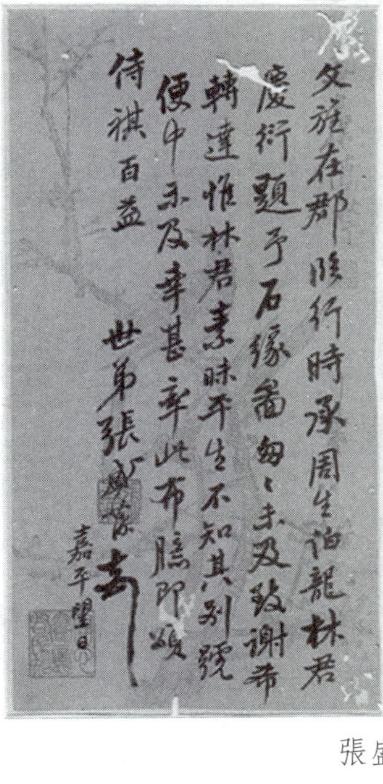
文旌在郡　臨行時承　周生伯龍林君
慶衍題予石緣番匆匆未及致謝希
轉達惟林君素昧平生不知其別號
便中示及幸甚幸甚此布臆即頌
侍祺百益　世弟張盛藻頓首　嘉平望日

張盛藻信劄

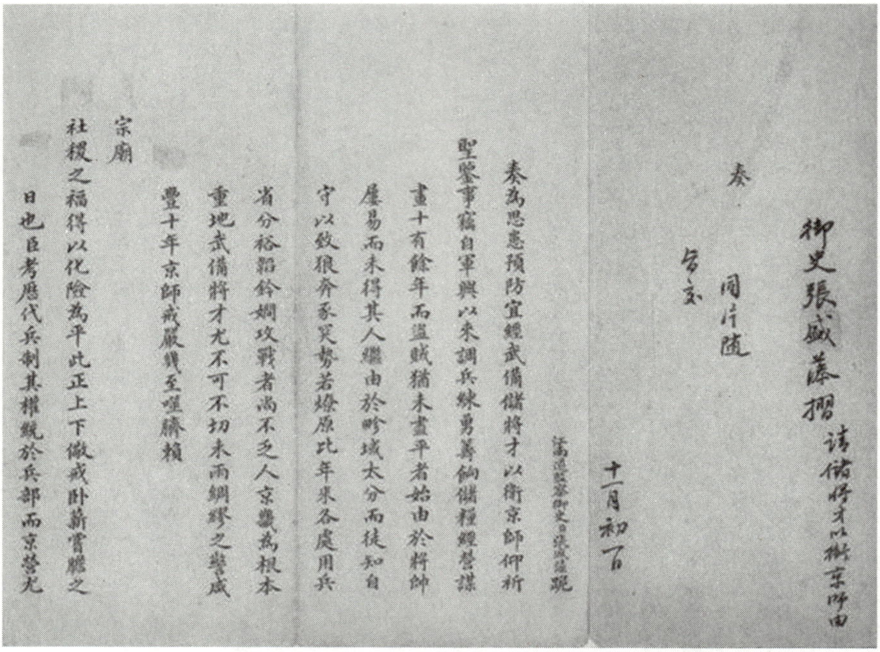

張盛藻的奏摺（奏於同治二年十一月一日）

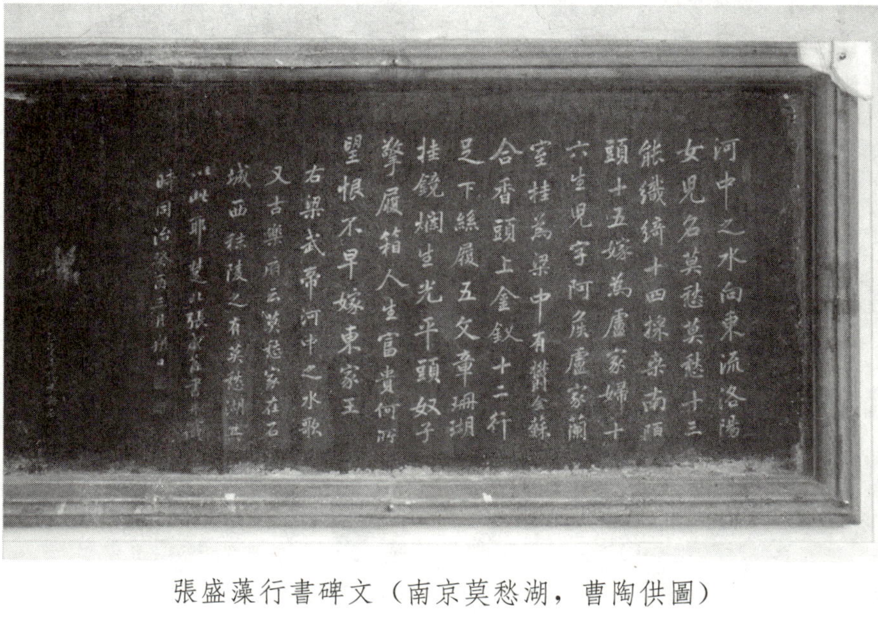

張盛藻行書碑文（南京莫愁湖，曹陶供圖）

序

在湖北省枝江縣幾千年的發展史上，最早見於正史記載的人物是漢末三國時期的霍峻以及董和、董允父子。諸葛亮給屬官的教令有云："人心苦不能盡，惟徐元直處茲不惑，又董幼宰參署七年，事有不至，至於十反，往來啓告。苟能慕元直之十一，幼宰之殷勤，有忠於國，則亮可少過矣。"《出師表》提及侍郎董允等人的"斟酌規益，進盡忠言"，希望後主劉禪"宫中之事，事無大小，悉以咨之，必能裨補闕漏，有所廣益"。董氏父子殷勤職事，報效漢室，得孔明之贊譽，揚名於後世。自此之後，枝江大地孕育出不少傑出人物。然論人才出現之密集，則當推清末民初一段時間。像爲官心係天下的張盛藻，撰寫處世格言名著《圍爐夜話》的王永彬，爲勘定中俄邊界做出貢獻的曹廷傑，具有民主主義思想的教育家時象晋、張繼煦等人，皆爲此期風雲際會之人物。現在擺在讀者面前的這部詩文集的主體部分，就出自這群名流中的張盛藻之手。詩文集中，展現了張盛藻色彩斑斕的人生經歷，尤其是他在文學創作上的精湛造詣。

張盛藻（1819—1896）字君素，出生於董和、董允的故里董市鎮。得山水之靈氣，受家庭之濡染，張盛藻自幼好學不倦，文采斐然。他於道光壬辰年（1832 年）考取秀才，丁酉年（1837 年）拔貢，道光庚戌（1850 年）進士。其後朝考一等，欽點七品京官。屢經昇遷，同治年間歷任都察院江南道監察御史、山東道監察御史等職，光緒初歷任四川道監察御史、温州知府等職。幾十年間，他供職於朝廷與全國各地，兢兢業業，恪盡職守。而讓他垂名於史册者，則莫過於他爲同文館職事之争所上《奏天文算學無庸招集正途摺》。洋務運動中，一批洋務大臣主張在同文館設立天文算學館，擬取進士、舉人等正途科甲人士學習西方科技，招聘西洋人爲教習。時任山東道監察御史的張盛藻卻認爲，形而下的機巧之事，一般的工匠武弁足以爲之，“不必用科甲正途官員肄習其事，以養士氣而專責成”。奏摺呈遞上去，結果引起了一場關於中西文化交流的大論戰。對張盛藻在這場論戰中的功過是非如何評價，今人或許仁者見仁，智者見智，但張盛藻爲國效忠之心，卻是天人共鑒。

政事之餘，張盛藻熱心文學創作，成果豐碩。其犖犖大者，爲《笠杖集》與《三雁紀游》，皆情真意切，清新超逸，享譽於文壇，爲時人所吟誦。他在北京陶然亭修“香塚”，立下《香塚銘》碑，堪稱大手筆，文人墨客無不稱道。及至當代，武俠作家金庸將其採入《書劍恩仇録》，託名爲主人公陳家洛的作品，更增加無數讀者，也算得上一段文苑佳話了。張盛藻又是一位古籍收藏家，《紅樓夢》王希廉的評點之作留存於世，得益於張氏的抄本；石印本《梅花夢傳奇》所據底本，是張氏所收藏的稿本。張盛藻還是一位書法家，他的足跡踏遍大江南北，留下的墨寶已經被各地視爲人文景觀。

張盛藻以學養德，以德潤身，積極投身於時代洪流之中，給他的家族樹立了良好風範。其子孫克紹箕裘，詩禮傳家，“課讀青燈下，便勝籯金儲”，“讀書識字循規矩，培養心田自發生”。數傳至曾孫張準（字子高），以特異稟賦考取庚款首批留美生，歸國後成爲我國近代化學高等教育奠基人、中國化學史開拓者。張準之子張滂、張懷祖又繼承父業，成爲我國當代石油化工領域的領軍人物。真可謂書香門第，五世其昌！

《張盛藻集》的編纂、注釋者周德富先生，是枝江縣第一高級中學語文特級教師。他愛崗敬業，工作勤奮，深受學生愛戴。教學之餘的主要愛好是讀書寫作，收集鄉邦文獻。多年來，他奔走於宜昌、荆州各地，醉心於發掘本地文化資源，搜求先賢的著述和相關資料。我因《荆楚文庫》編纂之故，與之相識，共同的追求使我們一見如故，相見恨晚。每當尋訪有所進展，他便迅即相告，與我共同分享喜悦之情。他在數年辛勤尋訪文獻與筆耕的成果即將面世之際，囑我爲之作序。我雖筆拙，仍欣然從命，略述張盛藻功業與詩文集大致内容以弁書首，並藉此機會，對德富先生搜求先賢著述的奉獻精神表示欽佩，祝願德富先生在鄉邦文獻的收集整理與研究上取得更大成績！

邑人周國林書於武昌南湖之濱

2013 年 6 月 5 日

前　言

一

張盛藻，原名張志繡，號春陔，字君素，湖北枝江人。生於嘉慶二十四年（1819 年），卒於光緒二十二年（1896 年）。道光十二年壬辰（1832 年）秀才，道光十七年丁酉（1837 年）拔貢，道光庚戌（1850 年）進士。朝考一等，欽點七品京官，任户部廣東司主事，後升廣西司員外郎。同治二年（1863 年）至同治三年（1864 年）任都察院江南道監察御史，署禮科給事中。同治三年後掌山東道監察御史。同治十一年（1872 年）至十三年（1874 年）在曾國藩創辦的金陵書局供職。光緒元年（1875 年）掌四川道監察御史。光緒二年（1876 年）至光緒七年（1881 年）任温州知府。

张盛藻的一紙奏摺在中國近代中西文化論戰史上舉足輕重。同治五年（1866 年）底總理衙門大臣恭親王奕訢等人上奏建議在京師同文館添設天文算學館，取“進士、舉人、恩、拔、副、歲、優貢生並翰林院庶吉士、編修、檢討及由前項出身京外各官”，招聘西人在館教習。這個建議雖然在今天看起來無可厚非，並且在當時也得到了慈禧所控制的清廷最高領導層的認可，但由於這一舉措挑戰了傳統中國的固有觀念，一大批深受傳統文化影響的大臣和士大夫對此極力反對。最先站出來的就是時任山東道御史的張盛藻。張盛藻在同治六年正月二十九日上了一道《奏天文算學無庸招集正途摺》，從而揭開了一場大論戰的序幕。雖然在這次大論辯中起關鍵作用的不是張盛藻，而是大學士倭仁，但事情畢竟是因他而起，因此，無論是當時的論辯雙方，還是後世的相關研究者，都不能不提他。傳統的觀點一般認爲，張盛藻在同文館之争中充當了一個保守落後的角色，但我們應看到他並不是完全反對推行洋務，也不否定“西法”的價值，只是不同意科舉“正途”之人去學西法。

他在文化上的貢獻最值得一説的是他對《紅樓夢》傳播的貢獻。王希廉是學界公認的清代紅學評點三大家之一。他的評語是包括脂評在内的所有《紅樓夢》評點中傳播最廣的一家，而這與張盛藻的傳抄不無關繫。王希廉的《石頭記評贊》等著作在咸豐年間一度毁於兵燹，同治十三年吴耀年據張盛藻抄本重刊才得以繼續流傳。張盛藻的抄本是他於同治年間擔任御史時在北京琉璃廠書肆淘得。查國家圖書館所藏王希廉紅學著作，有七部清清楚楚註明，出版者爲“枝江張盛藻”。此外，張盛藻還收藏了清代珍貴戲曲文獻《梅花夢傳奇》，此書因此得以刊刻問世。魯迅先生在《中國小说史略》中曾重點介紹過此書，後來在給臺静農的信中再次提到。今國家圖書館館藏石印本《梅花夢傳奇》所據底本即張盛藻收藏的稿本，首頁有張盛藻的題字，書後近末頁處有張盛藻的跋。

他在文學上最有影響的事即在北京陶然亭修“香塚”、立《香塚銘》碑。此事在當時京城文人圈子中影響頗大。陶然亭是古北京八大景區之一，而《香塚銘》碑又是陶然亭最引人的“景點”，自豎立之日起就備受文人雅士的關註，就連當時北派清流領袖、眼界極高的著名學者李慈銘在自己的名著《越缦堂日記》中也提到了這件事，並在該日記中對張盛藻作了多次敘寫。民國以來談及此碑者更多。到了當代，金庸干脆把《香塚銘》假借爲其小説《書劍恩仇录》中主人公陳家洛的作品，閱讀者更是不計其數，只是一般人並不知道張盛藻才是銘文的真正作者。

二

《笠杖集》是張盛藻的自選詩集，刊刻於清光緒十九年（1893 年），共收詩 270 首，始於道光二十九年（1849 年），終於光緒十九年。按照寫作時間的先後順序編寫。

張盛藻任温州知府時，曾與郭鍾岳、張克萃等人一起游歷南雁蕩、北雁蕩、中雁蕩游歷途中三人各有詩文創作，光緒十一年（1888 年），三人的游歷詩文結集爲《三雁紀游》刊刻。其中所收張盛藻詩歌，《笠杖集》亦有收录。

張盛藻另有部分詩文散見於《熊氏文集》和《枝邑馬氏族譜》。《熊氏文集》是張盛藻的姻親、松滋熊氏的家族文集，共十五集，刊刻於民國二十五年。馬氏是枝江的名門望族，與張盛藻亦爲姻親。此譜編於光緒六年。《熊氏文集》和《枝邑馬氏族譜》所收張氏作品多爲壽序、墓誌銘之類的實用文。張盛藻還有部分書劄傳世，《清代中葉館閣名臣書劄》收录了張氏部分書劄，温州市博物館藏有部分書劄原件。

張盛藻的詩以記游爲主。他生平北陟盤山，南至祝融，西入巫峽，東泛吴越，笠杖所經，輒記以詩。記游詩占了他全部詩歌的百分之七十。這些詩簡單幾筆勾勒，風景即現眼前，類似優秀畫家的素描。他的這類詩在給我們山水之美享受的同時，也讓我們對相關山水的自然風貌、歷史建築、傳说故事有了全面了解。

張盛藻對大自然的熱愛，既是一種天性，也是他鬱鬱不得志的一種排遣。在他的詩中我們能看到許多複雜而美好的情感。

他憂國憂民。他爲戰亂連連憂慮，“但期邊域靖，何惜在田園”；他爲久旱無雨、農田乾涸揪心，“入冬見三白，來牟差可恃”；炎炎盛夏，他“因思皇華使，軺車當盛夏。更思南畝農，鋤禾炙骨髁”；嚴寒歲暮，他“最憐比護饑寒者，何計能教渴望紓”。

他珍情重義。他在詩中常常流露對故鄉對親人的思念，“一葉扁舟輕蕩漾，歸帆何處是吾廬”，“親舍白雲遥在望，揮鞭南去勿旁皇”。讀他懷念父親的《青龍山謁先嚴墓》、《八月二十六日爲先嚴百齡冥壽志感》等詩，常常爲他的赤誠之心感動；讀他懷念朋友的《游岳口熊蓮士故員感舊》、《哭漢陽鄔梅仙》等詩，常常忍不住陪他傷心落淚。

他嚮往田園生活，堅守自己的道德情操。他曾藉“涉園日成趣，奚用勢干雲”，抒發自己的壕梁之情。讀他的《微山湖櫂歌》，一股水鄉漁村的清新之氣撲鼻而來，其對田園生活的嚮往溢於言表。

張盛藻的詩風多變，或激情四射，或沉鬱隱忍，或輕鬆幽默，或閒適飄逸，或生活氣息濃郁。總體而言張盛藻的詩歌通俗易懂，較少用典，直如元白樂府。他曾说“遣詞貴達意，險韻非所尚。競病與尖叉，力薄不自量。獺祭皆冗辭，嘔心亦魔瘴。我詩適然耳，任君瓿覆醬”。（見《前詩有未盡意續成十二韻》）

他的寫景詩有的情景交融，意境濃郁。“東去濤聲三峽走，西來爽氣一江吞”，“清言霏作峨嵋雪，舊夢凄入巫峽雨”，這樣的句子在他的詩中隨處可見。有的託物言志，人物兩合。秋見荷花，感其遲暮，“心苦應知成實晚，懷清不悔着花遲。美人顦顇眉猶嫵，名士蹉跎鬢已絲”，實是他自己當時人生境况的寫照。有的詩句寓褒於貶，情趣盎然，如“東風無賴甚，輕拂白桃花”。張盛藻的詩除傳統技法如動靜虛實、託物言志、擬人等運用純熟外，還喜歡寫一般人覺得難度較大的的回文詩和集句詩、嵌字詩。回文詩如《阻風沙湖成回文一絶》、《渡湖再成回文一絶》等；集句詩如《又題味秋觀察且園四景圖（集太白句）》、《戊寅立春日游飛霞洞觀謝客巖題字集謝句爲詩題於洞口》等，其中《又題味秋觀察且園四景圖（集太白句）》全詩 32 句全用李白的詩，難度非常大；嵌字詩如“赤壁橫江來鶴影，青春伐木聽鶯鳴”，嵌范鶴鳴的名字。

張盛藻的古體詩亦足可觀，比如《槖筆》呼筆喚墨，擬人手法用得出神入化；《後木蘭辭》不僅深得《木蘭辭》真趣，而且借木蘭言生平經歷毫不牽強，生動有趣。

張盛藻的散文留下來的不多，我們現在能讀到的僅有兩篇游記、兩篇奏疏、三篇墓誌銘、兩篇壽序、一篇書序、三封書信。他的游記，語言簡潔明瞭，描寫當年所游之處之景全面而具體，生動地再現了當年的地形地貌。他敘寫某個景點並不一次寫完寫盡，而是依據自己的感知先後，多次從不同角度來寫，比如上下山時的不同所見所感。行文的節奏疏密有致，險陡緊張之後往往來點放鬆，比如講講相關傳说，或寫寫人物的對話等等。景物的介紹描寫和游歷之人的活動結合的恰到好處。寫景物常常結合觀者的感受，其感受十分獨特，比如“雲海蕩胸，如可掬而飲也”之類，能使讀者身臨其境。他的奏疏引用廣博，論證嚴密，常常從正反兩個方面闡發道理。用語謙和有度，分寸感把握得好。他的墓誌祭悼之文，註重細節，情真意切，感人肺腑。特別註重借人物事蹟的介紹，强化傳統美德的教育。

張盛藻的作品除了具有文學的審美價值外，還具有多方面的史学價值。諸如对东瓯等地旅游資源的挖掘，對晚清文人交往的研究，對地方歷史特別是對荆南地域文化、名門望族的研究，對近代部分荆楚仁人志士的成長研究，乃至對中國近代思想史的研究都有一定参考價值。

三

張盛藻詩文雖著，但卻湮没無聞。我們對張盛藻的關註是源於張氏其他名人。張盛藻的曾孫張子高是我國化學史研究的開創者，上個世紀20年代末即任清華教務長，後任副校長，清華大學爲其塑有銅像。張盛藻的侄孫張承櫆是辛亥革命北伐軍滬軍總司令，张盛藻的侄曾孫張鴻漸是1928年濟南“五三”慘案（又稱濟南慘案）中的英烈，青島爲其建有紀念館。這些張氏名人在其家鄉知名度較高，最近幾年，地方歷史、地方文化的宣傳得到了加强，張氏名人的研究也得到了重視。在這一過程中，我們才發現張盛藻這一被歷史塵埃所掩埋的名人，從而開始對其展開研究。

我們先後從國家圖書館、浙江圖書館和温州博物館等地收集到他的相關作品，然後按文體分类編輯，書名爲《張盛藻詩文集》。該書2013年由華中師範大學出版社出版。當時基於爲地方文史研究提供一份資料，同時給地方領導和地方文史愛好者提供一個普及讀本，所以加上了相對詳細的註釋，試圖通過註釋在幫助讀者讀懂作品的同時，還原相關歷史人物、歷史事件，再現張盛藻當年的生活。董市張氏是枝江歷史上的名门望族，家族名人衆多，且互有聯繫，彼此影響，而以往缺乏對其家族的系統研究，因此我們在《張盛藻詩文集》書末加上了一個“附録”。“附録”部分的重要内容之一就是張氏的家族史料，另有筆者撰寫有關張盛藻的專題研究。

2016年，《張盛藻詩文集》被納入荆楚文庫出版，書名更爲《張盛藻集》。此次增補了2013年之後新發現的史料，内容得到進一步充實。一是我們在光緒六年本《枝邑馬氏族譜》上新發現了張盛藻的一篇《皇清例封孺人馬母姜孺人墓誌銘》，將其增補到正文的“墓誌”部分。二是我們新發現了張盛藻的重要文友、侄孫婿熊輝郢（字雪亭）的手抄本《雪亭文集》，書中有不少熊輝郢與張盛藻的唱和之作。熊輝郢是荆南望族松滋熊氏“輝”字輩中最有才氣的人，早年在張盛藻的家鄉枝江董市以教書爲業，師從張盛藻創作詩歌。後到沙市行醫，是清末沙市著名中醫。熊雪亭的相關作品無論是對研究張盛藻本人，還是對研究董市、沙市的歷史都有参考價值，因此我們在“附録”部分增補了《張盛藻侄孫婿熊雪亭相關詩歌》。

《張盛藻集》中仍保留了《張盛藻詩文集》收入的一些重要照片，如張盛藻的書法、題詞等。這些題字題詞現在已成了相關景區的重要看點，吸引着全國各地一批又一批游客，給他們以歷史的見證、藝術的享受、悠遠的遐思。張盛藻還有部分書法及信劄原件存世，照片部分也一並收录。這些對讀者全面了解張盛藻大有幫助。

《張盛藻集》是目前研究張盛藻和張氏家族較爲全面的資料，特別是來自《熊氏文集》和《雪亭文集》中張氏的創作，其珍貴性自不待言。儘管我們竭盡全力的收集，但不免留有遺漏，如張盛藻的奏摺，其擔任朝廷諫官十多年，奏摺必不只書中所收的兩篇。清代朝廷檔案浩如煙海，好多檔案還未整理出來，我們目前無法查找。另有張盛藻在世時曾編纂的《張氏族譜》，不少張氏後人都見過這份族譜，據說族譜中收有張氏族人的詩文。果真如此的話，其中或許有本書所未録的張氏作品。但遺憾的是這份族譜在“文革”中被燒毀。

我和金華先生都是中學一線教師，文史研究只是業余愛好，研究水平自然也是業余。不足之處，懇請讀者批評指正。

周德富

目　　録

荆楚文库

笠杖集

卷一　舟車唫

春日偕慎芙卿〔1〕康子錫〔2〕楊叔通〔3〕游萬柳堂〔4〕次曝書亭〔5〕韻　道光己酉〔6〕

昔年游讌處，風雨不勝摧。柳是何時種，詩隨好友來。鬬茶〔7〕欣有主，嫁杏〔8〕豈無媒。眼底春光滿，誰教羯鼓〔9〕催。

咫尺城南路，荒園賸舊名。樓高宜月到，地僻趁春行。驟雨傳詞譜，豪情仗酒鎗〔10〕。今朝游興好，幽論四筵清。

【注釋】

〔1〕慎芙卿：慎毓林，字延青，號芙卿，浙江歸安（湖州）人，道光三十年庚戌科二甲四名進士，與張盛藻及俞平伯的曾祖父、章太炎的老師、著名學者俞樾，太僕寺卿孫琴西等爲同年，亦爲朋友，交往甚多。授翰林院編修，提督河南學政。咸豐九年，官陝甘學政。罷官後，居吴門，以著書爲娱，研究經學，旁及諸書。善書，存世書法作品較多。著有《春在堂全集》，凡五百餘卷。

〔2〕康子錫：康錫齡，字子錫，山西興縣人。與張盛藻同爲道光丁酉（道光十七年）拔貢。咸豐七年十月由户部員外郎入直，官至延榆綏道。

〔3〕楊叔通：生平不詳。

〔4〕萬柳堂：北京歷史上有三個萬柳堂：一在崇文，一在豐臺，一在海淀。此處似指豐臺的萬柳堂。朱彝尊在《萬柳堂記》中說："故老相傳在今豐臺左右。""度隙地廣三十畝，爲園京城東南隅……園無雜樹，迤邐下上皆柳，故其堂曰萬柳之堂。今文華殿大學士益都馮公取元野雲廉公燕游舊地以名之也。"

〔5〕曝書亭：指清代著名詩人、詞人、學者朱彝尊（1629—1709）。因他的著作《曝書亭集》稱名於世，人們遂用以稱代作者本人或其故居。

〔6〕道光己酉：道光二十九年，1849 年（作者當年 31 歲，全書以虛歲計）。

〔7〕鬬茶：此處指“分茶”。陶谷《荈茗録》説：“茶至唐始盛，近世有下湯運匕，别施妙訣，使湯紋水脈成物象者。禽獸蟲魚花草之屬，纖巧如畫，但須臾即就散滅，此茶之變也。時人謂之‘茶百戲’。”陸游《臨安春雨初霽》詩“矮紙斜行閑作草，晴窗細乳戲分茶”，指的就是這種烹茶游藝。分茶時，碾茶爲末，注之以湯，以筅擊拂，這時盞面上的湯紋就會幻變出各種圖樣來，猶如一幅幅的水墨畫，故有“水丹青”之稱。鬬茶和分茶在點茶技藝方面因有若干相同之處，故此有人認爲分茶也是一種鬬茶。

〔8〕嫁杏：古時指女子出嫁，或是出嫁的時辰。如嫁杏三月、嫁杏無期等。嫁杏無期的故事，説的是一户人家堂前的杏樹只開花而不結子，有個媒婆替杏樹遣嫁，爲杏樹披上嫁衣，設酒宴祝禱，第二年，杏樹果然開花結子了，這就是嫁杏。此處是説萬柳堂的杏花開了。

〔9〕羯鼓：據説來源於羯族，南北朝時經西域傳入内地。羯鼓兩面蒙皮，腰部細，用公羊皮做鼓皮，因此叫羯鼓。古時龟兹、高昌、疏勒、天竺等地的居民都使用羯鼓。

〔10〕酒鎗：即酒鐺，舊時的一種三足温酒器。

自萬柳堂歸感懷再成二律

尋春常作客，輪鐵幾經摧[1]。草淺斜陽嫩[2]，樓空燕子來。野雲無故物，溝水爲誰媒。莫唱新荷曲[3]，歸鞭驟雨催。

柳已垂垂盡，堂猶萬柳名。迸來新舊恨，歌作短長行[4]。斷碣披荒蘚，遥鐘起暮鎗[5]。去年人不見，棖觸[6]淚痕清。

【注釋】

〔1〕輪鐵幾經摧：輪鐵，車輪和馬蹄。摧，折毁。本句喻指路途艱險，或行走頻繁。

〔2〕斜陽嫩：陽光柔和。

〔3〕新荷曲：指曲牌名“驟雨打新荷”，又名“小聖樂”、“入雙調”。因金人元好問曲中有“驟雨過，珍珠亂糝，打遍新荷”幾句膾炙人口，曲牌便被後人習慣稱爲“驟雨打新荷”。舊譜亦編入詞調。雙調九十五字，前段十句三平韻、一叶韻，後段十句四平韻。

〔4〕短長行：古樂府有《長歌行》，也有《短歌行》。

〔5〕鎗：鐘聲。

〔6〕棖觸：感觸。

重陽日登衡岳極頂　咸豐辛酉〔1〕

九日登高氣自雄，南山突兀接蒼穹。飛泉赴壑蟠松翠，危磴臨虚落葉紅。敂石難尋金簡〔2〕字，攀雲欲墮鼎湖〔3〕弓。天門咫尺頻搔首，脱帽乘風躡祝融〔4〕。

攜手祝融怪石巔，齊州九點〔5〕看如煙。日峯巀嶪〔6〕三湘遶，雲海蒼茫萬壑連。入塞賓鴻〔7〕秋信杳，投林歸鶴羽衣翩。蓬萊宫闕高寒甚，把酒持螯〔8〕欲問天。

【注釋】

〔1〕咸豐辛酉：咸豐十一年，1861年（作者43歲）。

〔2〕金簡：指衡岳金簡峯。南北朝時，高道徐靈期《衡岳記》載，大禹治水前獲金簡玉字之書於此，峯因此得名。

〔3〕鼎湖：地名。古代傳説黄帝在鼎湖乘龍升天。《史記·封禪書》云：“公孫卿曰：‘……黄帝采首山銅鑄鼎於荊山下。鼎既成，有龍垂胡髯下迎黄帝。黄帝上騎，群臣后宫從上者七十餘人，龍乃上去。餘小臣不得上，乃悉持龍髯，龍髯拔墮，墮黄帝之弓。百姓仰望黄帝既上天，乃抱其弓與胡髯號，故後世因名其處曰鼎湖，其弓曰烏號。’”後以“鼎湖”作爲帝王死亡之委婉語。

〔4〕祝融：《南岳志》載，祝融峯，是南岳衡山七十二峯的最高峯和主峯。

〔5〕齊州九點：語出唐朝詩人李賀的《夢天》一詩，曰：“遥望齊州九點煙，

一泓海水杯中瀉。”詩中“齊州”代指中國。

〔6〕巀嶪（jiéyè）：高峻、巍峨。三湘：指湘江。湘江發源地與灕水合流後稱“灕湘”，中游與瀟水合流後稱“瀟湘”，下游與蒸水合流後稱“蒸湘”，故名“三湘”。

〔7〕賓鴻：即鴻雁。

〔8〕把酒持螯：手持蟹螯飲酒。古人視之爲人生一大樂事。語出《晋書·畢卓傳》：“卓嘗謂人曰：‘得酒滿數百斛船，四時甘味置兩頭，右手持酒杯，左手持蟹螯，拍浮酒船中，便足了一生矣。’”

洞庭舟次〔1〕寄懷長沙諸友人兼呈中丞毛夫子〔2〕

萬頃汪洋水，舟行似鏡平。日高帆影正，風定櫓聲輕。書畫歸裝滿，湖湘旅夢清。兹游良不負，珍重故人情。

自泛瀟湘水，欣逢橘柚天。醉傾黄菊酒，渴煮白沙泉〔3〕。客久鄉情重，交深道力〔4〕堅。從來仗忠信，湖海自平平〔5〕。

大府襜帷〔6〕肅，師門杖履〔7〕親。不辭盈尺地〔8〕，屢接長揖人。復旦〔9〕乾坤轉，春明〔10〕雨露新。前程勞慰勉，勿忝〔11〕諫臺〔12〕臣。

一作湖南客，驚心半載過。雲開衡岳陡，月照洞庭多。别席難爲酒，歸舟静不波。高堂延望久，愛日〔13〕漫蹉跎。

【注釋】

〔1〕舟次：停船。次，停留。

〔2〕中丞毛夫子：指當時的湖南巡撫毛鴻賓（咸豐十一年二月任）。中丞是明清時巡撫的别稱。毛鴻賓道光十八年（1838年）中進士，選爲翰林院庶吉士，後授翰林院編修。後任監察御史、給事中。道光二十三年和道光二十七年先後任順天府鄉試（省試）同考官（協同主考官或總裁閲卷的官）和會試（京試）同考官。後經大考，轉任江南道（今蘇皖二省）監察御史。咸豐五年（1855年）任湖北荆宜施道，後調任安襄鄖荆道、安徽按察使、江蘇布政使。

毛鴻賓爲朝廷推薦了不少人才。例如，他曾上疏推薦過左宗棠，稱左膽識過人，若付予封疆重任，必能保境安民。後來左宗棠被重用，虽主要得力於曾國藩的推薦，但毛氏首推之功也不可否認。咸豐十一年（1861年）升任湖南巡撫。同治二年（1863年）升任兩廣總督。毛鴻賓與曾國藩是同榜進士，又是同庚，相知甚深。

〔3〕白沙泉：位於今湖南省長沙市南區白沙街東。它是長沙市重要名勝古跡之一，因“潔浄透明，甘冽不竭”而被譽爲“長沙第一泉”，馳名中外。泉初爲一井，水出較急，明末分爲二井，清代至今，又分爲四井。井的周圍以條石砌坪、護欄，並刻“白沙古井”。其水煮茶，芳潔清香。白沙泉水爲歷代文人所讚譽。

〔4〕道力：因修道而得之功力。亦指一般的修養功夫。此指友情。

〔5〕湖海自平平：此句是説自己憑着忠信做人，從來不懼一切困難。

〔6〕大府襜帷：大府，明清時稱總督、巡撫爲“大府”；襜帷，車上四周的帷帳。借指車駕。

〔7〕杖履：對老者、尊者的敬稱。

〔8〕盈尺地：指臺階。

〔9〕復旦：謂又光明，天明。《尚書大傳》卷一下：“日月光華，旦復旦兮。”鄭玄注：“言明明相代。”

〔10〕春明：即唐都長安春明門，指代京都。“春明雨露”是説受到皇帝的重用。

〔11〕勿忝：不忝，不辱，不愧。此句是張盛藻的自我勉勵。

〔12〕諫臺：唐宋時以專司糾彈的御史爲臺官，以職掌建言的給事中、諫議大夫等爲諫官。兩者雖各有所司，而職責往往相混，故多以“臺諫”泛稱之。明初廢諫院，以給事中兼領監察與規諫，兩者開始合流。至清雍正元年，又使之同隸都察院，於是臺諫完全合二爲一。張盛藻曾任都察院江南道監察御史。

〔13〕愛日：兒子供養父母的時日。語出漢代揚雄《法言・孝至》：“事父母自知不足者，其舜乎！不可得而久者，事親之謂也，孝子愛日。”李軌注：“無須臾懈於心。”後以“愛日”指兒子供養父母的時日。張盛藻長年在外奔波，因此時時流露侍親不得的傷痛。

中岳鎮[1] 同治癸亥[2]

策馬中原路，征塵未得休。春深陰雨候，柳人上望嵩樓[3]。犖確[4]車前進[5]，迷茫客裏愁。登封知不遠，雲樹鬱蚴蟉[6]。

【注釋】

〔1〕中岳鎮：中岳，嵩山。鎮，古稱一方的主山爲鎮。《周禮·大司樂》："四鎮五岳。"

〔2〕同治癸亥：即同治二年，1863年（作者45歲）。

〔3〕望嵩樓：爲唐宋時期汝州州衙後花園裏的風景樓，是官方接待名人、上級官員的地方，是汝州城的標誌性建築，因此又叫汝州郡樓。唐、宋、金、元時期與黄鶴樓、岳陽樓齊名，有江北第一樓的美稱，許多人不知汝州，卻知望嵩樓。望嵩樓是汝州自唐宋以來最閃亮的文化地標，今已毁。

〔4〕犖確：怪石嶙峋貌。

〔5〕進：原刻本作"迸"。

〔6〕蚴蟉（yòuliú）：樹木盤曲糾結貌。

舊縣[1]旅邸和故友熊蓮士壁上韻

行客朝朝與馬謀，車如蓬轉[2]幾時休。當途亂石迷轅轍，作塞連鄉絶寇仇。旅壁忽驚詩筆健，墨痕尚是故人留。六年不見空搔首，塞[3]黑楓青此夜愁。

【注釋】

〔1〕舊縣：中國叫舊縣的地方較多，此爲何處不得而知。從詩歌内容來看似是今北京延慶、昌平一帶的舊縣鎮。歷代對延慶昌平（居庸）形勢論述，居庸爲天下九塞之一。熊蓮士曾"避兵離故園，始作京華游"。

〔2〕蓬轉：蓬草隨風飛轉。喻人流離轉徙，四處飄零。

〔3〕塞：堡塞，猶堡壘，要塞。

薊州[1]道中望盤山[2]

驅車畿甸[3]外，秋氣出塵寰。烏柏霜前樹，桃花雨後山。籃輿[4]通蹕路[5]，松蓋掩禪關[6]。欲訪田盤[7]去，雲棲或可攀。

【注釋】

〔1〕薊州：古稱漁陽，春秋時期稱爲無終子國，戰國時稱無終邑，秦代屬右北平郡，唐朝設薊州。新中國成立後，稱薊縣，屬河北省，1973 年 9 月劃歸天津市，相沿至今。

〔2〕盤山：位於天津薊縣城區西。始記於漢，盛建於唐，極於清，盤山自然山水與名勝古跡並著，佛家寺院林立。歷史上衆多帝王將相、文人墨客競游於此。清乾隆皇帝，先後巡幸盤山 32 次，留下了歌詠盤山的詩作多首，並發出了“早知有盤山，何必下江南”的感歎。

〔3〕畿甸：指京城地區。

〔4〕籃輿：古代供人乘坐的交通工具，形制不一，一般以人力抬着行走，類似後世的轎子。

〔5〕蹕路：指帝王車駕行經之路。

〔6〕禪關：坐禪之道場，即佛家修行的寺院。

〔7〕田盤：盤山之名的由來，一爲元朝道士姬志貞説，古有田盤先生自齊而來棲居；一爲清詩僧智朴説，東漢末年，邑名士田疇曾在這裏隱居，得名田盤山，意即田疇曾在這裏盤桓居住。後稱盤山。

登盤山絶頂

躡屩[1]秋登絶頂來，二千餘仞鬱崔巍。盤龍薊北天留鎮，射虎[2]山南石爲開。極目邊城横黛色，題名峭壁拂蒼苔。萬松陰裏泉流急，歸輿肯因梵響[3]催。

【注釋】

〔1〕躡屩：指遠行、跋涉。

〔2〕射虎：指漢李廣射虎的故事。後世詩文中常用以形容英雄豪氣。

〔3〕梵響：念佛誦經之聲。

言歸八首　乙丑〔1〕

槖　筆〔2〕

少小習書史，嗜好性命託。磨彼鐵硯〔3〕堅，弄此柔翰弱。一官羈春明，蹤跡殊落拓。筆乎，爾既不能修巍巍五鳳之樓〔4〕，又不能折岳岳〔5〕五鹿〔6〕之角。胡爲乎蹉跎韶光，苦自束縛。吾爲爾羞，請君入槖。家有古鐘彝〔7〕，荒齋亦不惡。與爾歸故鄉，空山尋蝯鶴。行藏〔8〕我與爾，筆耕樂其樂。

【注釋】

〔1〕乙丑：同治四年，即1865年（作者47歲）。

〔2〕槖筆：古代書史小吏，手持囊槖，簪筆於頭，侍立於帝王大臣左右，以備隨時記事，稱作持槖簪筆，簡稱“槖筆”。槖：口袋。

〔3〕鐵硯：鐵鑄的硯臺。後人遂用鐵硯一詞，表示學習刻苦、志在必成。

〔4〕五鳳之樓：五鳳樓，古樓名。唐朝在洛陽建五鳳樓，玄宗曾在其下聚飲，命三百里内縣令、刺史帶聲樂參加。梁太祖朱温即位，重建五鳳樓，去地百丈，高入半空，上有五鳳翹翼（見《新唐書·元德秀傳》、宋代周翰《五鳳樓賦》）。後喻著文章爲造五鳳樓。

〔5〕岳岳：挺立貌，聳立貌。王延壽《魯靈光殿賦》：“神仙岳岳於棟間，玉女窺窗而下視。”李善注：“岳岳，立貌。”

〔6〕五鹿：指西漢著名的儒家學者五鹿充宗。《漢書·朱雲傳》載，（五鹿）充宗通曉《易》。嘗憑藉權勢與諸儒辯《易》，諸儒不敢與争，惟朱雲多次將他駁倒。故時語曰：“五鹿岳岳，朱雲折其角。”後借指能言善辯的人。

〔7〕鐘彝：指青銅禮器。

〔8〕行藏：《論語・述而》："用之則行，捨之則藏。"意爲被任用就出仕，不被任用就退隱。後世用"行藏"指行跡、行止、出没。

載　書

求人苦不足，求己自有餘。京華廿餘載，虚靡太倉[1]糈。四壁無長物[2]，豪哉千卷書。嘯傲對古人，圖畫充敝廬。吞紙難果腹，長安[3]不易居。載爾歸吾楚，陶然賦遂初[4]。有子[5]從吾好，亦頗書蠹[6]如。課讀青燈下，便勝籯金[7]儲。白髮親健在，笑顔當爲舒。詠歸歟，莫躊躇。書五車[8]，願未虚。

【注釋】

〔1〕太倉：古代京師儲穀的大倉。糈，糧。

〔2〕長物：多餘的東西。無長物，指貧窮。

〔3〕長安：唐以後詩文中常用作都城的通稱。

〔4〕遂初：遂其初願，此謂去官隱居。《晋書・孫綽傳》："（孫綽）少與高陽許詢俱有高尚之志。居於會稽，游放山水，十有餘年，乃作《遂初賦》以致其意。"

〔5〕有子：張盛藻的兒子張克萃，也是飽學詩書，愛旅游，與其父性情相投。在張盛藻任温州知府期間，與其一同游覽南雁蕩、北雁蕩、中雁蕩，寫下了許多詩文。其詩文見書後附録部分。

〔6〕書蠹：書蟲，讀書人常常自比書蟲。

〔7〕籯金：一籠箱的金子。古人常用籯存放貴重金銀財寶，故亦用以喻指財富。籯：竹籠。

〔8〕五車：出自《莊子・天下》篇："惠施多方，其書五車，其道舛駁，其言也不中。"惠施是戰國時哲學家，是個有學問的人，道術很多，他讀的書要用五輛車子拉。後來人們便以"五車"、"五車書"、"書五車"、"五車竹簡"、"惠車"等來表示對飽學之士的稱讚。

攜　琴

口不能奏簫管竽笙之雅，手不能調琴瑟鐘磬之音。吾生性好古，蓄此無絃琴[1]。興來時撫摩，羲皇[2]寄高唫。高唫不可寄，相攜返舊林[3]。消摇五岳游，浩蕩四海心。泉聲縈澗石，松篁晝森森。山不在高，水不在深。賴有知音者，翛然[4]事幽尋。俛仰慨今昔，無爲塵俗侵。向誰彈古調，葆此德愔愔[5]。

【注釋】

〔1〕無絃琴：語本《晋書·隱逸傳·陶潛》："性不解音，而畜素琴一張，絃徽不具，每朋酒之會，則撫而和之，曰：'但識琴中趣，何勞絃上聲。'"後世用以代指自得其樂、淡泊人間的處世態度。

〔2〕羲皇：即伏羲氏，此指陶潛。陶潛《與子儼等疏》："常言五六月中，北窗下卧，遇涼風暫至，自謂是羲皇上人。"此爲張盛藻自比陶潛，撫琴高唫。

〔3〕舊林：指禽鳥往日棲息之所。此喻故鄉。

〔4〕翛然：形容無拘無束貌，超脱貌。

〔5〕愔愔：安静和悦的樣子。宋代王禹偁《唱山歌》詩："夜闌尚未闋，其樂何愔愔。"

囊　　石

鬱鬱盤山松，皎皎西山雪。瀰瀰[1]玉泉水，皓皓天街月。我欲歸故里，不能供採擷。獨有數拳石，嶔崎[2]復突兀[3]。寶之日摩挲，壽之付剞劂[4]。雜以鐘鼎敦[5]，燦如璣珠玥。羅列硯席[6]間，喜欲具袍笏[7]。攜歸長子孫[8]，秘爾煙霞窟。即此爲宦囊[9]，纍纍何矻矻[10]。

【注釋】

〔1〕瀰瀰：水滿貌。玉泉位於北京西郊玉泉山上，自山間石隙中噴湧而出，淙淙之聲悦耳。下泄泉水，豔陽光照，猶如垂虹，明時已列爲"燕京八景"之一。明清兩代，均爲宮廷用水水源。

〔2〕嶔崎：形容品格特異，不同於衆。

〔3〕突兀：特出；奇特。

〔4〕剞劂（jījué）：刻鏤的刀具。《楚辭·哀時命》："握剞劂而不用兮，操規

桀而無所施。”洪興祖補注引應劭曰：“剞，曲刀；劂，曲鑿。”

〔5〕敦：古代食器。青銅製，蓋和器身都作半圓球形，各有三足或圈足，上下合成球形，蓋可倒置。流行於戰國時期。

〔6〕硯席：硯臺和坐席，借指讀書寫作或執教之處。

〔7〕袍笏：古代官員上朝時穿的官服和手拿的笏板。明人張岱説：“飛來峯，棱層剔透，嵌空玲瓏，是米顛袖中一塊奇石。使有石癖者見之，必具袍笏下拜，不敢以稱謂簡褻，只以石丈呼之也。”

〔8〕長子孫：造福子孫。《史記·平準書》：“爲吏者長子孫，居官者以爲姓號。”

〔9〕宦囊：因做官而得到的財物。

〔10〕矻矻：石堅貌。此句是説這種財物既多，又堅實可靠。

典　衣

去去重去去，努力愛春暉〔1〕。昔日慈母綫，今日游子衣。京洛淄塵〔2〕滿，何不早言歸。委蛇〔3〕詠羔裘〔4〕，甯免仗馬〔5〕譏。秋來數征鴻，乙乙〔6〕向南飛。飛夢落江沱〔7〕，乘月敂荆扉。兒女走問訊，堂前何依依。夢醒在燕市〔8〕，清淚不可揮。明朝典朝衫，初服〔9〕願勿違。

【注釋】

〔1〕春暉：孟郊《游子吟》“誰言寸草心，報得三春暉!”後因以“春暉”比喻母愛。

〔2〕淄塵：緇塵。指黑色灰塵，常喻世俗污垢。

〔3〕委蛇：雍容自得貌。

〔4〕羔裘：《詩經》篇名。

〔5〕仗馬：比喻坐享俸禄而不敢言事之官。語出《新唐書·奸臣傳·李林甫》。

〔6〕乙乙：猶一一，逐一。另可作象聲詞，此處兼而有之。

〔7〕江沱：指枝江。長江在枝江分出支流，稱沱江。張盛藻家在枝江董市，正是沱江的上段。

〔8〕燕市：指燕京，即今北京市。

〔9〕初服：未入仕時的服裝，與“朝服”相對。

賣　車

南游仗舟楫，北行資輪蹏[1]。自我宦燕京，終年聞馬嘶。蹩躠[2]東華[3]路，敝車笑雞棲[4]。今將舍汝去，五湖追范蠡。五湖去悠悠，歸帆楚江頭。烹茶江中水，讀書江上樓[5]。我于世無競，世于我何尤[6]。息影蓬廬間，埋輪[7]希留侯。“埋輪”本蘇句。

【注釋】

〔1〕輪蹏：亦作“輪蹄”。車輪與馬蹄，代指車馬。

〔2〕蹩躠（xiè）：奔走，奔波。

〔3〕東華：明清時中樞官署設在宫城東華門内，因以借稱中央官署。

〔4〕雞棲：即“雞棲車”，古代一種製作簡陋的小車。

〔5〕江上樓：張盛藻的故居在董市江邊，爲兩層木樓。

〔6〕何尤：責怪什麽。此句意爲我無過錯。

〔7〕埋輪：典出《後漢書·張綱傳》：“餘人受命之部，而綱獨埋其車輪於洛陽都亭，曰：‘豺狼當路，安問狐狸！’”。張盛藻在本詩末尾自注“‘埋輪’本蘇句”。蘇軾《次韻孔常父送張天覺河東提刑》：“送君應典鷫鸘裘，憑仗千鐘洗别愁。脱帽風流餘長史（君喜草書而不工，故以此爲戲），埋輪家世本留侯。（張綱，子房七世孫也，犍爲武陽人。墓在今彭山，君豈其後耶?）子河駿馬方争出（麟府馬，出子河汊），昭義疲兵亦少休。（唐稱昭義步兵，蓋澤潞弓箭手。）定向秋山得嘉句，故關黄葉滿行輈。”

别　竹

娟娟中天月，照我窗前竹。去年陰雨時，和煙種碧玉[1]。亭亭表勁姿，翠袖翳寒緑。荏苒秋風裏，賴爾慰幽獨。取琴爲爾彈，裵徊復躑躅。一爲游子吟，調急不成曲。别汝天南去，相思如轉軸[2]。

【注釋】

〔1〕碧玉：比喻澄净、青緑色的自然景物。此處指竹子。清代徐緒《新竹》

詩："森森碧玉已成行，一雨長梢盡過牆。"

〔2〕轉軸：車輪。此處取其永不停息之意。

待　柳

庭前一株柳，依依最親人。駘宕嬉東風，與我春復春。今看霜露下，搖落倍愴神。我欲賦歸〔1〕去，爲爾行復住。萬縷與千絲，離情那可訴。期及春來時，青眼〔2〕相待汝。我當爲爾歌，爾當爲我舞。

【注釋】

〔1〕賦歸：《論語·公冶長》"子在陳曰：'歸與，歸與！'"後因以"賦歸"表示告歸，辭官歸里。

〔2〕青眼：指對人喜愛或器重。與"白眼"相對。傳説魏晋時著名詩人阮籍能作"青白眼"：兩眼正視，露出虹膜，則爲"青眼"，以看他尊敬的人；兩眼斜視，露出眼白，則爲"白眼"，以看他不喜歡的人。據説阮籍母親去世時，其好友嵇康來慰問，阮籍給的就是"青眼"；而阮籍看不順眼的嵇康的哥哥嵇喜來弔唁時，阮籍就是給的"白眼"。"青眼"一語即出於此。

游城外極樂寺〔1〕小憩可園〔2〕

春氣滿郊畿，年來轍跡稀。幾人行並轡，昨日雨沾衣。粲粲花如笑，依依柳未飛。翠華〔3〕今不到，惆悵立斜暉。

已過祇園〔4〕地，言尋故相家。池邊花訊遞，簾外酒旗遮。泥落巢無燕，塵封壁有蝸。因茲懷舊夢，歌管醉流霞〔5〕。

【注釋】

〔1〕極樂寺：位於北京海澱區東升鄉五塔寺東約500米處，臨高梁河。一説極樂寺爲元代至元年間所建，另説爲明成化年間所建。極樂寺坐北朝南，原分三路，中路有山門、前殿、正殿及東西配殿。正殿後爲達本和尚塔，東跨院是花園，有寄心齋、池塘等景觀，西跨院爲僧房。内曾有明嘉靖二十八年(1549年)《創建極樂禪林記》碑，爲大學士嚴嵩撰書。碑陽刻有明萬曆五年

（1577年）《極樂寺護持香火墳塋碑記》，今存正殿和正殿耳房。位於北京極樂寺的國花堂，明朝時期就是觀賞牡丹的好去處。儘管不是國花，但可能因爲上自天子、下至平民百姓都對牡丹花情有獨鐘，因而極樂寺内的牡丹園被命名爲國花堂。“西直門而西北，有如山陰道上，應接不暇。去城最近者，爲高梁橋。明代最盛，清明踏青多在此地。今則建倚虹堂船塢，御駕幸園，於此登舟。沿河高樓多茶肆，夏日游人多有至者，而無復踏青之俗矣。南岸樂善園久毀，近又以牆圍之。再西則爲可園，俗稱三貝子花園，今亦改爲御園。又西北岸極樂寺，明代牡丹最盛。寺東有國花堂，成邸所書。後牡丹漸盡，又以海棠名。樹高兩三丈，凡數十株。國花堂前後皆海棠，望之如七寶浮圖，有光奕奕。微風過之，錦裀滿地，今海棠亦盡。”（清代震鈞《天咫偶聞》）

〔2〕可園：在北平西直門外里許，一名萬牲園。原是明代的皇家莊園，清初改爲皇親、勛臣傅恒三子福康安貝子的私人園邸，俗稱三貝子花園。東部叫樂善園，西部叫可園。道光時期名爲可園，清末改稱繼園，光緒年間併入皇家，後與樂善園一起改爲農事試驗場，即後來的北京動物園所在地。清代李慈銘《越縵堂日記》記載：“酒罷更游可園，都中人呼爲三貝子花園，相傳爲誠隱親王賜邸。道光間嘗歸寶文莊公相國，今爲賣花人所居矣。”“……可園，所謂三貝子花園也。頹廢已久，近有文某稍修葺之爲業，爲賣花者所居……”《增補都門紀略》曾載：“可園在西直門外正西，俗名三貝子花園，有亭臺樓閣，並且‘超然餘芳’在内包辦酒席。”

〔3〕翠華：天子儀仗中以翠羽爲飾的旗幟或車蓋，爲御車或帝王的代稱。

〔4〕祇園：祇園寺，在地安門内大街西的兩樓巷19號。祇園寺建於清乾隆年，房屋十二間。管理及使用情況爲供佛及自住外出租。據《1928年北平特别市寺廟登記》載：“廟内法物有三世佛三尊，關帝、韋馱各一尊，鐘磬各一個，另有榆樹一株，柏樹一株。”又《1936年第一次寺廟登記》載：“廟内法物有佛像八尊、神像一尊、禮器五件、法器兩件，另有柏樹、榆樹各一株。”

〔5〕流霞：泛指美酒。北周庾信《衛王贈桑落酒奉答》詩：“愁人坐狹邪，喜得送流霞。”

丙寅[1]上巳再游極樂寺訪畏吾村[2]同范鶴生[3]黄翔雲[4]唐秝農[5]諸同人作

春光逼人來，桐生欣豫㘡[6]。佳辰及上巳，修禊[7]事非創。侵晨招游侶，速駕神先王。帝里[8]富淄塵[9]，如設錦步障[10]。出郭事幽尋，豁然始清曠。榆柳盛菁葱，好風恣駘宕。敬造先賢墓，茶陵李文正[11]公葬處。一樽薦薄醠[12]。慨想三百年，松楸[13]鬱相向。旋車入蕭寺[14]，衆芳呈色相。紅黄間紫白，騁妍各不讓。牆陰一海棠，含苞半吐放。有如十三女，婀娜斂眉樣。同游廿五人，逸興俱飛颺。共登國花堂，開軒心目暢。年年今日游，極樂信非誑。更訪故相園，沿溪春水漲。芳草萋以緑，亭榭遥在望。花落人不掃，青苔隨砌上。鳥語一聲聲，游人增惆悵。所以蘭亭集[15]，少長咸放浪。一死生爲誕，齊彭殤爲妄。人生駒過隙，能着屐幾緉[16]。何時攜壺觴，續游諸君儻。

【注釋】

〔1〕丙寅：同治五年，1866 年（作者 48 歲）。

〔2〕畏吾村：即今天的魏公村，今天這裏已是繁華的市區，而在解放初，這裏只有十幾户居民，是一個小村落。説到魏公村，這一名稱的來歷和古代畏兀兒人（即今維吾爾族）有着密切的聯系。新疆維吾爾族人在北京一帶的活動，始見於唐代的記載。到了元代，當時維吾爾族的首領臣附於蒙古汗國。蒙古族的統治者從維吾爾族人那裏吸收了不少先進的文化技能和比較完整的典章制度，並在政治、軍事、文化各方面大量擢用維吾爾族人。大都西的畏吾村，成爲維吾爾族兄弟聚居的地方，清人喬松年《蘿藦亭劄記》載："畏吾村，蓋京西直門外村名。本西域畏兀部落，元太祖時來歸，聚處於此，以稱村焉。"他們或經商或製酒，或冶煉鑌鐵。元人黄文仲在《大都賦》中贊"平則爲西賈之派"，"平則"指平則門，即今天的阜成門。明代成化年間，太監墓誌銘稱這個村"謂務村"。正德年間，太監墓誌銘稱"委兀村"。張爵《京師五城坊巷胡同集》稱"畏吾村"。萬曆二十一年刊刻的《宛署雜記》稱"葦孤村"，有如下記載："（宛

平）縣之西北，出西直門一里曰高良橋，又五里曰籬笆房，曰葦孤村，又二十里曰韃子營。又十里曰北海店，其旁曰小南莊、曰八里溝、曰牛欄莊……”這不僅爲我們提供了畏吾村的異名，也説明畏吾村的具體位置與今天的魏公村是一致的。所有這些稱謂都是維吾爾族稱的譯音，只不過依照語音，略有改動。到了清代，這個村子仍叫畏吾村。清人查禮《畏吾村考》中寫道：“京師西直門外，有村名畏吾。”直到清光緒七年（1881 年），這裏仍稱做畏吾村。辛亥革命勝利後，隨着民國的建立以及人們思想的轉變，北京市的許多舊地名被紛紛代之以新的稱謂。民國四年（1915 年）繪製的《實測京師四郊圖》標稱“魏公村”。“文革”期間被改爲“爲公村”，1982 年又恢復“魏公村”原名。至今魏公村附近的一座立交橋仍稱做“爲公橋”。（引自《北京晚報》，作者：徐瑩）

〔3〕范鶴生：范鳴和，湖北武昌葛店人，壬子進士，曾任吏部主事、內閣中書，曾爲太子侍讀，帝賜御書“門生天子”匾額。著有《澹災蠡述》。關於他的故事較多。據説范鳴和原名范鳴瓊，道光某年殿試已列一甲前十名。唱名時，北音讀“范”爲“萬”，成了“萬民窮”，令道光皇帝極爲不悦。皇上深情地説了句：“四海困窮，天禄允終。”下令將范從一甲移置三甲。范很能識人，很愛惜人才。據傳，當年楊守敬參加會試所寫文章，范鶴生与蘄州黄雲鶴（翔雲）兩先生看後歎爲高古絶倫，范鶴生説：“場中考官未能識，惟福建林天齡、江蘇蔣彬尉二人能識之。若君卷落此二人手，則必出房。但總裁中有一旗人，若落此人手，恐亦未必賞之。”後來結局果然如此。同治元年張之洞參加會試時范鶴生任房師，范鶴生見到這份試卷激賞不已，認爲文筆有《史》、《漢》之風，極力向主考官推薦。卻不料主考官並不賞識，張之洞落第了。范鶴生爲之惋惜，親到張之洞下榻的客棧看望，他一面安慰張之洞不要灰心，明年恩科再來，一面又爲科場誤人的歷史和現狀憤憤不平，説到動情處，淚流滿面。張之洞心中十分感激。第二年，躊躇滿志的張之洞再次會試，詩文比上年更加光彩耀目。范鶴生這年再度出任閱卷官，而張之洞的試卷則又一次落到他的手裏。儘管名字被糊去，但精於辨文的范鶴生一讀便知這是場屋中最好的文章。他給予很高的評價，又四處揄揚，極力薦舉。放榜時，張之洞被取中一百四十一名貢士。當張之洞的名字被高聲唱讀時，范鶴生又驚又喜，欣慰無比。後來張之洞專門賦詩表達感激之情。“十八瀛洲選，惟公薦士誠。不才晚聞道，因困轉成名。已賦從軍去，重偕上計行。天知陶鑄苦，更遣作門生。”“滄海横流世，何人惜散

材。嵚奇爲衆笑，湔祓有餘哀。疊中憑摸索，孤生仗挽回。韓門多徹喜，應恨不同來。”（參閱唐浩明《張之洞》）。另見後面《丙戌春分日舟次夢范鶴生醒後作》一詩注解。

〔4〕黄翔雲：又名黄雲鵠，字翔雲。蘄州（今湖北蘄春）人。出身貧寒，自幼勤學。二十四歲中鄉試第八名舉人，咸豐三年（1853年）會試中進士，授刑部主事，歷任兵部郎中、馬館監督、成都知府、按察使等職。一生著述甚多，爲人淡泊閒逸。據傳他曾經在爲清廷經手一件極正經的差事時，爲四川雅安金鳳寺的恬静風光所吸引，一入寺内，便與寺内的一位能文善詩的和尚酬唱甚歡，流連多日，竟把自己正經的差事丟到了腦後。上司頗是惱怒，於是動手參劾他。執筆的幕僚潦草地將此事歸結爲“流連金鳳”四字，朝廷誤以爲“金鳳”是妓女名。當年，清朝的官吏都是明令不容許狎妓的，黄雲鵠差一點爲此遭到了朝庭的嚴譴。黄雲鵠之子黄侃是海内聞名的國學大師。

〔5〕唐萩農：唐樹森，字穀九，號萩農，湖南善化人（今望城）。諸生，歷官貴州按察使。著有《澹吾室詩鈔》。死後安葬於望城縣天頂鄉。清人俞樾在其《春在堂雜文》中記載：善化唐藝農以金衢嚴兵備道升授雲南按察使司，其弟裴泉任陝西按察使司，其子以臺南府知府署理臺灣道，兼按察使司。一門之中，並時三臬司，亦異事也。

〔6〕鬯：同“畅”。

〔7〕修禊：古代風俗，在每年三月上旬的巳日到河邊沐浴，並在水濱引清流爲曲水，流觴宴飲，祓除不祥，稱爲修禊。《後漢書・禮儀志》記載：“是月上巳，官民皆潔於東流上，曰洗濯祓除，去宿垢疢爲大潔。”從魏代以後，固定在三月初三。文人學士，青年朋友，聚會於環曲的水渠旁。最初的水渠是臨時挖成的，後代的環曲之渠是事先專門鑿刻在石板上的。引流水環曲成渠，流觴爲樂，觴用木質酒杯，兩邊有翼翅，可以平穩地在水上漂流，停在誰的面前，誰就取而飲之，並賦詩一首。稱爲“曲水流觴”，也叫流杯。曲水流觴是古代非常盛行的一項春游活動，有的是私人集會，以文會友，充滿民間情趣，有的是皇家宴會，排場更客觀。但都充滿詩情畫意，當場留下了許多好詩文。

〔8〕帝里：猶言帝都，京都。

〔9〕淄塵：緇塵。指黑色灰塵，常喻世俗污垢。

〔10〕錦步障：遮蔽風塵或視綫的錦製螢幕。

〔11〕李文正：李東陽（1447—1516），字賓之，號西涯，謚文正。祖籍湖廣長沙府茶陵州人，寄籍京師。明代中後期茶陵詩派的核心人物，詩人、書法家、政治家。天順八年進士，授編修，纍遷侍講學士，充東宫講官，弘治八年以禮部侍郎兼文淵閣大學士，直内閣，預機務。立朝五十年，柄國十八載，清節不渝。文章典雅流麗，工篆隸書。有《懷麓堂集》、《懷麓堂詩話》、《燕對録》。

〔12〕醯：清酒。

〔13〕松楸：松樹與楸樹。墓地多植，因以代稱墳墓。

〔14〕蕭寺：唐代李肇《唐國史補》卷中："梁武帝造寺，令蕭子雲飛白大書'蕭'字，至今一'蕭'字存焉。"後因稱佛寺爲蕭寺。

〔15〕蘭亭集：東晋穆帝永和九年（353年）三月三日，王羲之與謝安、孫綽等四十一人，在山陰（今浙江紹興）蘭亭"修禊"，會上各人作詩，王羲之爲他們的詩寫序文，其中有"群賢畢至，少長咸集"，"一死生爲虚誕，齊彭殤爲妄作"等句。

〔16〕緉：古代計算鞋的單位，相當於"雙"。

前詩有未盡意續成十二韻

出郭看西山，積翠成疊嶂。郊游合有詩，限韻因取漾。或言山水情，或寫草木狀。境地幽以僻，謂雲煙供養。風日清且佳，雲和氣醞釀。飳飣〔1〕成一篇，詩債聊可償。車中起腹稿，歸來都遺忘。如夢鹿在蕉〔2〕，既得旋復喪。遣詞貴達意，險韻〔3〕非所尚。競病〔4〕與尖叉〔5〕，力薄不自量。獺祭〔6〕皆冗辭，嘔心亦魔瘴。我詩適然耳，任君瓿覆醬〔7〕。

【注釋】

〔1〕飳飣：將食品堆迭在器皿中擺設出來。比喻文辭的羅列、堆砌。

〔2〕鹿在蕉：即覆鹿尋蕉。覆，遮蓋；蕉，同"樵"，柴。比喻把真事看作夢幻而一再失誤。從前鄭國人在野外砍柴，看到一隻受傷的鹿跑過來，就把鹿打死，擔心獵人追來，就把死鹿藏在一條小溝裏，順便砍了一些蕉葉覆蓋。天黑了，他想找到死鹿扛回家，可惜怎麽也找不到。於是他只好放棄，就當作自己做了同樣的夢罷了。

〔3〕險韻：險僻難押的詩韻。

〔4〕競病：指作詩押險韻。

〔5〕尖叉："尖"、"叉"均舊詩中之險韻（語句用艱僻字押韻）。

〔6〕獺祭：獺貪食，常捕魚陳列水邊，有如以魚作祭品。比喻文章羅列、堆砌。

〔7〕瓿覆醬：蓋醬壇。後用以比喻著作毫無價值，或無人理解，不被重視。此處取後意。

丁卯[1]仲春乞假歸養和陳筱石同年見贈韻留别諸同人

久别衰親[2]事遠游，闕廷[3]依戀尚遲留。投林鳥翮今知倦，過海飄檣早欲收。襪綫[4]無長徒卅載，衮衣[5]未補詎千秋。惟應解組[6]歸來好，醉卧沱江舊酒樓[7]。

【注釋】

〔1〕丁卯：同治六年，1867 年（作者 49 歲）。陳筱石，生平不詳。

〔2〕衰親：年老的雙親。

〔3〕闕廷：朝廷。亦借指京城。

〔4〕襪綫：宋代孫光憲《北夢瑣言》卷五："韓昭，仕王氏，至禮部尚書、文思殿大學士。粗有文章，至於琴棋書算射法，悉皆涉獵。以此承恩於後主。時有朝士李台嘏曰：'韓八座事藝，如拆襪綫，無一條長。'"後因謂藝多而無一精者。亦比喻才學短淺。

〔5〕衮衣：古代帝王及上公穿的繪有卷龍的禮服。

〔6〕解組：解下印綬，謂辭去官職。組，印綬。

〔7〕沱江舊酒樓：張盛藻的故宅在今董市江邊，爲二層木樓。沱江：古時百里洲南的河道是長江主河道，是大江，稱爲"江"；北爲支流，稱爲"沱"或"沱江"。

途中懷都門諸友

一朝封事[1]達明光[2]，浪得虚名滿帝鄉。上日[3]鶯花羈客感，中宵絲竹别筵張。誰言文字能驅鱷[4]，且向溪山恣相羊[5]。親舍白雲[6]遥在望，揮鞭南去勿旁皇。“相”，去聲。

卅載[7]東華可笑人，惟餘舊雨最相親。宦成書積有千卷，病後身輕如一塵。破曉遄征[8]風露重，臨歧别話性情真。共期努力崇明德，遠志當歸各自珍。

【注釋】

〔1〕封事：密封的奏章。古時臣下上書奏事，防有洩漏，用皂囊封緘，故稱。

〔2〕明光：漢代宫殿名。後亦泛指朝廷宫殿。

〔3〕上日：朔日，即農曆初一。一説“上日”指陰曆每月上旬之吉日，也指佳日，佳節。

〔4〕驅鱷：《舊唐書·韓愈傳》載：“初，愈至潮陽，既視事，詢吏民疾苦，皆曰：‘郡西湫（深潭也）水有鱷魚，卵而化，長數丈，食民畜産將盡，以是民貧。’居數日，愈往視之，令判官秦濟炮一豚一羊，投之湫水，呪之……呪之夕，有暴風雷起於湫中。數日，湫水盡涸，徙於舊湫西六十里。自是潮人無鱷患。”

〔5〕相羊：亦作“相徉”。徘徊，盤桓。

〔6〕親舍白雲：比喻思念父母的話。親，指父母；舍，居住。《新唐書·狄仁傑傳》：“薦授並州法曹參軍，親在河陽。仁傑登太行山，反顧，見白雲孤飛，謂左右曰：‘吾親舍其下。’瞻悵久之。雲移，乃得去。”

〔7〕卅載：三十年。張盛藻一八三七年拔貢，到寫作此詩時(1867年)正好三十年。

〔8〕遄征：急行，迅速趕路。

雄縣[1]道中用前韻

莫誤雞鳴月出光，祖鞭先着[2]早還鄉。天涯芳草隨行李，春水桃花自主張。拚去南山終射虎[3]，休從歧路覓亡羊。東風唤醒號寒鳥[4]，卻願將身比鳳皇。客途草草太勞人，賴有從游弟子親。萬疊好山留馬足，一犁春雨[5]净車塵。長亭楊柳攀難住，別院琵琶聽未真。濁酒聊將謀一醉，登盤苜蓿便爲珍。

【注釋】

〔1〕雄縣：位於河北省中部。

〔2〕祖鞭先着：《晋書・劉琨傳》："與范陽祖逖爲友，聞逖被用，與親故書曰：'吾枕戈待旦，志梟逆虜；常恐祖生先吾着鞭。'"後以"祖鞭先着"比喻奮勉争先或先占一步之意。

〔3〕射虎：漢代李廣曾在南山射虎。詩文中常用以形容英雄豪氣。

〔4〕號寒鳥：民間傳言，這種鳥從不壘窩，一到冬天，就只能在犄角旮旯裏將就着。每當夜晚降臨、北風呼嘯的時候，它被凍得極其難受，於是一邊使勁往縫隙裏鑽，一邊哆嗦着説："嗦囉囉，嗦囉囉，寒風凍死我，明天就壘窩。"可到第二天北風停止、陽光上來的時候，它照樣還是在犄角旮旯裏苟且，並且振振有詞地嘟囔："得過且過，陽旮旯裏暖和暖和"。

〔5〕一犁春雨：下了一犁深的春雨，指及時又適量的春雨。語出宋代蘇舜欽的《田家詞》："山邊夜半一犁雨，田父高歌待收穫。"

微雨望泰山

微雨瀟然馬首東，層巒矗立似屏風。河聲浩浩通淮濟，山勢巖巖壓霍[1]崧。磨壁雲迷丞相篆[2]，披襟氣想大王雄。何當躡屐凌千仞，九點煙痕[3]落眼中。

【注釋】

〔1〕霍：中鎮霍山，位於山西省霍州市及洪洞、古縣、沁源、靈石等縣，北接恒岳，南達中條，峯高秀毓，氣清勢雄，又名霍太山、太岳山，是我國古代五鎮名山之一。五鎮名山是次於五岳的名山。據《禹貢》注，最早爲中國古代冀州之鎮山。《周禮・職方氏》載："九州之鎮山，在冀曰霍，名於後世不可移。

惟冀州據北方，地最廣邈，河東尤認山水之雄，而獨以霍爲鎮，意在其巍大隆峻，深厚廣博，子諸峯而求群垤，其氣象有以冠境内。”堯帝時期，霍山雄居五鎮名山之首，商以後始號中鎮。隋開皇十四年册封爲中鎮，迄今歷時一千四百餘年。

〔2〕丞相篆：秦始皇泰山刻石，丞相李斯小篆文（現藏泰山岱廟）。

〔3〕九點煙痕：謂自高處俯視九州，如煙九點。用唐朝詩人李賀的《夢天》典：“遥望齊州九點煙，一泓海水杯中瀉。”

微山湖櫂歌〔1〕

濟甯閘外即南陽，蟹舍漁村作水鄉。隔斷京華塵十丈，一船書畫理輕裝。

桃花春水緑無波，柔櫓聲中起櫂歌。遠岸垂楊遮不住，一湖明月客船多。

獨山湖〔2〕接嶧山湖〔3〕，湖上青山似畫圖。行盡微湖三百里，半篙新水長菰蒲。

湖中艇子即生涯，茆舍疎籬是妾家。轆轤〔4〕起罾摻夜月，丫叉曬網趁朝霞。

荇藻交横緑作苔，回旋吹沫水紋開。榜人〔5〕躍入湖中去，抱得鯉魚出水來。

湖中女兒盪雙槳，採取湖菱出小港。沙上恐驚水鳥眠，挐〔6〕舟暗過不聞響。

郎去湖中採菱實，妾來湖上採菱花。菱花不照妾顔色，兩鬢終朝堆亂鴉〔7〕。

鴨欄曲曲水爲田，網得魚蝦不論錢。濁酒但供漁父醉，緑蓑青笠老江天。

花飛片片柳毵毵〔8〕，已過客程三月三。且逐輕鷗波上下，密濛春雨望江南。

聽雨聽風留客住，一湖煙雨春將暮。燕雲楚樹隔重重，客夢今宵落何處。

滿路菜花胡蝶飛，鯽魚潑浪鱖魚肥。江南春水茫茫去，陌上行人緩緩歸[9]。

煙波春放五湖船，茶竈酒鐺自在眠。好似稚川[10]移舍去，一時雞犬亦神仙。

【注釋】

〔1〕微山湖櫂歌：微山湖，廣義的微山湖是南四湖的别稱，位於山東省南部的微山縣，是中國第六大淡水湖，也是中國北方最大的淡水湖，是中國荷都、北方水鄉、“鐵道游擊隊”的故鄉。櫂歌，本指漁民的歌，後演化爲與水鄉有關的詩詞，並形成爲一種獨特的詩歌創作方法。

〔2〕獨山湖：位於山東省南部微山縣境内，與微山湖、南陽湖、昭陽湖一起組成了我國北方最大的淡水湖南四湖。萬頃蘆葦蕩，莽莽蒼蒼，廣袤壯美。大運河穿湖而過，縱貫南北，構成特有的“湖中運河”景觀。湖中有著名的獨山島，均爲水鄉澤國，更具漁鄉風情；其中獨山島火神廟、二郎廟、孔夫子樓、朝陽洞最爲著名。

〔3〕嶧山湖：位於山東鄒城市嶧山鎮。

〔4〕轆轤：絞盤。在鄉村，常常見到一種捕魚的工具——罾，傍河而設：一張大網從河這邊拉到河那邊，給魚下個套兒。岸上設一個轆轤，守罾人扳動轆轤，收起绳子，網就漸漸脱離水面，誤經此處的魚兒就成了甕中之鼈。守罾人拿一根長竿網兜伸向網底，兜回魚兒。下罾時，則鬆開轆轤，呼嚕嚕一陣響，那網就沉入水底。

〔5〕榜人：船夫，舟子。《文選·子虚賦》：“榜人歌，聲流喝，水蟲駭，波鴻沸。”郭璞注引張揖曰：“榜，船也。”

〔6〕挐：古通“橈”，船槳。此作动词。

〔7〕堆亂鴉：形容女子髮黑而美。

〔8〕毵毵：垂拂紛披貌。

〔9〕陌上行人緩緩歸：吴越王妃每歲春必歸臨安，王以書遺妃曰：“陌上花開，可緩緩歸矣。”

〔10〕稚川：晋代葛洪的字。葛洪好神仙之事，死後，人以爲其成仙。“稚川逃名者，苦就大藥資。移家山水間，乃以妻子随。”

游金山得見蘇公玉帶[1]及周遂啓諆鼎[2]書以志幸

凌江巍㠑一山蹲，墖影摩空鎮海門。精舍都随烽火燼，殘碑難向蘚苔捫。周宣有鼎銘誰證，坡老參禪帶尚存。不乞中泠[3]一瓢水，井泉且就竹罏[4]温。

【注釋】

〔1〕蘇公玉帶：蘇東坡和佛印是好朋友，佛印在鎮江金山寺住持時，蘇東坡常去看望他。一天，佛印焚净香，坐禪牀，正與衆僧講經説法，蘇東坡來了。佛印禪師説：“此間無座榻，不及奉陪居士。”坡公趁機戲言：“敢暫借和尚四大爲座榻。”佛印禪師回答道：“山僧有一問，居士若道得即請坐，若道不得，即輸卻腰間玉帶。”坡公欣然同意。佛印禪師説道：“居士適來道，借山僧四大爲座榻，只如山僧四大本空，五蘊非有，居士向何處坐?”坡公擬議不能答。遂解玉帶，大笑而出。佛印禪師即以雲山衲衣贈坡公。據説，蘇東坡的玉帶至今仍供奉在鎮江金山寺。

〔2〕周遂啓諆鼎：遂啓諆鼎於道光二十四年出於陝西岐山，葉志詵得之，置於金山作歌紀事，以詩和之。葉志詵作《周遂啓諆鼎考》和《道光甲辰夏五月，得遂啓諆大鼎，周宣王時物也，因置之金山，一垂永遠，作歌紀事，用新城王西樵焦山古鼎歌元韻》（葉志詵：《御覽集》，附《周鼎題詠匯存》）。一時間，陳慶鏞、許瀚、王筠、張穆等四十三人均和詩，作《考》、《記》。而吴式芬記云：“陳壽卿説，是鼎原銘止此九字，陝中人增刻僞字成三百鬻之。漢陽葉氏考釋數百言，且云將留之焦山，永俾不朽，如無惠鼎故事。及見劉燕庭拓本，乃知餘皆僞刻。”（吴式芬：《攈古録金文》卷二之一《遂啓諆鼎》）

〔3〕中泠：中泠泉位於江蘇省鎮江市金山腳下。此泉原在波濤滚滚的江水之中。由於河道變遷，泉口處已變爲陸地，現在泉口地面標高爲 4.8 米。據《金山志》記載：“中泠泉在金山之西，石彈山下，當波濤最險處。”蘇東坡有詩云：

“中泠南畔石盤陀，古來出没隨濤波。”唐陸羽品評天下泉水時，中泠泉名列全國第七，稍陸羽之後的唐代名士劉伯芻品嘗了全國各地沏茶的水質後，將水分爲七等，中泠泉依其水味和煮茶味佳爲第一等，因此被譽爲“天下第一泉”。南宋名將文天祥有詩贊曰：“揚子江心第一泉，南金來北鑄文淵。男兒斬卻樓蘭詩，閑品茶經拜祠仙。”

〔4〕竹壚：即竹爐，一種外殼爲竹編、内安小缽、用以盛炭火取暖的用具。

宿焦山〔1〕枕江閣　用阮亭〔2〕韻

巋然巨石枕江流，攜酒同登巖畔樓。鶴去華陽殘碣〔3〕在，潮來海岸片帆收。獨留彝鼎懷中古，且讓金山踞上游。不爲漢廷三詔至，孰知處士有千秋。

【注釋】

〔1〕焦山：係“京口三山”名勝之一（另兩個是金山和北固山），向以山水天成、古樸幽雅聞名於世。其因碧波環抱，林木蓊鬱，緑草如茵，滿山蒼翠，宛然碧玉浮江，是萬里長江中唯一四面環水的游覽島嶼，與對岸象山夾江對峙，正所謂“萬川東注，一島中立”，有江南“水上公園”之喻，被譽爲“江中浮玉”。因東漢焦光隱居山中而得名。枕江閣上有楹聯一副：“楚尾吴頭，一片青山入座；淮南江北，半潭秋水烹茶。”爲鄭燮所撰。

〔2〕阮亭：王士禎（1634—1711），字子真，一字貽上，號阮亭，又號漁洋山人，山東新城人。順治十二年己未（1655 年）進士，官至刑部尚書，謚文簡。康熙時繼錢謙益而主盟詩壇。論詩創神韻説。早年詩作清麗澄澹，中年以後轉爲蒼勁。擅長各體，尤工七絶。

〔3〕殘碣：《瘞鶴銘》是我國著名摩崖刻石。其時代和書者，前人辨説紛紜，有人説是晉朝王羲之，有人説是梁朝陶弘景，有人認爲是隋代人所作，有人認爲是唐人所書，均無確鑿證據。但刻石的字勢雄强秀逸，歷來對此評價甚高。瘞鶴銘在《金石萃編》、《古今圖書集成》兩書中均有記載，共同之處是均認爲是梁時作品。原刻在鎮江焦山西麓石壁上，中唐以後始有著録，後遭雷擊崩落

長江中，南宋淳熙間挽出一石二十餘字，康熙五十二年又挽出五石七十餘字。乾隆二十二年嵌於焦山定慧寺壁間，共九十餘字。

無錫就醫遂至姑蘇赴少仲[1]同年之約

偶駕吴艭[2]便，言尋采藥師。風回迂道[3]遠，雨落片帆遲。久病多鄉夢，閒愁併客思。來傾無錫酒，昨與故人期。

少年湖海氣，喜話舊游蹤。共客三吴[4]地，維舟片刻逢。新霜催短鬢，宿雨閣前峯。卅載春明[5]事，因君訴別悰[6]。

【注釋】

〔1〕少仲：勒方琦，亦作勒方錡（1816—1880），原名人璧，字悟九，號少仲，江西南昌人。歷任江蘇按察史，廣西布政史，江蘇、福建和貴州巡撫，官至河東河道總督。精通星卜術相之學，洞達玄理，工詩能文，詩詞造詣極深，享名於時。精於書畫，每作畫澄思静會，自研墨盈器，然後染翰，墨若隔夜則不用。所以他的書法作品縑素流傳，光氣奕奕，字體秀麗清俊，傳爲珍品。著有《太素齋集》，平生所作詩文詞賦盡録其中。另有《藥禪室隨筆》。與當時名流俞樾、曾國藩等都有交往。

〔2〕艭：小船。

〔3〕迂道：猶繞道。

〔4〕三吴：古地區名。即吴郡、吴興郡、會稽郡三郡轄地，由於這三郡都是從同一個會稽郡中析置，因此三郡地區被合稱爲“三吴”。

〔5〕春明：即唐都長安春明門。因以指代京都。一説，指仕宦。

〔6〕別悰：離別的情懷。

端四日[1]登小金山[2]游惠山

路遶三叉水，人登四面樓。雲容留鑑影，山翠撲簾鉤。豈意兵戈後，成兹汗漫[3]游。平生五湖興，誓欲買扁舟。

九龍山不斷，塧影入青天。偶帶初三月，來評第二泉[4]。危樓盤磴上，奇石鑿雲穿。小坐聞簫鼓，游人去復還。

【注釋】

〔1〕端四日：五月初四。

〔2〕小金山：又名“黄埠墩”，位於無錫北門的吴橋以南、惠山浜口的古運河中心，四面環水，是運河中的“孤島”。

〔3〕汗漫：形容漫游之遠。

〔4〕第二泉：原名惠泉，開鑿於766年（唐大曆年間）。該泉經萬千松根蓄存和砂巖滌濾，水質清純甘冽，被唐代茶聖陸羽評爲“天下第二”，唐代詩人李紳稱其爲“人間靈液”。宋徽宗欽令建亭護泉，御題“源頭活水”，且譽爲貢品，“月進百壇”。宋代大文豪蘇東坡慕名多次來品泉，有“獨攜天上小團月，來試人間第二泉”的詩句。二泉汩汩流淌千餘年，盛名一時。

五雜組[1]　無錫午日戲作

五雜組，競龍舟，往復還，青溪流，不得已，艾纏頭。五雜組，玻璃船，往復還，奏管絃，不得已，月挂天。五雜組，安榴[2]花，往復還，吴儂家，不得已，鬢邊斜。五雜組，蒲觴酒[3]，往復還，高堂壽，不得已，謀諸婦。五雜組，續命絲[4]，往復還，贈所知，不得已，訴離思。

【注釋】

〔1〕五雜組：或作五雜俎，三言六句，以首句名篇，偶句押韻，其内容多寄予哲理。古樂府名，其詞曰：“五雜俎，岡頭草。往復還，車馬道。不獲已，人將老。”後人仿其作，成爲詩體的一種。見明馮惟訥《古詩紀·統論》。唐顔真卿有《三言擬五雜俎》詩。後世蓋因唐人段成式有《酉陽雜俎》，遂訛爲五雜組。這也是填空式的詩體，一、三、五句與《古五雜俎》同，唯更改二、四、六句：五雜俎，往復還，不獲已。

〔2〕安榴：石榴。據晋張華《博物志》載：漢張騫出使西域，得塗林安石國

榴種以歸，故名安石榴。

〔3〕蒲觴酒：即菖蒲酒，産於山西垣曲。遠在漢代已名噪酒壇，爲歷代帝王將相所喜用，並被列爲歷代御膳香醪。

〔4〕續命絲：舊俗於端陽節以彩帶系臂，云可避災延壽，其絲便名續命絲。有“紝如續命絲”，“返魂丹向何人用，續命湯於何處施”之詩句，可證二字之本意。

游蘇將歸謝潘季玉[1]世丈[2]惠花露[3]

卅載師門倚玉茗[4]，相逢珂里[5]繫歸橈。因君仙掌三升露[6]，將我愁心萬斛澆。各有新霜催短鬢，喜同舊雨話連宵。爲霖早慰蒼生望，莫戀東山[7]壯志銷。

【注釋】

〔1〕潘季玉：即潘曾瑋（1818—1886），字寶臣，又字玉淦、季玉，吴縣（今蘇州）人。潘世恩之四子，故稱季玉。道光二十三年（1843 年）順天鄉試，挑取謄録，遂棄舉子業。益留心經世之學，並肆力於詩古文辭。潘曾瑋生性散淡，一直閒居在蘇州。常與諸老會文談宴爲樂，以行善、讀書爲要務。在江南士林中威望極高。書法喜學顏柳，四十後專摹蘭亭，寒暑無間。間以詩酒陶冶性情。何紹基題其集，有“清能澈骨豪逾静，澹欲無言少已多”句，並謂其“發爲詩詞，直道胸臆，絶無矜情躁氣及馳騁浮豔之作”。《儒林外史》付梓之前的抄本即是出自他家，經他校讎後，流傳甚廣。是一個對《儒林外史》做出過重要貢獻的人。他與曾國藩、左宗棠都有交往。

〔2〕世丈：世交或多年相交的長輩。

〔3〕花露：指酒。陸游《林間書意》詩：“紅螺杯小傾花露，紫玉池深貯麝煤。”

〔4〕玉茗：植物嫩芽的美稱。此處比喻學生。倚玉茗，是“玉茗倚”的倒裝。

〔5〕珂里：對别人家鄉的敬稱。

〔6〕三升露：露，比喻恩澤，恩惠。三，極言其多。

〔7〕東山：據《晋書·謝安傳》記載：謝安“隱居會稽東山，年逾四十復出爲桓温司馬，累遷中書、司徒等要職，晋室賴以轉危爲安。”後來人們把他重新出來做官這樣的事稱爲“東山再起”。

靈　　巖〔1〕

靈山洞口碧巉巉，應有仙人祕笈緘。我亦臨巖思撤手，相從採藥荷長鑱。

【注釋】

〔1〕靈巖：即蘇州靈巖山，被譽爲“秀絶冠江南”。樓臺亭榭依山勢而建，九曲長廊因地形而走，清池涓流，岸曲水回，是吴中著名的旅游勝地。

小姑山〔1〕

明珠翠羽賦凌波〔2〕，嫋嫋小姑意若何。山色葱蘢風色静，一盤玉鏡擁青螺〔3〕。

【注釋】

〔1〕小姑山：即小孤山。在安徽宿松縣長江邊。一峯獨立，故名孤山。圓形如椎髻，舊亦稱髻山。名小孤山者，爲區别於鄱陽湖中大孤山而言。小孤山主要建築是始建於唐代的啓秀寺，坐落在半山腰，青瓦紅牆，寺内祀奉着小姑娘娘像，民稱“小姑廟”。小姑，乃民間傳説中一位純情美麗的少女。她與彭郎相愛，但終難成眷屬，於是投江殉情，死後化作秀資超然的“小孤山”，又名“小姑山”。彭郎因悲於小姑之死，遂化成石磯，立於江邊，即“彭浪磯”，亦名“彭郎磯”。山頂“梳妝亭”，傳爲小姑梳妝處。陸游有《過大孤山小孤山》。此詩清人李成謀《石鐘山志》有记載。

〔2〕賦凌波：曹子建《洛神賦》：“體迅飛鳬，飄忽若神，凌波微步，羅襪生

塵。動無常則，若危若安。進止難期，若往若還。轉眄流精，光潤玉顔。含辭未吐，氣若幽蘭。華容婀娜，令我忘餐。”原意是形容洛神體態輕盈，浮動於水波之上，緩緩行走。

〔3〕青螺：喻青山。也指古代的一種髮型。

湖　　口〔1〕

萬頃湖光隱遠峯，湖邊樓閣起重重。輕舟破曉飛帆渡，未得閒心聽石鐘〔2〕。

【注釋】

〔1〕湖口：縣名，始建於南唐（950年），因地處鄱陽湖入長江之口而得名，是“江西水上北大門”，素有“江湖鎖鑰，三省通衢”之稱。此詩清人李成謀《石鐘山志》有记载。

〔2〕石鐘：在湖口縣境内鄱陽湖出口處。因山石多隙，水石相搏，擊出如鐘鳴之聲而得名。北宋大文學家蘇軾曾夜泊山下，尋聲探源，並撰寫聞名天下的《石鐘山記》。石鐘山從唐代起就有建築，經歷代興廢，現仍存懷蘇亭、半山亭、紺園、船廳、江天一覽亭、鐘石、極慈禪林、聽濤眺雨軒、芸芍齋、石鐘洞、同根樹等景點，但多爲清代重建。

鞋　　山〔1〕

煙波浩淼月初彎，彭蠡湖〔2〕中露翠鬟。荷葉菱花青不斷，一峯簇簇是鞋山。

【注釋】

〔1〕鞋山：在江西湖口石鐘山南側九公里的鄱陽湖中，有一孤峯拔水而起，其形似鞋，這就是人稱鄱湖仙島的鞋山。唐代畫家李思訓、宋代詩人蘇東坡將之稱爲與彭澤小孤山遥遥相對的大孤山。此詩清人李成謀《石鐘山志》有记载。

〔2〕彭蠡湖：即鄱陽湖。鄱陽湖在古代有過彭蠡湖、彭蠡澤、彭澤湖、彭湖、揚瀾湖、宮亭湖等多種稱謂。

黄鶴樓

丁年[1]屢向縮征騑[2]，樓閣巋然枕石磯。玉笛聲殘黄鶴去，銅琶[3]唱罷白雲飛。夜烏明月[4]今安在，彭蠡秋風昨已非。浩浩江流催夢醒，天涯倦客此言歸。

【注釋】

〔1〕丁年：成年，壯年。

〔2〕征騑：遠行的馬。

〔3〕銅琶：俞文豹《吹劍續録》云：東坡在玉堂日，有幕士善歌，因問："我詞何如柳七（柳永）?"對曰："柳郎中詞，只合十七八女郎，執紅牙板，歌'楊柳岸曉風殘月'；學士詞，須關西大漢，銅琵琶，鐵綽板，唱'大江東去'。"東坡爲之絶倒。

〔4〕夜烏明月：曹操《短歌行》："月明星稀，烏鵲南飛。"

卷二　里中唫

敝居前江後湖[1]頗擅清曠之勝奈無園林臺榭以供游覽又爲市廛[2]古蹟闃如[3]致令湖山暗寂因拈八題爲董灘[4]八景各繫以詩後之攬者或有取焉　戊辰[5]

石磯雪浪

浩浩沱江水，灘流曲以折。東去濤聲壯，亂石水所齧。上有黄龍磯[6]，下有潛蛟穴。帆檣日往來，屹若海門碣。好乘萬里風，捲起千堆雪。賴此廻狂瀾，何用横江鐵[7]。

九秋花市

夔巫東下路，江村好歲華[8]。秋來花成市，開滿百餘家。璨璨瓊玉積，亂墜若天葩[9]。嗤彼折花人，袒臂帽簷斜。殷勤花下客，醉酒不須賒。

沱江櫓唱

萬里赴岷峨，沱中爲門户。西矚夷陵雲，東眄江陵樹。枝流[10]匯巨浸，澎湃波濤鼓。濛濛煙霧中，舟行摇輕櫓。莫唱巴人曲，江上聞杜宇[11]。

柳嶼曉煙

數間屋近水，一嶼柳爲田。水深柳亦深，緑滿湖[12]中天。盛夏湖水漲，渺渺秋水漣。爾曹編茆者，卜居[13]是何年。濕雲籠深樹，一縷上炊煙。

楊林晚步

深秋積潦涸，麥畦苗始露。泥輭馬蹄澀，沙平雁飛住。曖曖墟中煙，垂垂堤畔樹。杖藜行未遠，一水小橋度。風送短歌聲，倏然[14]見牧豎。我欲問前溪，蒼茫[15]不知路。

盆山[16]浮翠

湖水若聚盆，湖山成積簣[17]。簇立柳湖中，四時自蒼翠。凌霄起樓閣，環以諸佛寺。湖遶山色外，山矗湖光裏。置身在盆山，坐井足空跂[18]。請君作遠觀，盆山日獻媚。

龍橋行春

迤邐東流水，之回度石橋[19]。昨邀踏青侶，攜榼[20]及春朝。春野多芳草，芳徑何迢迢。道逢北來客，遺我美瓊瑶。瓊瑶何足美，期無忘久要[21]。春行無近遠，不爲酒旗招。

金沙泛月

明月何皎皎，湖水何瀰瀰[22]。初地[23]是金沙[24]，蕩漾月中水。小艇三兩人，夜游輕棹理。舉杯問明月，浩歌清風起。船頭赤脚奴，仰天睡正美。

【注釋】

〔1〕前江後湖：前面是長江，後面是董市後湖。

〔2〕市廛：指店鋪集中的市區。

〔3〕闃如：稀少、空虚貌。

〔4〕董灘：董灘口，董市的别名。

〔5〕戊辰：同治七年，1868年。作者50歲。

〔6〕黄龍磯：今董市磯頭。此磯頭是張盛藻的堂兄張志緒組織修建，在歷史上曾發揮了重要的作用。據光緒《荆州府志》記載："黄永昌字卜周，監生，以字行。性敏達，有遠識，家於邑之董市。地瀕大江，恃黄龍岡爲左翼。永昌嘗陟岡以瞰江流，謂數紀後市其墟矣。時洪流尚出外江。岡漸坍挫，乃倡議砌石磯衛之。工未竣而永昌歿。此嘉慶中事也。咸豐初，永昌之戚張志緒習知江流内徙，永昌所云將驗，遂議續修石磯。閲兩載告成。庚申（咸豐十年，1860年)江水大漲（按：此次洪水是有史記載的長江歷史上的第二次大洪水），彝（夷）陵以下蕩洗一空，董市得保無恙，磯之力也。人於是多志緒之功，益誦永昌先見云。"磯頭全用毛石壘砌而成，中間用三合土黏接，今天仍在發揮作用。

〔7〕横江鐵：三國後期，司馬氏取魏自立，並滅掉了劉備建立的蜀漢政權。爲了阻止司馬氏大軍順江而下直取東吴，東吴政權派兵在今猇亭的荆門、虎牙以鐵索封江，以求阻擋司馬氏大軍南下。不過，司馬氏大將王濬利用漢光武初年岑彭破蜀的計謀，一把火就將其鐵索燒掉了。

〔8〕歲華：時光，年華。

〔9〕天葩：天花。佛教傳説，佛祖講經，感動天神，各色香花，紛紛下墜。

〔10〕枝流：長江在枝江董市分出支流，稱爲沱江。另有瑪瑙河在董市注入長江。

〔11〕杜宇：爲傳説中的古蜀國國王。周代末年，七國稱王，杜宇始稱帝於蜀，號曰望帝。晚年時，洪水爲患，蜀民不得安處，乃使其相鱉靈治水。鱉靈察地形，測水勢，疏導宣洩，水患遂平，蜀民安處。杜宇感其治水之功，讓帝位於鱉靈，號曰開明。杜宇退而隱居西山，傳説死後化作鵑鳥，每年春耕時節，子鵑鳥鳴，蜀人聞之曰"我望帝魂也"，因呼鵑鳥爲杜鵑。一説因通於其相之妻，慚而亡去，其魂化作鵑鳥，後因稱杜鵑爲"杜宇"。杜鵑在枝江是一種常見鳥。

〔12〕湖：瑪瑙河過去在董市入江，董市後面原來是大片湖區。古稱“後湖”，解放後稱“雲盤湖”。

〔13〕卜居：選擇居處。

〔14〕倏然：形容無拘無束貌，超脱貌。

〔15〕蒼茫：此處用了雙關的手法，除了字面意思，還指瑪瑙河。瑪瑙河又叫蒼茫溪，過去在董市入江。

〔16〕盆山：指金盆山，今董市鎮政府所在地。原爲著名的金盆山寺所在地，是人工堆砌的一座小山，周圍環水，類似護城河，其水道至今尚存。

〔17〕積簣：此句是説，金盆山是一筐一筐土堆積起來的。簣，古代盛土的筐子。

〔18〕跂：古通“企”，踮起。此句是説，佛寺還立，置身其中，無法看到外面。

〔19〕石橋：龍頭橋。龍頭橋，“乾隆丁巳邑人黄奇昌建，嘉慶己巳昌孫河清繼修，道光乙巳歲貢生馬士傑、監生裴宗顯等重建，同治丙寅職員馬士炯領修，尋卒，子大坦繼志完修，助成者歲貢生馬士傑、職員賀輯五”（同治《枝江縣志》）。

〔20〕榼：古代盛酒的器具。泛指盒一類的器物。

〔21〕久要：舊約。引申爲舊交。曹植《箜篌引》：“久要不可忘，薄終義所尤。”劉良注：“久要，久交也。”

〔22〕瀰瀰：水滿貌。

〔23〕初地：佛教寺院。

〔24〕金沙：金沙寺，在董市後湖龍頭橋，光緒元年邑人馬惠三重修。

[附録]

重修來青橋碑記

世有子，又生子，孫又生孫，相繼而挾大願力，證大妙果者，吾于董灘口黄氏見之。灘之北岸爲市，市北有橋，曰“來青”，跨金盆山之麓，經始者多歷年所矣。自康熙己巳黄君甲臣偕涇陽牛焕然、仝社王維儒捐資重修，前邑侯茹庵葉公曾記之。爾時一螺浮青，琳宫凝霞。他日當類烏衣巷，直接朱雀桁者也。越乾隆丁酉，黄君之孫紹緒復以獨力重修。迄今紹緒之孫錫萬兄弟又緝修焉。大願力、大妙果積百餘年不衰。錫萬父，太學生文泉，與予友善，爲人謹厚誠愨，胸無城府，口絶雌黄，與一切冒襲衣冠攢入狙獪奸詐之徒，不啻天壤别。每良會燕集，相與道殷勤，通款洽，屢及其尊人紹緒公繼其曾大父之志，辛苦於此橋，未嘗不潸然泣下。計欲勒碑石以誌不朽，未果而卒。繼其志者，其錫萬乎！錫萬從予叔游，性温雅，彬彬然，執弟子禮。客歲夏六月緣予移館金盆古刹，來謁予。有頃，怏然曰："小子不敏，不克繼先人志，惟是來青一橋延至於今，不替者，皆先大父暨先府君之力也。先大父、先府君克繼先高祖之志以成此也。今雖鼉梁特起如故，雁齒排聯如故，然每遭潦水激齧、人蓄踐踏，闕裂者亦不無一二。《易》曰：'履霜堅冰至'，蓋言慎也。小子深懼日蝕月剥，浸及傾圮。行將補其闕，緝其裂，稍踵先人尺寸之路，不致行人或病，貽先人九原憂。且念碑誌未就，先府君在日，屢計及之，不幸齎志以歿。及今不圖，則予小子誠先府君之罪人也，亦先高祖先大父之罪人也。願乞先生一言以記之！"予曰："嘻！此可以觀世矣！今人擁厚資，蓄慳囊，不一濟人利物。傳一二世，而其子若孫以游戲相高，揮金如糞土。不轉瞬，而家産蕩絶。至有舉先人之塋兆而不覆以一簣之土者，亦良足哀矣！夫興衰者，時也；成毁者，勢也。欲其興而勿衰，成而勿毁，惟德足以綿之。兹橋自黄氏甲臣一修而傳士位，士位可勿修也。士位傳紹緒，紹緒又修之。紹緒修而其子文泉實佐理之。今文泉之子錫萬等又緝之，且伐石以志之。五世以來，樂善不倦，繼繼承承，而家道日益昌。嗚呼！觀于此者，修德行善之心可以油然而生矣！是爲記。時乾隆五十七年，孟夏月，曹之新惕三氏，撰于董灘金盆山學舍。

（選自同治五年《枝江縣志》，作者曹之新，係張盛藻外公，曾任長樂訓導）

東坡生日[1]集看山閣[2]和先生壽樂堂詩[3]韻

青山爲我壯鬚眉，白水[4]爲我滌藏府[5]。褰[6]衣共登湖上樓，群峯羅列當窗户。峭壁雨留屋漏痕，長松霜落折釵股[7]。山僧嬾散塵不掃，老者龍鍾少椎魯[8]。我攜橘酒[9]薦[10]蘇公，雲物[11]高寒接天宇。江風盪影分爲百，山月當頭尺有五。峨嵋西望不勝情，千載名山自風雨。世事羞與雞蟲[12]争，身閒便是江湖主。浣手敬展笠屐圖，心香一瓣探懷取。颯然歲暮天欲雪，自煮寒泉試花乳[13]。

【注釋】

〔1〕東坡生日：宋仁宗景祐三年的農曆十二月十九日卯時，“人間不可無一，難能有二”的蘇東坡在四川省眉山市紗縠行裏的蘇家大院裏誕生。

〔2〕看山閣：“金盆山寺在董市後湖，四面平衍，中起一峯，相傳爲邑人累土而成，山頂向有關神殿（創建未詳何時）、蟠桃宫，道光二十二年邑人王宗訓修。右有露臺，左有看山閣，邑人張盛藻改建。山麓有杜康殿、百子堂，同治五年張志緒重建。左有太微宫，光緒元年時景源重修。”（光緒《荆州府志》）

〔3〕壽樂堂詩：即《越州張中舍壽樂堂》，是由宋代著名詩人蘇軾所作的一首詩。詩中表現出了高人隱居深山，與山爲伴，不肯入朝爲官，生活自由自在。雖然如此，但依然門庭若市。張盛藻的和詩和蘇軾原詩的韻腳的每個字都相同，難度非常大。詩云：“青山偃蹇如高人，常時不肯入官府。高人自與山有素，不待招邀滿庭户。卧龍蟠屈半東州，萬室鱗鱗枕其股。背之不見與無同，狐裘反衣無乃魯。張君眼力覷天奥，能遣荆棘化堂宇。持頤宴坐不出門，收攬奇秀得十五。才多事少厭閑寂。卧看雲煙變風雨。笥如玉箸椹如簪，强飲且爲山作主。不憂兒輩知此樂，但恐造物怪多取。春濃睡足午窗明，想見新茶如潑乳。”

〔4〕白水：既是泛指，也是特指。枝江老縣城今枝城有白水港。白水發源於五峯，在枝城流入長江。是當時枝江的著名河流。

〔5〕藏府：臟腑。

〔6〕褰：揭起，捲起。

〔7〕折釵股：書法術語。比喻用筆的一種技法。釵原係古代婦女頭上的金銀飾物，質堅而韌，後被借以形容轉折的筆劃，雖彎曲盤繞而其筆致依然圓潤飽滿。此處比喻樹丫。

〔8〕椎魯：魯莽。《釋名》曰："魯，魯鈍也。國多山水，民性樸鈍。按椎魯、鹵莽，皆即此。"少：年輕的。

〔9〕橘酒：用橘子作原料釀成的酒。

〔10〕薦：祭獻，祭奠。

〔11〕雲物：雲氣、雲彩。

〔12〕雞蟲：像雞啄蟲、人縛雞那樣的得失問題。比喻細微的事情，無關緊要的得失。

〔13〕花乳：煎茶時水面浮起的泡沫。俗名"水花"。

己巳[1]正月二日登看山閣仍次坡公壽樂堂韻

淵明愛讀《山海經》，太白喜爲古樂府。坡公詩擅古今豪，俗學安能窺門户。我欲和詩苦才短，如鷺縮頸拳其股。高樓百尺快攀躋，勢擬登山小東魯[2]。捲簾縱譚胸頓開，遠山嵐翠撲眉宇。揮杯勸影[3]月成三，接席[4]論文星聚五。清言[5]霏作峨嵋雪，舊夢凄入巫峡雨。江水自碧山自青，髯翁[6]允爲騷壇主。波瀾萬頃才如海，小詩聊試一勺取。攜朋登閣喜初晴，元日新霖流膏乳[7]。

【注釋】

〔1〕己巳：同治八年，1869 年（作者 51 歲）。

〔2〕小東魯：孟子曰："孔子登東山而小魯，登泰山而小天下。"

〔3〕揮杯勸影：化用李白的詩"舉杯邀明月，對影成三人"。

〔4〕接席：行並車，止同席。形容朋友親密友愛。

〔5〕清言：高雅的言論。

〔6〕髯翁：指年老多須的人。此指蘇軾。

〔7〕膏乳：比喻甘美的果汁與山泉。此指春雨。

聽月軒

酒懷向天開，詩興因地發。夜來人初静，停琴待明月。

看山閣

日長知春至，事少得身閒。翠擁湖中樓，青來雨後山。

露　　臺[1]

湖海在襟袖，風雲通徑路。登臺舒長嘯，肝膽自呈露。

【注釋】

〔1〕露臺：在金盆山寺中。見《東坡生日集看山閣和先生壽樂堂詩韻》注解〔2〕。

蓬壺一角亭[1]

躄崐崙西倒，踢瀛海東傾。此亭留一角，煙霞萬古撐。

【注釋】

〔1〕蓬壺一角亭：估計是金盆山中的一個亭子，因爲金盆山四面環水。

清江[1]游

雲浄天空秋光迥，逸興高於閬風[2]頂。清江城外江水清，相攜出游棹輕艇。一洲劃水涇渭分[3]，遠山矗矗如堆雲。青落石點螺黛[4]色，碧浪風蹙魚鱗紋。秋水一泓玻璨静，照見先生鬚眉影。山市江村都入畫，令我棖觸舊游境。憶昔扁舟泛洞庭，瀟湘沅澧風泠泠[5]。萬頃湖光一輪月，七十二峯[6]爲我青。自從車馬長安道[7]，卅載羈宦成醜老。偶逢勝日事招尋[8]，綺陌[9]香塵夢草草。去年三月下揚州，江南山水恣浪游。園林泉石搜妙奥，布帆催歸未肯休。歸來卧病沱江上，潦到湖山供放曠。今得日作清江游，煙霞痼疾應滌蕩。清江附郭[10]萬人煙，清江兩岸多漁船。結屋好倚清江畔，便買清江百畝田。何事更游五湖去，橘甘魚美聊永年。

【注釋】

〔1〕清江：由今利川流經長陽，在宜都入長江，古稱夷水。

〔2〕閬風：山名。傳説中神仙居住的地方，在昆侖之巔。

〔3〕涇渭分：清江在宜都與長江匯合，合流之處，清濁分明，十分奇特。

〔4〕螺黛：又叫“螺子黛”。是古代婦女用來畫眉的一種青黑色礦物顔料。

〔5〕泠泠：形容清涼，冷清。

〔6〕七十二峯：南岳號稱七十二峯，其中最著名的當屬主峯祝融峯。七十二座山峯散佈在衡陽、衡山、衡東、長沙、湘潭諸縣市，方圓八百里，南以衡陽四雁峯爲首，北以長沙岳麓山爲足。以祝融峯爲中心，分佈在祝融峯前者十六峯，峯後者十三峯，峯左者十二峯，峯右者十九峯，峯東者六峯，峯北四峯，峯南一峯。其中高峯有五座（祝融峯、紫蓋峯、芙蓉峯、石廩峯、天柱峯），以祝融峯最高。

〔7〕長安道：唐以後詩文中常用作都城的通稱。

〔8〕招尋：浪跡山水。

〔9〕綺陌：繁華的街道，亦指風景美麗的郊野道路。

〔10〕附郭：近城的地方，郊外。

三游洞[1]

探奇好怪入山行，百尺懸巖萬古撑。鑿斷雲根[2]成石路，飛來雨點雜泉聲。陰崖[3]晝静龍猶蟄，仙洞春幽鼠不驚。獨立蒼茫尋舊蹟，遠峯落日大江横。

【注釋】

〔1〕三游洞：位於宜昌西北7公里，在西陵山北峯峭壁之上。它背靠長江三峽的西陵峽口，面臨下牢溪，洞奇景異，山水秀麗。相傳唐元和十四年（819年），白居易、白行簡、元稹三人會於彝陵（今宜昌），同游洞中，各賦詩一首，並由白居易作《三游洞序》，寫在洞壁上，三游洞即由此而得名，人們稱之爲“前三游”。到了宋代，著名文學家蘇洵、蘇軾、蘇轍父子三人，也來游洞中，各題詩一首於洞壁之上，人們稱之爲“後三游”。此詩民國徐世昌《晚晴簃詩匯》有記載。

〔2〕雲根：山石。

〔3〕陰崖：凹進去的山崖。

東山寺[1]

杖策登臨石徑斜，萬重山色萬人家。亂峯争作嶙峋勢，夕照散成遠近霞。塔[2]影微茫函五隴[3]，江流曲折下三巴[4]。謝公[5]絲竹無遺響，且對晚風共啜茶。

【注釋】

〔1〕東山寺：今宜昌烈士陵園處。始建於唐朝、重建於明朝，坐落於“藹藹東山巔，悠悠圖畫裏”（清宜昌籍學者王定安《東山寺》）。農曆九月九日重陽來

臨之日，東山成爲人們登山的好去處。攀踏東山必上“飛閣流丹、屹然勝跡”的東山寺覽勝樓。在覽勝樓不僅可憑欄俯瞰夷陵全城，還可産生“信步東山上，憑高眺遠村，雲連奔峽口，煙合鎖荆門”（清东湖貢生楊振世《登東山寺》）情景交融的意境。

〔2〕塔：即宜昌天然塔，相傳始建於晋代，係由當時的著名文學家郭璞於西晋末僑居夷陵時所建，後毁。現存的天然塔是清乾隆時重建的古建築，當年張盛藻看到的即爲此塔。

〔3〕五隴：即五隴山。五隴山又名五龍山，因五峯連峙，蜿蜒如游龍奔江，故名五龍、五隴。實際上，當地人把五隴山，分成上五隴與下五隴。五隴山隔江相對天然塔。“五隴煙收”爲夷陵古八景之一。

〔4〕三巴：古地名。巴郡、巴東、巴西的合稱。相當今四川嘉陵江和綦江流域以東的大部地區。後泛指巴蜀地區。

〔5〕謝公：指晋代謝安。南朝劉義慶《世説新語·任誕》：“桓子野每聞清歌，輒唤‘奈何!’謝公聞之曰：‘子野可謂一往有深情。’”

彝陵〔1〕舟次曉望

雨後天連水勢渾，近山濕潤遠山昏。曉雲風捲白成海，細路草生青到門。東去濤聲三峽走，西來爽氣一江吞。且欣宿霧〔2〕都消盡，沙岸漲添昨日痕。

【注釋】

〔1〕彝陵：即夷陵。

〔2〕宿霧：夜霧。

將赴武昌舟次述懷

又逐西風事遠游，煙波浩淼送輕舟。行程早作歸程計，今月誰知古月愁。新漲水痕因久雨，微凉天氣近中秋。生憎銀漢層霄〔1〕隔，何處乘查[2]問斗牛。

【注釋】

〔1〕層霄：高空。此詩民國徐世昌《晚晴簃詩匯》有記載。

〔2〕乘查：乘槎。神話謂乘木排上天。傳説天河與海通，有人居海渚者，年年八月見有浮槎去來，不失期，遂立飛閣於查上，乘槎浮海而至天河，遇織女、牽牛。此人問此是何處，答曰："君還至蜀郡訪嚴君平則知之。"後至蜀，君平曰："某年月日有客星犯牽牛宿。"正是此人到天河時。（晉張華《博物志》卷十）李商隱《海客》詩："海客乘槎上紫氛，星娥罷織一相聞。"

沔陽舟次中秋見荷花

湖水盛漲，荷葉盡没，秋潦甫退，始見數花，感其遲暮，作詩賡之。

蒹葭秋水雁來時，瞥見芙蕖[1]出水湄[2]。心苦應知成實晚，懷清[3]不悔着花遲。美人顦顇眉猶嫵，名士蹉跎鬢已絲。酹[4]爾紅妝一尊酒，金風珠露好撍持。

【注釋】

〔1〕芙蕖：芙蕖，即蓮花，古代稱法。

〔2〕水湄：水邊。

〔3〕懷清：情懷高潔。

〔4〕酹：把酒灑在地上表示祭奠或起誓。

阻風沙湖[1]成回文[2]一絶

蕭蕭暮雨微寒峭，颯颯秋風晚渡横。遥望四邊天接水，渚江羈客一舟輕。

【注釋】

〔1〕沙湖："在縣西五里，四面多流沙，原在大堤内，今沿岡堤築在大堤外，爲江流出没之所。"（乾隆《石首縣志》）

〔2〕回文：回文是漢語特有的一種使用詞序回環往復的修辭方法，文體上稱之爲"回文體"。而回文詩是一種按一定法則將字詞排列成文，回環往復都能誦讀的詩。這種詩的形式變化無窮，非常活潑，能上下顛倒讀，能順讀倒讀，能斜讀，能交互讀，只要循着規律讀，都能讀成優美的詩篇。正如清人朱存孝説的："詩體不一，而回文優異。"此詩順讀、倒讀均通。

渡湖再成回文一絶

横書雁影雲山遠，静卧龍門海月孤。平鏡一湖秋入畫，輕霜着色换眉須。

抵鄂渚[1]一絶

十日客程殢[2]水鄉，顛風苦雨太郎當[3]。今朝雨霽舟行好，卧看青山到武昌。

【注釋】

〔1〕鄂渚：在今湖北武昌黄鶴山上游三百步長江中。隋置鄂州，即因渚得名。世稱鄂州（今武昌）爲鄂渚。

〔2〕殢（tì）：滯留。"進乏梯媒退又難，强隨豪貴殢長安。"

〔3〕郎當：狼狽、頹廢的樣子。湯顯祖《邯鄲記》："聖恩未報，一病郎當。"

游岳口[1]熊蓮士故園[2]感舊

昔我竟陵友，才華挺英雋。自言有園林，頗擅泉石勝。春雨芍藥欄，秋風蘅蕪徑。高梧與修竹，昂霄勢相競。亭榭多傍水，不在山嶺峻。有宋故宫石，玉筍無折璺[3]。名流每讌集，花鳥爲勸進[4]。所嗟遭兵燹，存者爲餘燼。

避兵離故園，始作京華游。結契[5]成傾蓋，文酒互賡酬[6]。聯轡尋芳徑，接席[7]看山樓。有時縱豪博，一笑千金投。歡筵無久聚，春歸動别愁。别愁何以慰，相贈琳與鏐[8]。君家沱江上，我家樊溪[9]頭。它日倘相憶，應放山陰舟[10]。

要[11]我言猶在，訪君淚空拭。五載登君堂，人琴[12]成歎息。遺孤未及歲，撫之心惻惻。一綫延宗祧[13]，黽勉[14]食舊德[15]。我來踐前諾，名園已陳跡。芍藥欄無存，蘅蕪徑莫識。賸有林間閣，榛莽狐兔宅。頗頷秋蘭花，日暮楚天碧。

再赴東莊約，駒光又八年。不辭迂道遠，未免舊情牽。昔日繈褓子，今已事簡編。出拜見父執[16]，藹如舊識然。導我故園游，蔓草横荒煙。梁空燕泥落，牆補蠣粉[17]穿。灑掃供雞黍，款留意殷拳。勉爾承先志，相期到日邊[18]。

【注釋】

〔1〕岳口：岳口鎮爲竟陵（今天門市）重鎮，地處江漢平原腹地，漢水之濱。

〔2〕熊蓮士故園：即熊氏花園（倚園别墅），位於荷花潭，占地20餘畝，滄溪名花，山石玲瓏，景致清幽。内一淡緑石筍，拱立奇突，高約兩米，鐫曰“玉筍”、“宋宣和壬寅十一月”。有書畫家米芾、詩人范成大題詞，因戰亂水患及堤防擴建而毁壞殆盡。

〔3〕璺（wèn）：裂紋。

〔4〕勸進：指勸酒。清代錢棨《沁園春》詞：“三杯勸進，少此嬋娟。”

〔5〕結契：交誼深厚。傾蓋：途中相遇，停車交談，雙方車蓋往一起傾斜。形容一見如故或偶然的接觸。

〔6〕賡酬：謂以詩歌與人相贈答。

〔7〕接席：行並車，止同席。形容親密友愛。

〔8〕琳與鏐：琳，美玉。鏐，成色好的金子。此指精美的詩句。

〔9〕樊溪：《明史·地理志》，武昌西南有樊港，一名樊溪，又名袁溪。此處不是實指。

〔10〕山陰舟：用王子猷事。《世説新語》云：“王子猷居山陰，夜大雪，眠覺，開室，命酌酒，四望皎然。因起彷徨，詠左思《招隱詩》。忽憶戴安道，時戴在剡，即便夜乘小船就之。經宿方至，造門不前而返。人問其故，王曰：‘吾本乘興而行，興盡而返，何必見戴？’”

〔11〕要：邀請。

〔12〕人琴：用王子猷事。《世说新语》云：“王子猷、子敬俱病篤，而子敬先亡。子猷問左右：‘何以都不聞消息？此已喪矣。’語時了不悲。便索輿來奔喪，都不哭。子敬素好琴，便徑入坐靈牀上，取子敬琴彈，弦既不調，擲地云：‘子敬子敬，人琴俱亡。’因慟絶良久，月餘亦卒。”後因以“人琴俱亡”爲睹物思人，痛悼亡友之典。

〔13〕宗祧：引申指家族世系；宗嗣，嗣續，承繼先代。

〔14〕黽勉：勉力，努力。

〔15〕舊德：先人的德澤。食舊德：謂享受先人的德澤。語本《易·訟》：“六三，食舊德。”《象》曰：“食舊德，從上吉也。”意爲吃祖宗父輩或自己過去留下的老本，正道艱厲，最終吉祥。

〔16〕父執：父親的朋友。語出《禮記·曲禮上》：“見父之執，不謂之進，不敢進；不謂之退，不敢退；不問，不敢對。”孔穎達疏：“見父之執，謂執友與父同志者也。”

〔17〕蠣粉：用牡蠣殻燒製成的灰。其功用與石灰相同。

〔18〕日邊：比喻京師附近或帝王左右。

人日〔1〕攜酒登看山閣〔2〕賞雪　庚午〔3〕

三日朔風號，春寒瑞雪飄。山低宜有閣，水涸欲無橋。訪鶴〔4〕通梅訊，攜朋帶酒瓢。醉歸泥滑滑，新月照僧寮〔5〕。

【注釋】

〔1〕人日：舊俗以農曆正月初七爲人日。《太平御覽》卷九七六引南朝梁宗懔《荆楚歲時記》："正月七日爲人日。以七種菜爲羹，剪綵爲人或鏤金箔爲人，以貼屏風，亦戴之頭鬢。又造華勝以相遺，登高賦詩。"宋代高承《紀原·天生地植·人日》：" 東方朔《占書》曰：歲正月一日占雞，二日占狗，三日占羊，四日占豬，五日占牛，六日占馬，七日占人，八日占穀。皆晴明温和，爲蕃息安泰之候，陰寒慘烈，爲疾病衰耗。"

〔2〕看山閣：見前面《東坡生日集看山閣和先生壽樂堂詩韻》一詩注釋。

〔3〕庚午：同治九年，1870 年（作者 52 歲）。

〔4〕訪鶴：鶴與梅花，隱士的伴侣。此處有尋春之意。

〔5〕僧寮：僧舍。

次日又雪再登看山閣

入春雷已奮，連日雪飄蕭。雲羃瓊林樹，風生玉海潮。登樓舒嘯詠，迷路失漁樵。笠屐懷髯叟[1]，詩魂未可招。

【注釋】

〔1〕髯叟：指蘇軾。見前面相關詩歌。

大雪坐閣中遲[1]左軍少圃不至

風雪滿高閣，新寒入早春。江湖平不浪，天地凈無塵。撥火香痕動，烹茶水味真。曰歸謀一醉，送酒待何人。

【注釋】

〔1〕遲：等待。

元夜登熊問亭[1]看雲聽雨樓[2]寄懷仲放[3]魯裔[4]

登樓一笑興霞舉[5]，誰是酒龍與詩虎。遠雁初飛鄂渚雲，清蝯遥話巴山雨。佳句琳琅滿壁珍，好山偏爲一家春。蘭亭梓澤[6]易陳迹，樓上月輪歲歲新。

【注釋】

〔1〕熊問亭：松滋人，原名文煴，後改名文裕，字垂菴，號問亭，清附貢生，是枝江武庠生楊序元的女婿。誥封奉政大夫。他與熊文瀾、熊仲放等人是堂兄弟。他們與張盛藻是姨表兄弟。松滋熊氏家族是荆南望族，據《熊氏支譜》記載，從康熙到光緒年間共出了一百一十五名秀才、貢生、舉人、進士。遇家族大事，家族成員大多要吟詩作文，民國時期所編《熊氏文集》多達十五本。

〔2〕看雲聽雨樓：在松滋熊氏家廟團山寺西側（今松滋），熊問亭所修。據熊文烺在《看雲聽雨樓記》中記載：此樓“高不過數尋，而一渠煙水，開軒可掬。外則四山環拱，萬松森列。朝爽送青，夕暝鬱翠”。張盛藻自述：“盛藻家居日，每歲必至松滋。至則下榻君家（指熊問亭家），喜其院宇寬閑，欄檻屈曲，樓榭亭沼，俱愜鄙意。”（《誥封奉政大夫問亭公七十壽序》）

〔3〕仲放：熊文烺，湖北松滋人。字仲放，廩貢生。光绪《荆州府志》云其“性孝友，親喪，哀毁骨立。咸豐初，粤匪爲亂，與邑士人練民團以固鄉井。著有《木天溪堂》文集，詞賦若干卷”。民國《松滋縣志》載：“熊文烺，字仲放，廩貢生，生性孝友，親喪，哀毁骨立。咸豐四年，流賊寇松滋，與邑人練民團以固鄉井。同治六年，聘修縣志，年六十矣，《武備》一篇，出於其手。既與同事齟齬，未卒事而去。嘗與人書曰：‘邑乘搜尋軼事，臚陳利病，白髮青燈，頗抛心力。不知何物小子，敢與魏收作色，豈真升天入地，任意抑揚耶？文士相輕，自古已然，第鴟嚇鵷雛，徒因腐鼠，莊惠夙稱莫逆，乃以此凶其終乎？半載以來，足不履城，當事亦未折柬相邀。昨聞梓人已將告

竣，而藝文一則，尚存敝笥。相如未死，不令所忠來取殘稿，當緣因陋就簡，草率蕆事。或使褚先生續《史記》，而孟堅《前漢》不必卒業蘭臺。渠等負氣相競，既以我爲不材之樗散，我又何慕乎不朽之棗梨？徇情而作佳傳，陳承祚爲之，固與私心大相刺謬耳。’翌年，委署巴東訓導。巴東地瘠民貧，文風簡僿。俸金所入，不敷署用。然巴人士聞文烺名，相率而請益者，絡繹不絶。期滿即歸。文烺博極經史，長於駢文，筆勢奔放，典運工麗，論者謂與尤悔庵、吴園茨相近。詩詞歌行，饒有宋人風味。松滋學者，蔽於科舉，間作雜文，蕪陋不足觀，更何從通文章源流。文烺崛然獨起，固一時巨擘也。嘗以所作詩文質監利王柏心，柏心極贊其才。文烺自言與柏心平生風義實兼師友。柏心卒，文烺成長律百韻哭之，蓋感其知遇也。文烺秉性剛方，見少年舉止輕浮輒厲色呵斥，不稍假借，戚黨咸敬憚之。晚年主講（枝江）丹陽書院，卒於講舍，年七十有五。在時曾刊《聽猿吟》一卷，歿後詩文多散佚。其子冕章校刊《樂生堂遺稿》二卷，不過十之二三。子八人，奉章自有傳。冕章，民國初代理吉林甯江府知府，歷任同江、虎林縣知事。其餘皆以詩書世其家。”

〔4〕魯裔：“（熊）文瀾次子，字魯裔，號仲嘉，一號卓甫，清歲貢。”“配枝江歲貢閻思藻女。”（民國《熊氏支譜》）“孔章，號卓甫，清光緒庚辰歲貢。欽加五品銜。候選直隸州州判。伊犁將軍署辦理奏章，黑龍江將軍署辦理文案。”（民國《熊氏支譜》）“孔章，字卓父，亦歲貢生。嘗應伊犁將軍恩澤之聘，入幕掌奏，身行萬里。著有《西游日記》數卷。善書，所臨《蘭亭法帖》、《高王經》、《正氣歌》、《觀音普門品》、《金剛經》若干部，皆爲人所寶。性至孝，父歿，廬墓蔬食，經年不衰。母病篤，思食蓮羹，急遽而進，羹未透熟，母不食，即以頭搶柱自責曰：‘有子不能養，何以子爲？’事兄如父，每事必咨之。兄病，坐卧榻前不離，夜半親遞溺器。兄卒，雙目合矣，撫屍痛，兄目復爲之開，逾數晷不下。晚歲監修祖廟，立家規以教族人。族中有不平事，輒細意調解之。卒年六十餘。”（民國本《松滋縣志》）

〔5〕霞舉：情緒高昂。唐代段成式《酉陽雜俎·語資》：“李白名播海内，玄宗於便殿召見，神氣高朗，軒軒然若霞舉。”

〔6〕蘭亭梓澤：借指名園。蘭亭，在今浙江紹興西南，晋代王羲之與友人孫

綽、謝安等在此宴集，王羲之作《蘭亭集序》。梓澤，晋代石崇别墅金谷園的别稱，故址在今河南省孟縣境。

游玉泉寺[1]和李太白玉泉詩[2]韻

我本煙霞癖，來此山水窟。高峯隱夕陽，前溪迎素月。山行九十里，籃輿[3]始休歇。橋下珍珠泉[4]，甘滑沁心骨。鬱鬱堆藍山[5]，突兀層霄連。昔有謫仙子，于此聳吟肩。不見仙人掌，佳茗空復傳。徒令千載下，贈答想遺篇。洞口無真公[6]，山花爲誰妍。蕭然就禪榻，疎鐘起暮天。

【注釋】

〔1〕玉泉寺：全國著名的風景名勝區，位於湖北當陽市。玉泉寺坐落於緑樹叢林的玉泉山東，距三國古戰場長阪坡暨當陽市城區12公里。南朝梁大通二年（528年），梁武帝敕建“覆船山寺”。隋開皇十二年（592年），智者大師奉詔建寺，隋文帝賜額“玉泉寺”。唐初，玉泉寺與浙江國清寺、山東靈巖寺、江蘇棲霞寺並稱“天下四絶”。宋景德、天禧年間（1004—1020），宋真宗明肅皇后對玉泉寺加以擴建，並改額爲“景德禪寺”，寺院規模達到“占地左五里，右五里，前後十里，爲樓者八，爲殿者十八，僧舍三千七百”，被譽爲“荆楚叢林之冠”。明初，恢復玉泉寺名號。明萬曆年間，明神宗敕賜“荆楚第一叢林”匾額。

在玉泉寺大雄寶殿前的庭院内，露天放置着兩口元代的大鐘，大小基本相同，樣式略有區别，一個是至大元年（1308年）鑄造，另一個是延祐七年（1320年）製成。

〔2〕李太白玉泉詩：李白有《答族侄僧中孚贈玉泉仙人掌茶並序》：“余聞荆州玉泉寺近清溪諸山，山洞往往有乳窟。窟中多玉泉交流，其中有白蝙蝠，大如鴉（一作鴨）。按《仙經》，蝙蝠一名仙鼠。千歲之後，體白如雪，棲則倒懸，蓋飲乳水而長生也。其水邊處處有茗草羅生，枝葉如碧玉。惟玉泉真公常採而飲之。年八十餘歲，顔色如桃李。而此茗清香滑熟，異於他者。所以能還童振

枯，扶人壽也。余游金陵，見宗侄中孚，示余茶數十片。拳然重迭，其狀如手，號爲‘仙人掌茶’。蓋新出乎玉泉之山，曠古未覿，因持之見遺，兼贈詩，要余答之，遂有此作。後之高僧大隱，知仙人掌茶發乎中孚禪子及青蓮居士李白也。“常聞玉泉山，山洞多乳窟。仙鼠白如鴉，倒懸清溪月。茗生此石中，玉泉流不歇。根柯灑芳津，採服潤肌骨。叢老捲緑葉，枝枝相接連。曝成仙人掌，似拍洪崖肩。舉世未見之，其名定誰傳。宗英乃禪伯，投贈有佳篇。清鏡燭無鹽，顧慚西子妍。朝坐有餘興，長吟播諸天。”

〔3〕籃輿：古代供人乘坐的交通工具，形制不一，一般以人力抬着行走，類似後世的轎子。

〔4〕珍珠泉：位於玉泉山麓，泉池正處於幽篁叢叢的斑竹園內。又名玉泉，也稱金龍池。泉水係來自玉泉山巖裂隙下滲的地下水，因其受隔水巖層阻擋，所以，才呈上升狀湧出，被圍在一座石池内。由於泉水碧透如玉，無數泉眼從池底湧起串串水泡，宛如顆顆珍珠，故名珍珠泉。

〔5〕堆藍山：即玉泉山，又名覆船山。它海拔400米，滿山古柏蒼松，遍地奇花異草，峥嶸競茂，四季蔥蘢。這裏谷幽澗深，洞靈石秀，珠泉晶瑩清澈，山溪蜿蜒奔瀉，風光綺麗，美不勝收，被稱作“三楚名山”。馳名中外的古刹玉泉寺就静卧在玉泉山的腳下。

〔6〕真公：指玉泉真公。李白的族侄，玉泉僧人中孚。據清人李元才編纂的《玉泉寺志》記載：“中孚禪師，係李白宗侄，初出家於寺（指玉泉寺），後游吴越，值白於金陵，乃以玉泉仙人掌茶俸之，兼贈以詩。”

紫蓋山〔1〕訪葛道翁〔2〕留宿茆盦再和前韻

葛翁愛譚道，天根與月窟〔3〕。一氣交坎離〔4〕，雙丸〔5〕走日月。瑩瑩三昧火〔6〕，丹成光不歇。四海知鬚眉，獨抱九仙〔7〕骨。結茆荒山巔，呼吸與雲連。我來訪丹井〔8〕，啓扃笑拍肩。揖坐勞慰問，蝯鶴相呼傳。绳牀惟經卷，真訣内外篇〔9〕。採蔬飯胡麻，身輕顏色妍。爲我一舒嘯，片雲落九天。

【注釋】

〔1〕紫蓋山：在湖北當陽市南五十里。葛洪曾於此山穿井煉丹，道書以爲第三十三洞天。清同治五年《當陽縣志》著述：“紫蓋山在治南五十里，頂方而四垂，若傘蓋狀，林石皆紺色，故名。紫蓋山自太行少室蜿蜒而至，忽然而止，其前平原千里。若天日晴明，登臨山頂，可見沮漳如練，長江若帶。”紫蓋山林木繁茂，栝柏、冬青、楩楠、青松等草木數百餘種，春淡怡如笑，夏蒼翠欲滴，秋明凈如妝，冬慘澹蕭瑟，一年四季風煙縹緲，紫氣滿山。紫蓋山林壑幽秀，千古名剎紫蓋寺皂蓋其間。紫蓋前爲道教場所，後爲佛家所居。紫蓋建寺於西晋，規模宏大，有“紫蓋寬博，玉泉尊特，青溪秀媚”之説。晋隋之際，毀於兵火。唐貞元十年，天皇悟憚師從荆州天皇寺移居此處，重建佛殿再造金身，遂名紫蓋寺。

〔2〕葛道翁：葛洪（284—364 或 343），爲東晋道教學者、著名煉丹家、醫藥學家。字稚川，自號抱樸子，晋丹陽郡句容（今江蘇句容縣）人。三國方士葛玄之侄孫，世稱小仙翁。他曾受封爲關内侯，後隱居羅浮山煉丹。著有《神仙傳》、《抱朴子》、《肘後備急方》、《西京雜記》等。

〔3〕天根與月窟：所謂的“天根”、“月窟”則指陰陽交接之處，“天根”是指冬至將至而未至之時，“月窟”指夏至將至而未至之時。從先天八卦圖看：乾巽二卦之間爲“月窟”，即是一陰將生處，亦即“乾遇巽時觀月窟”；坤震二卦之間爲天根，即是一陽將生之處，亦即“地逢雷處看天根”。從先天六十四卦圓圖看，坤復二卦之間爲天根，乾姤二卦之間爲月窟。

〔4〕坎離：坎、離本爲《周易》的兩卦，道教以“坎男”借指汞，内丹家謂爲人體内部的陰精；以“離女”借指鉛，内丹家謂爲人體内部的陽氣。

〔5〕雙丸：對人類影響最大的天體兩星，即太陽、月亮。其形皆圓如丸，故稱。

〔6〕三昧火：三昧真火。“三昧”是佛家用語，“真火”來源於道教的内丹修煉。“三昧真火”是佛道二者相結合的名詞，是佛道修煉到一定層次才有的境界。

〔7〕九仙：九類仙人。泛指衆仙。

〔8〕丹井：煉丹取水的井。

〔9〕真訣内外篇：葛洪的《抱朴子》今存“内篇”20 篇。論述神仙、煉

丹、符籙等事，自稱“屬道家”；“外篇”50篇，論述“時政得失，人事臧否”，自稱“屬儒家”。“外篇”中《鈞世》、《尚博》、《辭義》、《文行》等篇有關於文學理論批評的內容。《抱朴子》總結了戰國以來神仙家的理論，從此確立了道教神仙理論體系；又繼承魏伯陽煉丹理論，集魏晋煉丹術之大成；它也是研究我國晋代以前道教史及思想史的寶貴材料，在道家體系中具有重要的地位。而葛洪本人也被認爲是道家的重要人物，對道家學派的發展具有重要作用。

青溪[1]道中

筍輿[2]竟日傍山行，桐帽椶鞋[3]酒一罌。疊嶂盤雲疑石走，萬松夾路看濤生。葉迷樵徑春無雨，水過溪橋夜有聲。回首堆藍山下寺，巉巖乳窟玉泉清。

【注釋】

〔1〕青溪：古屬遠安，今屬當陽，是歷史上著名的風景區，很早就有文字記載，歷代文人墨客多有題詠。1949年後因修建水庫，大量景观被淹没，後來又被劃爲軍事禁區，而今漸漸不爲人知。“青溪山，在治西北三十里，爲邑西障。《述異記》云：‘青溪秀壁，洞多乳窟，中有泉，飛流砰湃，是爲青溪山。發自房陵之景山，東支爲荆山，西支爲青溪。’酈道元云：‘尋源浮溪，最爲深峭。’盛宏之云：‘稠木旁生，凌空交合，危樓傾岳，恒有落勢，風泉傳響於青林之下，巖猨流聲於白雲之上。游者常苦目不周玩，情不給賞，泉側多結精舍。’郭璞《游仙詩》云：‘青溪千餘仞，中有一道士’殆指此耶。寺前泉湧亂石灘，名積雪，有瀑布。傳禪師厭其聒耳聽經，龍女爲移之。今屬遠安，實本當邑也。”（乾隆《當陽縣志》）

〔2〕筍輿：竹輿，竹轎。

〔3〕椶（zōng）鞋：亦作“棕鞋”。用棕絲編製的鞋。這種鞋可防滑，爬山非常好。

至青溪訪卧雲洞[1]龍女祠[2]

青溪縈繞山幾曲[3]，青溪巖上有石屋[4]。古木蒼蒼多白雲，仙人時就雲中宿。似聞龍女夜聽經，梵響木魚入杳冥。惟有青溪橋外水，出山不改在山青。

【注釋】

〔1〕卧雲洞：原名法琳洞。清朱锡绶《沮江随筆》云：自法琳涅槃後，百數十年，有卧雲者，復居此洞。卧雲，俗姓陳，名道安，蠡吾郡人，盡日一食，終歲一衲，神致安恬。至元間，居法華院。大德壬寅入青溪，人遂改“法琳洞”爲“卧雲洞”。順治《遠安县志》云：“元卧雲禪師，姓陳，名道安，蠡吾郡人，卧雲其别號也。至元丙子，居嶧山法華院。大德壬寅入青溪法琳洞居之，有道行。盡日一食，窮冬一衲，貌不加瘁，神思安恬。越八年，至正乙酉，右丞相橘齋嘉之，大書‘卧雲洞’，扁其巖。憲副朶兒赤公薦剡（上書舉薦）交馳，欽承（恭敬地繼承或承受）聖春，特賜金襴（在禪林中，特稱代表傳法信物的金襴衣爲法衣，只在説法時才披此衣）。廉憲王《國器》詩云：‘禪老青溪卧曰雲，胸中一掃蕩無塵。’”

〔2〕龍女祠：本名“靈昭”。清朱錫綬《沮江隨筆》云：“宋政和間，禱雨輒應，有司上其事，詔更號‘靈貺’。維時神像絳袍高冠如王者。寺僧清皡兩夢女子靚妝麗服立丈室前，目光如日。長林朱震遂以龍女請褒，詔封‘通惠順濟夫人’。命既下，僧元皎復夢女子徘徊樓下，俄而風雷大作，有物飛去，鱗鬣可數，乃易舊像。余按，祠在法琳洞前，梁僧法琳嘗誦經洞中，一女頻來獻食，詰之，曰：‘我龍女也，家岷峨，聞師誦經功大，故來供養。’僧曰：‘崖泉聒耳，奈何?’女曰：‘易耳。’辭去數日，泉忽從崖下流，半里許方有聲，則不獨清皡元皎之夢爲可信矣。國朝乾隆間，居人爲龍女裝像。是日，觀者如堵，士女雲集。當陽馮氏女子，年可十二三，貌殊端好，亦在衆中，工人遂肖其狀。女歸示疾，既彌留，含笑謂家人曰：‘羽葆迎我，當赴青溪。’後復見夢曰：‘住青溪，殊不惡。’父母哀之，屢來祠下，慟哭累日。至今馮氏子孫，歲時來奠，

稱爲祖姑。柳溪爲余言甚詳。”

〔3〕山幾曲：青溪佳處，尤在五曲。清朱錫綬《沮江隨筆》云：“《琴書》稱，蔡中郎（蔡邕）入青溪訪鬼谷先生，所居山有五曲，因製《五弄》，三年而成，出示董卓、王允輩，皆亟賞之。五曲者，《渌水》、《游春》、《幽居》、《坐愁》、《秋思》。唐李白有《渌水曲》。余以秋半，步屧其間，但覺峯迴路轉，有望衡九面之趣。嘗謂，琴者，因水得音，回應山谷。中郎琴理，絶妙千古，獨於青溪五曲流連三年，蓋山虛水深，維此爲最，而巖泉瀉玉，天籁自然。”曲，彎道。

〔4〕石屋：巖屋。

青溪道中代人答

入山好是竹輿輕，得得[1]尋春結伴行。出岫有雲[2]知鳥倦，催耕無雨誤鳩鳴[3]。路從石脈通泉脈，風挾松聲作雨聲。遥指青溪僧舍在，寒鴉夕照亂峯横。

【注釋】

〔1〕得得：任情自得貌。語本《莊子·駢拇》：“夫不自見而見彼，不自得而得彼者，是得人之得而不自得其得者也。”

〔2〕出岫有雲：用陶淵明“雲無心以出岫，鳥倦飛以知還”典。

〔3〕鳩鳴：鸛鳴鳩喚。古人認爲鸛鳴鳩喚與晴雨相關。

青龍山[1]謁先嚴墓

瞻謁松楸[2]意愴然，佳城[3]鬱鬱俯江天。群山擁座雙泉合，遠岫列屏一墖[4]懸。美蔭惟期垂百世，怡顔[5]不見倏三年。沙洲[6]杖策成孤往，歸卧輕舟月照舷。

【注釋】

〔1〕青龍山：在今枝江市顧家店鎮長江邊。張盛藻墓在青龍山西北側，1958年被挖，今僅存其址。

〔2〕松楸：松樹與楸樹。墓地多植，因以代稱墳墓。

〔3〕佳城：墓地。《西京雜記》卷四："佳城鬱鬱，三千年見白日。吁嗟滕公居此室。"

〔4〕一墖：指江對面紫山上的文筆峯（老百姓稱寶塔）。

〔5〕怡顔：和悦的容顔。

〔6〕沙洲：張盛藻家的門前即是長江沙洲。還有一種可能，此"沙洲"是指青龍山下的長江"關洲"和"浰字洲"。

入　峽

疊嶂欲摩天，蒼然斷復連。帆隨山宛轉，水與石周旋。櫓唱來巴峽，蝯啼破曉煙。非關輕試險，夙志在巖泉。

再過三游洞

喜得巖泉勝，三游跡已陳。天開千載秘，我是再來人。石洞雲猶護，溪橋響未馴。結廬何日遂，欲去久逡巡。

蝦蟆涪〔1〕試泉

昔聞三峽水，今見峽中天。獨攜半規月，初嘗第四泉。煙雲供滌盪，巖壑助嬋娟。草緑苔青處，憑誰記歲年。

【注釋】

〔1〕蝦蟆涪：方志中作"蛤蟆培"或"蛤蟆碚"，在宜昌夷陵區西北二十五公里的扇子山下，江岸森峭如壁，名石鼻山。其後重山掩映如扇，這就是"扇

子峽”。峽中有一孤峯獨秀，名叫“天柱峯”。峯巔豁開一洞，作黄金色，有清冷的泉水從巖洞中流出，注入一個霍然凸出的橢圓形巨石之上。此石長約二十八米，寬約七米，形象酷似蝦蟆。其背脊表面的斑瘡、頭、吻、眼、鼻等輪廓無不維妙維肖、形象逼真。泉水從這只大蝦蟆的口鼻之間流成水簾，下注江中。它濺珠噴玉，飄然成霧，這就是蝦蟆泉。泉水清碧甘美，煮茶尤香，列爲上品。唐代品茶大師陸羽曾鑒定天下名泉的優劣，將蝦蟆泉列爲“天下第四泉”。陸游當年入蜀時還在這裏親眼見到了這名列第四的“蝦蟆泉”。“泉泠泠有聲，自洞出，垂蝦蟆口鼻間，成水簾入江。”宋代詩人袁説友有《過蝦蟆泉》詩：“平生一壑清濯裳，愛泉謹護如堤防。酌飲爰至蝦蟆涪，水經第四源流長。天教神禹使壬甲，幻得蟾蜍半山壓。建瓴瀉出沆瀣清，底事汗流猶背浹。惠山車馬松江舟，兩泉寒冽天下求。不知此水更奇品，世間實處多名浮。”“蝦蟆涪在縣西五十里扇子峽，伏絶壁下，臨江南岸，大數丈。宋黄庭堅云‘從舟望之，頤頷口吻宛然’，涪後有洞出泉，陸羽品其水味爲天下第四。陸游詩云‘巴東峽裏最初峽，天下泉中第四泉’（乾隆《東湖縣志》）”“蝦蟆泉在蝦蟆涪，其色清，其味美，即陸羽品水味所，謂天下第四泉也。”（乾隆《東湖縣志》）

宿黄顙洞[1]山家

亂石枕江干，應知蜀道難。險通蝯鳥路，溜[2]逼馬牛灘[3]。霧重山家隱，峯高夜月寒。崎嶇扶杖下，回首隔雲端。

【注釋】

〔1〕黄顙洞：灘名。“在峽江北岸，距縣五十里。”“峽中多奇石，蝦蟆涪尤，昂然踞絶壁，下臨大江，側頤頷口吻絶類。涪負一洞，泉泠泠從洞出，垂口鼻間，散成水簾，即陸羽所品第四泉者。是稍東，一石崖可坐十餘人，汲泉烹茗亦峽中韻事。隔岸爲黄顙洞。傳聞通當陽之玉泉山。泉與涪相峙。稍下爲扇子峽，西爲天柱峯。當夫哀猿長嘯，野鶴横江，正秋氣森蕭時也，騷客羈人登眺斯涪，能無起懷鄉之思矣乎！”（乾隆《東湖縣志》）

〔2〕溜：迅急的水流。

〔3〕馬牛灘：白馬灘與黄牛灘。同治《宜昌府志》云："新奔灘、白馬灘，志云：縣南五十里有新奔灘，又南七十里有白馬灘，皆溪流峻急處。俱見《方輿紀要》"。乾隆《東湖縣志》云："黄牛灘，俗呼大老翁灘、小老翁灘，在峽江南岸，距縣九十里，最險。"

安陸道中　辛未[1]

向曉籃輿發，春分感歲華。沙平襄水[2]轉，山小石城遮。緑柳官隄路，青帘野店家。東風無賴甚，輕拂白桃花。

【注釋】

〔1〕辛未：同治十年，1871年（作者53歲）。

〔2〕襄水：即襄陽的南渠。《襄陽縣志·山川》中有："襄水即今襄渠"，"襄水則凡西南諸山之水，由長渠入漢者皆是也"。光緒年間的《襄陽縣志·山川》也載："今檀溪已涸，而襄水不改，城西南諸山之水，皆歸渠入漢。"

隨州道中

草色連天末，征塵向漢東。深宵聞細雨，侵曉破長風。峻嶺松濤壯，荒山石澗通。去沽茆店酒，一樹小桃紅。

游石門洞[1]靈泉寺宿卧雲樓作

結習[2]耽清游，破曉戒輿僕。出郭渡江去，入山探幽谷。山色迎人來，嵐翠何矗矗。細路循山轉，溪流遶其麓。緜延卅餘里，幽尋苦未足。忽驚巖壑勝，蒼然森林木。石磴盤雲上，靈奇怵心目。厜㕒[3]空際立，豁㡯[4]如幬覆。泉飛簷溜[5]落，石罅雲根伏。高樓起巖間，得共明月宿。洞中有龍湫，泉深不敢掬。信是神仙宅，頗擅洞天福。所惜僧舍多，填塞相蹋蹵[6]。更慙僕從喧，山靈驚我俗。何時謝塵網，巖居此焉卜[7]。

【注釋】

〔1〕石門洞：石門洞又名龍王洞，位於宜昌市點軍區内，爲夷陵古八景之一的“靈洞仙湫”。因洞口原有兩塊下疊巨石，形若門庭故而得名。相傳唐代就有人在此修建建築，道教太極拳祖師爺張三丰在這裏修煉過，還留有手書真跡，現今洞内還保存着張三丰的石刻像。石洞中一水潭，約有 14 平方米，水清如鏡，不盈不涸，冬温夏涼，有“龍潭仙湫”之稱。明朝洪武皇帝封此潭爲“敕賜靈濟”。從明代以來，許多文人墨客慕名前來游覽，留下了許多讚美石門洞的文章和碑刻。現存王柏心所寫《游石門洞記》、鄧石如的《列岫叢青》碑、同治年間《重建石門洞靈濟殿並各殿啓》等一批碑刻，立於潭側。

〔2〕結習：多指積久難除之習慣。

〔3〕厜（zuī）㕒：指高峻的山巔。

〔4〕豁庨（xiāo）：高峻深邃。

〔5〕簷溜：簷溝。亦指簷溝流下的水。

〔6〕蹋蹵：踐踏，踩踏。

〔7〕卜：卜居，擇地居住。

古藤書屋[1]賞菊同熊春帆[2]問亭仲放[3]海嶠[4]昆弟作

舊雨[5]相逢慰所思，爲探菊信過東籬。群英繞座交籌亂，瘦影當窗剪燭遲。秋到黄華宜醉酒，老因白髮怕唫詩。回頭四十年前事，同是蘭陔[6]侍養兒。

【注釋】

〔1〕古藤書屋：熊文瀾晚年退居家鄉時辦的私塾。熊文瀾《某歲秋日，張春

陔同年過訪，繼堂侄邀賞菊，偕問亭、仲放、海嶠作》："江南江北寄遐思，杖策相逢訪菊籬。紅樹斜陽無限好，黄花老圃未嫌遲。送君且酌臨歧酒，愧我難吟結社詩。三百餘齡成五老，記曾戲彩作嬰兒（予年七十有一，問亭六十有四，仲放六十有二，海嶠六十有一，春陔亦年五十有三）。"熊問亭詩："小築山園頗構思，藕塘藤榭竹笆籬。三秋菊徑同來賞，數里筍輿獨去遲。已老弟兄猶嗜酒，人疎鉛槧懶爲詩。西風潦倒成蕭瑟，且唱芙蓉一半兒。"熊仲放詩作："相逢一笑慰相思，省識秋容過菊籬。釀熟宜邀陶令醉，吟成竊愧馬卿遲。尊前人擬耆英會，坐上香流晚節詩。酈縣若能三百歲，吾儕尚屬弄雛兒。"海嶠詩："對菊正牽陶令思，忽逢送酒到東籬。座偕五老同稱健，節過重陽未覺遲。此去燕臺成遠别，且將鶴髮鬥新詩。今宵風景誰爲主，道北阿咸是可兒。"熊繼堂和詩："偶因菊綻動秋思，呼取餘杯盡隔籬。已過重陽芳信老，拼將永夜漏聲遲。疎狂阮籍甘長醉，彈劾張綱喜吟詩。此去烏臺珍晚節，沾巾歧路愧男兒。"（據民國《熊氏文集》）

〔2〕熊春帆：即熊文瀾，湖北松滋人，曾任教枝江丹陽書院（今宜都二中處），是同治《枝江縣志》的纂修。他是張盛藻的姨表兄。兩人也是同年，同是道光丁酉拔貢。"春帆"是熊文瀾的字。"道光丁酉優貢，歷署長安甘泉、咸陽安康諸縣，皆有惠政。咸豐初，粤匪擾楚境，安康震恐。文瀾先事設防，民獲安堵。七年，邑大饑，奸民藉災煽亂。文瀾擒治之，請發社義兩倉以賑，患乃息。次年復蝗，文瀾躬督鄉農，徒步烈日中，竭力搜捕，捐貲買蝻孽俾無遺，種民咸德之。"（光緒《荆州府志》）

〔3〕仲放：即熊文烺，字仲放，廩貢生，性孝友，親喪哀毀骨立。咸豐初，粤匪爲亂，與邑士人練民團以固鄉井，著有《木天溪堂文集》、詞賦若干卷。（光緒《荆州府志》）。

〔4〕海嶠：松滋人，"字海嶠，拔貢生。幼聰穎，善屬文，與伯兄文瀾友愛。伯兄宦游，乃留侍二親，教子侄，皆成立。平居默坐竟日，不臧否人物。翻閲書帙，未嘗凌亂，其端静蓋天性云。卒年六十四。子含章，拔貢生，陝西知縣，出爲叔父後。璘章，國史館謄録。"

〔5〕舊雨：老朋友的代稱。舊雨相逢，指老朋友又相遇了。

〔6〕蘭陔：《詩・小雅・南陔序》："《南陔》，孝子相戒以養也……有其義而

亡其辭。”西晉束皙承此旨而作《補亡》詩：“循彼南陔，言採其蘭；眷戀庭闈，心不遑安。”後以“蘭陔”爲孝養父母之典。

送熊甥芷畛[1]赴秦中爵帥左公[2]之招

風雪嚴關[3]肅皁雕[4]，將軍羽檄促征軺[5]。莫將鉛槧[6]終儒服，應有韜鈐[7]翊[8]聖朝。五夜聞雞劉越石[9]，九邊[10]飛騎霍票姚[11]。相期共奏平戎策[12]，翔鳳游麟路匪遥。左帥時駐軍平凉[13]，與陝之鳳翔府[14]麟游縣[15]接壤。

【注釋】

〔1〕芷畛：熊含章，熊文匯之子，松滋人，張盛藻親外甥。“號子貞，清咸豐辛酉科拔貢，同治考取教習，充正黄旗官學教習。同治庚午奉左宫保劄調甘肅襄辦奏稿。以軍功保舉同知銜，直隸州用，陝西候補知縣，署理武功縣知縣。實授醴泉知縣，調補宜川縣知縣。”（民國《熊氏支譜》）“庚午，左文襄公帥師西征，飛檄調入戎幕，軍書旁午，手腕欲脱，文襄公深倚賴焉。隨營平凉，幾瀕於危。家書不及一字，蓋恐貽堂上憂也。”“丁丑到陝，譚文卿中丞延辦奏議，二年無廢事。中丞倚如左右手，嘗以‘正人君子’稱之。己卯署理武功，時值大旱，饑饉相望，發粟賑濟，所活無算。時左文襄督兵閩粤，道出關中，聞而色喜，謂都人士曰：‘熊令作官甚好，汝陝得人矣。’”《熊氏支譜》）（詳見張盛藻《海嶠公墓誌銘》）

〔2〕爵帥左公：指左宗棠。左宗棠被封二等恪靖侯。而中國古代，“爵”字往往代表“公”、“侯”。同時，他也是湘軍將領，所以是“帥”。屬下稱左宗棠爲“爵帥”，是尊稱，稱讚左宗棠是公侯中的將帥之才。

〔3〕嚴關：險要的關門，險要的關隘。

〔4〕皁雕：一種黑色大型猛禽。皁，即古“皂”字。

〔5〕征軺：遠行的車。

〔6〕鉛槧：古人書寫文字的工具。鉛，鉛粉筆；槧，木板片。語出《西京雜

記》卷三：“揚子雲好事，常懷鉛提槧，從諸計吏，訪殊方絶域四方之語。”借指文章、典籍。

〔7〕韜鈐：古代兵書《六韜》、《玉鈐篇》的並稱，後因以泛指兵書，也借指用兵謀略。

〔8〕翊：通“翼”。輔佐。

〔9〕劉越石：劉琨（271—318），字越石，西晋末年、十六國時期政治家、文學家、音樂家、軍事家，中山魏昌（今河北無極縣）人。《晋書》：劉琨與祖逖俱爲司州主簿，情好綢繆，共被同寢。中夜聞荒雞鳴，蹴琨覺曰：“此非惡聲也。”因起舞。琨、逖並有英氣，每語世事，或中宵起坐，相謂曰：“若四海鼎沸，豪傑並起，吾與足下當相避於中原耳。”後世之人譽有志報國，及時奮發，常用“聞雞起舞”之成語。

〔10〕九邊：九邊，又稱九鎮，是中國明朝在北部邊境沿長城防綫到弘治年間所陸續設立的九個軍事重鎮，分别是遼東鎮、薊州鎮、宣府鎮、大同鎮、太原鎮（也稱山西鎮或三關鎮）、延綏鎮（也稱榆林鎮）、寧夏鎮、固原鎮（也稱陝西鎮）、甘肅鎮。嘉靖年間明廷於北京西北增設了昌平鎮和真保鎮，萬曆年間又從薊州鎮分出山海鎮，從固原鎮分出臨洮鎮。

〔11〕霍票姚：霍去病。霍去病先爲票姚校尉，再爲冠軍侯，再爲驃騎將軍。票姚，亦作票鷂，勁疾貌。漢代以爲武官名號，後多用指霍云病。

〔12〕平戎策：即破敵之策。

〔13〕平涼：平涼位於甘肅省東部。

〔14〕鳳翔府：唐至德二年（757 年）升鳳翔郡爲鳳翔府。治所在天興（今鳳翔），唐時爲長安西邊重鎮，曾建爲西京。唐末轄境相當今陝西寶雞、岐山、鳳翔、麟游、扶風、眉縣、周至等地。唐末李茂貞據此稱岐王。宦官韓全海曾劫唐昭宗至此。清代擴大，相當今麟游、扶風、眉縣以西，秦嶺以北地區。1913 年廢。

〔15〕麟游縣：位於陝西省寶雞市東北部，北依彬縣及甘肅靈臺縣。

宿問亭看雲聽雨樓和仲放見贈韻

落落晨星感，交朋尚幾人。鬚眉稱老輩，游釣[1]記前因。筆墨猶能騁，壺觴不厭頻。相逢應再約，共保百年身。詞源捲逝波[2]，古調奏雲和。風月清譚永，山林樂事多。感懷今舊雨[3]，别意短長歌。矯捷詩才擅，驊騮[4]走阪坡。

【注釋】

〔1〕游釣：垂釣和游玩。釣游之地：童年生活的地方，一般指故鄉。韓愈《送楊少尹序》："今之歸，指其樹曰：'某樹，吾先人之所種也；某水某丘，吾童子時所釣游也。'"

〔2〕詞源卷逝波：詞源，寫作的靈感；逝波，一去不返的流水。比喻流逝的光陰。

〔3〕今舊雨：新朋舊友。

〔4〕驊騮：赤色的駿馬。

卷三　吴越唫

輪船行　壬申[1]

歷重洋而涉大海，平視萬里之波濤。長江灝森煙水闊，巨艦排湧山岳高。似駕靈鼇[2]來海上，蛟螭鯨鱷皆遁逃。陰陽奥窔[3]開橐籥[4]，坎離乾巽[5]一氣交。重樓複檻[6]廣筵啓，蜂房蝸廬[7]各有止。晝食宵眠渾尋常，三日已行二千里。飛騰絶跡何雄譎[8]，人間機巧[9]乃有此。吁嗟乎！周穆[10]駿馬，八極騁馳。志荒事廢，臣民莫隨。憂勞者聖，逸豫敗之。胡爲乎逞鬼物[11]之技而矜便捷[12]之奇！江海有輪舟，人子皆遠游。朝辭楚水上，暮宿吴江頭。别席語未竟，千里去悠悠。去悠悠，可若何！九江[13]雲物一瞥眼，六朝山色等閒過。駒光隙影何迅速，世上從此逋逃[14]多。人生快意難長保，輕去其鄉太草草。用拙[15]存吾道，閉關[16]而卻掃[17]。何事駕飆車[18]，遠尋十洲與三島[19]。

【注釋】

〔1〕壬申：同治十一年，1872年（作者54歲）。同治十一年招商局成立前，中國没有自己的輪船，沿海和内河輪船航運全部由外商經營，張盛藻當年所乘的這條船仍是外船無疑。詩中既有平生第一次乘坐大船快船的新鮮和興奮，也有深受傳統觀念影響的保守和困惑。

〔2〕靈鼇：神話傳説中的巨龜。

〔3〕奥窔（yào）：指奥妙精微之處。

〔4〕橐籥：古代冶煉時用以鼓風吹火的裝置，猶今之風箱。喻指造化、大自然。

〔5〕坎離乾巽：均是八卦之名。《易經》八卦中乾、坤、離、坎、震、巽、艮、兑分别代表天、地、火、水、雷、風、山、澤。

〔6〕複檻：多層欄杆。

〔7〕蜂房蝸廬：指船上的一個個小房間。

〔8〕雄譎：即雄傑，不同尋常。

〔9〕機巧：機智巧妙，聰明才智。

〔10〕周穆：周穆王（又作周繆王，姬姓，名滿，周昭王之子，西周第五代天子。傳説享壽105歲，在位時間約爲55年（夏商周斷代工程定爲前976年—前922年，一説前1001年—前947年）。據汲縣戰國墓所出土的《穆天子傳》記載，周穆王喜好游歷，曾於穆王十三年至十七年駕八駿之乘驅馳九萬里，西行至“飛鳥之所解羽”的昆侖之丘，觀黄帝之宫。又設宴於瑶池，與西王母做歌相和。又説他寵幸美人盛姬，爲盛姬築臺。

〔11〕鬼物：鬼怪，喻指令人怪異驚懼的事物。

〔12〕便捷：敏捷、靈活。

〔13〕九江：泛指所有的江河。

〔14〕逋逃：逃亡、流亡。

〔15〕用拙：杜甫《屏跡三首》：“用拙存吾道，幽居近物情。”用順其自然的方法來表現自已的學説和主張，清心寡欲中體會自然中每一件事物帶給自已的感受。

〔16〕閉關：閉門，比喻不跟外界往來。佛教用語，指僧人獨居一處，静修佛法，不與任何人交往，滿一定期限才外出。

〔17〕卻掃：謝客。關上大門，不再打掃庭院路徑。指閉門謝客，不和外界往來。

〔18〕飆車：傳説中御風而行的神車。

〔19〕十洲與三島：道教稱距陸地極遥遠的大海之中有三島十洲，都是人跡罕至的地方，那裏長滿了可使人不死的仙草靈芝，神仙們則在這些島之上風姿清靈，逍遥自在。三島的原型爲三神山，即先秦的傳説中的蓬萊、方丈、瀛洲，後《雲笈七籤》定三島爲昆侖、方丈、蓬萊丘。明代道書《天皇至道太清玉洲》整理歷史傳説定十洲爲瀛洲、玄洲、長洲、流洲、元洲、生洲、祖洲、炎洲、鳳麟洲、聚窟洲。

舟中對月戲成四絶

春江花月夜，買棹赴江南。欲攬湖山勝，兹游興正酣。

春江花月夜，北斗望京華。雲净天無翳，銀河客泛槎[1]。

春江花月夜，高唱大江東。袖挹三霄露，襟披萬里風。

春江花月夜，有客憶關西。幾日平回紇，鐃歌[2]醉似泥。

【注釋】

〔1〕槎：木筏。

〔2〕鐃歌：軍中樂歌，傳説爲黄帝、岐伯所作，後泛指軍歌。

游湖口[1]石鐘山[2]

我昔乘飆輪[3]，瞥若隙駒驟。遥望湖口山，石鐘未遑敂。兹來訪名勝，巖壑得奇覯[4]。維舟彭蠡[5]濱，搴[6]衣躡靈岫[7]。危磴盤折上，怪石森左右。或如虎豹蹲，或似瞿曇[8]瘦。各負磊落姿，争奇而競秀。峭壁臨深潭，奔流相激漱。下爲蛟龍窟，上爲風雲竇。髯蘇曾於此，夜聽石鐘吼。文章洩靈秘[9]，前人笑簡陋[10]。近代罹兵燹，荒山狐兔走。鄱湖扼吴楚，險要幾顛覆。彭公[11]麾戰艘，奮戈殄群寇。功成不受爵，清風滿襟袖。盤桓湖山間，樓閣精營構。一橋一亭處，與石相参究[12]。種梅數十株，借石爲鐫鏤。作廟祀忠魂，名同山石壽。我愛坡仙樓，開窗納宇宙。臨崖聽濤聲，有如聞鐘漏。徘徊不能去，兹游何時又。

【注釋】

〔1〕湖口：縣名，始建於南唐（950年），因地處鄱陽湖入長江之口而得名，是“江西水上北大門”，素有“江湖鎖鑰，三省通衢”之稱。此詩清人李成謀《石鐘山志》有记载。

〔2〕石鐘山：在湖口縣境内。

〔3〕飆輪：指御風而行的神車，喻飛馳的舟車。

〔4〕覯：遇，遇見；看見。

〔5〕彭蠡：即鄱陽湖。鄱陽湖在古代有過彭蠡湖、彭蠡澤、彭澤湖、彭湖、揚瀾湖、宫亭湖等多種稱謂。

〔6〕搴：通“褰”。撩起。

〔7〕靈岫：指仙山的山洞。

〔8〕瞿曇：釋迦牟尼。據説在釋迦牟尼成佛之前，曾修苦行多年，骨瘦如柴。這時遇見一個牧女，送他乳糜食用。他吃了乳糜，恢復了體力，便端坐在菩提樹下入定，於十二月八日成道。

〔9〕靈秘：神奇莫測的奥秘。指石鐘山發出鐘聲的原因。

〔10〕前人笑簡陋：即“笑前人簡陋”，語出蘇軾《石鐘山記》：“余是以記之，蓋歎酈元之簡，而笑李渤之陋也”。

〔11〕彭公：彭玉麟（1817—1890），字雪琴，祖籍衡永郴桂道衡州府衡陽縣（今衡陽市衡陽縣渣江），生於安徽省安慶府。清朝著名政治家，軍事家。清末水師統帥，湘軍首領，人稱“雪帥”。與曾國藩、左宗棠並稱“大清三傑”，與曾國藩、左宗棠、胡林翼並稱大清“中興四大名臣”，湘軍水師創建者、中國近代海軍奠基人。官至兩江總督兼南洋通商大臣，兵部尚書。彭玉麟於軍事之暇，繪畫作詩，以畫梅名世。他的詩後由俞曲園結集付梓，題名《彭剛直詩集》（八卷），收録詩作500餘首。彭公爲清朝名將，和太平軍大戰連場，其中一個主戰場正是石鐘山。後彭公功成身退，隱居石鐘山。寓名浣香别墅，且閑亭爲其部分建築。他對石鐘山情有獨鐘，在此不但有爲其母超度亡魂的“報恩慈林”，有爲死去的戰友修建的“水師昭忠祠”，還有相傳是紀念他畢生至愛梅小姑的“梅花廳”。

〔12〕參究：參驗考究。蘇軾《録進單鍔吴中水利書》：“三者之論，未嘗參究，得之既不詳，攻之則易破。”

同治丁卯[1]春予自京師南歸道出白門[2]得一石載之舟中兩人舁[3]弗能勝也而玲瓏透漏[4]心愛好之將攜歸荆南途次搬移每爲僕夫舟子所竊笑因游金山即舉而置之第一泉[5]石碑下今逾五載重訪舊蹟此石已爲好事者移置妙高臺上喜石之得所爰紀以詩用唐人游金山寺韻觀心長老勿忘此石來因[6]云耳

舊夢三生證，離情五載分。衹疑填碧海，尚喜接青雲。地迥鯨波静，天高鶴語聞。尋僧譚往事，返棹已斜曛。

【注釋】

〔1〕同治丁卯：同治六年，1867 年（作者 49 歲）。

此詩寫了之後，張盛藻曾向其友、晚清永嘉學派代表人物孫衣言等人索和詩，孫衣言作《張春陔太守盛藻前於江甯藩署瞻園得一奇石，將攜歸楚，以道達不易致留之金山，後數年過之，則好事者移置妙高臺矣，太守來守永嘉作〈石緣圖〉以記其事索予爲詩》："此石何時入君手，當日瞻園本我有。平生不樂武昌居，玉帶山門良我偶。一麾來看永嘉山，却憶九華如九斗（甌城九山環繞，宛如北斗）。巑岏只在妙高臺，不似人生徒浪走。我去瞻園今幾春，曲江風度猶情親。平泉醒酒隨荆榛，後來突兀何輪囷。猙獰角立眼睒睥，或爲奇鬼使我瞋。當時若知此石君，束帶相從偉丈人。"（孫衣言《遜學齋詩鈔》續鈔卷二）。张盛藻的另一友人張文虎亦有和詩《同治丙寅春陔侍御游吴門得石甚奇，輒載以自，隨舟師頗腹誹，乃置之金山中泠泉側，近年每江水冬涸時可步至石簰山，越七年再訪之，已有好事者升之妙高臺，喜其得所，爲〈石緣圖〉，作詩索和、率應兩絶句》："逸事吴門比鬱林，長年訕笑載兼金。啞然喜捨盤陀側，要借雲濤鍊石心。""江北江南訪舊游，坡公玉帶記前留。登臺説法石方丈，無數青山盡點頭。"（張文虎《舒藝室詩存》六）

〔2〕白門：舊時南京的别稱，因六朝建康南門宣陽門又名白門，故稱。

〔3〕舁：抬。

〔4〕玲瓏透漏：形容器物精緻通明，結構細巧。同“玲瓏剔透”。人們常常用縐、瘦、透、漏來形容太湖石的特點。《鄭板橋集》云：“米元章論石，曰瘦、曰縐、曰漏、曰透，可謂盡石之妙矣。東坡又曰‘石文而醜’。一‘醜’字，則石之千態萬狀皆從此出。”論石口訣傳曰：“瘦皺透漏秀。其維瘦也，清臞介癖庸瑣刊落殆盡矣；其維皺也，涵容豐致俯仰無斁大有餘妍矣；其維透也，玲瓏穿度鬱勃而通剔接應石外天地矣；其維漏也，實則虛虛則實石靈之韜略所在矣；其維秀也，渾然肆逸神完氣足天工畢矣。然則工乎天而佷乎人者，維全人能之乎？匪也。蓋工乎天而佷乎人者，維物自全。而維大哲藏之，大匠圖之，以垂世不泯也。”《漁陽石譜》：“元章相石之法四語焉，曰秀，曰瘦，曰雅，曰透。”又見《縐雲石記》：“其絪緼綿聯之狀，爲縐透瘦三字。”

〔5〕第一泉：與後面的“妙高臺”，均是金山寺的景點。金山寺在江蘇省鎮江市西北長江南岸的金山上，始建於東晋明帝時。金山寺佈局依山就勢，山與寺融爲一體。金山之巔矗立着慈壽塔、江天一覽亭、留玉閣；大、小觀音閣圍繞山頂；七峯亭、妙高臺、楞閣臺等環繞山腰；法海洞、仙人洞、白龍洞等鑲嵌山壁；大雄寶殿舊址、天王殿、藏經樓、念佛堂、方丈堂依傍山頂。各種建築以曲廊、回簷和石級相連，形成樓上有塔、樓外有閣、閣中有亭的“寺裹山”的奇特格局。金山寺有許多歷史典故與動人傳説，白娘子水漫金山，梁紅玉擂鼓戰金山，妙高臺蘇東坡賞月起舞等都膾炙人口，廣爲流傳。

〔6〕來因：事情的緣由。

重游慧山〔1〕

青山如故人，久別思無已。突兀見蒼顏，使我心神喜。我昔經此山，扶病歸鄉里。雄心尚凌雲，力不舉其趾。飲此一瓢泉，夙疴漸以洗。歸去五載餘，重來如夢裏。餘生欣健在，山靈〔2〕應倒屣〔3〕。水容碧玉流，山勢蒼龍起。石罅出清泉，泉比醴水美。我聞百年前，翠華〔4〕曾蒞止〔5〕。龍章〔6〕照方池，至今生赤鯉。太息兵燹後，名跡空遺趾。城市且圻墟，山林孰料理。我來值斜曛，薄游草草耳。話舊了無言，但飲清泉水。

【注釋】

〔1〕慧山：坐落於江蘇無錫西郊，屬於浙江天目山由東向西綿延的支脈。

〔2〕山靈：山神。

〔3〕倒屣：《三國志·魏書·王粲傳》："獻帝西遷，粲徙長安，左中郎將蔡邕見而奇之。時邕才學顯著，貴重朝廷，常車騎填巷，賓客盈坐。聞粲在門，倒屣迎之。"倒屣，倒穿着鞋。古人家居，脱鞋席地而坐。客人來到，因急於出迎，以致把鞋穿倒。後以倒屣形容主人熱情迎客。

〔4〕翠華：天子儀仗中以翠羽爲飾的旗幟或車蓋。代指御車或帝王。

〔5〕蒞止：來臨。據史料記載，康熙皇帝在位時曾於1684、1689、1699、1703、1705、1707年六次南巡，七次到無錫。1684年康熙來無錫的駐蹕之地，便是宋代名臣文天祥被俘後短留過的黄埠墩。1689年，康熙再次到無錫，對惠山景物留戀不捨，又題字又賦詩，給黄埠墩、天下第二泉分别題了"蘭茗"、"品泉"，給寄暢園御賜了"山色溪光"、"松風水月"、"明月松間照，清泉石上流"等題字。後來，康熙"山色溪光"的題字，被製作成石刻，現仍鑲嵌在寄暢園正門過道内的牆上，作爲文物景觀供游客欣賞。乾隆皇帝與其祖父一様，在位時也進行過六次南巡，七次到無錫惠山。不同的是，乾隆除留下大量詩句墨寶外，對惠山更是情有獨鍾，欣然御題"惟惠山幽雅閒静"，並令隨從畫師將惠山寄暢園圖景畫下，回到北京後，在頤和園裏仿造了個"惠山園"（後改爲諧趣園），流傳至今。（此資料來自《揚子晚報》，作者：宋祈新　劉夢雪）

〔6〕龍章：袞龍之服和章甫之冠。亦借指皇帝和近臣。

晚泊蘇州

金閶〔1〕晚泊舟，涼意作新秋。微雨隨風至，踈星暎水流。笙簫來畫舫，鼓角下譙樓〔2〕。又閱繁華世，征人未白頭。

【注釋】

〔1〕金閶：蘇州有金門、閶門兩城門，故以"金閶"借指蘇州。

〔2〕譙樓：譙樓是古代城門上建造的用以高望的樓。

游獅子林[1]

山水本天成，氣象分好醜。園林人所爲，巧出哲匠手。我游五松園[2]，奇得未曾有。怪石如群仙，森然列左右。作勢欲飛動，鐵索難鎖紐。細路曲曲蟠[3]，如蟻穿其九[4]。行到不通處，豁然出洞口。洞口别有天，古木何蚴蟉[5]。無石不靈活，無處不險陡。我欲具袍笏[6]，百拜百頓首。如歷八陣圖，龍蛇啓户牖。如入九疑山[7]，峯巒迷前後。胸中起五岳，拓地不數畝。雲林[8]爾何人，無乃天所誘。吳門[9]經賊竄[10]，奇石未傾掊[11]。五百餘年[12]來，定有神靈守。昔蒙翠罕臨，宸章[13]焕星斗。我來事幽尋，烹茗延坐久。流連不能去，遠寺暮鐘敂。

【注釋】

〔1〕獅子林：獅子林爲蘇州四大名園之一，至今已有650多年的歷史。位於蘇州市市城東北園林路。因園内“林有竹萬，竹下多怪石，狀如狻猊（獅子）者”，又因天如禪師維則得法於浙江天目山獅子巖普應國師中峯，爲紀念佛徒衣鉢、師承關係，取佛經中獅子座之意，故名“獅子林”。

〔2〕五松園：清康熙時獅子林内有五棵參天古松，故獅子林又名五松園。

〔3〕蟠：盤曲，盤結。

〔4〕蟻穿其九：相傳古代有得九曲寶珠的人，穿之不得，孔子教以塗脂於綫，使蟻通之。後因以“蟻穿九曲珠”或“蟻串九曲珠”比喻運用智巧做好艱難的工作。

〔5〕蚴蟉：樹木盤曲糾結貌。

〔6〕袍笏：古代官員上朝時穿的官服和手拿的笏板。明人張岱説：“飛來峯，棱層剔透，嵌空玲瓏，是米顛（宋代畫家米芾）袖中一塊奇石。使有石癖者見之，必具袍笏下拜，不敢以稱謂簡褻，只以石丈呼之也。”

〔7〕九疑山：又名蒼梧山。位於湖南省南部永州市寧遠縣境内。《史記·五帝本紀》：“（舜）南巡狩，崩於蒼梧之野，葬於江南九嶷。”《水經注》云：“蒼梧之野，峯秀數郡之間，羅巖九峯，各導一溪，岫壑負阻，異嶺同勢。游者疑

焉，故曰九嶷山。”

〔8〕雲林：元代畫家倪雲林。乾隆五次游覽獅子林，題寫三塊匾額，留詩十首，臨摹倪雲林《獅子林全景圖》三幅。在皇家園林掀起了摹擬江南山水、效法江南園林的高潮。

〔9〕吴門：指春秋吴都（今蘇州）閶門。後借指蘇州或蘇州一帶。歷史上作爲蘇州的别稱之一，爲春秋吴國故地，故稱。

〔10〕賊竄：指太平軍攻佔蘇州。1860 年 5 月，太平軍一舉攻破清軍江南大營。天王洪秀全命忠王李秀成乘勝東征，連克丹陽、常州、無錫。江蘇巡撫徐有壬退守蘇州，不日命大名鎮總兵馬德昭“首令民裝，次令遷徙，三令縱火”，準備出逃。馬德昭遵令縱火，頃刻間，號稱“人世間一二等風流富貴之地”的閶門外南濠街、山塘至虎丘一綫，閶門内中市街至接駕橋、吴趨坊等處市肆化爲灰燼，清軍一些游兵散勇乘機大肆洗劫。6 月 2 日，太平軍攻克蘇州，繼而略定蘇南。到了中旬，忠王李秀成在常州以東的蘇南地區建立蘇福省，省會定在蘇州。

〔11〕掊：破開，剖。

〔12〕五百餘年：是指獅子林建園以來。

〔13〕宸章：皇帝所作的詩文。

登蘇州通元寺〔1〕浮圖〔2〕

古寺通元城北隅，起三十六丈浮圖。玲瓏八面雲生牖，蟠曲〔3〕九層蟻在珠。一綫湖光連碧漢〔4〕，四山嵐影入青蕪。振衣直上捫星斗，颯颯秋風劍膽〔5〕麤。

【注釋】

〔1〕通元寺：即今報恩寺（又名北寺），位於蘇州市内北部偏西，始建於三國吴赤烏年間（238—251），相傳是孫權母親吴太夫人捨宅而建，古稱通玄寺。清代避諱，作者行文改“玄”爲“元”。

〔2〕浮圖：佛塔。

〔3〕蟠曲：盤曲。

〔4〕碧漢：碧天銀漢的合稱，即天空。

〔5〕劍膽：元吴萊《歲晚恍然有懷》詩："小榻琴心展，長纓劍膽舒。"後以"劍膽琴心"比喻剛柔相濟，任俠儒雅。此處指秋風的勁厲。

震澤[1]舟次

笠澤孤帆意自閒，涼秋景物絶塵寰。湖雲拂岸緑于水，海日出林紅上山。偃月橋[2]多當路聳，微風船小逐溪灣。江南歲熟[3]烽煙静，浩蕩輕鷗任往還。

【注釋】

〔1〕震澤：長江下游有名的古澤藪，又名具區、笠澤。它位於長江、錢塘江下游三角洲上，面積二千四百二十平方公里，是僅次於鄱陽湖和洞庭湖的我國第三大淡水湖。古震澤初形成時範圍很大。根據歷史及地質調查資料分析，它的北岸大致在常州經江陰至常熟一綫，南達杭州灣北岸，東至昆山，金山一帶，西臨溧陽、宜興、長興的丘陵地區。以後，由於長江三角洲的不斷東伸，大量泥沙沉積下來，使原來相連的古瀉湖逐漸淤積，形成介於長江與錢塘江之間的太湖平原，也就是長江三角洲的主體。後來隨着陸地的不斷沉降，而沉降中心即在太湖及其周圍地區，形成四面略高而中部低窪的盆地，接納發源於茅山，天目山荆、苕二溪的來水，瀦水成湖，並在與外海隔絶以後，轉入湖水淡化過程，慢慢地形成爲内陸淡水湖泊。

〔2〕偃月橋：半月形的拱橋。

〔3〕歲熟：年成豐熟。

嘉興[1]舟次

行盡吴中佳麗處，越中清俊入時宜。能將箬水[2]都成酒，多種桑田好取絲。涼月[3]鴛湖[4]秋信早，西風雁塞旅程遲。曝書亭[5]已輕帆過，偃卧孤舟漫未知。

【注釋】

〔1〕嘉興：位於浙江省東北部、長江三角洲杭嘉湖平原腹心地帶，是長江三角洲重要城市之一。

〔2〕箬水：有一種箬下酒，因產於烏程縣（今浙江吴興縣）箬溪北岸之下箬，故名。宋代胡仔《苕溪漁隱叢話後集·楚漢魏六朝上》："（烏程縣）南五十步有箬溪，夾溪悉生箭箬，南岸曰'上箬'，北岸曰'下箬'，居人取下箬水釀酒，醇美，俗稱箬下酒。"

〔3〕涼月：七月的異名。《事物異名録·歲時·七月》引南朝梁元帝《纂要》："七月曰首秋、初秋、上秋、肇秋、蘭秋、涼月。"

〔4〕鴛湖：鴛鴦湖，即現在的南湖。南湖位於嘉興市區東南部，風景秀麗，史書早在三國時期就有記載，稱之爲陸渭池，又稱馬場湖。南湖分爲東西兩湖，兩湖相連，形似鴛鴦交頸，古時湖中常有鴛鴦棲息，因此又名鴛鴦湖。宋代以後南湖與杭州西湖、紹興東湖並稱爲浙江三大名湖，成爲浙北的旅游熱點。

〔5〕曝書亭：指清代著名詩人、詞人、學者浙江秀水（今嘉興市）人朱彝尊（1629—1709）的故居。因他的著作《曝書亭集》稱名於世，人們遂用以稱代作者本人或其故居。

將抵武林〔1〕

秋風薦〔2〕爽快揚舲〔3〕，清澗幽溪日日經。遠水平添湖浪碧，近城高露越山青。數聲柔櫓疑鷗語，一陣漁舟帶鷺腥。此去余杭先貰酒〔4〕，徑須〔5〕爛醉倒罌缾〔6〕。

【注釋】

〔1〕武林：杭州。

〔2〕薦：進獻，奉獻。

〔3〕揚舲：猶揚帆。

〔4〕貰酒：賒酒。

〔5〕徑須：直須，應當，應。

〔6〕罍缾：泛指盛酒器。

始游西湖

湖光山色本天成，出湧金門[1]一笑傾。聖水從來稱勝地，扁舟到此慰平生。波紋入鑑秋容浄，嵐翠如妝晚黛横。不見西泠[2]孤鶴影，衹餘風露自凄清。

十年飛夢落西湖，今見西湖勝畫圖。露濕蓮房[3]曲院[4]曲，霜清梅徑孤山[5]孤。陰晴天氣宜呼酒，南北峯前好結廬。爲問白蘇隄[6]畔柳，風光猶似昔時無。

【注釋】

〔1〕湧金門：南宋行都臨安（今杭州市）的西城門。門臨西湖。宋人趙彦衛《雲麓漫鈔》卷五："錢湖一名金牛湖，一名明聖湖，湖有金牛，遇聖明即見，故有二名焉……行次北第二門曰'湧金門'，即金牛出見之所也。"

〔2〕西泠：橋名，亦稱"西陵橋"，或"西林橋"，在杭州孤山西北盡頭處，是由孤山入北山的必經之路。宋代周密《武林舊事·湖山勝概》："西陵橋，又名西林橋，又名西泠。"

〔3〕蓮房：原指荷花的蓮蓬，後來專指僧人的住房。因佛教以蓮花象徵清浄無染，比喻僧人的住房清浄没有污染。

〔4〕曲院：杭州西湖十景之一。元代馮子振《鸚鵡曲·憶西湖》曲："蘇隄萬柳春殘，曲院風荷番雨。"

〔5〕孤山：在浙江杭州西湖中，孤峯獨聳，秀麗清幽。

〔6〕白蘇隄：指西湖的白堤和蘇堤。白堤全長一千多米，東起斷橋，經錦帶橋而止於平湖秋月。白堤横亘湖上，把西湖劃分爲外湖和裏湖，並將孤山和北山連接在一起。唐代詩人白居易任杭州刺史時有詩云："最愛湖東行不足，緑楊蔭裏白沙堤。"即指此堤。後人爲紀念這位詩人，稱爲白堤。堤上桃柳成行，芳草

如茵，回望群山含翠，湖水塗碧，如在畫中游。蘇堤在杭州市西湖中。北宋元祐年間，蘇軾知杭州時，疏浚西湖，堆泥築堤，南起南屏山，北接岳王廟，分西湖爲内外兩湖。其間有橋六座，夾道雜植花柳，有“六橋煙柳”之稱。

孤山拜林處士[1]墓

一棹西泠路，疎梅映水濵。亭空孤鶴去，冷月葬詩人。君家有少尉[2]，千載許結鄰。

【注釋】

〔1〕林處士：宋代林逋的别稱，後人稱爲和靖先生，錢塘（杭州）人。林逋不仕，隱居杭州孤山，手植梅樹三百於孤山，並養鶴爲伴，終身不娶。因此，他戲稱自己以梅爲妻，以鶴爲子，即“妻梅子鶴”，意寓清高。

〔2〕少尉：指縣尉，即典史。明末有林典史不屈於清而死，建祠於孤山，與林逋的祠墓在一起。

飛來峯[1]

一朵蓮華倒向開，幾時飛墮到塵埃。想隨古佛從天降，應有山靈導我來。寶蓋[2]石幢[3]成舍衛[4]，雲垂海立湧蓬萊。人生好怪今猶昔，細認題名剔蘚苔。

【注釋】

〔1〕飛來峯：西湖靈隱一帶的山峯怪石嵯峨，風景絶異，印度僧人慧理稱：“此乃中天竺國靈鷲山之小嶺，不知何以飛來?”因此稱爲“飛來峯”。飛來峯是江南少見的古代石窟藝術瑰寶，可與四川大足石刻媲美。蘇東坡曾有“溪山處處皆可廬，最愛靈隱飛來峯”的詩句。

〔2〕寶蓋：佛道或帝王儀仗等的傘蓋。

〔3〕石幢：古代祠廟中刻有經文、圖像或題名的大石柱。有座有蓋，狀如塔。

〔4〕舍衛：爲中印度古王國名。又作舍婆提國、室羅伐國、屍羅跋提國、舍囉婆悉帝國。意譯聞物、聞者、無物不有、多有、豐德、好道。又以此城多出名人，多産勝物，故稱聞物國。

冷泉亭〔1〕

入山便得清涼境，山中石泉冷更冷。人間萬事紛煩囂，息機〔2〕宴坐秋心〔3〕警。飛來石下泉涓涓，古木根多石上懸。石是飛來莫飛去，與泉長結冷淡緣。

【注釋】

〔1〕冷泉亭：在靈隱寺山門之左。丹垣緑樹，翳映陰森。亭對峭壁，一泓冷然，凄清入耳。亭後西栗十餘株，大皆合抱，冷暗樾，遍體清涼。秋初栗熟，大若櫻桃，破苞食之，色如蜜珀，香若蓮房。千百年來，冷泉亭一直是詩人們流連忘返的處所。白居易“在郡六百日，入山十二回”，蘇東坡“在郡依前六百日，山中不記幾回來”。

〔2〕息機：息滅巧詐之心、機巧功利之心。

〔3〕秋心：秋日的心緒。多指因秋來而引起的悲愁心情。

靈隱寺〔1〕 用坡公韻

爲尋山水窟，步入雲林寺。破屋倚喬柯，秋風清杖屨〔2〕。五百阿羅漢，未隨劫灰去。

【注釋】

〔1〕靈隱寺：靈隱寺是中國佛教著名寺院，又名雲林寺，位於浙江省杭州市西湖西北面，是江南著名古刹之一。係慧理建於東晋成帝咸和元年（326 年），嘗毁於火，後重建。康熙於二十八年（1689 年）頒賜御書“雲林禪寺”匾額。

〔2〕屨：用麻、葛等製成的單底鞋。後泛指鞋。

韜光龕[1]

萬竹緑陰中，高峯隱深寺。微聞鐘磬聲，雲氣生芒屨。小憩丹臺[2]上，山月送歸去。

【注釋】

〔1〕韜光龕：韜光寺，是蜀地名僧韜光禪師所建。一日，禪師辭師出游，師父囑咐説："遇天可前，逢巢則止。"唐穆宗長慶年間（821—824），當他游至靈隱寺西北巢枸塢時，正值白居易（字樂天）任杭州刺史，心想："吾師命之矣。"遂卓錫於此。五代後晋天福三年（938 年）吴越王重建，改名廣巖龕。宋真宗大中、祥符間，又名法安院，後寺以人名。

〔2〕丹臺：道家語，意爲神仙居住的地方。韜光龕有吕祖洞，其後爲吕祖煉丹臺，山後有崖，崖下有洞，名丹崖寶洞。

雲棲寺[1]

鳳山城[2]西十餘里，林木蒼森山蔚起。奎章[3]照耀松雲間，有御題"松雲間"三字。行人只在竹陰裹。有亭翼然俯碧潯[4]，泉聲泠泠滌塵襟。喬柯修篁都入畫，坐久渾無出山心。

【注釋】

〔1〕雲棲寺：始建於北宋乾德五年（967 年），是吴越王爲伏虎志逢禪師興建的三座寺院之一。至明弘治七年（1494 年），因山洪突發，寺院經像隨水漂没，蕩然無存。直到隆慶五年（1571 年），才由一代名僧蓮池重建。清代康乾之際是雲棲寺空前鼎盛的時期。至民國時期，寺院因年久失修，寺宇敗落。1962 年原寺址闢爲杭州市工人休養院，寺前冲雲樓、舒篁閣也陸續闢爲茶室。雲棲竹徑因其優美的竹景和濃厚的歷史文化底藴而得名，其竹徑按清康熙時的御道原狀修建，竹徑的盡頭即爲雲棲寺舊址。

〔2〕鳳山城：元末張士誠於至正 19 年（1359 年）築杭州城，設旱門十，水門五，鳳山水城門即五水門之一。民國拆除杭州外垣，僅留此門。鳳山水城門東西向，横跨中河，單拱門洞由三個不同跨徑的石拱並聯而成，縱聯分節並列法砌築。中間有閘槽。鳳山水城門是杭州市區僅存的一座古城門，起着城市歷史地理標志的作用。

〔3〕奎章：指帝王的詩文書法等。

〔4〕潯：水邊。

重陽日登紫陽山〔1〕遂尋紫陽洞而歸

朝躡吴山第一峯，夕飲吴山第一泉。寓大井巷，爲第一泉。平生百事甘退讓，惟有登山臨水興高騫〔2〕。吴山高踞越王城〔3〕，紺宇琳宫〔4〕不記名。越中士女好佛事，處處鐘磬木魚聲。況今重陽登高日，山上游人紛鶩集。我來振衣乘天風，獨向吴山高處立。層巒疊嶂勢縈紆，左錢唐江右西湖。江如明堂受朝賀，湖如閨閣藏名姝。群峯羅列如佳客，閭閻〔5〕撲地如筵席。便擬開樽酌天漿，浮邱洪崖相挹拍。山迴路轉，怪石嵯峨。俯瞰深磵，仰矚喬柯。蒼鷹盤欲下，應有狐兔窠。苔滑草叢尋無路，忽到仙人棲隱處。石峯巑岏〔6〕氣象森，巨靈〔7〕手擘爲門户。厜㕒如屋豁然開，上有日光照琴臺。飛來石從空中墮，欲墮不墮何奇哉。我聞野鶴仙，於此得通玄。遺蜕〔8〕不可見，洞口空雲煙。魂驚魄蕩歎殊絶，但見紫陽洞天留殘碣。歸來把酒持雙螯，一醉酩酊酬佳節。明朝返櫂向江干，如此湖山别應難。不是抛得杭州去，留作它日回頭看。

【注釋】

〔1〕紫陽山：舊名瑞石山，在吴山東南，清平山北，海拔 98 米，山上多奇巖、怪石、穴竇，南宋時劃爲禁山。元代山上建紫陽庵，始名紫陽山。南宋以來山上頗多勝跡，清咸豐末因兵燹而遭嚴重損壞，其中部分倖存至今。1949 年後，經開發建設，紫陽山成爲吴山景區重要組成部分，有瑞石洞、飛來石、蟾蜍石、垂雲峯、月波池等。

〔2〕高騫：形容鳥飛。

〔3〕越王城：越王城遺址位於浙江杭州市蕭山城厢西 4500 米的湘湖村城山之巔。這裏相傳是春秋戰國時期越王勾踐屯兵伐吴的一個城堡遺址。

〔4〕紺宇琳宫：紺宇，即紺園，佛寺之别稱；琳宫，仙宫，亦爲道觀、殿堂之美稱。

〔5〕閭閻：閭泛指門户、人家，中國古代以二十五家爲閭；閻指里巷的門。閭閻撲地：里巷遍地，形容房屋衆多，市集繁華。

〔6〕巑岏：山峻峭、高聳。

〔7〕巨靈：神話傳説中劈開華山的河神，泛指神靈。

〔8〕遺蜕：遺跡，遺留物。

南湖訪煙雨樓〔1〕遺址

越溪捩舵〔2〕泊煙渚，蘆花楓葉當秋舞。翠華不來樓已空，嶙峋瘦石撑風雨。鴛鴦湖上夢悠悠，吴越往事幾春秋。竹垞〔3〕櫂歌梅村曲，終古湖山屬勝流。

【注釋】

〔1〕煙雨樓：是嘉興南湖湖心島上的主要建築。煙雨樓的前身，要追溯到五代後晋時（940 年前後），吴越國廣陵王錢元鐐在南湖畔建樓舍爲“登眺之所”，其時並無“煙雨樓”之名。據《至元嘉禾志》載，“煙雨樓”三字始見於南宋吴潛《水調歌頭·題煙雨樓》詞，故後人推測宋嘉定年間吏部尚書王希吕在南湖東畔建煙雨樓。至元代，煙雨樓幾易其主，歷經興廢，但一直是觀賞湖光的佳處。後來此樓毁於楊苗之亂。明嘉靖二十八年（1549 年），嘉興知府趙瀛在湖心島上建煙雨樓，從此樓在湖中。後幾度修葺。清順治二年（1646 年），在抗清鬥争中，煙雨樓毁。清康熙二十年（1681 年）再建，主樓坐南朝北，面對城垣。到乾隆南巡時，煙雨樓改建爲南向而北負城郭。清咸豐十年（1860 年），在太平軍戰争中，煙雨樓又被毁。

〔2〕捩舵：亦作“捩柂”。撥轉船舵。指行船。

〔3〕竹垞：有竹的小丘。

鷺脰湖〔1〕

西盡越溪東入吴，田家多傍水爲廬。湖光一色緑於染，無復人知鷺脰湖。

【注釋】

〔1〕鷺脰湖：湖名，浙江省鄞縣廣德湖的舊稱。廣德湖，位於今寧波市西12里，原名鶯脰湖，是利用沼澤窪地築堤圍成的人工陂湖。咸豐《鄞縣志》載，廣德湖四址爲：南對青塾、夾塘、俞家宅一帶，西枕林村、鳳嶴市，北界高橋、石塘，東界新莊一帶。南宋曾鞏《廣德湖記》（《元豐類稿》卷一九）説："湖之興，其在梁、齊之際。"其他山堰未築前，廣德湖是鄞西平原的主要灌溉水利工程。北宋時廣德湖水利達到極盛。王廷秀《水利記》稱："西南鄉之田所恃者廣德一湖，環百里，周以堤塘，植榆柳以爲固，四面爲斗門碶閘。方春，山之水泛漲時，皆聚於此，溢則泄之江。夏秋交，民或以旱告，則令佐躬親相視，開斗門而注之湖。高田下，水勢如建瓴，閲日可浹。雖甚旱亢，决不過一二，而稻已成熟矣。"所起的水利作用巨大。然而，自北宋初起，已有盗廣德湖爲田的現象，"廢湖"和"保湖"之争不斷。到政和七年（1117年）知明州（治今浙江寧波市）樓異廢全湖爲田720頃，"募民佃租，歲入米僅二萬石"。從此，能灌溉鄞西平原約一半農田的廣德湖就從大地上消失了，其灌區遂改用它山堰之水。（據張芳《中國古代灌溉工程技術史》）

垂虹亭〔1〕

垂虹橋上垂虹亭，秋雨秋風酒易醒。寂寞松陵懷白石〔2〕，簫聲詞韻入空冥。

【注釋】

〔1〕垂虹亭：亭名。在江蘇吴江縣長橋上。宋仁宗慶曆年間縣令李問建。蘇

軾自杭州移高密時，曾與張先等在此亭飲酒。

〔2〕白石：姜夔，號白石，南宋著名詞人兼音樂家，多才多藝，工於詩詞，長於書法，吹簫彈琴，精通律吕。據説姜白石帶着他的朋友范成大送歌妓小紅歸家，路過蘇州城東的垂虹亭時，詩興大發，乃作詩："自琢新詞韻最嬌，小紅低唱我吹簫。曲終過盡松陵路，回首煙波十四橋。"。

游虎邱寺〔1〕

山勢西南來，蒼然作秋色。出郭事幽尋，趁此清秋日。微風度山塘〔2〕，木落衆峯出。浮圖〔3〕起曾巔，突若冲霄翼。古寺何荒寒，殘碑卧荆棘。闔閭〔4〕墳安在，嬴秦劍莫得。虎來霸業銷，虎去王氣息。徒令千載下，試劍空留跡。可中亭〔5〕已欹，陸羽泉〔6〕已塞。磐磐〔7〕蓮池上，賸有千人石〔8〕。説法無生公，頑石終默默。和靖〔9〕讀書處，今爲闍黎〔10〕室。欲酹真孃〔11〕墓，榛莽殊蒙密。翹首矚青雲，群山争挺特。回舟紀清游，落筆風雨疾。來當重相訪，去當長相憶。

【注釋】

〔1〕虎邱寺：也作虎丘寺。虎丘在今江蘇蘇州閶門外山塘街。據傳春秋末期吴王闔閭葬此，後有虎踞其上，故稱虎邱。一説邱如蹲虎而得名。東晋時，司徒王珣、司空王瑉在此山建宅，建和二年（327年），二人因崇佛而捨宅爲寺，取名虎邱山寺，分東西二刹。後多次被毁，今存者係後建。

〔2〕山塘：山塘街，始建於唐代寶曆年間，825年白居易奉命到蘇州任刺史。上任不久，他坐了轎子到虎丘去，看到附近的河道淤塞，水路不通，回衙後，立即找來有關官吏商量，決定在虎丘山環山開河築路，並着手開鑿一條山塘河。它東起閶門渡僧橋附近，西至虎丘望山橋，長約7里，故俗稱"七里山塘到虎丘"。這條河在閶門與運河相接。在河塘旁築堤，即山塘街。山塘河的開鑿和山塘街的修建，大大便利了灌溉和交通，這一帶成了熱鬧繁華的市井。

〔3〕浮圖：佛塔。

〔4〕闔閭：即闔廬。春秋末吴的國君，名光。前514—前496年在位。他用

專諸刺殺吴王僚而自立。曾伐楚入郢（今湖北江陵西北），後在檇李（今浙江嘉興西南）爲越王勾踐所敗，重傷而死。

〔5〕可中亭：傳説宋文帝在虎邱寺聚僧施食，但是已過了中午，當時佛法戒律過了中午就不能吃飯了，所以僧人左右爲難，這時文帝説，現在正好是中午，没有過時辰，大家請吃，於是衆僧吃了起來。“可中”也就是正好日中的意思。在這亭前有一副對聯：“頑石聽經，禪心默契；名山埋劍，勝跡長留。”點明了生公講經，劍池藏劍的事情。

〔6〕陸羽泉：唐代貞元年間，陸羽曾住虎邱，親自到山上挖了一口井，專門研究泉水水質對煎茶的作用。因虎邱泉水質清甘味美，被唐代品泉家劉伯芻評爲“天下第三泉”。於是虎邱石井泉就以“天下第三泉”名傳於世。

〔7〕磐磐：通“盤”。迴旋，盤曲。

〔8〕千人石：石名。在今江蘇省蘇州市虎邱山劍池旁。相傳南朝，梁代高僧“生公”説法於此。唐代陸廣微《吴地記》：“（虎邱山）池（劍池）邊有石可坐千人，號‘千人石’。”這千人石還有兩個傳説：一説是，晋代高僧竺道生雲游到虎邱，在此講經説法，有千人列坐聽經，遂取名“千人石”。由於太守下令不准百姓前來聽經，生公“乃聚石爲徒”，繼續講經。其時百鳥停鳴静聽，雖時值嚴冬，白蓮池中千葉白蓮一齊開放吐香，群石點頭。所以有“生公説法，頑石點頭”的成語。另一傳説是，吴王闔閭葬後，怕工匠洩漏秘密，殺工匠千人於此，故名“千人石”。

〔9〕和靖：即鶴妻梅子的林逋，虎邱寺有他的讀書臺。

〔10〕闍黎：一譯作“闍梨”，梵語“阿闍黎（梨）”之省也，意爲高僧，也泛指僧人、和尚。

〔11〕真孃：亦作真娘，唐時吴中名妓。唐范攄《雲溪友議》卷六：“真娘者，吴國之佳人也，時人比於錢塘蘇小小，死葬吴宫之側，行客慕其華麗，競爲詩，題於墓樹。”沈礪《虎邱吊闔閭》詩：“真娘聲價豔千秋，多少新詩詠虎邱。”據説她本是一個姓胡人家的女兒，父母雙亡，孤苦伶仃，被騙墮入青樓，因容貌姣美、擅長歌舞而成爲名噪一時的吴地佳麗。但她人品高潔，守身如玉，立志不受侮辱，爲反抗鴇母的壓迫而投繯自盡，葬身虎邱，墓在劍池之西的虎邱寺側。白居易在敬宗寶曆元年出任蘇州刺史時，在一年多的任期内，曾十二次游歷虎邱，並重開虎邱寺路，種植桃李蓮荷二千餘株。並且在這一時期憑弔

真娘墓時，懷着無限惋歎之情寫下了《真娘墓》一詩。

鼎丞[1]刺史手録所作百韻詩數首見示既和予虎邱詩又疊韻[2]爲游木瀆[3]詩更索予和再接再厲如追窮寇意在乘人於險甫自虎阜歸解衣欲寢走筆答之不甘爲城下之盟[4]耳

詩壇逢勍敵[5]，酣戰無怯色。落筆三千言，揮戈欲返日[6]。鴻篇朝示我，讀之爽然失[7]。晚復馳報章，詞源[8]浩無極。疊韻謝雕鎪[9]，清言肺腑出。鷹隼在秋天，一舉風生翼。挑燈理詩筒，珍如獲垂棘[10]。我欲步後塵，諒無佳句得。連日郭外游，亦頗思休息。請述今日歡，昨游已陳跡。虎邱山塘路，畫舫幾填塞。花團錦簇中，一醉堪一石[11]。管弦聲暫停，藏鉤[12]笑默默。微聞珠翠[13]香，如入芝蘭室。東船與西舫，排比何稠密。選色[14]如選將，終鮮千人特。不墮風月[15]瘴，聊愈煙霞疾[16]。作詩非賈勇，歡游良足憶。吴俗十月朔日賽神，傾城士女出游虎阜。是日，潘季玉[17]世兄邀同張菊垞[18]孝廉、李梅生[19]方伯載酒往觀，歸作此詩。

【注釋】

〔1〕鼎丞：王定安（1833—1898），字鼎丞，湖北宜昌府東湖縣（今宜昌市夷陵區龍泉鎮良田畈村王家場）人。兄弟五人，排行第二。曾任山西冀甯水利驛傳道署、山西布政使。13歲中秀才，咸豐十一年（1861年）拔貢，同治元年（1862年）中舉人。曾爲曾國藩校注其所彙編的《十八家詩鈔》而被薦爲江蘇昆山縣知縣，任滿後又爲曾國藩延爲幕僚達20年之久，以曾國藩鎮壓太平天國爲史實撰寫《湘軍記》，爲曾國藩所稱道。後歷任冀寧道臺及藩司、安徽穎鳳六泗兵備道等職，管轄鳳陽、穎川、六安、泗洲的兩府兩州，爲省、府之間的高級行政長官。王定安長於史志，撰寫有傳世著作15部，計300餘卷，逾千萬字。内容涉及經典、史志、金石、詩歌、雜記等，爲中國近代史提供了大量可供研究的文獻典籍。據説，他解職後客居江寧，讀季剛（黄侃）詩，詫爲奇才，

即以其女許之，這就是黄侃的原配王夫人。

〔2〕疊韻：指賦詩重用前韻。疊韻是將本調再重疊一遍，即由小令疊爲長調，如柳永疊用毛文錫《接賢賓》，另名《集賢賓》。

〔3〕木瀆：鎮名。在今江蘇吴縣西南。地近太湖口，渡太湖者皆取道於此。明代嘉靖三十四年明軍民追擊倭寇，殲於此處。舊設木瀆司，管木瀆、横塘、新郭三鎮。清代設縣丞駐此。明代馮夢龍《山歌·燒香娘娘》："船一摇摇到木瀆。"

〔4〕城下之盟：指在敵方兵臨城下時被迫簽訂的屈服的和約。

〔5〕勍敵：强敵。

〔6〕揮戈返日：比喻留連光景，希望白天能夠延長。後常用以形容有能夠排除困難，扭轉危局的雄才大略。亦作"探戈反日"、"探戈回日"、"揮戈退日"、"魯戈回日"、"魯陽探戈"。

〔7〕爽然失：即爽然自失，形容茫無主見，無所適從。

〔8〕詞源：創作靈感。

〔9〕雕鑱：雕刻，斧凿。

〔10〕垂棘：春秋晋地名，以産美玉著稱，後借指美玉。

〔11〕石：盛酒器。此處作量詞。《史記·滑稽傳》："臣飲一斗亦醉，一石亦醉。"

〔12〕藏鉤：宴飲中的一種娱樂助興節目。《風土記》記載了其玩法："藏鉤之戲，分爲二曹，以較勝負。若人偶則敵對，人奇則奇人爲游附，或屬上曹，或屬下曹，名爲'飛鳥'，以齊二曹人數。一鉤藏在數手中，曹人當射知所在，一藏爲一籌，三藏爲一都……藏在上曹即下曹射之，在下曹即上曹射之。"參加的人分爲兩曹，即兩組，如果人數爲偶數，所分的兩組人數相等，互相對峙，如果是奇數，就讓一人作爲游戲依附者，他可以隨意依附這組或那組，稱爲"飛鳥"。游戲時，一組人暗暗將一小鉤（如玉鉤、銀鉤）或其他小物件攥在其中一人的一隻手中，由對方猜在哪人的哪只手裏，猜中者爲勝。

〔13〕珠翠：珍珠和翡翠，婦女華貴的飾物，借指盛裝女子。

〔14〕選色：挑選美女。

〔15〕風月：男女情愛。

〔16〕煙霞疾：比喻積久成習，不易改變的嗜好、習慣。指愛好山水成癖。

〔17〕潘季玉：潘季玉，見前面《游蘇將歸謝潘季玉世丈惠花露》注解。

〔18〕張菊垞：又名張之京，兩廣總督張之洞的從弟，據《民國南皮縣志》記載，“道光十九年己亥科，字菊垞，景山官學教習，湖北候補知府加道銜”。

〔19〕李梅生：李育，字梅生，又字竹素，號可庵，别號字潤、竹西，江蘇揚州人，工人物、山水、花鳥。嘗師事朱本，與李紱塵稱“南北李”。

游天平山〔1〕 仍用前韻

秋山如高士，不作嫵媚色。我愛名山游，看山輒累日。風來衆山響，雲來遠山失。吴中多名勝，天平尤峻極。嶺向支硎〔2〕分，泉從白雲出。岝崿〔3〕與靈巖，遠近爲輔翼。循磴躡崇岡，一筇披榛棘。巨石闢如門，側身甫過得。古樹鬱青蒼，有亭暫憩息。臨風憶范公，遺廟留芳跡。憂樂關天下，豈因境通塞。山靈示嚴毅，笏立森萬石。倏然謝塵氛〔4〕，蝯鶴皆静默。似聞道林〔5〕師，潛居在石室。山亦爲之深，林亦爲之密。剔蘚尋斷碑，逸興殊超特。暮靄蒼蒼來，喬柯鴉飛疾。歸去續夢游，歷歷堪記憶。

【注釋】

〔1〕天平山：南連靈巖山，北接支硎山，東鄰金山，海拔221米，是蘇州西南諸山中最爲高峻的一座山峯，因其山巔平整故名天平山。山上白雲繚繞，又名白雲山。北宋時期范仲淹將其高祖葬於山麓，宋仁宗把天平山賜給范仲淹爲家山，又稱范墳山。

〔2〕支硎：山名。在今江蘇省蘇州市西。又名報恩山、南峯山。硎，平整的石頭。山有平石，故名。晋高僧支遁隱居於此，因以支硎爲號，山亦因支遁得名。

〔3〕岝（zuò）崿：山名。在今江蘇省吴縣西南。相傳春秋吴王僚葬此。亦可形容山勢高峻貌。

〔4〕塵氛：塵俗的氣氛。

〔5〕道林：支道林，名遁，東晋佛教學者、高僧。明代王鏊《姑蘇志》卷

八："支硎山在龍池山東北，以晋支遁居此而山多平石故名，山有石室、寒泉。遁詩云：'石室於蔽身，寒泉濯温手。'相傳遁冬居石室，夏隱别峯也。泉上刻紫巖居士虞延臣書'寒泉'二字徑大。又有放鶴亭、馬跡石，皆以遁得名。"《世説新語·言語》曰："支公好鶴，住剡東山峁山，有人遺其雙鶴，少時翅長欲飛，支意惜之，乃鎩其翮。鶴軒翥不復能飛，乃反顧翅，垂頭視之，如有懊喪意。林曰：'既有凌霄之姿，何肯爲人作耳目近玩。'養令翮成，置使飛去。"

游石湖〔1〕

十里横塘外，輕舟度石湖。水雲留畫本，山勢借浮圖。黎墅炊煙起，漁村濕網鋪。昔賢棲隱處，逸韻付追摹。宋范成大賜歸石湖，明文衡山〔2〕、祝枝山〔3〕俱家於此，王雅宜〔4〕住黎墅，在湖岸上。

【注釋】

〔1〕石湖：是蘇州著名的風景區，它是太湖的支流。石湖是一個以吴越遺跡和田園風光見稱的風景區，它的歷史悠久，相傳范蠡就曾帶着西施由此入西湖，從此隱居。

〔2〕文衡山：文徵明（1470—1559），原名壁，字徵明。四十二歲起以字行，更字徵仲。因先世衡山人，故號衡山居士，世稱"文衡山"，明代畫家、書法家、文學家，長洲（今江蘇蘇州）人。生於明憲宗成化六年，卒於明世宗嘉靖三十八年，年九十歲，曾官翰林待詔。詩宗白居易、蘇軾，文受業於吴寬，學書於李應禎，學畫於沈周。在詩文上，與祝允明、唐寅、徐禎卿並稱"吴中四才子"。在畫史上與沈周、唐寅、仇英合稱"吴門四家"。

〔3〕祝枝山：祝允明（1460—1526），明代書法家、詩文家。字希哲，號枝山、枝指生，長洲（今江蘇蘇州）人。弘治舉人。官至應天府通判。工詩文，與徐禎卿、文徵明、唐寅並稱"吴中四才子"。擅書法，小楷近鍾繇，尤以草書見長，氣勢奔放，出神入化。有《懷星堂集》。

〔4〕王雅宜：王寵（1494—1533），明代書法家。字履仁、履吉，號雅宜山

人，吴縣（今屬江蘇蘇州）人。爲邑諸生，貢入太學。王寵博學多才，工篆刻，善山水、花鳥，他的詩文在當時聲譽很高，而尤以書名噪一時，書善小楷，行草尤爲精妙。爲明代中葉著名的書法家。

冒雨游洞庭東山[1]偕古田甘語薌[2]訪謝氏梅隱山莊謝君青來少年高隱園林極佳

萬頃湖波緑成海，一林野竹青到門。雨聲點水爲泡幻，雲氣與山互吐吞。石滑路遥愁駐足，乘風杖策投荒村。新交結契[3]逢傾蓋，把酒譚詩梅隱園。

【注釋】

〔1〕洞庭東山：洞庭東山位於蘇州郊外四十公里的太湖之群，是一個典型的江南古鎮，東山是伸展於太湖東首的一座長條形半島，因其在太湖洞山與庭山以東而得名洞庭東山，也稱爲東洞庭山，古稱莫厘山、胥母山。它三面環水，萬頃湖光連天，漁帆鷗影點點，與洞庭西山、光福鄧蔚等七十二峯交匯而成綺麗寬廣的太湖風景區。

〔2〕甘語薌：福建古田人，曾任職蘇州。書畫極佳。與《老殘游記》的作者劉鶚有交往，據劉鶚《抱殘守缺齋・壬寅日記》記載："又有石印《九成宫》兩本，一爲甘語薌澤宣所藏，一爲宗湘文源瀚爲展如方伯題跋者，借歸以校新得王文敏藏本。其二本皆出此下，彼皆稱北宋拓本者也。"

〔3〕結契：謂結交相得。

申江[1]感懷

怵目驚心滬水[2]濱，無端客子欲沾巾。蜃樓海市空中構，風馬雲車[3]化外民。歌管喧闐[4]金買夜，貨泉[5]充牣[6]鬼愚人。聖朝寬大能容物，異域殊方一視仁。

【注釋】

〔1〕申江：黄浦江别稱申江，夏商時期揚子江下游（今黄浦江）兩岸地區被稱爲“申江”。此指上海。

〔2〕滬水：相傳上海境内的吴淞江就是古代的“滬瀆”。

〔3〕風馬雲車：指神靈的車馬。此疑似指當時外國人開的汽車。

〔4〕喧闐：聲音大而雜。

〔5〕貨泉：最常見的一種漢代錢幣，它是王莽天鳳元年（14 年）第四次貨幣改制的産物。

〔6〕充牣：豐足。在 1843 年正式開埠以前，上海還只是江蘇省松江府下屬的一個普通的海濱縣城，其規模遠不及北京、蘇州、杭州，在中國的學術影響及地位十分有限。然而，在西方列强爭先恐後地對中國經濟掠奪與剥削的歷史背景下，它襟江帶海的特殊地理優勢迅速聚集了人口、技術、産業等生産要素，由此推動了本地區經濟的快速發展並加速了上海城鎮化的進程。

八月十八日錢唐觀潮

立馬吴山[1]氣壯哉，一鞭東指海門開。長風高矗三秋健，遠水横拖匹練來。瞥見銀濤排地起，誰將鐵弩射潮回。扁舟如葉衝波上，跋浪鯨鼉[2]未足猜。

【注釋】

〔1〕吴山：俗稱城隍山，地處西湖東南面，蜿蜒起伏於繁華的市區之内，是游人最便捷的登山游樂處所。吴山高約百米，由紫陽、雲居、七寶、峨嵋等 10 多個小山頭連成，山勢起伏，綿延數里。吴山曾有“第一峯”之稱，這源於一段野史：傳説北宋詞人柳永描述杭州山水風光的《望海潮・東南形勝》一詞傳入北地後，當時金主完顔亮垂涎“有三秋桂子，十里荷花”的西湖美景，立志彎弓南下，並命畫工潛入臨安（即杭州）偷繪了一張西湖圖，帶回去製成屏曲，題詩其上：“提兵百萬西湖上，立馬吴山第一峯。”現在吴山還留有宋代書法家米芾的“第一山”三字墨刻石。

〔2〕鼉：揚子鱷，鈍吻鱷科的一種爬行動物，產於長江下游，是中國特產。亦稱“鼉龍”，俗稱“豬婆龍”。

坡公生日大雪張君嘯山〔1〕唐君端甫〔2〕邀同人集飛霞閣〔3〕置酒爲壽兼送琴西〔4〕廉訪同年入覲〔5〕和琴西去年壁間韻〔6〕

飛霞閣中雪風寒，飛霞閣外雪光潔。有如群仙高宴瑶池歸，騎白鳳皇〔7〕朝玉闕〔8〕。人循歲例我來新，蘇公笠屐圖猶存。瓣香〔9〕樽酒肅展拜，買絲欲繡髯如銀。濟濟衣冠集閣上，獨我蹤跡慙疎放。孫侯銜命赴帝京，未免離筵添惆悵。侯之詩文擬蘇公，兄弟翰林亦頗同。頻年皖北江南道，飄然已成白髮翁。今日同爲坡公壽，梅花時節過三九。莫辭徑醉作酒人，此去帝京正好春。

【注釋】

〔1〕張嘯山：張文虎（1808—1885），字孟彪，號嘯山，又有筆名天目山樵、華谷里民，南匯縣周浦鎮（今屬上海市）人。張文虎是清咸豐至光緒年間的著名學者，他學問淹博，尤精於校勘，於諸書是非得失、源流異同，莫不參稽博考，以得其指要。張文虎曾館金山錢氏三十年，在這期間校刻了《守山閣叢書》、《指海》、《小萬卷樓叢書》等叢書，其中收書數百種，因校勘精良，被世人稱爲善本；又曾三次赴杭州文瀾閣，縱觀《四庫全書》，手自校讎。同治二年（1863 年），張文虎應曾國藩之邀赴皖，翌年至南京，入金陵書局，校勘《史記》諸書，前後長達十年。在金陵書局期間，與曾國藩、曾國荃以及歷任兩江總督的李鴻章、馬新貽等人都有直接聯繫，與督府的幕僚們過從甚密，與江浙一帶名士的來往更是十分密切。同治十二年（1873 年）冬，張文虎以衰老辭歸，後主講於南菁書院，卒於光緒十一年（1885 年），終年 78 歲。張文虎那天写的詩歌爲《東坡生日，張春陔侍御（盛藻）、周星堂大令（葆昌）、莊守齋觀察、趙季梅、吴莘農、楊樸庵、都芝仙、戴子高、劉恭甫、唐端甫同集飛霞閣，

即送孫勤西廉訪入覲，廉訪約用前詩韵，率賦呈同人》："孫侯綽有湘鄉風，節概正在冲和中。主持風雅侯也在，有似坡老承歐公。忽將陳臬移皖北，攀轅惜别群情同。固知素抱在經世，要以文章兼事功。離筵草草還小聚，歲例仍效覃溪翁。人生離合亦常事，出處各自全其衷。坐中少長皆俊彦，我亦自忘罷且癃。吴門歸櫂阻風雪，此會所惜無河東。(薛慰農山長赴蘇未返。)當年抗疏争國是，誰其繼者惟張融。(侍御亦以言事辭官。)直聲先後動海内，辭章學行元相通。天涯楚越忽相遇，神劒妙合延津龍。勿嗟玉堂在天上，豈有明鏡塵長蒙。殘冬凜冽萬木槁，凋敝不到南山松。今皇獻歲大親政，首明四目達四聰。一麾出守踰十稔，朝天車馬宜悤悤。郵程冰雪春未暖，王臣蹇蹇匪爲躬。丹墀陳策九叩首，盗賊未息閭閻窮。移風易俗自上始，補救有術言非空。薦賢報國豈私黨，進退不媿師門忠。使車南下經潁尾，歐蘇舊跡今游重。(廉訪前署廬鳳巡道。)"張文虎另有《香山生日，李佛生太守（傳芾）、春陔、子密、叔起、季梅、恭甫、端甫同集飛霞閣，次季梅韵》："嗟衰歎老千絲髮，感昔懷今一酒巵。未信先生真曠達，可憐傳世僅文詞。披襟共愜新知樂（佛生、春陔、叔起皆初預此會），開卷同尋古調詩（時以《長慶集》供几筵間），長似月泉吟社麽，登盤薦韭玉梅時。"（張文虎《舒藝室詩存》六）此詩是"香山生日"寫的，而非"坡公生日"，這説明他們幾個人當時經常举行這樣的活動。

〔2〕唐君端甫：唐仁壽（1829—1876），字端甫，號鏡香，清海寧人。諸生。負異稟，家饒於財，購書累數萬卷，多秘笈珍本。益肆鑽研，尤究心六書音韻之學。讎校經史文字疏訛舛漏，毛髮差失皆辨之。咸豐八年太平軍躪浙中，藏書蕩然。曾國藩招致金陵書局，生平所爲書皆未就，獨有詩若干卷藏於家。(《杭州府志》卷百四十六)唐端夫曾依張盛藻詩韻給張文虎寫詩，張文虎又依韻作答《端甫用春陔侍御詩韵見懷三沓韵酬之》："淵源二石有宗風（君文章、學問以嘉興錢衎石給諫警石學博爲宗，兩先生人稱之爲二石），枝葉先求本幹豐。痾疾在身能自藥（君宿患痰疾，發則每自治之），殘書可讀未憂窮（藏書甚富，亂後多散失）。八年聚處真相契，一字疑難不苟同。此别鄉居憐我老，草堂曾訂訪盧鴻。""悵望停雲我亦愁，從來涇渭豈同流。關睢盈耳懷師摯，鴻鵠馳心柰弈秋。書卷生涯惟寂寞，酒桮滋味且優游（君嘗有"對酒悽惶淚，觀書寂寞心"句）。殘寒憶薦坡公否，歲歲題詩壁尚留。"（張文虎《舒藝室詩存》六）

〔3〕飛霞閣：江甯府學，在南京朝天宫，曾國藩組建的舉世矚目的金陵書局

即在此。

〔4〕琴西：孫衣言（1815—1894），字劭聞，號琴西，晚號遁拔，齋名遜學，浙江瑞安人。十八歲從曹秋槎學詩文。道光十七年（1837年）選拔貢生，三十年（1850年）中進士。咸豐初，授編修，入直上書房，升侍講。時英法聯軍進犯天津，京師戒嚴，孫衣言兩次上疏，請速定戰，被調任安慶知府。同治四年（1865年），主講杭州紫陽書院。五年二月，遵旨籌畫，上《密陳夷務疏》，以爲“道光二十年以來辦理夷務，無事不譏，而尤莫誤於不争天津海口，馴致庚申之變”。十一年（1872年）授安徽按察使。光緒元年（1875年）八月，升任湖北布政使。三年二月，調任江寧布政使，整飭鹽務、厘捐，明斷疑獄，治有政聲。因頻抗兩廣總督沈葆楨提用庫銀，論學論治每於沈前盛稱曾國藩，遂於五年内召爲太僕寺卿，稱病不赴任。六年，講學於瑞安詒善祠塾，造就人才甚衆。十四年，建藏書樓，因孫希旦以博學而專校宋王應麟《玉海》一書，且“玉可寶而有用，海之藏無不具”，故名玉海樓，藏書十萬卷，其中多積年搜羅的鄉邦文獻，並親訂藏書規約，允許有志青年入閱。光緒二十年十月，卒於里第，享年80。

〔5〕入覲：指地方官員入朝進見帝王。

〔6〕琴西去年壁間韻：似指孫衣言《復用前韻寄子密春陔佛生守齋》：“錢侯纔飲數蕉葉，李侯相對面玉雪。張侯懶騎五馬驄（春陔由諫垣引疾而歸），拍手莊生欲叫絶。有時連騎能過我，開門一笑屐齒折。澄江高閣空懷人（予園中閣名），望遠但送飛鴻滅。李侯昨來詒我書，筆法猶認錯刀掣（佛生善書，李重光作字喜爲顫掣势，當時謂之金錯刀，故以爲况）。端夫壽坡即坡語，珠璣百琲錦千纈。想見勝會凌飛霞，坐聽雄談競霏屑。諸君能爲髯翁懽，念我應惜流光瞥。古來賢達皆未死，人世妍媸那須説。但煩作詩繼秦黄，更扣洪鐘躍沈鐵。”（孫衣言《遜學齋詩鈔》續鈔卷二）

〔7〕白鳳皇：傳説中的神鳥。唐代曹唐《小游仙詩》之十七：“玉詔新除沈侍郎，便分茅土鎮東方。不知今夕游何處，侍從皆騎白鳳皇。”

〔8〕玉闕：傳説中天帝、仙人所居的宫闕。

〔9〕瓣香：喻崇敬的心意。

香山[1]生日同人集飛霞閣和張嘯山韻　癸酉[2]

謫宦署同蘇玉局[3]，才名豈讓元微之[4]。喜偕九老[5]傳圖畫，苦憶雙鬟[6]捧酒巵。尸祝[7]惟餘長慶集[8]，是時設白公詩集於座上。魂歸欲賦大招[9]詞。春煙冪冪樓臺黯，正是江南暮雨時。

【注釋】

〔1〕香山：白居易。

〔2〕癸酉：同治十二年，即1873年（作者55歲）。

〔3〕蘇玉局：蘇軾。蘇軾曾任玉局觀提舉，後人遂以“玉局”稱蘇軾。

〔4〕元微之：元稹（779—831），字微之。

〔5〕九老：亦稱“香山九老”、“洛中九老”、“會昌九老”，相傳唐朝時，由胡杲、吉玫、劉貞、鄭據、盧貞、張渾、白居易、李元爽、禪僧如滿九位七十歲以上的友人在洛陽龍門之東的香山結成“九老會”。唐武宗會昌五年(845年)三月某日，他們在白居易家中（一說在洛陽香山履道坊）聚會，歡醉賦詩，作九老詩，繪九老圖。

〔6〕雙鬟：古代年輕女子的兩個環形髮髻。代指少女或婢女。

〔7〕尸祝：祭祀。

〔8〕長慶集：指《白氏長慶集》。白居易作品集名，此集原在唐穆宗長慶年間編集出版，故名。

〔9〕大招：《楚辭》篇名。相傳爲屈原所作，或云景差作。王夫之解題云：“此篇亦招魂之辭。略言魂而繫之以大，蓋亦因宋玉之作而廣之。”後用以泛指招魂或悼念之辭。

六月六日游元武湖[1]看荷花次慰農[2]山長[3]前年壁間韻

山人昔從相公游，賓僚魚雅[4]笑語和。我與山人重游賞，三載流光等逝波。謝傅東山[5]盛絲竹，贏得中年感慨多。同是青鞋布襪[6]侶，分[7]無珠翠圍綺羅[8]。行經樹陰翳，坐愛石盤陀[9]。短棹笛横腔可度，長松箕踞[10]頭且科[11]。有書不必傳青鳥[12]，有字不必换白鵞[13]。聊因勝地資吟嘯，豈與世情工揣摩。鵬翮休矜天外舉，龜尾戲看泥中拖。元武湖中煙水闊，湖上青山似黛螺。昔年争戰地，今日安樂窩。鐘阜[14]蜿蜒向東來，龍蟠之勢何巍峩。六朝芳豔成荒草，秦淮舊是銷金鍋[15]。山人招我事幽討，紉蘭芷兮衣薜蘿。君是河東第三鳳[16]，翽鳴[17]豈必詠卷阿[18]。醉吸湖渌一萬頃，滿斟玻瓈平不頗。長篇詩成恣酣放，奮筆欲揮魯陽戈[19]。卅里荷花香不斷，鷗夢初醒緑滿莎。月皓皓兮笙吹鳳，風翛翛兮鼓鳴鼉[20]。幻出廣寒玉宇三千[21]界，一花一葉一嫦娥。不見三山種藥人，但聞四面采蓮歌。湖光嵐影供流連，好天良夜幾刹那。有約文酒[22]誰賓主，無邊風景任婆娑。杜牧且作揚州夢[23]，彭澤豈受督郵[24]訶。新詩雪留鴻爪印，往事風吹馬耳過。夕陽斜映湖山色，笑認先生醉顔酡。

【注釋】

〔1〕元武湖：玄武湖。清代因避玄燁的諱，改“玄”爲“元”。

〔2〕慰農：薛時雨（1818—1885），字慰農，一字澍生，晚號桑根老人。安徽全椒人。起家寒士，父爲鄉學教授。道光二十三年（1843 年）中舉，咸豐三年（1853 年）中進士，任浙江嘉興知縣。六年值大旱，下令停徵賦，置大府催科檄於不問，被免調。七年，署嘉善縣令。十年，離職赴吏部引見，歸途聞杭州爲太平軍所克，遂流寓南昌。後赴上海，入李鴻章淮軍佐幕。同治三年（1864 年）爲左宗棠薦補杭州知府，後署糧儲道，代行布政、按察兩司事，因爲上官所忌，遂於五年告病辭官。歷主杭州崇文書院、江寧尊經書院、惜陰書院（後來的南京圖書館）凡二十年，一時吴下文人，多其弟子。詩學白居易、蘇東坡，“其詩以真勝，而用密實矯空滑之弊，故自饒深穩”（顧雲《桑根先生行狀》）。徐世昌《晚晴簃詩匯》稱：“其詩亦如西湖山水，清而華，秀而蒼，往往引人入勝。至傷時感事，沈鬱頓挫，駸駸入少陵之室。”陳衍則以爲“桑根治行循良，而宦流勇退，詩境故自時近隨園（袁枚）”（《近代詩鈔》）。自稱其詞“無柔腸冶態以蕩其思，無遠韻深情以媚其骨”（《藤香館詩・江舟欸乃自序》）。

蓋因以爲“拈毫托興，貴在遇事即書，直抒胸臆”，故“激而改弦，力洗柔靡之習”，而“能揮灑如意，一氣卷舒”（金鴻佺《藤香館詞·跋》）。有《藤香館詩鈔》四卷、《續鈔》二卷，《藤香館詞》一卷。其門人譚獻删定爲《藤香館詩删》四卷。生平見譚獻《薛先生墓誌銘》、顧雲《桑根先生行狀》（均見《續碑傳集》卷八〇）、費行簡《近代名人小傳》。蘇州滄浪亭五百名賢祠中有他的篆書對聯：“千百年名世同堂，俎豆馨香，因果不從羅漢證；廿四史先賢合傳，文章事業，英靈端自讓王開。”

〔3〕山長：是歷代對書院講學者的稱謂。

〔4〕魚雅：形容車駕前行威儀整肅的樣子。

〔5〕謝傅東山：《臨安十景》中有“謝傅東山”一景，説的就是這個地方。“謝傅”即謝安（320—385），字安石。因其在東晋孝武帝時做過宰相，死後又被追贈爲“太傅”，故稱爲謝傅。

〔6〕青鞋布襪：原指平民的服裝，舊時指代隱士的生活。

〔7〕分：命運。

〔8〕珠翠圍綺羅：美女環繞。珠翠：珍珠和翡翠，婦女華貴的飾物，借指盛裝女子。綺羅，指穿着綺羅的人，多爲貴婦、美女之代稱。

〔9〕盤陀：形容石頭不平。

〔10〕箕踞：兩腳張開，兩膝微曲地坐着，形狀像箕。這是一種輕慢傲視對方的姿態。

〔11〕頭且科：謂不戴冠帽，裸露頭髻。

〔12〕青鳥：神話傳説中爲西王母取食傳信的神鳥，借指書信。

〔13〕换白鵞：據説，山陰地方有一個道士，他想要王羲之給他寫《道》經《德》經 。可是他知道王羲之是不肯輕易替人抄寫經書的。後來，他打聽到王羲之喜歡白鵞，就特地養了一批品種好的鵞。一日，王羲之與其子王獻之乘舟於紹興游覽，船到縣禳村，見岸邊有一群白鵞，王羲之看得出神，詢問得知這些鵞爲道士所養，河裏鵞群悠閒地浮游，一身雪白的羽毛，映襯着高高的紅頂，實在逗人喜愛。王羲之在河邊看着看着，簡直捨不得離開，就派人去找道士，要求把這群鵞賣給他。那道士笑着説：“既然王公這樣喜愛，就用不到破費，我把這群鵞全部送您好了。不過我有一個要求，就是請您替我寫一卷經。”王羲之求鵞心切，欣然答應了道士提出的條件，毫不猶豫地給道士抄寫了一卷經，那

群白鵞就被王羲之帶回去了。

〔14〕鐘阜：指紫金山。

〔15〕銷金鍋：指大量花費金錢的處所。

〔16〕河東三鳳：指唐代河東薛收、薛德音、薛元敬。三人都以才華聞名於世，故稱。

〔17〕翽鳴：鳥飛聲。

〔18〕卷阿：出自《詩經·卷阿》，開頭幾句爲："有卷者阿，飄風自南。豈弟君子，來游來歌，以矢其音。"卷，曲；阿，大土山。一般認爲此詩是周王出游卷阿，詩人所陳讚美之歌。《毛詩序》説，此詩爲"召康公戒成王也"。朱熹《詩集傳》認爲是"（召康）公從成王游歌於卷阿之上，因王之歌而作此以爲戒"。

〔19〕魯陽戈：《淮南子·覽冥訓》："魯陽公與韓構難，戰酣日暮，援戈而撝之，日爲之反三舍。"後以"魯陽戈"謂力挽危局的手段或力量。

〔20〕鳴鼉：敲擊鼉鼓的聲音。用鼉（揚子鰐）皮蒙的鼓，其聲亦如鼉鳴。

〔21〕三千：大千世界的省稱。

〔22〕文酒：謂飲酒賦詩。

〔23〕揚州夢：杜牧曾多年在揚州生活，寫有無數讚美揚州的作品。有"十年一覺揚州夢，贏得青樓薄幸名"的詩句。

〔24〕督郵：官名，督郵書掾、督郵曹掾的簡稱。漢代各郡的重要屬吏，代表太守督察縣鄉，宣達政令兼司法等。每郡分若干部，每部設一督郵。督郵訶：陶淵明任彭澤縣令時，郡裏一位督郵來彭澤巡視，官員要他束帶迎接以示敬意。他氣憤地説："我不願爲五斗米折腰向鄉里小兒!"即日挂冠去職，並賦《歸去來兮辭》，以明心志。

重陽日偕笠湖〔1〕兄季唐弟游莫愁湖〔2〕登勝棋樓〔3〕晚游樸園〔4〕遂至酒肆買醉而歸

新霜催旅雁，涼意送高秋。爲問籬邊菊，來登水上樓。石城〔5〕横暮靄，葦渚颯寒流。賸粉殘碁處，湖山自爾留。園林新易主，車笠舊聯盟〔6〕。相賞在泉石，旁觀知姓名。有花藏正密，索句改方成。好踐持螯〔7〕約，深杯笑共傾。

【注釋】

〔1〕笠湖：沈鍠（1816—1878），字駿聲，號笠湖，南通州人。沈鍠自幼聰穎，四齡即能成誦《尚書·洪范篇》，十七歲補州學生，於道光二十四年(1844年)考中甲辰科舉人，道光二十七年（1847年）考中張之萬榜二甲進士，歷任户部候選主事、欽揀東河補山東兖州府運河同知、特用知府、鹽運使銜即補道，誥授中議大夫。同治十二年（1873年）捐資創辦白蒲保嬰局。屢主紫琅、馬洲、麗正諸書院，學者仰之，弟子日益進尋。同治七年至光緒元年(1868—1875)，參撰光緒《通州直隸州志》。光緒四年（1878年）正月病故，年六十三歲。其門生、光緒進士、甘泉縣知縣顧曾烜撰有《笠湖沈先生行狀》。沈鍠工詩詞，著有《蝸寄廬詩草》八卷、《文集》二卷、《駢體文》四卷、《律賦》二卷、《選定諸生課藝》二卷。查沈《蝸寄廬詩草》集中有《九日偕張春陔侍御、虞季唐同年游華嚴庵，觀摹拓石刻莫愁小像，復偕游周海鎮軍古樸園，晤薛慰農山長，用工部藍田崔氏莊詩韻紀之》詩二首以及《和張春陔（即張盛藻）詩四首》，都是寫南京莫愁湖的。他和張盛藻當年到莫愁湖饒有興致地觀看摹拓莫愁像，應寺僧之請撰有一幅楹聯："江水東流，淘盡了千古英雄兒女；石城西峙，依舊是六朝煙雨樓臺。"他曾爲張盛藻刊刻的王希廉《石頭記評贊》寫序（參看書後相關附録）。沈鍠與清廷高官李鴻章、沈葆楨、李聯秀等都有很深的交情。沈鍠與張盛藻同游莫愁湖所作詩歌附此："旅懷閑似水，詩筆健於秋。同是天涯客，言尋湖上樓。往來成勝跡，今古幾名流。不盡登臨感，心香一瓣留。""石城西去路，風景已深秋。身世閑爲客，湖山剩此樓。梁空歸旅燕，荻亂戰寒流。聞説園林勝，游蹤半晌留。"（《和春陔韻》四首選二，選自沈鍠《蝸寄廬詩草》）"仰狂歌，天地寬，招要鷗鷺共追歡。偶逢佳，日閑攜，爲愛青山早挂冠。六代殘碑摹剩墨，一樓涼雨釀新寒。摶沙小聚原非偶，莫作鴻泥爪印看。自笑書生禮數寬，客中落拓且尋歡。短衣徑入將軍座，長揖休嗤子夏冠。十笏園中成吏隱，一籬風雨耐秋寒。閑中説與桑根叟，古屋藤香一例看。(慰農屬題《藤香館圖》，因園中有古藤二株，故並及之。)"（《九日偕張春陔侍御、虞

季唐同年游華嚴庵，觀摹拓石刻莫愁小像，復偕游周海鎮軍古樸園，晤薛慰農山長，用工部藍田崔氏莊詩韻紀之》，選自沈鍠《蝸寄廬詩草》）

〔2〕莫愁湖：位於南京秦淮河西，屬金陵十八景之一。其名字是爲了紀念古代一位名叫莫愁的女子。六朝時稱横塘。全園面積 54 公頃，湖面約 37 公頃。在宋元時即有盛名，明朝定都南京後更盛極一時。清乾隆年間，在園内建郁金堂，築湖心亭，遂成金陵第一名湖。張盛藻當年的書法作品今天仍保存在莫愁湖的一建築的牆上，見本書前面圖片部分。

〔3〕勝棋樓：坐落在南京莫愁湖畔，始建於明洪武初年，重修於清同治十年（1871 年）。樓爲二層五開間建築，刻工精美，正門中堂有棋桌，相傳這裏是明太祖朱元璋與大將徐達弈棋的地方，至今“勝棋樓”内還挂有徐達的肖像。門楣上“勝棋樓”三字是清朝同治十年狀元、張盛藻的朋友、清末同光十八名臣之一的梅啓照所書。關於梅啓照，詳見後面《伏波海舶中和中丞梅公甌江閱武之作》。

〔4〕樸園：陳恭釗（清同光前後在世），字月舟，江寧人。善詩，尤工集句。家有别墅名樸園，每届花時，輒與名流觴詠其間。有《緑杉野屋集》（《莫愁湖志主要人物簡表》）。從張盛藻的“園林新易主”和沈鍠的“復偕游周海鎮軍古樸園”兩句詩看，當時的樸園似乎已轉給總兵周海了。

〔5〕石城：石頭城，今南京。

〔6〕車笠舊聯盟：不以貴賤而改變友情的盟誓。

〔7〕持螯：持螯把酒，形容秋季吃蟹飲酒之樂。南朝宋劉義慶《世説新語·任誕》載，晋代嗜酒的畢卓曾説：“一手持蟹螯，一手持酒杯，拍浮酒池中，便足了一生。”

次韻笠湖九日紀游〔1〕

無才報稱〔2〕聖恩寬，潦倒春明〔3〕憶舊懽。白下〔4〕相逢重把袂〔5〕，華顛〔6〕何事尚彈冠。城臨曲水人煙静，風度高樓雁影寒。亂後園林今視昔，青山且作六朝看。自詡比君酒户〔7〕寬，黄雞紫蟹及時懽。近來幾日欣聯轡，偶爲顛風〔8〕笑整冠。石徑踏雲秋影瘦，金樽貯月夜光寒。何當醉把東籬菊，戲插佳人兩鬢看。

【注釋】

〔1〕次韻笠湖九日纪游：次韻，舊時古體詩詞寫作的一種方式。按照原詩的韻和用韻的次序來和詩。次韻是和詩的一種方式，也叫步韻。“笠湖九日紀游”，指前面注釋中提到的《九日偕張春陔侍御、虞季唐同年游華嚴庵，觀摹拓石刻莫愁小像，復偕游周海鎮軍古樸園，晤薛慰農山長，用工部藍田崔氏莊詩韻紀之》一詩。

〔2〕報稱：猶報答。

〔3〕春明：唐都長安春明門。因以指代京都，或指仕宦。

〔4〕白下：古地名。在今江蘇省南京市西北。唐移金陵縣於此，改名白下縣。後因用爲南京的别稱。

〔5〕把袂：握住衣袖，猶言握手。有期待會晤或表示親昵之意。

〔6〕華顛：頭髮上黑白相間，指年老。

〔7〕酒户：古稱酒量大者爲大户，小者爲小户，故謂酒量曰酒户。

〔8〕顛風：暴風，狂風。

曾文正〔1〕公生日同人集飛霞閣〔2〕爲壽即送嘯山學博歸吴淞

高閣冪雲篆裊〔3〕風，瓣香共爇〔4〕祝南豐。中天一柱〔5〕勛無比，廣厦萬間道不窮。獨惜泰山梁木〔6〕壞，誰將國士衆人同。翩然歸去華亭鶴〔7〕，孤影高飛逐遠鴻。

吾家平子漫言愁，著作等身第一流。知己相從逾十載，曾文正在安慶時即已延聘，爲文字之交。傳人各自有千秋。清風尊膾〔8〕成高蹈，福地琅嬛〔9〕許共游。主金陵書局〔10〕纂修者十年，予近始厠名〔11〕其中。把酒持螯今夕醉，白駒空谷〔12〕暫應留。

【注釋】

〔1〕曾文正：曾國藩，初名子城，字伯涵，號滌生，出生於湖南雙峯縣荷葉

鎮天坪村（舊屬湘鄉縣）。晚清重臣，湘軍的創立者和統帥者。清朝軍事家、理學家、政治家、書法家，文學家，晚清散文“湘鄉派”創立人。官至兩江總督、直隸總督、武英殿大學士，封一等毅勇侯，謚曰“文正”。曾國藩與張盛藻“知己相從逾十載”，曾贈張盛藻“樹立甚宏達，結交多老蒼”楹聯。這幅楹聯著名歷史學家柴德賡曾在張子高的家裏看到過：“余與子高先生毗鄰而居，朝夕相見，已七年矣。今秋先生忽遭喪明之痛，賀孔才、許榆園二君時來慰藉。一日，觀先生所藏奇石佳墨，並曾文正公書贈其先德春陔太守‘樹立甚宏達，結交多老蒼’楹聯，歸後榆園首唱，孔才和之，先生自和二章，囑余不可不和。余以先生而獲交賀、許二君，共冀先生以文字忘憂，遂賦此篇，不計工拙也。”（選自柴德賡詩《偶存草（1934—1964)》）

〔2〕飛霞閣：江寧府學，在南京朝天宫，曾國藩組建的舉世嘱目的金陵書局（官辦印刷出版機構）即在此。

當時的“同人”之一張文虎寫有《曾文正公生日，奉邀劉治卿觀察（佐禹）、薛慰農山長、張春陔侍御、子密、守齋、莘農、佛生、端甫、容齋集飛霞閣薦芷，即以留别侍御，作詩贈行山長，繼之次韵奉酬》：“醕然夏雨與春風，到處時和歲定豐。始信神人生有自，即今父老感無窮（是日，金陵紳士商賈並詣專祠祭拜）。力持綱領寬微細，總攬賢才任異同。我是樊籬閒鷃雀，十年蹤跡溷鵷鴻。樽前凝眺不勝愁，心與長江日夜流。夕照銜山連旱氣，緐霜凄野入殘秋。菁華已竭昏遥望，筋力全衰懶近游。壓擔新書誇暴富，百城歸去比封留。”此后，張文虎《意未盡再沓前韵》：“退飛六鷁不關風，毛羽天邊幾輩豐。壯已輸人何乃老，達難兼善且安窮。盛衰世事渾無定，去住心情或兩同。三載因循今始遂，五噫非敢效梁鴻。”“酒徒相聚莫言愁，出處須争弟一流。盡此餘懽剛半日，相期努力各千秋。湖中自昔聞龍見，臺上何時覩鳳游。慚媿侯門老賓客，瓣香臨别更淹留。”（張文虎《舒藝室詩存》六）

〔3〕篆裊：指焚香時所起的煙縷。

〔4〕爇：燒。

〔5〕中天一柱：喻能擔當重任，獨力支撑局面的人。

〔6〕泰山梁木：梁木折壞，泰山崩倒，比喻德高望重的人死去，亦作“木壞山頹”。曾國藩於張盛藻寫作此詩的前一年（1872年）陰曆二月二十四去世。

〔7〕華亭鶴：南朝宋劉義慶《世説新語·尤悔》：“陸平原河橋敗，爲盧志所

讒，被誅，臨刑歎曰：‘欲聞華亭鶴唳，可復得乎？’”華亭在今上海市松江西。陸機於吴亡入洛以前，常與弟雲游於華亭墅中。後以“華亭鶴唳”，爲感慨生平，悔入仕途之典。此處是張盛藻的自我感歎。

〔8〕蓴膾：“蓴羹鱸膾”的省略。《晋書·文苑傳·張翰》：“翰因見秋風起，乃思吴中菇菜、蓴羹、鱸魚膾，曰：‘人生貴得適志，何能羈宦數千里以要名爵乎！’遂命駕而歸。”後因以“蓴羹鱸膾”用爲思鄉辭官的典故。

〔9〕琅嬛：亦作“琅環”，傳説中的仙境名。

〔10〕金陵書局：曾國藩於咸豐十一年（1861 年）奉旨鎮壓太平天國，於進兵安慶之時，派黔南大藏書家莫友芝遍訪遺書，就在爲建立書局作準備。同治三年（1864 年）4 月，曾國藩授意在安慶創設書局。六月江寧收復，曾國藩將書局移於鐵作坊（太平天國慕王府），後來又移至江寧府學飛霞閣，組建了舉世矚目的金陵書局。初期由曾國藩私人出資，旋即改由公款支付。其刊印圖書以經史爲主，詩文次之。同時還刊刻了一些諸如《唐人萬首絶句選》、《楚辭》，以及《白喉治法》、《蠶桑輯要》等普通讀物和醫學、農學方面的書籍，其對西方科技著作也頗爲重視，刊印了《幾何原本》、《重學》、《圓曲綫説》、《則古昔齋算學》等書籍。前後刻印圖書 56 種，計 2776 卷、600 册。金陵官書局是清末創辦較早、影響最大的官書局之一，所刻印的書籍，因其校刊皆四方飽學之士，且有較雄厚的經濟實力作後盾，而底本多爲善本，曾國藩又堅持“但求校刊之精審，不問成本之遲速”的原則，故刊本品質上乘，所刻各書當時人們皆視爲善本。

〔11〕厠名：厠身。謙辭，指參與某一部門工作。

〔12〕白駒空谷：比喻賢能之人在野而不能出仕，後也比喻賢能者出仕而谷空。

梅花嶺〔1〕謁史忠正墓

孱主存亡一力肩，竟無尺地竟無天。南朝師誓岳忠武〔2〕，東海志成魯仲連〔3〕。身並河山雙淚盡，死留家國兩書〔4〕傳。忠魂何處能招得，萬樹梅花繞墓田。

【注釋】

〔1〕梅花嶺：在揚州古城北邊廣儲門，明萬曆中，州守吴秀浚河積土成丘，丘上植梅，故名。這裏有明朝兵部尚書、大學士史可法（史忠正）的衣冠塚，這位誓與揚州城共存亡，孤軍抵抗，兵敗殉國的英雄成爲城市的驕傲。清代著名文學家、史學家全祖望的一篇《梅花嶺記》讓這位英雄與梅花嶺一道千秋不朽。

〔2〕岳忠武：岳飛。

〔3〕魯仲連：約前305年—前245年的戰國名士。善於出謀劃策，常周游各國，爲其排難解紛。趙孝王九年（前257年），秦軍圍困趙國國都邯鄲。迫於壓力，魏王派使臣勸趙王尊秦爲帝，趙王猶豫不决。魯仲連以利害説趙、魏兩國聯合抗秦。兩國接受其主張，秦軍以此撤軍。七年後（前250年），燕將攻佔齊國的聊城。齊派田單收復聊城卻久攻不下，雙方損兵折將，死傷嚴重。魯仲連聞之趕來，寫了一封義正辭嚴的書信，射入城中，燕將讀後，憂慮、懼怕，遂拔劍自刎，於是齊軍輕而易舉攻下聊城。齊王想要封魯仲連爵位，他聽到後逃到海邊隱居起來。

〔4〕家國兩書：當年五月十日，多鐸兵圍揚州，史可法傳檄諸鎮發兵援救，劉澤清北遁淮安，僅劉肇基等少數兵至，防守見絀。此時多爾袞勸降，史可法致《復多爾袞書》拒絶投降。

《復多爾袞書》："今逆賊未服天誅，諜知捲土西秦，方圖報復。此不獨本朝不共戴天之恨，抑亦貴國除惡未盡之憂。伏乞堅同仇之誼，全始終之德；合師進討，問罪秦中；共梟逆賊之頭，以泄敷天之憤。則貴國義聞，炤耀千秋，本朝圖報，惟力是視。"

這封書信不卑不亢，流傳萬世。副將史德威追隨史可法有年，可法收德威爲義子，托以後事；二十四日清軍以紅衣大炮攻城。入夜揚州城破，史可法自刎，被衆將攔住。衆人擁下城樓，大呼曰："我史督師也。"多鐸勸降，可法表示："城亡與亡，我意已決，即碎屍萬段，甘之如飴，但揚城百萬生靈不可殺戮。"後壯烈就義。因爲攻城的清軍遭到很大傷亡，心裏惱恨，下令屠殺揚州百姓。大屠殺延續了十天，死亡八十萬人，史稱"揚州十日"。史可法死後十二日，其遺體不知下落，隔年，史德威將其衣冠葬於揚州城天寧門外梅花嶺。後來全祖望曾寫《梅花嶺記》描述此事。

在揚州城被圍時，懷着“肝腸寸斷”的心情，史可法親筆寫下絶命書。史公的絶命書，字體沉雄而豪放，云：“恭候、太太、楊太太、夫人：萬安！北兵於十八日圍揚城，至今尚未攻打。然人心已去，收拾不來。法早晚必死，不知夫人肯隨我去否，如此世界，生亦無益，不如早早决斷也。太太苦惱，須托四太爺、大爺、三哥大家照管，炤兒好歹隨他罷了。書至此，肝腸寸斷矣。四月二十一日法寄。”

游狼山〔1〕偕沈笠湖盟兄〔2〕彭佩雙同年小憩望海樓〔3〕遂獨登極頂之支雲塔

生性習嬾散，山水興偏饒。言涉崇川〔4〕路，未惜千里遥。崇川皆平野，狼山獨岧嶢〔5〕。五峯相連屬，中峯勢尤超。更極中峯頂，墖影摩青霄。我來十月杪，風勁草木凋。松檜鬱蒼蒼，横空盤皁雕〔6〕。石磴何巘巇，扶攜手相招。鏗然聞鐘磬，山半多僧寮。小憩望海樓，煮茗渴以消。江流盪胸臆，浩淼通海潮。縱覽極空曠，已覺脱塵囂。獨步陟山巔，腰腳尚輕趫〔6〕。攝衣上層塔，雙袂天風飄。目可窮江海，氣欲凌斗杓。歸來語同輩，勞我以三蕉〔7〕。三蕉亦不醉，逸興殊翛翛〔8〕。作詩紀清游，良不負今朝。

【注釋】

〔1〕狼山：位於南通市南郊。宋代大文學家王安石游狼山後，發出“遨游半是江湖裏，始覺今朝眼界開”的感歎。山南坡石徑曲折，古木参天，寺、院、碑、坊點綴其間，亭、塔、樓、閣交相輝映。有唐駱賓王的墓塚、碑記，有紫琅禪院、法乳堂、幻公塔、平倭碑亭、望江亭、葵竹山房、御碑亭、支雲塔等景觀；山北麓多摩崖石刻，主要景點有題名坡、林溪精舍、觀音巖、夕陽洞等。另外，狼山又是全國八小佛教名山之首、“江海第一山”。

〔2〕盟兄：指結拜弟兄中年長者。

〔3〕望海樓：位於狼山半山腰，“文化大革命”中被拆除，1976年建望江亭，亭爲重簷。

〔4〕崇川：今南通市的一個區。“言”，助詞，無意。

〔5〕岧嶢：高峻。

〔6〕皂雕：一種黑色的大雕。

〔6〕輕趫：輕捷矯健。

〔7〕三蕉：即三蕉葉，猶言三杯。陸游《幽事》詩：“酒僅三蕉葉。”原注：“東坡自能飲三蕉葉。”

〔8〕翛翛：無拘無束，自由自在。

十月二十七日崇川客次〔1〕置酒爲慰翁壽慰翁即席有詩笠湖和之予亦繼聲

客裏相逢在海濱，梅花借作綺筵〔2〕春。鳳簫緩度娱詩老，翠羽拾來賦美人。小住連宵拚醉酒，無端惜别欲沾巾。琵琶莫訴心中事，紅袖青衫〔3〕本夙因〔4〕。

【注釋】

〔1〕客次：客中的住處；客邸。

〔2〕綺筵：華麗豐盛的筵席。

〔3〕紅袖青衫：借白居易《琵琶行》的典。

〔4〕夙因：前世因緣，前世的根源。

次前韻留别笠湖盟兄

訪君直到蒲濤濱，君住通州之白蒲鎮，爲漢蒲濤縣地。黄蠟梅開正小春。纔向秣陵〔1〕爲過客，又從秋水見伊人〔2〕。追歡不惜歌金縷〔3〕，縱酒何妨漉葛巾〔4〕。莫笑狂奴仍故態〔5〕，春明廿載〔6〕證前因。

【注釋】

〔1〕秣陵：秦漢時期今南京的稱謂。今天的南京莫愁湖仍有張盛藻和沈笠湖當年留下的墨蹟。

〔2〕秋水見伊人：《詩·秦風·蒹葭》：“蒹葭蒼蒼，白露爲霜；所謂伊人，在水一方。”後以“秋水伊人”謂對景懷人。

〔3〕金縷：曲調《金縷曲》、《金縷衣》的省稱。

〔4〕縱酒何妨漉葛巾：南朝梁蕭統《陶淵明傳》記載，陶淵明嗜酒，“郡將嘗候之，值其釀熱，取頭上葛巾漉（過濾）酒，漉畢，還復著之”。《宋書·陶潛傳》、《南史·陶潛傳》皆記此事。後用濾酒葛巾、葛巾漉酒等形容愛酒成癖的人，或喻人率真超脱。

〔5〕狂奴仍故態：舊稱狂士的老脾氣，狂放不羈者的老脾氣。《後漢書·逸民傳·嚴光》：“司徒侯霸與光素舊，遣使奉書。使人因謂光曰：‘公聞先生至，區區欲即詣造，迫於典司，是以不獲。原因日暮，自屈語言。’光不答，乃投劄與之，口授曰：‘君房足下，位至鼎足，甚善。懷仁輔義天下悦，阿諛順旨要領絶。’霸得書，封奏之，帝笑曰：‘狂奴故態也。’”

〔6〕春明廿載：笠湖和張盛藻都曾長期在户部做官，兩人的交往可能始於那時。

重游金山訪舊石偕薛慰農作

我昔有佳石，寄置金山巖。未隨江流去，山靈爲守監。去年來訪此，江干落片帆。相見妙高臺〔1〕，榛莽已全芟。今來重一晤，拂拭勞征衫。縐瘦復透漏〔2〕，氣象何巉巉〔3〕。再下元章〔4〕拜，寵以一品銜。繪圖徵題詠，鐫石〔5〕壁上嵌。庶幾傳不朽，無令伍塵凡〔6〕。爲語山中僧，煙雲慎扃緘〔7〕。

【注釋】

〔1〕妙高臺：妙高臺又名曬經臺，“妙高”是梵語“須彌”之意譯。劉編《金山志》載：“妙高臺在伽藍殿後，宋元佑僧佛印鑿崖爲之，高逾十丈，上有閣，一稱曬經臺。”幾經興廢，明代僧適中，清代薛書常相繼重建。1948 年與金山寺大殿、藏經樓等同毁於火，如今僅存臺址。張盛藻的這塊寶石可能也毁於這次大火。當年妙高臺還是賞月佳處，並且流傳着蘇東坡曾在此賞月的軼事。

此外，據傳“梁紅玉擊鼓戰金山”的故事也發生在這裏。1130年南宋名將韓世忠用四千水兵將幾萬入侵的金兵圍困在金山附近，梁紅玉登上妙高臺親擂戰鼓，鼓氣助陣，大破金兀術部衆。這個歷史故事被搬上戲劇舞臺，英風千載，流芳百世。

〔2〕縐瘦復透漏：常常被人們用來形容太湖石的特點。參見前面《同治丁卯春，予自京師南歸，道出白門，得一石，載之舟中，兩人舁，弗能勝也。而玲瓏透漏，心愛好之，將攜歸荆南。途次搬移，每爲僕夫舟子所竊笑。因游金山，即舉而置之第一泉石碑下。今逾五載，重訪舊蹟，此石已爲好事者移置妙高臺上。喜石之得所，爰紀以詩，用唐人游金山寺韻。觀心長老勿忘此石來因云耳》一詩注釋。

〔3〕巉巉：形容面貌瘦削的樣子。

〔4〕元章：米芾（1051—1107），字元章。宋代米芾擅書畫，知無爲軍時，州治有巨石甚奇。芾見之大喜，曰：“此足以當吾拜。”遂具衣冠拜之，呼之爲兄。世稱“米顛拜石”。

〔5〕鐫石：指記功的碑文或其他石刻文字。此處當指“繪圖徵題詠”的“圖”和所徵集的“題詠”之作，這些可能也毁於那次大火。湖北文化名人、被康有爲譽爲“千年以來無與比”的清代書法家、“曾門（曾國藩）四弟子”之一的章裕釗所寫的《張春陔侍御儀徵城中得異石甚佳，爲賦此篇》，因後來收録到《晚晴簃詩匯》一書中得以保存下來。附此。

文身舊俗荒不經，百怪巧競鐫幽冥，萬品鑱空貿其形。媧皇所遺龍伯得，戲鑿頑礦瞠瓏玲。甲角穿穴波痕紫，霧雨蕩磨巖氣青。一卷環瑋表獨立，千秋俶詭誰爲聽。侍御來自古真州，一舸載歸此物尤。自言搜取出敗礫，不知當年誰氏留。我爲摩挲三歎息，豪家舊跡今荒棘。菱溪大石出清漪，廬陵苦爲劉金悲。一時志得珍環列，百年事往波東馳。富兒奢惑籲可訕，高人耆好本難删。東坡一死萬事足，仇池片石百回看。寶晋齋前玉珠白，零陵亭畔奔雲環。妖奇環怪感精魄，賢愚雅俗同心剜。好奇有癖誰能免，遇物不留安所患。作詩一笑君勿嗛，石不能言儻頭點。

〔6〕伍塵凡：與平凡的石頭爲伍。

〔7〕扃緘：關好門窗。

秦淮夜月

白下羈人幾度秋，橋邊艇子柳邊樓。多情最是秦淮水，九曲彎環不肯流。流水聲中夢乍回，石欄干畔獨徘徊。衹今寂寞清宵月，曾照六朝歌舞來。

游元武湖贈朱鏡香[1]同年

丁年[2]獻賦[3]帝城春，十丈輭紅[4]逐後塵。萬里滇南愁捧檄[5]，一官吴下感勞薪。何期共載舟如葉，相見同傾酒似鱗。卅六年來重聚首，霜華欲上鬢毛新。

【注釋】

〔1〕朱鏡香：朱泰修，字鏡蓀，一字鏡香，海鹽人。與張盛藻同爲道光丁酉拔貢。道光丁未進士，官寶應知縣。有《竹南精舍詩鈔》。《癸酉六月二十二日游莫愁湖觀荷》："幽人先鳥起，郭西猶悄然。江氣不成雨，化爲滿湖煙。行行重行行，屠蘇別有天。十里萬荷花，中撑舴艋船。孤鷺導熟客，坐我菰蘆邊。嘒嘒一蟬吟，閣閣群蛙連。茭瓜塘外塘，彌望青田田。勝棋樓百尺，郁金堂東偏。英雄何颯爽，兒女何纏綿。老僧話桑海，山茗瀹甌鮮。雲是荷露煮，味勝中泠泉。"清代著名學者俞樾與朱鏡香是同年也是朋友，朱鏡香去世後，俞樾寫了一副挽聯："鏡香官寶應縣令，罷歸後屢主書院講席。道光丁酉科拔貢生也。余於是科，亦廁名副榜，後又於甲辰科同舉於鄉。明經科、孝廉科，兩度作同年，共踏名場如昨日；循吏傳、文苑傳，千秋無異議，長教里社祀先生。"（《鏡香明府挽聯》，選自俞樾《春在堂楹聯録存》）

〔2〕丁年：道光丁酉年。

〔3〕獻賦：作賦獻給皇帝，用以頌揚或諷諫。此指应考。

〔4〕十丈輭紅：佛家語，指紅塵世界比較短暫，繁華世俗稍縱即逝的意思。

〔5〕捧檄：東漢人毛義有孝名。張奉去拜訪他，剛好府檄至，要毛義去任守

令，毛義拿到檄，表現出高興的樣子，張奉因此看不起他。後來毛義母死，毛義終於不再出去做官，張奉才知道他不過是爲親屈，感歎自己知他不深。見《後漢書・劉平等傳序》。後以“捧檄”爲爲母出仕的典故。

白門旅寓自題倒騎牛圖

魏闕[1]江湖事惘然，卻將驄馬[2]換烏犍[3]。也知歸去田園樂，回首觚稜[4]在日邊。

道是歸休未肯休，燕齊吴楚儘勾留。倒騎牛背緣何事，一路看山免掉頭。

到處名山合有詩，且行且坐撚喰髭。茫茫前路無須問，緩步時留退步思。

冒雨衝煙卅六秋，沱江歸去足優游。溪山幽處頻回顧，尚有牧童在後頭。

【注釋】

〔1〕魏闕：宫門上巍然高出的觀樓。其下常懸挂法令，後用作朝廷的代稱。

〔2〕驄馬：指御史所乘之馬或借指御史。

〔3〕烏犍：閹過的公牛，馴順、强健、易馭，常泛指耕牛。

〔4〕觚稜：一作“觚棱”。宫闕上轉角處的瓦脊成方角棱瓣之形，亦借指宫闕或京城。

久羈秣陵未能北上聞萃兒[1]選拔獲雋[2]喜後起之有人戲作駒犢[3]行

君不見，老驥上太行，力牽鹽車[4]踣欲僵，輪鐵擊石火迸出，有駒嘶風屹相望。又不見，老牛耕南畝，犁翻春泥汗且吼，鞭之欲前不能前，黄犢摇尾躡其後。卸車縶爾駒，解犁叱爾犢。任重致遠始自今，努力前途食豆菽[5]。

【注釋】

〔1〕萃兒：張盛藻的兒子張克萃。

〔2〕獲雋：會試得中，亦泛指科舉考試得中，此處指張克萃獲同治癸酉拔貢。

〔3〕駒犢：小馬與小牛，泛指幼畜，此處比喻兒子。行：歌行體，此爲歌詠之意。張克萃“選拔獲雋”後，張盛藻的許多朋友寫詩祝賀，當時江南名士方浚頤即是其中之一。方浚頤，字子箴，號夢園，定遠爐橋人，道光甲辰考取進士，同治八年授兩淮鹽運使，後淡出政界，到揚州創辦淮南書局，廣攬四方賢士，校刊群籍，並開辦梅花、安定兩書院，召集學士，校刊經籍。並主講授課，江南才俊雲集兩院，桃李滿園，方浚頤授課之餘，兼主修《續纂揚州府志》。方浚頤在揚州不僅授課、著書，還重修了平山堂等諸多名勝古跡，至今在揚州平山堂仍可見到方浚頤親筆所書“平山堂”匾額。方浚頤晚年多半在揚州，教書育人，著書立説，詩詞唱和，以文會友，過着悠閒的生活。揚州自古爲繁華都市，文人薈萃，但他們對方浚頤卻給予極高的評價，認爲東南文學在盧曾之後，只有方浚頤一人出類拔萃。《皖志列傳》特將方浚頤與盧曾作了比較：盧曾雖然談吐風雅，頗有才華，但無著作流傳後世，方浚頤才思敏捷，極善言吐，又能著書，刊行的詩達 4000 首，60 歲後終日研究諸子史傳，撰寫隨筆，日一篇或三五篇，筆耕不輟，實屬罕見，因而名冠江南。方浚頤卒年 75 歲，著有《二知軒詩文集》、《忍齋詩文集》、《古香凹詞》、《朝天録》、《蜀程日記》、《東瀛唱答詩》等著作流傳後世。方浚頤的賀詩《張春陔盛藻侍御以其令子克萃舉選拔喜作〈駒犢行〉，次韻奉賀》，詩云：“閑鷗怕隨鵷鷺行，黠鼉那甘作繭僵。獨於文字若性命，良工良冶殷跂望。踏逐不令終南畝，拂拭青萍學龍吼。羨君有子我有孫，蛾術横經昌厥後。阿堆號家駒，子美歌健犢。從此天衢奮鞭策，肯向山村飽芻菽。明年趙北燕南行，鈴鐸聲中詩思清。呼牛呼馬滑稽也，身在城市儼郊野。時君久寓白門。（方浚頤《二知軒詩續鈔》卷一）

〔4〕鹽車：運載鹽的車子。《戰國策・楚策四》：“夫驥之齒至矣，服鹽車而上太行。蹄申膝折，尾湛胕潰，漉汁灑地，白汗交流，中阪遷延，負轅不能上。

伯樂遭之，下車攀而哭之，解紵衣以冪之。”後以“鹽車”爲典，多用於喻賢才屈沉於下。

〔5〕豆菽：此處喻指朝廷俸禄。

元武湖〔1〕湖心亭題曾文正公遺像

湖上之山，公手奠安〔2〕。湖中之水，公澤瀰漫。湖心之亭，公昔般桓〔3〕。荷花萬柄，脩竹千竿。風露凄清，煙雲鬱盤。靈兮其來，乘虬驂鸞〔4〕。

【注釋】

〔1〕元武湖：即玄武湖，清代因避諱改“玄”爲“元”。清朝同治以後，玄武湖有了一些園林建築，其兩江總督曾國藩在梁洲重修湖神廟，並增建湖心亭、大仙樓、觀音閣、賞荷廳。後清大臣左宗棠還修築了連通孤凄埂與梁洲的長堤，解决了游玄武湖“必自太平門出，令舟而行”的不方便狀况。

〔2〕奠安：安定。

〔3〕般桓：同“盤桓”。徘徊，逗留。

〔4〕驂鸞：謂仙人駕馭鸞鳥雲游。

將赴真州〔1〕阻風燕子磯〔2〕　甲戌〔3〕

送春三月暮，繫纜客程單。海日隱朝霧，江風生晝寒。草深山翠重，花落磵紅殘。不有危磯石，誰回既倒瀾。

【注釋】

〔1〕真州：今屬揚州下轄的儀徵市。

〔2〕燕子磯：燕子磯位於中國江蘇省南京市北郊觀音門外，長江三大名磯之一，是巖山東北的一支。海拔 36 米。山石直立江上，三面臨空，形似燕子展翅欲飛，故名爲燕子磯。古代是重要渡口。清康熙、乾隆二帝下江南時，均在此

停留。乾隆帝在此書有“燕子磯”碑。“燕磯夕照”爲清初金陵48景之一。燕子磯附近有弘濟寺、觀音閣等建築。巖山有12洞，爲江水衝擊而成，大多是懸崖絶壁，其中以三台洞最爲深廣曲深。

〔3〕甲戌：同治十三年，1874年（作者56歲）。

三台洞[1]

連山青不斷，鬱律[2]俯江流。古洞三台迴，閒雲一片留。巖空天鑿牖，梯轉石爲樓。信美仙靈宅，丹砂或可求。

【注釋】

〔1〕三台洞：在沿江燕子磯一帶的懸崖峭壁中有一系列石灰巖溶洞，歷史上稱之爲巖山十二洞。實際上不止此數，都由於江水冲刷而成。三台洞爲巖山風景區的最佳處，分下洞、中洞和上洞，下洞中有一眼泉水，名觀音泉。扶欄而上可到中洞、上洞。出洞即是玉皇閣，再向上就可到達三台洞極頂望江樓，登臨遠眺，江水茫茫，煙波浩淼，使人心曠神怡。

〔2〕鬱律：山勢險曲突兀貌。

真州得佳石志喜

我行真州路，城傾瓦礫叢。荒徑春草緑，破壁劫灰紅。日午炊煙少，十室九則空。忽驚蓬蒿裏，怪石何瓌瓏。狡獪出天巧，雕鏤[1]窮鬼工。奇得[2]未曾有，除是蓬萊宮。群仙醉歸去，片雲落空中。此石，予名之曰“韡[3]雲”。無人與收拾，滄桑歲月匆。呼僕共舁[4]致，貧兒喜驟豐。償我泉石癖，寵錫[5]謝蒼穹。他日理歸棹，笑比鬱林[6]同。

【注釋】

〔1〕鏤：用鋼絲鋸挖刻木頭或塑料等。

〔2〕奇得：神奇，奇妙。

〔3〕髀：下垂。

〔4〕舁：抬。

〔5〕寵錫：帝皇的恩賜。

〔6〕鬱林：《新唐書·隱逸傳·陸龜蒙》："陸氏在姑蘇，其門有巨石。遠祖績嘗事吴爲鬱林太守。罷歸無裝，舟輕不可越海，取石爲重。人稱其廉，號'鬱林石'，世保其居云。"後用爲居官清廉的典故。

後木蘭辭

頻年作客，浪游江南，偶爾歸里，家中人謂似遠嫁之姑同門[1]者，乃戲作此辭。

人生非木石，共此骨肉親。揮淚言别離，男女同悲辛。請爲木蘭辭，行蹤聊具陳。木蘭從軍歸來[2]後，辭家遠作江南婦。江南山水窟，良人[3]游未足。一嫁十二年，不得歸鄉曲。昨夜見家書，雙淚溼襟裾。爺孃早去世，祭掃恨久疎。姊老妹已嫁，小弟病未蘇。豈無兄之子，勞苦少家居。木蘭語良人，將歸省所親。西街富文綺，願市綾與繒。南街美雞鶩，盤匜[4]市可登。秦淮佳麗處，歸去當述稱。朝辭建業水，暮泊武昌城。柔櫓鵶軋[5]鉦鼓[6]鳴，木蘭夢中歸家笑語聲。朝辭武昌去，暮抵沱江濱。江風泠泠江雨細，木蘭客裏歸家泣沾巾。阿姊聞妹來，白髮開笑顔。阿妹聞姊來，迎門掠鬢鬟。小弟聞姊來，淚痕承眶病骨孱。阿姪頗解事[7]，羅列壺漿滿座環。郎言江南好，妾恨江南遠。關山雲樹隔，歲序[8]風雪晚。拜謁爺孃墳，征衣未及澣。歸家甫匝月，夜話輒申旦[9]。忽來雁音投，郎有采薪憂[10]。揮袂别親舊，日夕促歸舟。歸舟三千里，楚水吴江兩地愁。馳書報郎知，妾即返棹歸[11]。誰謂一葦杭[12]，恨無雙翼飛。郎今聞妾至，勿藥應有喜。莫更事遠游，勉副[13]青雲志。聞道滄海上，鯨鱷起波濤[14]。妾願執桴鼓，爲郎助鈐韜[15]。提我戰時刀，著我戰時袍。努力與郎從王事，莫讓木蘭獨爲女中豪。

【注釋】

〔1〕回門：女子出嫁後首次回娘家探親。

〔2〕從軍歸來：作者暗指自己第一次從京城回歸故鄉。當時作者在户部任職。

〔3〕良人：古時夫妻互稱爲良人，後多用於妻子稱丈夫。

〔4〕盤匜：古代盥洗器皿盤與匜的並稱。盤以承水，匜以注水。

〔5〕鴉軋：象聲詞。摇櫓聲。

〔6〕鉦鼓：鉦和鼓。古代行軍或歌舞時用以指揮進退、動静的兩種樂器。

〔7〕解事：懂事。

〔8〕歲序：年份更替的順序，泛指時令。

〔9〕申旦：自夜至晨。

〔10〕采薪憂：《孟子·公孫丑下》“昔者有王命，有采薪之憂，不能造朝。”朱熹集注：“采薪之憂，言病不能采薪。”後因以“采薪之憂”指患病。

〔11〕妾即返棹歸：暗指作者自己再次受命出仕。

〔12〕一葦杭：一葦，一捆蘆葦。用一捆蘆葦作成一隻小船就可以通行過去，比喻水面相隔很近，不難渡過。亦作“航一葦”。

〔13〕勉副：勉强滿足。

〔14〕鯨鱷起波濤：喻指同治十三年（1874）五月，日本入侵臺灣，當時東南沿海防務十分緊張。

〔15〕鈐韜：古代兵法有《玉鈐篇》和《玄女六韜要决》。後因以“鈐韜”泛指兵書或謀略。

鄂垣〔1〕題彭漁叟〔2〕先生東南游跡詩册

回首蓬萊四十年，先生道光丙申庶常〔3〕，官雲南知縣，升知府。而今老作地行仙〔4〕。半生飽看滇池月，一笠常披鄂渚〔5〕煙。忽憶東吴蓴菜美，更尋西浙水雲妍。歸來示我詩盈袖，遼海青霄鶴羽翩。

【注釋】

〔1〕鄂垣：舊指湖北省省城武昌。

〔2〕彭漁叟：指彭漁帆。湖北江夏人。光緒元年（1875）任湖北督糧道，後總理湖北官書局的胡鳳丹寫有《讀彭漁帆東南游跡詩册》一詩，可以幫助我們瞭解其人，詩云："人咸愛公詩，我獨愛公游。公詩在古猶有偶，公游曠古真無儔。人生少壯腰腳健，匣劍囊琴書驢券。如公今已届稀齡，竟歷東南償夙願。番舶直破長江行，鐵輪捲出風濤聲。晝夜不息走千里，兩日竟抵維揚城。維揚東下溧陽道（君祖居溧陽），異鄉孰若故鄉好。遠離桑梓三十春，絶少當時諸父老。紛紛子姓前致辭，痛談往事聲含悲。城郭猶是人民非，先人墓草何離離。公攜幼稚同掃墓，出城不辨舊行路。華表屹然封樹青，始知祖德根柢固。言辭故里游金閶，虎阜繁華今已荒。一宿再宿留不住，急催雙槳來餘杭。餘杭勝境非前時，白蘇仙吏留荒祠。雙堤桃柳今何在，只剩孤山梅一枝。疊遭兵燹罹鋒鏑，金碧樓臺成瓦礫。湖山太息公來遲，寂寞殘陽映蘆荻。留題到處紀新詩，吟情千載撚霜髭。芒鞋竹杖不知倦，行地神仙信有之。歸來挑燈話連夕，一笑語公浮大白。還祝籛鏗續後游，行看塞破屋子皆詩册。"胡喜吟詠，業餘與何白英、陳心泉、彭漁帆、張鹿仙、唐薇階、丁心齋、張月卿、劉幹臣、朱荻舫、褚遲鞠、車竹君、僧蓮衣等人結爲詩課。先後編成《鄂渚同聲集初編》、《鄂渚同聲集正編》各一卷。初編收録四年間胡鳳丹及鄰居（居鄂、旅鄂外籍作者）相互酬唱詩詞129首，胡撰"例言"曰："是編以編年爲先後，不序官階，不依年齒，有因詩而存其人者，亦有因人而存其詩者，工拙固不暇計，從實也。"正編收録鄂同人酬唱詩歌500首，卷首有張之洞"序"文，云："月樵胡君以觀察需次湖北，領武昌書局，校刻善本經史小學之書數十種，丹黄鉛槧，日不去手。公事偶暇，乃集同人爲詩會。月再舉，同會諸君，迭爲主客，分題選韻，觴詠陶然。數月以來，裒然成集。余讀其詩，奇情逸藻，各擅其勝，唐法宋派，無美不臻，至於新題險韻，争奇角巧，佳勝迭出。"

〔3〕庶常：官名。庶吉士的代稱。

〔4〕地行仙：原爲佛典中所記的一種長壽的神仙，後因以喻高壽或隱逸閒適的人，也比喻遠行的人。

〔5〕鄂渚：在今湖北武昌黄鶴山上游三百步長江中。隋置鄂州，即因渚得名。世稱鄂州爲鄂渚。

東坡生日李佛笙[1]招集同人齋中薦芷[2]唐端夫[3]詩先成即和其韻

萬緑閲盡心灰槁，惟逢佳士一傾倒。欲借酒杯澆塊壘，莫向花枝歌懊惱。索句不惜枯腸搜，多情應笑華髮早。年年今日壽坡公，飛霞閣中集朋好。百里有賢占星[4]聚，萬言落筆如風掃。邇來江海歎離群，有友五人予亦老。琴西陳臬[5]皖江、嘯山歸吴淞，今與集者，予與慰農、端夫、守齋、佛笙，惟子密[6]未至。一樽酹公公知乎，八百年來何草草[7]。北風吹雪玉龍寒，寰區[8]縞素悲蒼昊[9]。是日晚，驚聞大行皇帝[10]升遐。

【注釋】

〔1〕李佛笙：曾任太守，曾國藩門生。與“曾門（曾國藩）四弟子”之一的武昌人張裕釗（字方侯、廉卿，號濂亭，湖北武昌東溝鎮龍塘張村人。道光舉人，官内閣中書，歷主江寧、保定等書院。我國晚清著名書法家、學者、詩人）等人交往深厚。

〔2〕薦芷：祭獻白芷。

〔3〕唐端夫：唐仁壽（1829—1876）字端甫，號鏡香，清海寧人。諸生。負異稟，家饒於財，購書累數萬卷，多秘笈珍本。益肆鑽研，尤究心六書音韻之學。讎校經史文字疏訛舛漏，毛髮差失皆辨之。咸豐八年太平軍躪浙中，藏書蕩然。曾國藩招致金陵書局，生平所爲書皆未就，獨有詩若干卷藏於家。（《杭州府志》卷百四十六。）

〔4〕占星：觀察星象以推斷吉凶。此指選擇聚會的吉日。

〔5〕陳臬：《尚書·康誥》王曰：“外事，汝陳時臬，司師，兹殷罰有倫。”孔傳：“汝當布陳是法。”後因稱張布刑法爲“陳臬”，亦借指任司法官職。此指孫琴西（孫衣言）任安徽按察使。

〔6〕子密：錢子密（1824—1902），即錢應溥，字子密，號葆真老人，浙江嘉興人。道光己酉（1849 年）拔貢，參加朝考得一等，爲七品京官，分吏部，直軍機。1896 年，遷左都御史，轉工部尚書。二十五年（1899 年）應病告歸。謚“恭勤”。

〔7〕草草：匆忙倉促的樣子，此有短暫之意。

〔8〕寰區：天下，人世間。

〔9〕蒼昊：蒼天。

〔10〕大行皇帝：是中國古代，在皇帝去世直至謚號、廟號確立之前，對剛去世的皇帝的敬稱。同治皇帝死於同治十三年十二月初五日（1875 年 1 月 12 日）。

光緒元年 乙亥[1] 季春北上途中寄懷金陵諸友 用坡公送人入蜀詩[2]韻

戀戀鍾山雲，依依秦淮月。雲月有時盡，相思不磨滅。我昨賦招隱[3]，白雲勸我歸。我今赴京洛，明月照征衣。白門[4]三載餘，夢寐勞反側。云有素心人[5]，肝膽不膜隔。桃葉渡[6]前舟，莫愁湖上亭。水月爲我鏡，山雲爲我屏。春去人難留，柳陰暫繫馬。臨別澹無言，含淚愴欲下。共守車笠盟[7]，期無忘平生。酒拚去時醉，詩付來者評。及我未衰朽，相逢應有日。在天有雲月，在地有金石。

【注釋】

〔1〕乙亥：光緒元年爲乙亥年，1875 年（作者 57 歲）。

〔2〕坡公送人入蜀詩：指蘇軾的《送運判朱朝奉入蜀》。

〔3〕招隱：招人歸隱。

〔4〕白門：今江蘇省南京市的别名。

〔5〕素心人：心地純潔、世情淡泊的人。

〔6〕桃葉渡：渡口名。在今江蘇省南京市秦淮河畔。相傳因晋代王獻之在此送其愛妾桃葉而得名。

〔7〕車笠盟：謂不以貴賤而改變友情的盟誓。

上閘行 四月五日過天妃閘[1]作

黄河北去不復回，洪澤湖[2]水向東來。迂迴盤折未肯下，飛流噴雪聲如雷。我舟正溯清淮上，擊楫中流氣殊壯。平生忠信涉波濤，徑欲乘風破巨浪。閘門之浪高於屋，船頭昂昂不可觸。牽船且向閘旁待，篙師奮臂嚴收束。津吏[3]鳴鉦集衆夫，數十巨纜轉軸轤。轉軸轤，群相驅，忽見船頭衝波起。斬關奪隘聲歡呼，是時先上二三閘。頭閘之浪尤澎汃，浪聲澎汃閘崚嶒[4]。有如巨鯉躍龍門，嗚呼神禹鑿龍門。

【注釋】

〔1〕天妃閘：在天妃廟口，故名，即明初之新莊閘，在江蘇淮陰縣東，今之天妃閘，乃舊時通濟閘也。明萬曆間，河臣潘季馴移建通濟閘於甘羅城南泰山墩北，俗訛爲天妃閘，清時移建今所，運河絶淮而南，出天刀閘，陡落數千尺，東南直下邗溝。

〔2〕洪澤湖：中國第四大淡水湖，在江蘇省西部淮河下游。原爲淺水小湖群，古稱富陵湖，兩漢以後稱破釜塘，隋稱洪澤浦，唐始名洪澤湖。1128 年以後，黄河南徙經泗水在淮陰以下奪淮河下游河道入海，淮河失去入海水道，在盱眙以東瀦水，原來的小湖擴大爲洪澤湖。

〔3〕津吏：津吏古代管理渡口、橋樑的官吏。如津主、津尉、津長等。

〔4〕崚嶒：高聳突兀。

春明齋中坐[1]雨得叔平[2]比部[3]種竹志喜詩欣然賦答用坡公醉中畫竹詩韻

連朝苦雨户不出，泥深没脛苔侵石。獨憶雙魚罌齋前，新竹千竿繞四壁。主人雅擅詩書畫，東方[4]諧謔非善罵。暑雨綿綿皆怨咨，喜煞齋前種竹者。一篇示我珠玉光，新篁解籜[5]筆吐芒。生意滿目春在手，鸞鳳欲翔龍欲吼。

【注釋】

〔1〕坐：因爲。

〔2〕叔平：張世準（1823—1891），字叔平，號二西山人，即詩中所説的

“雙魚罌齋”主人。祖籍沅陵縣城，出生永綏。世准自幼好學，尤愛書畫，初從學於父，後得力於書法家劉庸指點，造詣頗深。清道光二十六年（1846年）中舉，任刑部員外郎，仍常習書作畫，以山水、人物爲多。後棄官從藝，遍游川黔名山大川。清光緒七年（1881年）回到沅陵，建舍於縣城北門，題名“鶴鳴山莊”。張世準性剛直，藐視權貴，不登官宦之門，富豪以重金聘他作畫，概遭拒絕。晚年靠賣畫爲生，得錢便沽酒狂飲，腹空則閉門擊鼓，朗讀詩文。借別人錢財年終無法歸還時，便將債主姓名題於畫上，任其從案頭取去抵債。世準擅長畫梅，寓居北京時，與周少伯白棠齊名。他的《詠梅圖》鋼莖鐵枝，梅花似火，濃淡得當，别具風格，書法與畫同譽於世。光緒十七年（1891年），張世準與畫友許曉東、丁百川等人離沅陵去武昌，途經桃源，爲友人繪山水畫一軸，書聯語於上：“賣畫庸書，手選桃源仙境；浮家泛宅，身是煙波釣徒。”至漢口，寓居永寧巷辰州會館。湖廣總督張之洞聞訊，過江邀其任職，張世準未從。當年卒於漢口，歸葬沅陵。

〔3〕比部：明清時爲刑部司官的通稱。

〔4〕東方：東方朔，西漢詞賦家。他性格詼諧，言詞敏捷，滑稽多智，常在武帝前談笑取樂，“然時觀察顏色，直言切諫”。

〔5〕解籜：謂竹筍脱殼。

雙魚罌齋主人復以種竹得雨詩來走筆答之

貧莫貧於主人竹，家四壁立竹爲屋。富莫富於主人竹，渭川千畝〔1〕爲湯沐。菉竹陰裏不知門，新居占得神仙園。主人園名。甘霖霶霈勝甘露，鳳皇生子龍生孫。狂唫醉倒雙魚罌，拜竹百拜呼爲兄。欸門欣來不速客，清泉且就竹鑪烹。主人好竹復好詩，喝詩日遶竹中行。買地不惜十弓〔2〕拓，得句如加九錫〔3〕榮。夜深忽動瀟湘〔4〕意，夢隔衡山七十二。抱甕灌園君莫辭，平安之福天所賜。

【注釋】

〔1〕渭川千畝：用以言竹之繁茂。語出《史記·貨殖列傳》：“齊魯千畝桑麻；渭川千畝竹……此其人皆與千户侯等。”

〔2〕弓：丈量土地的器具，用木製成，形狀似弓，兩端距離是五尺，也叫步弓。

〔3〕九錫：九錫是中國古代皇帝賜給諸侯、大臣有殊勳者的九種禮器，是最高禮遇的表示。這些禮器通常天子才能使用，形式上的意義遠大於使用價值。九種特賜用物分别是：車馬、衣服、樂、朱户、納陛、虎賁、斧鉞、弓矢、秬鬯。記載見於《禮記》。

〔4〕瀟湘：張世準是湖南人，故此謂也。

疊前韻答雙魚罌主人兼示少白[1]先生

兩三千竿園中竹，七八九間園中屋。主人晨起看新竹，新竹得雨如新沐。一雨十日不出門，日與園丁學種園。子猷[2]客居亦種竹，似欲以此長子孫[3]。有客看竹來，謂周少白。就我雙魚罌。主人與客同嗜好，琴師畫友詩弟兄。愛護新竹出新笋，肯將玉版[4]付割烹。來引清風坐，去待明月行。願與此君訂石交[5]，豈隨籬槿爭萎榮。詩壇疊韻無倦意，予亦輒復和一二。明朝雨霽詣君譚，竹裹煎茶拜君賜。

【注釋】

〔1〕少白：周棠（1806—1876），字召伯，一字少白，號蘭西。按，《寨松閣談藝瑣録》作周蘭，山陰（今浙江紹興）人。官光禄寺署正。寫意花卉酷似徐渭、陳淳，山水則師石溪、石濤。晚年專畫石，具各種皴法，輪囷磊砢，洞竅玲瓏，張之萬稱之爲“清代畫石第一”。朝鮮使者每乞其畫歸。能詩，兼工篆、隸，善刻印章。咸豐八年（1858年）著《竹石畫範》。卒年71。

〔2〕子猷：王子猷。

〔3〕長子孫：造福子孫。

〔4〕玉版：筍的别名。

〔5〕石交：交誼堅固的朋友。

出郭至定福莊[1]訪孫省齋[2]方伯[3]同年月夜留壁

廿年京洛侣，别又廿餘年。時序流如水，相思月在天。郊原欣駕稅[4]，風雨記牀聯。擬共今宵話，睽攜[5]意惘然。

旌旗屯蹕路[6]，鼓角肅譙樓[7]。方伯巡將至，故人剌[8]可投。躋堂宜奉爵[9]，次日爲君誕辰。倚枕待鳴騶。訪戴[10]情殊切，詩成野店留。

【注釋】

〔1〕定福莊：位於朝陽區東四環處，毗鄰通縣。地處朝陽區今中國傳媒大學一帶。相傳定福莊一代在明清時代多埋葬宮中的宮女、宦官等，“福”即棺材上的福頭，“定”的意思就是使之安定，此名一直沿用至今。

〔2〕孫省齋：爲道光丁酉（1837年）拔貢生、甲辰舉人。由翰林御史出任監司，官至直隸布政使，引疾歸，寓居揚州十餘年而卒。清代著名學者俞樾與孫省齋是同年也是朋友，孫省齋去世後，俞樾寫了一副挽聯：“由東觀西臺，出膺方面，翱翔皇路，馴至陳臬開藩；又林泉十載閒居，大好綠楊城郭裏。憶丁酉甲辰，共踏名場，寥落晨星，存此同年前輩；歎雲水一江遠隔，從今白髮故人稀。”

〔3〕方伯：殷周時代一方諸侯之長，後泛稱地方長官。漢以來之刺史，唐之採訪使、觀察使，明清之布政使均稱“方伯”。

〔4〕駕稅：猶解駕，停車。謂休息或歸宿。稅，通“挩”、“脫”。

〔5〕睽攜：乖離；分離。

〔6〕蹕路：指帝王車駕行經之路。

〔7〕譙樓：是古代城門上建造的用以高望的樓。

〔8〕剌：名帖。

〔9〕奉爵：捧起酒爵向（長者、尊者）祝福安康長壽。

〔10〕訪戴：南朝宋劉義慶《世説新語·任誕》：“王子猷居山陰，夜大雪……忽憶戴安道。時戴在剡，即便夜乘小船就之。經宿方至，造門不前而返。人問其故，王曰：‘吾本乘興而行，興盡而返，何必見戴。’”後因稱訪友爲“訪戴”。

與符子琴[1]述湘中舊游即題其芋園[2]清讌圖

我昔游湘中，咸豐歲辛酉[3]。洞庭泛月過中秋，衡岳開雲作重九。

歸去逢人誇壯游，此爲第一良不負。符子昨從湘中來，頗矜湖海多勝友。能以書畫妙一時，向我襟懷每傾剖。詩成恣豪飲，酒盃不離手。醉後喜高歌，曲聲不離口。示我芋園清讌圖，謂此名勝君知否。披圖一笑還告君，我游在先君在後。昔我游芋園，主人意良厚。謂李仲雲〔4〕方伯。坐我以蘭風桂露之軒，醉我以葡萄夜光之酒。夾路種菊花，出簷多榆柳。猶記池邊養雙鶴，謦欬〔5〕如聞山中叜。别來匆匆十六年，因君此圖一回首。

【注釋】

〔1〕符子琴：符翕（1840—1902），字子琴，别號蔬笱居士，清湖南清泉縣雞籠街（今衡南縣雞籠鎮）人。光緒初，以拔貢官福建長樂、廣東陽山等地知縣20餘年，有政聲。精金石鑒賞，工詩書畫，摩崖題壁甚多。書震滬廣兩湖，摹印直追漢人，幾欲並肩丁黄。《清畫拾遺》中有其小傳。馬宗霍《書林藻鑒》評曰："宦粤二十餘年，以金石書畫名聞五嶺，分書茂密雄强，得自西狹頌者爲多，而風神逸亦兼有乙瑛，楊淮表記遺意。楷書樹骨平原，取勢於蘭臺，氣厚筆頗而駛，榜題舉重若輕，尤擅其勝。行書則平原、南宫、東坡、松雪並出腕下，飛騰爽駿，王覺斯、陳曼生不能過也，晚歲參以分隸，奇超妙理，殆欲與何道州分席。"曾熙評曰："於書各體兼擅，其真書直入道因之室，八分得力於石門頌、西狹頌，尤爲奇絶。我湘繼道州而起者，首樹一幟。"

〔2〕芋園：李星沅的故宅（今長沙柑子園），即長沙市瀏正街芋香巷内。園中有居室、池塘、花園、小橋、水井和池畔垂柳。園中常有雅集，文人墨士吟詩飲酒。

〔3〕咸豐歲辛酉：咸豐十一年，1861年（作者43歲）。

〔4〕李仲雲：李星沅長子。李星沅（1797—1851），字子湘，號石梧。湖南湘陰（今爲汨羅）人。清道光進士。曾任兵部尚書、陝西巡撫、陝甘總督、江蘇巡撫、雲貴總督、雲南巡撫、兩江總督等職，參與禁煙與鴉片戰争，並有文才，時號爲湖南"以經濟而兼文章"三君子之一。有《芋香山館詩文集》、《李文恭公奏議》、《李文恭公全集》、《李星沅日記》等存世。其私宅芋園爲長沙古城少有的幾大私家花園之一，對於研究長沙古代園林也有非常重要的價值。

〔5〕謦欬：咳嗽。

厰肆[1]得六朝銅鏡將寄置秦淮水閣[2]媵[3]之以詩

瑩瑩一輪鏡，曾度六朝秋。璧月瓊枝[4]夜，臨春結綺樓[5]。粉痕何日漬，眉黛幾人愁。墮落[6]逢塵市[7]，明珠肯暗投。送汝金陵去，真教合浦還[8]。秦淮今日水，鐘阜昔年山。尚有人如玉，相看月照鬟。開匳勤拂拭，古色認斒斕。

【注釋】

〔1〕厰肆：即北京琉璃厰。位於北京和平門外，是北京一條著名的文化街，它起源起於清代，當時各地來京參加科舉考試的舉人大多集中住在這一帶，因此在這裏出售書籍和筆墨紙硯的店鋪較多，形成了較濃的文化氛圍，這裏經營古玩字畫的店鋪很多，大多數外國人來京旅游都要到這裏。厰肆是 18 世紀以來我國南北方藏書家淘書最大的樂園，張涵鋭先生在《琉璃厰沿革考》中説："清代藏書家旅居北京，無不往游琉璃厰，蓋搜集善本，罔不求之厰肆也。"同時，琉璃厰書業也是京城政局、學界時尚和文壇風習的晴雨錶，它的興衰與我國清代中葉直至民國年間的私家藏書的命運息息相關。因此，清以來人士所寫的《琉璃厰書肆記》有三記、四記之多。

〔2〕秦淮水閣：秦淮河邊的閣樓，又稱"秦淮河亭"、"秦淮河房"。秦淮水閣在明清詩文中多有提及。如《明史》載明末文人鐘惺"官南都，僦秦淮水閣讀史"；袁枚在《隨園詩話》中就説友人熊蔗泉"居秦淮水閣，與余晨夕過從"。

〔3〕媵：相送，致送。

〔4〕璧月瓊枝：《南史》卷十二"張貴妃傳"説："後主每引賓客，對貴妃等游宴，則使諸貴人及女學士與狎客共賦新詩，互相贈答，采其尤豔麗者，以爲曲調，被以新聲。……其略云：'璧月夜夜滿，瓊樹朝朝新。'大抵所歸，皆美張貴妃、孔貴嬪之容色。"這就是"璧月瓊枝"的典故。

〔5〕臨春結綺樓：南朝陳後主至德二年，起臨春、結綺、望仙三閣，閣高數丈，並數十間，窗牖、壁帶之類皆以沉檀香木爲之，飾以金玉，間以珠翠，其服玩之屬，瑰奇珍麗，窮極奢華，近古所未有。後主自居臨春閣，張貴妃居結綺閣，

龔孔二貴嬪居望仙閣，並復道交相往來。見《陳書·皇后傳·後主張貴妃》。

〔6〕墮落：掉落，流入。

〔7〕塵市：猶塵世、市井。

〔8〕合浦還：比喻東西失而復得。

卷四 甌越唫

丙子[1]秋出守温州途次奉懷[2]都門諸友人

如雲車蓋盛馳驅，薄笨[3]也邀知己知。卅載農曹[4]心計拙，十年臺省[5]步趨遲。朝班舊雨多蒼老，温室新恩促别離。便向甌江一麾去，東華塵裏夢追隨。

平生雅有金石癖，金石結交[6]總不移。古鼎細將真贋别，荒碑深恐訪求遺。更從甎瓦搜文字，且抱簡編慰老遲。疑義新奇同晰賞，遠齎鉛槧欲何之。

落拓春明衹率真，酒壺詩卷唱酬頻。湖山不共鬚眉老，風月自隨語句新。招我相償書畫債，懷人賸有夢魂親。鶯花勝日逢游讌，憶否楚狂在海濱。

湖海浪游常是客，我交豪俊半狂疎。爨桐[7]不厭知音晚，傾蓋毋忘識面初。去作名山東道主，雁蕩龍湫在温州境内。盼來尺素[8]遠方魚。韈材[9]於世終何補，慙愧人前説諫書。

故山回首意如何，京洛淄塵感慨多。虎豹春深雲夢澤，魚龍秋静洞庭波。往時釣弋聊情味，近局文詞共琢磨。獨向天南成遠别，殷勤爲我唱驪歌[10]。

衣裾戀戀不勝情，餞别壺觴出鳳城[11]。天氣重陽催客發，秋心百感爲誰生。雁行撇我成孤影，雞肋賺人[12]是薄名。好寄相思南國去，乘車戴笠記前盟。

【注釋】

〔1〕丙子：光緒二年，1876 年（作者 58 歲）。

〔2〕奉懷：懷念。奉：敬辭，用於自己的舉動涉及對方時。

〔3〕篳笨：一種粗陋而不加裝飾之車。

〔4〕農曹：又稱農商曹，負責農業耕作、商業經營，水利、天災、人禍等。

〔5〕臺省：發佈政令的中樞機關。後因以“臺省”指政府的中央機構。南北朝以來，雖然尚書臺已多改稱尚書省，並逐漸形成中書、門下、尚書三省分權的制度，但“臺省”之稱仍沿用不變。亦有合“三省”及御史臺稱“臺省”者。

〔6〕金石結交：如同金石般堅不可摧的交誼。

〔7〕爨桐：謂焚燒桐木爲炊。事本晋代干寶《搜神記》卷十三：“吴人有燒桐以爨者，邕（蔡邕）聞火烈聲，曰：‘此良材也。’因請之，削以爲琴，果有美音。”後以“爨桐”指遭毁棄的良材。

〔8〕尺素：家信。魚傳尺素，成語，指傳遞書信。漢樂府《飲馬長城窟行》：“客從遠方來，遺我雙鯉魚。呼兒烹鯉魚，中有尺素書。”

〔9〕韈材：亦为襪材。宋蘇軾《文與可畫篔簹谷偃竹記》：“與可畫竹，初不自貴重。四方之人，持縑素而請者，足相躡於其門。與可厭之，投諸地而駡曰：‘吾將以爲襪！’……余爲徐州，與可以書遺余曰：‘近語士大夫：“吾墨竹一派，近在彭城，可往求之。”襪材當萃於子矣。’”後因以“襪材”戲指用以畫竹的縑素。

〔10〕驪歌：告别的時候唱的歌。逸詩有《驪駒》篇云：“驪駒在門，僕夫具存；驪駒在路，僕夫整駕。”客人臨去歌《驪駒》，後人因而將告别之歌稱之爲“驪歌”。

〔11〕鳳城：京都的美稱。

〔12〕賺人：騙人。

懷陶然亭〔1〕

咫尺城南路，高臺俯緑汀。簾黏芳草碧，杯落遠山青。選勝〔2〕招裙屐〔3〕，懷香〔4〕認篆銘〔5〕。孤舟風雨夜，飛夢到江亭。

【注釋】

〔1〕陶然亭：位於北京城南，清代名亭，現爲中國四大歷史名亭之一。清康熙三十四年（1695 年），工部郎中江藻奉命監理黑窯廠，他在慈悲庵西部構築了一座小亭，並取白居易詩“更待菊黄家醲熟，與君一醉一陶然”句中的“陶然”二字爲亭命名。這座小亭頗受文人墨客的青睞，被譽爲“周侯藉卉之所，右軍修禊之地”，更被全國各地來京的文人視爲必游之地。清代 200 餘年間，此亭享譽經久，長盛不衰，成爲都中一勝。

〔2〕選勝：尋游名勝之地。

〔3〕裙屐：裙，下裳；屐，木底鞋。原指六朝貴游子弟的衣着，後泛指富家子弟的時髦裝束，借指衣着時髦的富家子弟。

〔4〕懷香：猶偷香。指晋代賈充之女竊香贈送韓壽，終成匹配之事，見南朝劉義慶《世説新語·惑溺》，後用爲男女私下悦慕或私通之典。

〔5〕篆銘：用篆字所刻的銘文，此處兼有“銘刻”、“牢記”之意。

懷龍樹寺〔1〕

龍樹鬱森森，禪房窈窕深。頻開書畫社〔2〕，最感別離心。瘦菊留寒豔，孤鴻送遠音。誰知高閣上，獨客伴枯琴。

【注釋】

〔1〕龍樹寺：龍樹寺是京中的古刹，以寺中的槐樹聞名。道光初年，由月亭上人重加修葺，並在寺中構築了一座小樓，取名“蒹葭閣”。湯金釗曾爲蒹葭閣題過一副聯語：“何處菩提，莫錯認庭前槐樹；無邊法藏，且笑拈閣外蘆花。”頗受後人稱道。龍樹寺的典藏，雖然不及法源寺豐富，但是宴集之盛有過之無不及。張之洞以達官兼作名士，每次主持宴集，最喜歡來龍樹寺，有“此地曾來一百回”之説。同治十年（1871 年）五月的南北清流大會，是晚清史上的重要事件。

〔2〕書畫社：琴棋書畫、鑒別古董之類的聚會。

懷酒樓

僚倒長安市[1]，貂裘酒可沽。拚將千日醉，到此一愁無。食品隨時具，花名[2]任意呼。淺斟低唱處，回首夢模糊。

【注釋】

〔1〕長安市：代指京都北京。

〔2〕花名：指妓女在妓院用的名字。元代宋無《直沽》詩：“細問花名何處出，揚州十里小紅樓。”

懷廠肆

京宦悔蹉跎，鬚髯漸欲皤。誚難[1]書蠹[2]免，債比酒錢多。鬧市幽居近，閒時緩步過。躭奇兼好古，歲月半消磨。

【注釋】

〔1〕誚難：譏諷和責難。

〔2〕書蠹：書蟲，指讀死書的人，就是《爾雅》裏說的蟫魚，住在字紙堆中，有銀子般的顏色，真正的“嗜書如命”者。

任城[1]太白樓[2]

樓檻俯層城，峥嶸百代名。地連河海近，山入兖沂[3]平。文燄[4]長庚[5]炯，風流濟水清。祇宜四明客[6]，把酒許同傾。

【注釋】

〔1〕任城：今隸屬於山東省濟寧市。

〔2〕太白樓：太白樓即“太白酒樓”，是唐代賀蘭氏經營的酒樓，原址坐落在古任城東門裏（今小閘口附近）。唐代偉大詩人李白於唐玄宗開元二十四年（736年）同夫人許氏及女兒平陽由湖北安陸移家至任城（濟寧），居住在酒樓之前，“常在酒樓日與同志荒宴”。李白去世近百年時，唐懿宗咸通二年（861年），吴興人沈光過濟寧時爲該樓篆書“太白酒樓”匾額，作《李翰林酒樓記》一文，從此“太白酒樓”成名並傳頌於後世。宋、金、元代對該樓都進行過重建和修葺。元世祖至元十九年（1282年）開鑿濟州河時，任城城池北移今址，明代初期城牆易土爲磚。明洪武二十四年（1591年），濟寧左衛指揮使狄崇重建太白樓，以“謫仙”的寓意，依原樓的樣式，移遷於南門城樓東城牆之上（就是現今的地址），並將“酒”字去掉，更名爲“太白樓”，留傳至今。

〔3〕衮沂：山東。

〔4〕文燄：文章的光燄。

〔5〕長庚：黄昏時出現在西方天空的金星的名稱，亦稱“太白”。

〔6〕四明客：賀知章（659—744），字季真，號四明狂客，李白與其是朋友。李白曾寫有一首《對酒憶賀監二首（四明有狂客）》。詩前有序：“太子賓客賀公，於長安紫極宫一見余，呼余爲謫仙人，因解金龜换酒爲樂。殁後對酒，悵然有懷而作是詩。”其詩如下：“四明有狂客，風流賀季真。長安一相見，呼我謫仙人。昔好杯中物，翻爲松下塵。金龜换酒處，卻憶淚沾巾。狂客歸四明，山陰道士迎。敕賜鏡湖水，爲君臺沼榮。人亡餘故宅，空有荷花生。念此杳如夢，凄然傷我情。”

重游金陵别諸友人兼柬〔1〕少仲〔2〕方伯慰農山長〔3〕

人生如飄蓬，聚散任天風。聚亦不能久，散時各西東。惟有情根留一綫，海角天涯總相見。我昔養痾來建業〔4〕，忘形鷗鷺無賓主。游舫時艤〔5〕紅板橋，夜窗聽盡鍾山雨。去年春深柳陌晴，天風吹我入帝京。今年歲晚天欲雪，風送我向越王城。柳往雪來幾何時，捩舵〔6〕金陵尋故知。自分〔7〕蓬梗隨飄泊，豈意重有相見期。只恨相知晚，不恨相見稀。剡溪訪雪〔8〕人未遇，孤山招鶴〔9〕客未歸。留此未盡緣，久要無相違。爲語白門柳，萬縷千絲綰得行人否，不如從伊自去終回首。

【注釋】

〔1〕柬：信劄。此處作動詞，作答之意。

〔2〕少仲：見《無錫就醫，遂至姑蘇赴少仲同年之約》及其注解。

〔3〕山長：是歷代對書院講學者的稱謂。

〔4〕建業：南京的古稱，歷史上是多個政權建立都城的地方。漢末三國鼎立之初，229 年，孫權在武昌稱帝，9 月即遷都於此，稱作建業，爲南京建都之始。

〔5〕艤：使船靠岸。

〔6〕捩舵：撥轉船舵，指行船。

〔7〕自分：自料，自以爲。

〔8〕剡溪訪雪：王子猷剡溪訪戴的故事，見前面相關注解。

〔9〕孤山招鶴：宋代林逋隱居杭州西湖孤山，不娶妻子，所居植梅畜鶴，事見《夢溪筆談・人事二》、《宋史・隱逸傳上・林逋》，後遂以"孤山鶴"爲吟詠隱逸之典。

陪星使[1]宗伯[2]黄公游華蓋山[3]登吸江亭即送其赴栝蒼[4] 丁丑[5]

登高凌絶巘，風拂帽簷斜。海遠雲連水，霜新菊未花。插江留墖影，汲澗試芽茶。小坐鳴騶去，旌旗耀落霞。

使節纔經雁宕游，又登華蓋最高頭。城臨下界開群嶂，天爲上卿展九秋。走馬看山詩興健，飛鴻度海好音留。明朝相送乘潮去，江水自應西北流。

【注釋】

〔1〕星使：古時認爲天節八星主使臣事，因稱帝王的使者爲星使。

〔2〕宗伯：官名，周代六卿之一，掌宗廟祭祀等事，即後世禮部之職。因亦

稱禮部尚書爲大宗伯或宗伯，禮部侍郎爲少宗伯。

〔3〕華蓋山：位於浙江省温州市鹿城區東面，遥望山形如華蓋，故名華蓋山。山上的大觀亭十分有名，是温州現存規模最大的古亭。原名“江山一攬亭”。明代嘉靖年間重建時，改名“吸江亭”。萬曆年間巡道蔡廷臣再次重建，才命名爲“大觀亭”。亭柱上有“大觀在上，小住爲佳”，“江山横睇渺然我，風骨高騫如此亭”，“遲日江山麗，鹿城煙霧開”等楹聯。南朝劉宋永初三年(422年)，我國山水詩鼻祖謝靈運出任永嘉郡太守時曾登臨此地，並有《郡東山望溟海》詩以傳世。

〔4〕栝蒼：麗水，舊名處州，古稱栝蒼。其地處於浙南，是三山聚會、四水匯合之地。

〔5〕丁丑：光緒三年，1877年（作者59歲）。

和星使黄公游江心寺[1]韻

結習[2]一生詡好游，又陪旌節[3]駐津頭。潮平海岸魚龍静，霜落江天竹樹秋。薄酒難邀行客住，名區[4]應有好詩留。中川孤嶼千年在，塔影不隨逝水流。

【注釋】

〔1〕江心寺：位於浙江省温州市鹿城區江心嶼。唐咸通七年（866年），在江心孤島的東山建普濟禪院。宋開寶二年（969年），又在江對面的西山建净信講院。南宋建炎五年（1131年），宋高宗賜改普濟禪院爲龍翔禪寺。因寺在江中，俗稱“江心寺”。宋寧宗時品選天下禪宗叢林，列爲十刹之一。其後八百多年裏，該寺屢廢屢興。

〔2〕結習：多指積久難除之習慣。

〔3〕旌節：古代使臣所持的符節，用作信物。

〔4〕名區：指有名之地，名勝。

南湖[1]泛舟用太白把酒問月韻

微雨江天霜落時，輕舟向海欲東之。碧水分流忽迷路，青山沿岸總相隨。雲飛適補山之闕，詩興端爲雲山發。雙泉驚從翠巖落，一島遥向蒼煙没。南湖秋勝洞庭春，黄甘陸吉若比鄰。豈止魚鹽擅地利，應知天厚甌越[2]人。西北旱荒閩粵水，何幸年豐得有此。回首黄埃淄塵[3]中，今在碧水青山裏。

【注釋】

〔1〕南湖：南湖因地處嘉興城南而得名，與西南湖合稱鴛鴦湖。南湖是浙江三大名湖之一，素來以“輕煙拂渚，微風欲來”的迷人景色著稱於世。1921 年夏，中國共产黨第一次全國代表大會在南湖的一艘畫舫上完成了最後的議程，莊嚴宣告中國共产黨成立。

〔2〕甌越：百越的一支。分佈在今浙江甌江流域一帶。

〔3〕黄埃淄塵：既指風沙灰塵，也指官場生活。

海濱得奇石雙峯嶙峋可愛用太白桃花巖韻志喜

莫信徐市[1]言，神山有衆仙。弱水[2]不可到，求之殊杳然。突兀見奇石，驚起老龍眠。雙峯劈太華[3]，想像恣流連。好攜東海石，高踞衆山巔。九華擅福地，一品冠洞天。不問方壺方，奚論圓嶠[4]圓。延之登上坐，几席生雲煙。歸裝載鬱林，勝置二頃田。佛法如可説，三生舊有緣。日對雙高士，與我永周旋。

【注釋】

〔1〕徐市：即徐福，字君房，齊地琅琊人，秦著名方士。《史記·秦始皇本紀》：“齊人徐市等上書，言海中有三神山，名曰蓬萊、方丈、瀛洲，僊人居之。請得齋戒，與童男女求之。於是遣徐市發童男女數千人，入海求僊人。”後來，有徐福在日本的平原、廣澤爲王之説。

〔2〕弱水：古代神話傳説中稱險惡難渡的河流爲弱水。

〔3〕太華：山名。即西岳華山，在陕西省華陰縣南，因其西有少華山，故稱太華。

〔4〕圓嶠：爲傳説中的仙山。

狀元橋[1]晚眺和方觀察韻

鼓角連宵靖，旌旗帶雨收。似聞風浪闊，已阻去來舟。海遠通潮信，江空入亂流。不知忙許事[2]，鷗鷺自休休[3]。

【注釋】

〔1〕狀元橋：在温州市龍灣。清光緒《永嘉縣志》載："狀元橋，南宋嘉定間狀元趙建大所建。"龍灣有狀元橋，里人爲紀念趙建大而名，地因橋名，沿襲至今。該橋距今已有700多年的歷史。

〔2〕許事：這樣的事情。

〔3〕休休：安閒貌，安樂貌。

宿館頭[1]對月同郭外峯[2]司馬作

皓月祥雲擁，輕風薄霧收。寒宵同把酒，荒館此停舟。石出占潮落，山多障海流。勞勞亭畔客，夜静未能休。

【注釋】

〔1〕館頭：在今浙江金華市永康。

〔2〕郭外峯：名鍾岳，字叔高，號外峯，揚州人。官温州海防同知，工詩詞，能鼓琴及刻印，書法各體皆妙。郭氏著有《龢天倪齋詞譜》、《東甌竹枝詞百詠》、《東甌小記》等書，繪有軍事地圖《浙江温州海防營汛圖》，是温州現存唯一的立體全域圖。這張圖中，值得注意的還有郭鍾岳的一段題款："我中國之守在四裔者，東則以日本爲先矣。日本乃三韓古倭國，明季時擾浙邊，今幸與中華輯睦，固無遠慮。然安而不忘危，此君子之心也。"繪此圖距中日甲午戰争尚有十餘年，郭已有先見之明，也算是當時難得的一位有清醒頭腦的大員。與張盛藻感情深厚，合著有《三雁紀游》。

戊寅[1]立春日游飛霞洞[2]觀謝客巖[3]題字即集謝句爲詩題於洞口

開春獻[4]初歲，緬邈[5]區中緣[6]。撫化[7]心無厭，尋異景不延。舍舟眺迴渚，企石挹飛泉。進德智所拙，蘊真誰爲傳。觀此遺物慮，矧乃[8]歸山川。

【注釋】

〔1〕戊寅：光緒四年，1878 年（作者 60 歲）。

〔2〕飛霞洞：在今温州中山公園。“一片江山，何年圖畫；四時風光，此地樓臺”，這是早年飛霞洞山亭的一副對聯。遺憾的是，1927 年 10 月 27 日的一場火災，將這個温州標誌性景觀徹底毁滅，以致後人無法一睹它的風采。現在飛霞洞口不見張盛藻的題詩可能也是這次大火所致。

〔3〕謝客巖：位於積穀山東麓飛霞洞口卧樹樓側，相傳係謝靈運所書，袁枚有詩曰：“相傳巖上篆，猶是謝公書”，據方介堪先生考證，爲李陽冰手跡。

〔4〕獻：獻歲，一年的開始。

〔5〕緬邈：遥遠。

〔6〕區中緣：塵世的俗情。南朝宋謝靈運《登江中孤嶼》詩：“想像昆山姿，緬邈區中緣。”

〔7〕撫化：謂隨物變化。

〔8〕矧乃：况且。

上元[1]前一夕乘伏波[2]輪船由海至寧波泊南田島[3]中見月華[4]

月華如曇雲，一見旋即謝。鬧中人不見，見每在深夜。昔宿館頭時，去冬十月十四因公至海岸。夜分一見之。同行三兩人，見者各有詩。我今乘海舶，揚帆蛟龍宅。風濤捲地動，雲水連天碧。回首顧童僕，偃卧皆瑟蹜。我亦學跏趺[5]，危坐氣肅穆。晚來人語好，舟已泊海島。動極喜得静，無須海神禱。振衣登舵樓，月華笑當頭。不知城市中，月亦同華不。雲來月有暈，月出華生韻。月華開未開，雲月時相近。看華不可嬾，歸休不可緩。海上風露重，莫待月華滿。

【注釋】

〔1〕上元：農曆正月十五元宵節，又稱爲“上元節”。

〔2〕伏波：降伏波濤。伏波輪船，指大海輪。

〔3〕南田島：又名牛頭山，位石浦鎮南3公里處，西鄰高塘島，兩島與大陸岸綫構成的天然港池，即爲著名的石浦漁港。南田島爲寧波市第一大島。

〔4〕月華：由雲中水滴或冰晶衍射而形成的出現在月亮周圍的彩色（内紫外紅）光環。

〔5〕跏趺：“結跏趺坐”的略稱。佛教中修禪者的坐法，兩足交叉置於左右股上，稱“全跏坐”，或單以左足押在右股上，或單以右足押在左股上，叫“半跏坐”。據佛經説，跏趺可以減少妄念，集中思想。也泛指静坐、端坐。

伏波海舶中和中丞梅公[1]甌江閲武之作

帝眷優加重[2]，軍威猛濟寬[3]。巡行江海遠，驛路雨風難。倡義[4]廑[5]三晋，時山西大旱，公倡捐助賑。除奢誡百官。久聞彊勇號，“彊勇”爲公勇號。外域膽應寒。

舊誼京華戀，新知禮數寬。高軒[6]承過訪，供帳[7]恤艱難。壇坫[8]叨陪[9]從，箴言守在官。同臺[10]欽二妙[11]，共憶早朝寒。藻與公兄弟先後同官御史，故末韻及之。

【注釋】

〔1〕中丞梅公：梅啓照（1826—1894），字小巖或筱巖，室名彊恕齋。今江西省南昌市青雲譜區定山梅村人。家中行四，與其三哥梅啓熙同爲晚清進士，謂之“一門兩進士”。梅啓照是中國近代洋務派著名人物，清末中興名臣，與曾

國藩、左宗棠、李鴻章等同列爲清末同光十八名臣。因任惠州知府時打擊海盜有功，被清廷授予“彊勇巴圖魯”之號。梅啓照精通算術、器械，對西方興造道路、船、機械等方法尤爲關注。有《明史約》、《天學問答》、《曉巖詩稿》、《學彊恕齋吟草》等多部著作傳世。南京莫愁湖勝棋樓上的匾額即爲梅啓照所書。見前面《重陽日偕笠湖兄、季唐弟游莫愁湖，登勝棋樓，晚游樸園，遂至酒肆買醉而歸》一詩注解。中丞，是明清時對巡撫的别稱。

〔2〕優加重：優待敬重。

〔3〕猛濟寬：寬猛相濟。寬，寬容；猛，嚴厲，猛烈；濟，相輔而行。指政治措施寬和严互相補充。

〔4〕倡義：首倡大義，宣揚大義。

〔5〕廑：廑慮，殷切挂念；廑念，殷切關注。

〔6〕高軒：高車，貴顯者所乘，亦借指貴顯者。

〔7〕供帳：陳設供宴會用的帷帳、用具、飲食等物。亦謂舉行宴會。

〔8〕壇坫：指文人集會或集會之所。引申指文壇。

〔9〕叨陪：謙辭。榮幸地陪侍。

〔10〕同臺：御史臺的同事。

〔11〕二妙：稱同時以才藝著名的二人。此處指梅啓照、梅啓熙兄弟二人。梅啓熙（1848—1929），字少巖。

大雪行姚江[1]道中用東坡題煙江疊嶂圖韻

冷風吹霰雪壓山，濕雲冪冪炊無煙。山明水黯不知處，渡口漁燈一星然。竹塢成村臨曲渚，石橋當路咽流泉。九牛挽舟上新壩，歡呼直下如奔川。履險得夷舟暫艤，僕從笑語落燈前。我久輪蹄在燕冀，游舸又泛東南天。風饕雪虐助詩興，大好江山爲我妍。出守已得山水郡，何必歸買陽羨田[2]。訪雪夜放剡溪棹，修禊春及永和年。昨乘巨舶浮滄海，元宵皓月正嬋娟。人生快游能有幾，得句且唫醉且眠。雪竇巖前符夢境，石窗明處詠游仙。蓬閣金庭在人世，山靈祇笑俗無緣。徑須扶杖攜笠屐，豈有雄才驚人斗酒詩百篇。

【注釋】

〔1〕姚江：又稱餘姚江，發源於大嵐鎮夏家嶺龍角山，流經上虞、餘姚、鄞州和江北匯入甬江。

〔2〕陽羨田：蘇軾《菩薩蠻·買田陽羨吾將老》云：“買田陽羨吾將老，從來只爲溪山好。”後因以“買田陽羨”指辭官歸隱。

踏雪上會稽謁禹陵〔1〕觀窆石〔2〕

煙雲鬱鬱護佳城〔3〕，帝後王前肇夏正〔4〕。大地河山歸奠定，中天日月奏平成。遠懷明德來重譯，世仰神功乂衆生。風雪會稽肅瞻拜，摩挲窆石認題名。

【注釋】

〔1〕禹陵：禹陵位於浙江省紹興城東南會稽山麓，相傳是中國古代治水英雄大禹葬地。禹陵區由禹陵、禹廟、禹祠三大部分組成。禹陵面臨禹池，前有石構牌坊，過百米甬道，有“大禹陵”碑亭，字體敦厚雋永，爲明嘉靖年間紹興知府南大吉手筆。禹廟在禹陵的東北面，坐北朝南，是一處宫殿式建築，建築依山勢而逐漸升高。大殿爲重簷歇山造，巍然聳立，殿背龍吻鴟尾直刺雲天，背間“地平天成”四字爲清康熙題跋。禹祠位於禹陵左側，爲二進三開間平屋，祠前一泓清池，悠然如鏡，曰“放生池”。

〔2〕窆石：壙旁石碑。有孔，用以穿绳引棺下穴。禹陵窆石高 2.06 米，底圍 2.30 米，上小下大，形狀像破土而出的春筍，又像一個長形秤砣，頂端有一圓孔。上面刻有文字，最早還是漢代留下的，但字跡早已漫漶不清。

〔3〕佳城：墓地。

〔4〕夏正：夏曆正月的省稱，代指夏曆。

冒雨訪蘭亭〔1〕遺址用右軍〔2〕蘭亭集詩韻

竹輿繞山麓，帽影在水濱。峻嶺清流處，觴詠跡已陳。緬想永和歲，四十二賢均。後游應擱筆，索句豈能新。

攜屐竹林下，煎茶曲水濱。空亭無人到，几席爲誰陳。晌午清風颯，四山雲氣均。歸逢傾蓋雨，未惜客衣新。

【注釋】

〔1〕蘭亭：原在山陰縣天章寺。春秋時越王勾踐種蘭於此，東漢時建有驛亭，蘭亭由此得名。東晋永和九年，大書法家王羲之邀請了42位文人雅士在蘭亭舉行了曲水流觴的盛會，並寫下了被譽爲“天下第一行書”的《蘭亭集序》，王羲之被尊爲書聖，蘭亭也因此成爲書法聖地。歷史上，蘭亭原址幾經興廢變遷，現蘭亭是嘉靖年間郡守沈啓根據明嘉靖時蘭亭的舊址重建，基本保持了明清園林建築的風格。

〔2〕右軍：王羲之（321—379或303—361），字逸少，號澹齋，原籍琅琊臨沂（今屬山東），後遷居山陰（今浙江紹興），官至右軍將軍，會稽内史，世稱“王右軍”。是東晋偉大的書法家，被後人尊爲“書聖”。他的兒子王獻之書法也很好，人們稱他們爲“二王”，另一個兒子王凝之官至左將軍。

游蘭亭和壁間徐侍郎〔1〕學使韻

當年風日晴和處，冒雨登臨續舊游。異代山林同一致，群賢觴詠已千秋。不聞玉屑〔2〕霏霏論，尚有石泉曲曲流。乘興獨來非訪戴，西陵渡〔3〕口放輕舟。

【注釋】

〔1〕徐侍郎：徐樹銘（1824—1900），字伯澄，號壽蘅，又號澄園，長沙人。道光二十七年丁未進士，選庶吉士，授編修。嘗從唐鑒、曾國藩學。歷官兵部、吏部、工部左右侍郎，福建督學，浙江督學，都察院左都御史，工部尚書。皇清誥授光禄大夫，充經筵講官，國史館纂修，朝考閲卷大臣，鄉試正考官等職。平生不事積蓄，唯嗜鐘鼎書畫金石之屬，鑒賞考據甚爲精賅。書學二王，繼雜以蘇東坡，後則參之北朝名碑，方筆較多，行楷篆隸各出自家風範。藏書數十

萬卷，至老勤學不倦，又善詩文，有《澄園詩集》等多部著作傳世。書劄、題跋、摩崖石刻、對聯、字軸傳世也不少。

〔2〕玉屑：喻美好的文辭。

〔3〕西陵渡：故址在今浙江省蕭山縣。“西陵湖，亦謂之西城湖，湖西有湖城山，東有夏架山，湖水上承妖皋溪，而下注浙江。又逕會稽山陰縣，有苦竹里，里有舊城，言句踐封范蠡子之邑也。”（酈道元《水經注》）

西陵待渡

向夕聞津鼓，郵亭[1]繫客舠。不因風雨阻，郝得息塵囂。

【注釋】

〔1〕郵亭：驛館，遞送文書者投止之處。

再游西湖

中春[1]湖上路重經，拂面風來草木馨。如鑒水容依舊碧，淡妝山色未全青。柳隄梅隝[2]攜游屐，竹韻松聲入畫屏。笑我歸時真爛醉，滿船明月不曾醒。

【注釋】

〔1〕中春：指農曆二月十五日。這天是春季的正中，故稱。

〔2〕梅隝：指梅園。

游天竺[1]

春雨初晴風未暖，南高峯[2]下草芊芊。鐘聲遠落煙中寺，竹徑暗通石上泉。塵世得游天竺國，閒心便作地行仙[3]。不曾拜佛不祈福，但結平生山水緣。

【注釋】

〔1〕天竺：天竺山在西湖西面，是環湖群山中最高的一座，爲455米。三天竺在天竺山和靈隱寺之間，自靈隱寺山門向南直上，可依次到達下天竺、中天竺和上天竺三所古寺（合稱三天竺）。天竺三寺在歷史上被譽爲杭州的“佛國”，香火極盛。

〔2〕南高峯：位於浙江省杭州市，在煙霞洞、水樂洞旁，與北高峯遥遥對峙。可從四眼井通往著名的石屋洞。循山徑盤桓而上，登上山頂，極目縱眺，浩瀚的錢塘江和波平如鏡的西湖盡收眼底，是登高攬勝的理想之地。

〔3〕地行仙：原爲佛典中所記的一種長壽的神仙，後因以喻高壽或隱逸閒適的人，也比喻遠行的人。

江上醉飲用謝宣城〔1〕直中書省韻

餞客春江岸，畫舫湘簾〔2〕敞。山色堆若髻，潮痕平如掌。攜酒集良朋，游鱗初出網。高讌恣譚謔，一笑江月上。妙曲奏新聲，哀絲奮清響。人生幾歡聚，百年一俛仰。鬢髮各蒼老，春風自駘蕩。且拚如泥醉，莫惜錦纏〔3〕賞。

【注釋】

〔1〕謝宣城：指南朝齊謝朓，謝朓曾任宣城太守，故稱。

〔2〕湘簾：用湘妃竹做的簾子。

〔3〕錦纏：即錦纏頭。古代歌舞藝人演畢，客以羅錦爲贈，置之頭上，謂之“錦纏頭”。後又作爲贈送女妓財物的通稱。

泛富春江入嚴瀨〔1〕謁嚴先生祠望釣臺
再用東坡煙江疊嶂詩韻

秀絶越州富春山，錦峯繡嶺生雲煙。煙雲活潑峯嶺峻，丹青設色本天然。緑波如鏡清見底，時有涓涓洗耳之飛泉。恨無吴生[2]畫嘉陵，誰倩摩詰繪輞川。山迴雲迷疑無路，犖确[3]灘石亘其前。漁舟引入佳勝處，七里瀧[4]中别有天。釣臺[5]雙峙蒼巖上，草木馨香助幽妍。脱屣軒冕更無一竿在，但見雲山萬疊繞墓田。處士星並客星朗，西臺一哭又千年。白雲源口臺下水，皓月照影雙嬋娟。我泛輕舸過嚴瀨，薄醉看山不肯眠。因知觸熱[6]無佳士，古來高隱即真仙。此行如在圖畫裹，平生早結山水緣。它日編成越中草，幸弗删此富春江上紀游篇。

【注釋】

〔1〕嚴瀨：在浙江桐廬縣南，相傳爲東漢嚴光隱居垂釣處。

〔2〕吴生：指唐名畫家吴道子。

〔3〕犖确：怪石嶙峋貌。韓愈《山石》詩："山石犖确行徑微，黄昏到寺蝙蝠飛。"

〔4〕七里瀧：富春江七里瀧有"小三峽"之譽。全長23公里，分爲"一關三峽"即"烏石關、烏龍峽、子胥峽、葫蘆峽"，沿途有梅城古鎮、雙塔凌雲、子胥野渡、葫蘆飛瀑、七里揚帆、嚴子陵釣臺等名勝古跡。

〔5〕釣臺：嚴子陵釣臺，位於浙江省桐廬縣城南15公里的富春山麓，是富春江主要風景點。在富春江鎮西2500米富春山。因東漢嚴子陵隱居於此得名。嚴子陵，名光，會稽餘姚人，東漢初年隱士。少時曾與劉秀同游學。劉秀即位後，他不願出仕，更名隱居，"披羊裘釣澤中"。劉秀再三盛禮相邀，授諫議大夫，仍"不屈，乃耕於富春山"，老死於家，年八十。嚴子陵釣臺由東臺、西臺、嚴先生祠、石坊、碑園、釣魚島、謝翺墓組成。

〔6〕觸熱：冒着炎熱。比喻煩躁易怒。

述舊游和琳齋[1]同年見憶之作

人生不爲食棗如瓜[2]之安期生，便當泛宅浮家自號元真子[3]。等桎梏於纓簪[4]，身外富貴浮雲耳。百年幾時能稱意，胡爲役形勞神鬱鬱久居此。補天畫日知無功，呼雲喝月一開口。鑿幽[5]不必遣六丁[6]，探奇何須窮二酉[7]。宦海豈能久藏身，山林即是逋逃藪。憶昔逢君方年少，美好乃如留侯貌。抗塵走俗[8]四十年，老郎不免馮唐[9]誚。與君作賦試明光[10]，那知歲月去堂堂。敝車冷署甘蹭蹬，南北相望天一方。豈無同輩登夔皋[11]，終以奇勳讓蕭曹。洎君作宰我作客，各行其志非無聊。魏塘[12]相見急呼酌，下榻連宵慰離索。追話舊雨歎復歎，更道春明樂時樂。我將返棹入帝鄉，爲君一舉累十觴。但誇湖山多游興，肯以吟詠苦詩腸。久作長安索米[13]人，蒙恩出守遣老臣。已拚身世兩鬢雪，又插甌越雙脚塵。君卧東山方未起，即藉彭澤作栗里[14]。握手重逢一相笑，畫船同泛西湖水。鏡裏白髮各心驚，長篇贈我若爲情。蓬蹤萍梗亦前定，爲我歷歷説平生。我謂人如露在朝，何事欲題相如橋[15]。駟馬高蓋患乃大，豈有涓埃[16]報聖朝。不如歸去一編爲世守，閒話桑麻娱親舊。行且與君游五岳訪三山，拍洪崖之肩而挹浮邱之袖。

【注釋】

〔1〕琳齋：王景彝，字琳齋，湖北江夏人，丁酉拔貢，己未舉人，同治三年任永康知縣，同治九年任嘉善知縣，後任江夏縣令。有《寶善書屋詩稿》（《琳齋詩稿》）等。《由楚復至杭州舊居》："自笑還鄉又去鄉，此生端合老錢塘。豈真田好如陽羨，未必魚肥勝武昌。梁燕去來非有意，海鷗游戲本無方。少陵晚歲心彌達，隨處能安一草堂。"《詠菜薹》："甘説周原薺，辛傳蜀國椒。不圖江介産，又有菜薹標。紫幹經霜脆，黄花帶雪嬌。晚菘珍黑白，同是楚中翹。"

〔2〕食棗如瓜：漢代劉向《列仙傳·安期先生》："安期先生者，瑯琊阜鄉人也。賣藥於東海邊，時人皆言千歲翁。秦始皇東游，請見，與語三日三夜，賜金璧度數千萬。出於阜鄉亭，皆置去，留書，以赤玉舄一量爲報，曰：'後數年求我於蓬萊山。'"《史記·封禪書》："少君（李少君）言上（漢武帝）曰：'臣常游海上，見安期生。安期生食巨棗，大如瓜。'"後遂以"食棗約"指仙人的約會。

〔3〕元真子：即玄真子，唐代張志和的别號。

〔4〕纓簪：纓和簪，古代顯貴的冠飾。借指貴官。

〔5〕鑿幽：鑿險縋幽，比喻追求峻險幽奇的藝術境界。

〔6〕六丁：道教認爲六丁（丁卯、丁巳、丁未、丁酉、丁亥、丁丑）爲陰

神，爲天帝所役使，道士則可用符籙召請，以供驅使。

〔7〕二酉：指大酉、小酉二山，在今湖南省沅陵縣西北，二山皆有洞穴。相傳小酉山洞中有書千卷，秦人曾隱學於此。見《太平御覽》卷四九引《荆州記》。

〔8〕抗塵走俗：形容爲了名利，到處奔走鑽營。

〔9〕馮唐：漢朝馮唐身歷三朝，到武帝時，舉爲賢良，但年事已高不能爲官，後因以借指生不逢時或表示年壽老邁。

〔10〕明光：漢代宫殿名，後亦泛指朝廷宫殿。

〔11〕夔皋：夔和皋陶的並稱。夔，舜時樂官；皋陶，舜時刑官。兩人居官皆有政績，後因以借指賢明的輔弼大臣。

〔12〕魏塘：在浙江嘉善。

〔13〕索米：《漢書·東方朔傳》："臣朔饑欲死。臣言可用，幸異其禮；不可用，罷之，無令但索長安米。"後因以"索米"稱謀生。

〔14〕栗里：廬山温泉北面一里許，是晋代大詩人陶淵明的故鄉。

〔15〕相如橋：漢代司馬相如初離蜀赴長安，曾於成都城北題句於昇仙橋橋柱，自述致身通顯之志，曰："不乘赤車駟馬，不過汝下也！"事見晋常璩《華陽國志·蜀志》。《太平御覽》卷七三、《藝文類聚》卷六三引此，橋名作"升遷"。後以"題橋柱"比喻對功名有所抱負。

〔16〕涓埃：細流與微塵，比喻微小。

十月二十一日邀郭外峯[1]石子元[2]兩司馬游仙巖觀瀑布宿聖壽寺[3]子克萃[4]偕行

暫抛塵牘去，擕榼[5]泛南塘[6]。路入仙巖遠，山知古寺藏。溪聲攙瀑布，楓葉豔衰楊。策杖歸來晚，清尊蟹蟹黄。

【注釋】

〔1〕郭外峯：見前面《宿館頭對月同郭外峯司馬作》注解。

〔2〕石子元：不詳。

〔3〕聖壽寺：位於浙江省金華市義烏市夏演鄉伏龍山腰，始建於唐初。當初

這裏“飛泉吹煙夢，怪石参雲水，遺然枯松根，甕塔莓苔緑”。由於環境清幽，諸如宋濂、方孝儒等名人學士經常在這裏著書講學。隨着歲月的變遷，聖壽寺屢廢屢建。

〔4〕克萃：張盛藻之子，字正甫，生於 1841 年，卒於 1911 年，同治癸酉拔貢，參與同治《枝江縣志》“考稽”。其《南雁山紀游》詩開頭提及北雁之行：“今年我游北雁蕩，自詡游觀第一壯。芒鞋踏遍百二峯，一峯一峯各變相。造化何心弄狡獪，雕搜斤斧出神匠。”

〔5〕榼：古代盛酒的器具。

〔6〕南塘：地名，與後句中的“仙嚴”均在温州。山水詩開山祖謝靈運曾躡屐游仙巖，仙巖遂大顯於世。

和外峯司馬韻

共宿招提〔1〕境，山樓第幾重。巖閒斜月入，户外冷雲封。鬬韻逢詩虎〔2〕，飛觴愧酒龍。瞢騰眠福地，仙巖爲第二十六福地。未曉已聞鐘。

【注釋】

〔1〕招提：招提爲寺院的别稱。

〔2〕詩虎：喻作詩能手。

和子元司馬梅雨潭〔1〕觀瀑韻

尋仙何事訪丹邱〔2〕，山自青青水自流。百歲光陰幾閒散，一舟浩蕩同快游。巖泉飛向龍潭落，溪石暗通虎徑幽。我醉題詩蕭寺裏，白雲黄葉已深秋。

【注釋】

〔1〕梅雨潭：在浙江温州市甌海區仙巖。它東臨東海，南北各距瑞安和温州三十多里。其山平地拔起，峻崖陡壁，水源充沛，雖方圓不過數十里，卻多瀑

布潭，而尤集中在西麓瑞安境内的仙巖附近。瀑布潭比較著名的有三個：梅雨潭、雷潭和龍鬚潭。其中以梅雨潭最有特色。

〔2〕丹邱：傳説中神仙所居之地。

又和子元龍鬚潭〔1〕觀瀑韻

奔泉巖際落，青嶂與雲齊。赴壑雷聲壯，沾衣雨勢低。龍髯飛墮地，虎跡下成溪。未敢誇腰腳，名山尚可躋。

【注釋】

〔1〕龍鬚潭：仙巖風景區的五潭（龍鬚潭、玉函潭、雷響潭、梅雨潭、三姑潭）之一。

寒夜攜子克萃偕楊子讓〔1〕馬小眉〔2〕兩先生步月由署前冰壺橋〔3〕泛小舟至小西湖而歸用坡公泛潁韻

我亦喜臨水，泛舟復何奇。到官苦拘束，足未及水湄。冠服飾木偶，兀兀〔4〕成愚癡。今夜月色皎，嫦娥笑生姿。呼僮覓小艇，出游幸勿遲。門前冰壺橋，橋下水清漪。相攜不秉燭，旁觀知是誰。惟有皓皓月，認我鬚與眉。舟摇月光動，動盪復在兹。水中髯蘇影，與客相娱嬉。何必載絲管，追逐游俠兒。一掬甌江〔5〕水，洗盡京洛淄。頗似游赤壁，放棹任篙師。歸誇西湖好，醉和東坡詩。

【注釋】

〔1〕楊子讓：“楊謙，字子讓，廪生，好讀陸清獻、張楊園之書，居梅會里，嘗注《曝書亭集》，刊既成，謂門弟子曰：‘昔放翁謂作詩難，注詩尤難。吾注朱檢討詩正多遺缺，汝曹有志，宜搜補之。’”（光緒《嘉興府志》）

〔2〕馬小眉：浙江海寧人，著名藏書家。“馬洵，字伯泉，號小眉，海寧籍，家梅會里，豪於貲，以報效授道員銜。性耽風雅，多藏書籍，騷人墨客接引無虚日，詩筒往返，與吴榕園、郭頻伽、葉改吟倡和爲多。其《游韶光》有‘竹影緑僧衣’句，新麗不減晚唐。暮年詩境冲淡，一歸自然。黄安濤爲校定遺稿六卷，曰《五千卷室詩詞集》，今其曾孫已占籍嘉興。”（許瑶光光緒《嘉興府志》）。劉鶚《抱殘守缺齋·乙巳日記》中曾提到此人：“（1905 年）初四日（2 月 7 日），微晴。製造局諸君來，留吃便飯。晚間馬小眉約打攤，輸三十元。同劍農再游四馬路，奇芳吃茶。訪王蓮孫，攜改七薌《吴采鸞》以歸。臨《真草千文》二紙。天氣極寒，卅六度。”“二十日（4 月 27 日），陰，午前，彭、樊、王三君來。彭雲鮑須看吏部核准照，樊約交彭也。馬小眉有電匯之款來。午後張君小浦來，大學堂之總辦也，云李君希聖約一半日來。邱於蕃來。本日王鈞叔約吃晚飯，陪甘、詹二君也。不能出城，至高氏昆仲處談通夜。天明後六鐘歸，寢。”撰有《桐城軼事》一書。

〔3〕冰壺橋：在原温州府治所前。

〔4〕兀兀：静止貌。

〔5〕甌江：因温州古稱甌而得名，發源於浙江省慶元、龍泉兩縣市交界的百山祖鍋帽尖。（浙閩邊境洞宫山西北），東北流至麗水城郊附近折向東南，流經龍泉市、雲和縣、蓮都區、青田縣、永嘉縣、鹿城區、龍灣區，從温州市流入東海。

坡公生日同人集如園[1]薦[2]橘酒爲壽分韻得子字

景祐三年歲丙子，坡公生於眉山里。洎今八百卌[3]三載，我在東甌謀薦芷。公家岷江宧入海，思公豈止同井水。文章忠義動九重，謫仙風骨婦孺喜。海外讁歸老陽羨，命宫磨蝎[4]乃如此。越中山水公所愛，黄甘陸吉[5]亦復美。招邀僚友集如園，瓣香共爇酒共釃。玉靈芝，方竹杖，柏葉[6]梅花陳瓶几。展笠屐圖肅瞻拜，飲公福兮歌醉止。衆賓歡然意未足，酌以大斗拇戰[7]起。座中豪士抑何多，争欲主盟執牛耳。聽我一言各無忘，更百五十七年爲公壽，千齡請以聚飲從今始。

【注釋】

〔1〕如園：原名池上樓，是近代温州著名私家園林。坐落於浙江省温州舊城的東南角，北靠府學巷，東臨積谷山，南朝謝池巷。道光五年，湖南糧儲道張瑞溥在謝靈運“池上樓”舊址旁所建。如園建成後，園内盡栽名花異卉，梅、蘭、松、菊、蕉、竹樣樣齊全。樓名爲清進士、翰林院侍讀學士德清蔡之定所題。如園對聯“春草池塘仍舊跡，東山風月繪名園”原爲清嘉慶年間進士、揚州書院山長吴山尊撰寫，是如園中最著名的楹聯之一。

〔2〕薦：進獻，祭奠。

〔3〕卌：四十。

〔4〕命宫磨蝎：俗稱命運不佳爲命宫磨蝎。

〔5〕黄甘陸吉：蘇軾的《黄甘陸吉傳》以寓言的手法，揭示“女無好惡，入宫見妒，士無賢不肖，入朝見嫉”這種人際間交往的狀況。作者以柑橘分别代表黄甘和陸吉兩位隱士。此處“黄甘陸吉”就是指柑橘。

〔6〕柏葉：指柏葉酒。古代風俗，以柏葉浸酒，春節共飲，以祝壽和避邪。

〔7〕拇戰：猜拳，酒令的一種。其法爲兩人同時出一手，各猜兩人所伸手指合計的數目，以決勝負。

十二月二十一日約郭外峯出城泛舟探梅

東甌城外水潺潺，聞道梅花已滿山。野艇好攜朋輩往，官齋偷得幾時閒。暗香籬落逢仙袂[1]，遠影羅浮[2]露翠鬟。笑我年來塵拂面，纔尋高士一開顔。

【注釋】

〔1〕仙袂：仙人的衣袖。

〔2〕羅浮：山名，在廣東省東江北岸，風景優美，爲粤中游覽勝地。晋葛洪曾在此山修道，道教稱爲“第七洞天”。相傳隋趙師雄在此夢遇梅花仙女，後多爲詠梅典實。此處即指梅花。

新春三日泛舟賞雪同外峯子元鼇峯[1]諸君作獻歲詩　己卯[2]

除夕先將俗冗除，歲朝新雨民意舒。涵濡[3]春滿大千界，島嶼今爲混一書。三日祥霙已徧野，萬家喜氣知盈閭。海邦[4]何事堪報最，瑞雪剛及獻歲[5]初。

新詩獻歲各争先，駑馬遲遲我獨偏。十色五光投錦製[6]，萬花六出[7]兆豐年。興來擬放剡溪棹，唱絶難賡[8]白雪篇。欲賦曉寒慙未得，夢中誰授衍波牋[9]。

農野望雲正繫思，得霑雨雪慶華滋[10]。兒孫官舍欣團聚，荊楚鄉風話歲時。柏葉酒傾金鑿落[11]，梅花笛譜玉參差。延年不乞刀圭藥[12]，小醉何辭卯飲[13]巵。

畫船招友出城隅，各有新詞握智珠[14]。巖上苔封謝客字，籬邊梅現美人膚。玉龍鱗甲連天舞，瓊島花茵貼地鋪。便擬西湖泛舟好，孤山訪鶴試提壺。

【注釋】

〔1〕鼇峯：戴咸弼，字鼇峯，嘉善人，同治、光緒年間官温州府學教授。著名書法家，金石學家，有《東甌金石志》。

〔2〕己卯：光緒五年，1879年（作者61歲）。

〔3〕涵濡：滋潤，沉浸。

〔4〕海邦：指沿海省份。

〔5〕獻歲：進入新的一年，歲首正月。

〔6〕錦製：裁製錦衣。

〔7〕六出：雪花的别稱。花分瓣叫出，雪花六角，因以爲雪的别名。

〔8〕賡：酬答、應和。

〔9〕衍波牋：詩牋名。

〔10〕華滋：潤澤。

〔11〕鑿落：以鐫鏤金銀爲飾的酒盞。

〔12〕刀圭藥：指藥物。

〔13〕卯飲：早晨飲酒。

〔14〕智珠：謂智慧圓妙，明達事理。

飛霞洞卧樹[1]歌得星使黄公詩却寄[2] 用古柏行[3]韻

不爲秦皇道旁之大松，亦不爲丞相祠前之古柏，而乃蟠屈[4]蚴蟉[5]於蒼巖之巨石。直幹峭倚壁千仞，横枝透出樓百尺。宜其軼[6]塵壒[7]而排天閶[8]，胡爲乎潦倒偃蹇甘僵卧而不惜？密葉翻風鱗甲動，老氣侵秋霜月白。不知何年何人植向甌海東，有如驚雷蟄起潛蛟宫。似聞劉根[9]乘霞去，洞口雲迷丹竈[10]空。謝客題名巖石上，想應解帶來長風。豫章[11]千載爲神物，託根[12]得地天無功。高閣時有雲生棟，星使見之意鄭重。裵徊樹下歎奇絶，歸去作歌郵筒送。我謂卧樹如卧龍，何羡高岡詠翔鳳[13]。從他巖穴保壽年，臃腫拳曲不中棟梁用。

【注釋】

〔1〕卧樹：《甌江竹枝詞》云："飛霞洞口對清流，老樹攀雲狀如虬。欲與劉根訪仙子，天台好乘赤霞游。"據説，當年洞口有大樟樹横卧，濃蔭畝餘，老幹離披，狀極奇偉。飛霞洞道觀首建於何時，史志未載，據《永嘉縣志》卷36記載，道光八年（1828年）邑紳曾佩雲出資在飛霞洞外建真人殿、龍母宫、卧樹樓。道光二十七年（1847年）毁於颱風。真人殿爲七間二層坐西朝東，二層中間有一棵大樟樹伸出，經大門向上生長，就像兩隻仙鶴回顧正殿，正面有一月牙形的洞口，即爲飛霞洞。道光二十七年，飛霞觀毁於颱風。清咸豐七年(1857年)，温州士紳丘瑝集資重建飛霞觀，並建一城垣，香火頗盛。1927年10月24日的一場大火，將飛雲觀及卧樹樓全部燒毁。建國後將洞口封閉，現在已無法找到原先的飛霞洞。關於飛霞洞可參閲前面的《戊寅立春日游飛霞洞，觀謝客巖題字，即集謝句爲詩題於洞口》一詩及其注解。

〔2〕却寄：回寄。

〔3〕古柏行：杜甫《古柏行》約作於766年（大曆元年）。詩人藉贊久經風霜、挺立寒空的古柏，以稱雄才大略、耿耿忠心的孔明。句句詠古柏，聲聲頌武侯。寫古柏古老，藉以興起君臣際會，以老柏孤高，喻武侯忠貞。

〔4〕蟠屈：盤旋屈曲，回環曲折。

〔5〕蚴蟉：樹木盤曲糾結貌。

〔6〕軼：超出。

〔7〕塵壒：塵埃。

〔8〕天閶：天上的門。排：推擠，推開。

〔9〕劉根：據説東漢時高士劉根隱居於今温州飛霞洞，後得道羽化乘赤霞仙去，故名飛霞洞。

〔10〕丹竈：煉丹用的爐竈。

〔11〕豫章：古書上記載的一種樹名，有的記載説即今之樟樹。

〔12〕託根：附着生根。

〔13〕高岡詠翔鳳：《詩・大雅・卷阿》："鳳皇鳴矣，於彼高岡。梧桐生矣，於彼朝陽。"鄭玄箋："鳳皇鳴於山脊之上者，居高視下，觀可集止，喻賢者待禮乃行，翔而後集。梧桐者，猶明君出也。生於朝陽者，被温仁之氣，亦君德也。"後因以"鳴鳳朝陽"比喻賢臣遇明君。

甬江[1]舟次阻風

朔飇凜凜水雲隈，隔岸應開幾樹梅。百感都隨孤客至，一舟峭向四明[2]來。江山黯澹催詩夢，風雪嚴寒仗酒才。物候冷時遮莫冷，三冬恒暖恐爲災。

【注釋】

〔1〕甬江：甬江是寧波的母親河，由奉化江和姚江兩江匯集而成，是浙江省七大水系之一。

〔2〕四明：浙江舊寧波府的别稱，以境内四明山（傳説山上有方石，四面如

窗，中通日、月、星宿之光，故稱四明山）得名。

石山鋪書所見

兀兀水上山，崚崚[1]如屏張。矯矯石上松，謖謖[2]吹成簧。嫋嫋越中婦，楚楚竈下娘。眼如越水清，眉如越山長。嫁作酒家胡[3]，兒女粲成行。汲水復炊薪，天寒衣袖涼。客來欲行酤，數錢聲琅琅。抱兒自嬉笑，刀剪亂針筐[4]。鄰女時偕坐，魚鳥機相忘。主人意落落[5]，客意亦何傷。獨惜好華年，顑頷委風霜。爲語酒家子，勿爲浮薄郎。日對遠山青，餐秀慰饑腸。

【注釋】

〔1〕崚崚：重疊貌，突兀貌。

〔2〕謖謖：象聲詞，形容風聲呼呼作響。

〔3〕酒家胡：原指酒家當壚侍酒的胡姬，後亦泛指酒家侍者或賣酒婦女。

〔4〕針筐：一種竹編的筐子，像籃子一樣，但是没有手把。以前的人放東西一般都是竹或者其他材料編製的筐或籃。針綫筐是專門用來放針、綫、布、剪刀的。

〔5〕落落：形容舉止瀟灑自然。

游七星巖[1]　在紹興府治西

昔上會稽探禹穴，攝衣荒岡帽壓雪。西泛富春入嚴瀨，釣臺百仞杳青靄。兹乘扁舟過鑒湖[2]，湖水如鏡月如珠。沿溪曉泊柯巖[3]下，巖石森立儼浮圖。鑿巖爲龕坐石佛，丈六金身何崛崛。僧樓無語鐘磬寂，巖泉清冷塵不黦。石轉路曲見飛巖，洞天石室誰所鑱。亭榭皆幽爽，可以永清譚。上有屜巇豁庨之巨石，下有澄寒凝碧之深潭。年來簿書[4]苦鞅掌[5]，到此肺腑一滌蕩。人間清曠得幾時，揮玉麈尾[6]披鶴氅。平生五岳願難酬，腰脚不健老可羞。便欲浩蕩學鷗鷺，一舸去作五湖游。

【注釋】

〔1〕七星巖：七星巖爲柯山一勝，位石佛池西端的柯山腳下，它有内外七個巖宕組成。其名源出於天上的北斗七星。清會稽詩人商盤寫有《七星巖》詩：“北斗懸天上，何年墜太清？探奇三度到，冒險一身輕。冷逼幽禽語，危催警句成。翻令游客意，不復愛空明。”清代著名學者李慈銘曾在柯山蘿庵避暑養病。李慈銘作有《夏日行柯山裏村》詩：“溪橋才度庫篷船，村落隱隱不見天。兩岸屏山濃緑底，家家涼閣聽鳴蟬。”

〔2〕鑒湖：位於中國浙江省紹興市南，是我國長江以南著名的水利工程，古鑒湖淹廢後的殘留部分。俗稱長湖、大湖、慶湖，雅名鏡湖、賀鑒湖。湖濱有馬臻墓、陸游故里、三山、快閣遺址等古跡。

〔3〕柯巖：紹興著名景區，久負盛名。三國時期，這裏曾是一處採石場，歷代匠人不斷採石，造就了姿態各異的石宕、石洞、石潭、石壁等石景；至宋代成覽勝之地，陸游留有《柯山道上》詩作；清代，已形成著名的柯巖八景。

〔4〕簿書：官署中的文書簿册。

〔5〕鞅掌：事務繁忙的樣子。

〔6〕麈尾：是魏晋清談家經常手執的一種道具。直至唐代，還在士大夫間流行，宋以後逐漸失傳。傳説麈是一種大鹿，麈與群鹿同行，麈尾摇動，可以指揮群鹿的行向。“麈尾”取義於此，蓋有領導群倫之義。

西湖泛雨

水蹙雲生岫，天低雨滿湖。詩情隨酩酊，世態認模糊。梅柳春猶未，樓臺澹欲無。煙波宜泛艇，漁釣本吾徒。

西湖泛雪

海上瑶池近，人間玉宇寬。雪妝西子豔，風學北方寒。訪墓依橋泊，尋梅載酒看。孤山亭畔路，鶴去已漫漫。

江上遲琳齋同年不至詩以訊之

白髮詩人劇可哀，卌年舊雨共岑苔[1]。泛舟載酒邀予醉，作賦登樓遜爾才。園荒庾信[2]秋將老，門掩袁安[3]雪未開。江干絃索久停待，不見剡溪乘興來。

【注釋】

〔1〕岑苔：晋代郭璞《贈温嶠》詩："人亦有言，松竹有林。及餘（爾）臭味，異苔同岑。"後世因以"苔岑"指志同道合的朋友。

〔2〕園荒庾信：庾信《小園賦》云："余有數畝弊廬，寂寞人外，聊以擬伏臘，聊以避風霜。雖復晏嬰近市，不求朝夕之利；潘岳面城，且見閒居之樂。"杜甫有"荒林庾信宅，爲仗主人留"詩句。

〔3〕門掩袁安：漢時袁安未達時，洛陽大雪，人多出乞食，安獨僵卧不起，洛陽令按行至安門，見而賢之，舉爲孝廉，除陰平長、任城令（見《後漢書·袁安傳》）。唐代李賢注引《汝南先賢傳》袁安故事。後因以"袁安高卧"爲典，指身處困窮但仍堅守節操的行爲。

富春江[1]

翠嶂清流曲，微風蕩畫舲。雪晴侵曉[2]白，嶺秀入冬青。鳥去樵通路，魚來酒在瓶。琵琶低倡好，但醉不須醒。

【注釋】

〔1〕富春江：浙江省中部河流。

〔2〕侵曉：天色漸明之時，拂曉。

嚴陵瀨[1]

七里瀧中路，輕橈蹔許停。高巖曾把釣，古木有餘馨。地已無劉漢[2]，天猶重客星[3]。獨慙羈薄宦，祠宇此頻經。

【注釋】

〔1〕嚴陵瀨：在浙江桐廬縣南，相傳爲東漢嚴光隱居垂釣處。

〔2〕劉漢：通常意義指漢朝（前 202—220），漢高祖劉邦所建，因爲漢朝皇帝爲劉姓，所以稱漢朝爲“劉漢”。

〔3〕客星：《後漢書·嚴光傳》：“（光武帝）復引光入，論道舊故……因共偃卧，光以足加帝腹上，明日，太史奏客星犯御坐甚急。帝笑曰：‘朕故人嚴子陵共卧耳。’”後詩文中常用爲典故。

風雪行栝蒼道[1]中

栝蒼起連雲，疊嶂相聯絡。縈紆百餘里，肩輿循山脚。巖石泉流通，陵阜田疇錯。祇道好溪好，不知惡溪惡。山行正苦遠，料峭風雪作。凜凜霰如冰，黯黯雲垂幕。萬樹梨花開，千崖碧玉削。隔墟[2]吠寒犬，投林歸凍雀。行人縮若蝟，石滑足力弱。仰首見飛雲，横空出峯崿。險徑誰所開，云自謝康樂[3]。嵯峨矗峻嶺，瀿流[4]歸絶壑。冷光摇目炫，驚飈割面掠。笠亦不能戴，屐亦不能著。璀璨雪作花，飀飀[5]風掃籜[6]。盤旋磴道上，始至半山閣。更望桃花洞，疑自天際落。栝蒼何蒼蒼，心魂爲駭愕。已嗟行路難，風饕[7]復雪虐。且向隘頭住，相與謀杯酌。寒則燔柴薪，饑則餐餺飥[8]。明日下嶺嶠，康莊赴城郭。

【注釋】

〔1〕栝蒼道：指栝蒼古道，自麗水至縉雲，全程九十里。古道全綫崇山峻

嶺，崎嶇難行，以馮公嶺最險，古有“隘頭半天高，桃花雲裏過”之民諺流傳。明萬曆《栝蒼匯紀》載：馮公嶺，“善士馮大杲所鑿”。宋代楊億將它比爲“蜀之劍閣”。嘉慶九年（1804年）春，浙江巡撫、著名書法家、金石學家阮元在古道旁崖壁上留下了“栝蒼古道”四個篆體大字。

〔2〕墟：村落。肩輿：轎子。

〔3〕謝康樂：南朝宋謝靈運，曾襲封康樂公，故稱。

〔4〕潨流：急流。

〔5〕飅飀：風凜冽貌。

〔6〕籜：竹筍上一片一片的皮。

〔7〕風饕：謂風狂暴。

〔8〕餺飥：湯餅的別名。古代一種水煮的麵食。

石門洞〔1〕舟次懷劉文成〔2〕公

栝嶺甌江上，寒宵又泊船。未忘桑下宿，丁丑戊寅己卯三次經此。來訪洞中天。月射深巖朗，風攙瀑布懸。儒生成佐命〔3〕，間氣〔4〕毓〔5〕名賢。寄意郁離子〔6〕，全身耆艾〔7〕年。元勳〔8〕論出處，第一仰青田。

【注釋】

〔1〕石門洞：石門洞位於青田縣城西北30公里的甌江南岸。這裏有令人歎爲觀止的數級特色各異的飛瀑，最下一級從1125米懸崖傾瀉而下，形若垂練，濺如跳珠，散似銀霧。石門洞是我國三十六洞天之一，是以浙東十四山水奇觀著稱之勝地。相傳是晋永嘉太守謝靈運躡屐來游，始開此洞。“一派從天下，曾經李白看”，此天然洞府令人十分神馳。古來墨客詩家每一臨游，常以詩文詠頌，讚美不止。有劉文成公祠。

〔2〕劉文成：劉基（1311—1375），字伯温，謚文成，青田縣南田鄉（今屬浙江省文成縣）人。元末明初軍事謀略家、政治家及詩人，通經史、曉天文、精兵法。他以輔佐朱元璋完成帝業、開創明朝並盡力保持國家的安定而馳名天下，被後人比作諸葛亮。

〔3〕佐命：輔助帝王創業的人。

〔4〕間氣：舊謂英雄偉人，上應星象，稟天地特殊之氣，間世而出，故稱。

〔5〕毓：孕育。

〔6〕郁離子：書名，劉基著。此處代指劉基。劉基仕不得志，遁青田山中，著此。“離”爲火，文明之象，命名取之文明郁郁之意。書成不久，劉基即出山離家，成爲朱元璋的親信謀士，協助朱元璋建立了統一的明王朝。

〔7〕耆艾：古以六十歲爲耆，五十歲爲艾，泛指老年人。

〔8〕元勳：有極大功績的人，立大功的人。

香山〔1〕生日同人集如園〔2〕分韻得生字　庚辰〔3〕

海濱春雨日少晴，已過燒燈〔4〕燈未明。今朝雨霽邀朋輩，提壺共作踏春行。小集名園謀薦芷，爲祝醉吟先生生。先生生唐大歷歲，詩仙千載來主盟。生小便識之無字，晚欲逃禪〔5〕謝塵纓〔6〕。姓名不挂牛李黨〔7〕，草制時作老鳳鳴。前稱元白〔8〕後劉白〔9〕，五朝天子惜其名。華亭鶴〔10〕，天竺石，洛下卜居歸裝輕。小蠻腰〔11〕，樊素口，楊柳枝詞不勝情。公昔香山集九老，我今九人同拜賡〔12〕。學先生吟拈一韻，勸先生醉獻一觥。

【注釋】

〔1〕香山：即香山居士，唐代詩人白居易晚年的别號。

〔2〕如園：見《坡公生日同人集如園，薦橘酒爲壽，分韻得子字》注。

〔3〕庚辰：光緒六年，1880 年（作者 62 歲）。

〔4〕燒燈：指元宵節。

〔5〕逃禪：指遁世而參禪。

〔6〕塵纓：比喻塵俗之事。

〔7〕牛李黨：唐憲宗、宣宗時期，宦官專權，朝中反對宦官的官員大都遭到排擠打擊，依附宦官的又分爲兩派——以牛僧孺爲首領的牛黨和以李德裕爲首領的李黨。這兩派官員互相傾軋，争吵不休，從唐憲宗時期開始，到唐宣宗時期才結束，鬧了將近 40 年，歷史上把這兩派的黨争稱爲“牛李黨争”。

〔8〕元白：中唐詩人元稹、白居易的並稱。二人同爲新樂府運動的宣導者，文學觀點相同，作品風格相近，在中唐詩壇影響很大。

〔9〕劉白：劉禹錫和白居易的並稱。

〔10〕華亭鶴：見《曾文正公生日，同人集飛霞閣爲壽，即送嘯山學博歸吳淞》注。白居易在故居建華鶴亭警示自己不問政事。

〔11〕小蠻腰：舊時用以喻年輕女子纖細靈活的腰肢。唐孟棨《本事詩·事感》："白尚書（居易）姬人樊素善歌，妓人小蠻善舞，嘗爲詩曰：櫻桃樊素口，楊柳小蠻腰。"

〔12〕賡：酬答、應和。

香山七老[1]俱有六韻詩[2]外峯效其體予亦和之

一千年後寄遐思，七老聯篇[3]讌集時。新樣獨標長慶體[4]，村愚[5]解誦香山詩。先生自傳吟還醉，謫宦屢遷信見疑。典郡[6]大裘未展覆，立朝峻骨森揞持[7]。東都履道枌榆社[8]，西角荒園[9]楊柳枝。遺韻流風今尚在，蘇杭處處有公祠。

【注釋】

〔1〕香山七老：會昌五年（845年）三月，白居易在洛陽邀集另外六位致仕官員於其宅作尚齒會，即香山七老會。白居易有詩記其事，此詩入載《白氏長慶集》，詩題爲《胡吉鄭劉盧張等六賢皆多年壽，予亦次焉，偶於弊居合成尚齒之會，七老相顧既醉甚歡，静而思之，此會稀有，因成七言六韻以紀之，傳好事者》，首句爲"七人五百七十歲"，後列七老年歲依次爲胡杲八十九、吉皎八十六、鄭據八十四、劉真八十二、盧貞八十二、張渾七十四、白居易七十四。

〔2〕六韻詩：律詩的一種。多爲五言，亦用七言。六韻十二句。科舉時代特指試帖詩。

〔3〕七老聯篇：《唐詩紀事》卷四九載此詩並另六人詩。

〔4〕長慶體："長慶體"之稱始於宋人，緣於白居易、元稹的文集名。是對唐代白居易、元稹詩的泛稱，所指較爲寬泛。清以後，其内涵所指逐漸確定下

來，成了以《長恨歌》、《琵琶行》、《連昌宫詞》爲代表的那種叙事風情宛轉、語言摇盪多姿、平仄轉韻的七言長篇歌行之專用名詞。

〔5〕村愚：舊時對鄉下人的貶稱。

〔6〕典郡：主管一郡政事，謂任郡守。

〔7〕揞持：支撑，撑住。

〔8〕枌榆社：枌榆社，漢高祖劉邦故里的土地神祠。劉邦起兵反秦時曾於此禱祝，及至獲取天下，認爲其神靈，遂下令謹治，後泛指故鄉。此指白居易在洛陽履道坊的故里。

〔9〕西角荒園：白居易一生營建過四個園林——渭上南園、廬山草堂、忠州東坡園和洛陽履道坊故里園。以後者最有名。白居易有詩："穿籬繞舍碧逶迤，十畝閒居半是池。食飽窗間新睡後，脚輕林下獨行時。水能性淡爲吾友，竹解心虚即我師。何必悠悠人世上，勞心費目覓親知?"

萃兒將游雁蕩[1]口占一律示之　辛巳[2]

久聞雁蕩龍湫勝，五載守官未一經。授汝出游方竹杖，爲予往謁衆山靈。到峯高處心宜定，遇徑滑時步暫停。峭石飛泉多領畧，歸來述向老夫聽。

【注釋】

〔1〕雁蕩：在浙江樂清、平陽二縣境，屬栝蒼山脈，盤曲數百里，其峯百有二、谷十、洞八、巖三十，争廳竟勝，游歷難遍，有南雁、中雁、北雁，古稱東甌三雁，而以北雁尤勝。在平陽縣西南百里者曰南雁蕩，爲浙閩交界之分水嶺，蟠回於甌江以南，在樂清縣西三十里者曰中雁蕩，在樂清縣東北九十里者爲北雁蕩，迤邐於甌江之北岸，諸峯峭拔險怪，上聳千尺，絶頂有湖，方十餘里，水常不涸，雁之春歸者留宿焉，故曰雁蕩，有大小龍湫，會諸澗水，懸崖數百丈，沈括謂天下奇秀無逾此山。謝靈運爲永嘉守，酷好搜奇而不及雁蕩，其時册實榛莽，莫之或知也，至宋太平興國初僧全了棲止是山，建靈巖寺，山始顯名（《中國古今地名大詞典》）。張盛藻曾與郭鍾岳、張克萃一起遍游南雁

蕩、北雁蕩、中雁蕩。其間，三人寫了不少詩文，後結集爲《三雁紀游》，現國家圖書館有存。

〔2〕辛巳：光緒七年，1881年（作者63歲）。

甌江舟次子克萃偕行

甌江三月路，載酒好揚舲。瀑布懸飛石，巖花染畫屏。水如嚴瀨碧，山學富春青。衹少雙鬟[1]唱，清歌倚醉聽。

五載東嘉[2]住，甌江屢溯洄。宦情應益澹，游興幾曾頹？明日桃花嶺，今宵竹葉[3]杯。石帆灘下泊，灘石亂成堆。

【注釋】

〔1〕雙鬟：古代年輕女子的兩個環形髮髻，借指少女。

〔2〕東嘉：温州的别稱。宋代陳叔方《潁川語小》卷上："蓋郡有同名，以方别之。温爲永嘉郡，俚俗因西有嘉州，或稱永嘉爲東嘉。"

〔3〕竹葉：酒名，即竹葉青，亦泛指美酒。

嚴瀨舟中望釣臺用孟襄陽[1]七里灘[2]韻

泛舟嚴瀨上，極愜山水趣。疊嶂展圖畫，清流迅箭注。峯回帆可轉，徑仄樵難步。釣臺倚蒼巖，荒祠羃煙樹。林深鳥不聞，花繁春將暮。清歌解勸酒，得魚復何慮。

【注釋】

〔1〕孟襄陽：孟浩然。唐代著名詩人，襄州襄陽人，故稱。

〔2〕七里灘：又名七里瀨、七里瀧，在今浙江省桐廬縣城南三十里。錢塘江兩岸山巒夾峙，水流湍急，連綿七里，故名七里瀨。瀨，沙石上流過的急水。

再用謝康樂七里灘韻

嚴瀨雙臺[1]峻，千秋此二灘。高風成獨釣，清淚灑激湍。江山餘痛哭，林薄生晝寒。擊碎竹如意[2]，何似把漁竿。

【注釋】

〔1〕雙臺：東漢高士嚴光隱居釣魚處爲東臺，西臺即謝翱臺（見下一首詩注解）。

〔2〕如意：一種象徵祥瑞的器物，用金、玉、竹、骨等製作，柄端多作靈芝形或雲形，柄微曲，供指劃用或玩賞。

望西臺[1]用前韻

吾哀謝夫子，國步[2]值艱難。血淚酬知己，流亡付奔湍。絶巘[3]悲風起，浩歌白日寒。追蹤千載上，登臺想垂竿。

【注釋】

〔1〕西臺：亦稱謝翱臺，南宋遺民謝翱在此面北痛哭，奠祭愛國英雄文天祥。謝翱爲文天祥部屬，文天祥就義後，謝翱上西臺祭吊文天祥，以竹如意擊石，寫下悲壯的《登西臺慟哭記》。謝翱死後葬於釣臺對面的江邊。故西臺亦稱謝翱臺。後人爲了紀念嚴、謝二人，在西臺築了“雙清亭”。

〔2〕國步：國運。

〔3〕絶巘：極高的山峯。

富陽[1]泛月

一江春緑浸眉痕，濤入富陽浪未渾。皓月出山嵐氣静，酒星[2]照水夜光温。中年絲竹翻成感，客路鶯花易斷魂。我醉欲眠歌且住，隨風放櫂候潮門[3]。

【注釋】

〔1〕富陽：在浙江西部，今爲杭州市轄縣級市。

〔2〕酒星：古星名，也稱酒旗星。

〔3〕候潮門：是浙江舊杭城東南的第一座城門。

由石屋洞[1]煙霞嶺[2]至理安寺[3]同鄔梅仙[4]作

入山深逾静，雲氣滃[5]相連。澗石泉通筧[6]，花香竹罩煙。翠華[7]曾蒞止，塵劫[8]劇堪憐。僧飯清無酒，何須問聖賢。

【注釋】

〔1〕石屋洞：杭州石屋洞洞中有洞，洞洞相連。主洞洞形寬敞，軒朗如屋，故名。洞後有一穴，上寬下窄，狀如浮螺，曰“滄海浮螺”。洞頂有“擒雲亭”。洞内舊有羅漢、天王及飛天浮雕等石刻。

〔2〕煙霞嶺：位於翁家山東北、南高峯之南。從煙霞嶺西麓拾階而上，四周奇峯壁立，巖石峥嶸，著名的煙霞古洞，就位於嶺上。煙霞洞是由石灰巖溶蝕而成的天然洞穴，爲西湖最古老的洞壑之一，與東面的水樂洞、石屋洞並稱“煙霞三洞”。洞深約三十米，由外向裏逐漸收縮，洞内鐘乳林立，石景奇異。

〔3〕理安寺：位於杭州九溪十八澗之間分水嶺的理安山，古稱湧泉禪院，又名法雨寺，均因寺内有著名的山泉勝景“法雨泉”而得名。五代時，高僧伏虎志逢禪師曾棲居此地，吴越王爲之建寺。相傳南宋時，宋理宗曾來寺進香禱祝國泰民安，因改寺名爲“理安”。明清時理安寺曾數度躋於西湖著名佛寺之列。

〔4〕鄔梅仙：鄔銓，漢陽人，俞樾的門生。另見《哭漢陽鄔梅仙》詩。

〔5〕滃：雲氣湧起。

〔6〕筧：連接起來引水用的長竹管。

〔7〕翠華：天子儀仗中以翠羽爲飾的旗幟或車蓋，爲御車或帝王的代稱。

〔8〕塵劫：佛教稱一世爲一劫，無量無邊劫爲塵劫，後亦泛指塵世的劫難。

石屋洞

路出南屏[1]南，探尋得幽谷。峻嶺鬱盤紆，仙洞有石屋。谽谺[2]青成空，詰曲翠若複。古佛滿壁間，殘碁似留局。深窈如浮螺，遐想欲騎鹿。紅塵應已隔，丹砂或可服。石樓陟磴上，眠琴愜幽獨。甕[3]裏白雲生，祇宜蝯鶴宿。

【注釋】

〔1〕南屏：山名。在浙江省杭州市，爲西湖勝景之一。

〔2〕谽谺：（山谷）空大，亦指空谷。

〔3〕甕：一種盛水或酒等的陶器，此處喻指石屋洞。

煙霞洞[1]

奇勝能引人，欣賞興未已。躡足煙霞上，探幽泉石底。岧嶤南高峯，相去咫尺許。怪石何猙獰，香象[2]出海水。洞中窈而深，古佛呼欲起。泉滴浸人衣，霏空作法雨[3]。却訝仙靈境，乃在塵世裏。三神[4]手可招，天際共誰語。

【注釋】

〔1〕煙霞洞：水樂洞外約500米，爲煙霞洞。煙霞洞内壁上的石窟造像，爲五代時的作品，造型生動，自然流暢，特別是洞口的觀音與大勢至菩薩最爲精美，有呼之欲出之感。洞左有一石，狀如大象，石象肚下又有一石如一小象，極具妙趣。鄰近還有佛手巖勝景。佛手巖在“聯峯”巨巖洞中，洞内有一手狀石柱下垂，維妙維肖，因稱“佛手”。自山徑望前折回便是“呼嵩閣”，居高望下，山景盡收眼底。

〔2〕香象：梵語，係指由鬢角可分泌有香氣液體之强碩大象而言，即指交配期之大象。據《大毗婆沙論》卷三十等載，此時期之象，其力特强，性甚狂暴，

難以制伏，合十凡象之力僅可抵一香象之力。（《雜寶藏經》卷二注《維摩經》卷一）

〔3〕法雨：佛教語，喻佛法。佛法普度衆生，如雨之潤澤萬物，故稱。

〔4〕三神：指天神、地祇、山岳。

賀監湖[1]

昔人騎馬如乘船，我今乘船似騎馬。一醉瞢騰度鏡湖，與井底眠無殊也。湖水清如鏡開匳，照見先生鬚鬢鬑[2]。竟欲攜家泛五湖，乞一曲水何其廉。

【注釋】

〔1〕賀監湖：即鑒湖。

〔2〕鬑：形容鬚髮長，又指鬢髮長而下垂的樣子。

謁禹陵觀窆石[1]亭

佳氣鬱巃嵸[2]，神靈昔藏瘞[3]。巍廟五千年，屢朝崇享祭。巋然存巨石，幽宫所由窆[4]。籀文[5]百餘字，中古留書契[6]。漫漶已難稽，鐫題雜篆隸。摩挲出光怪，山靈严護衛。延訪來韋布[7]，云是姒氏[8]裔。謹樸事耕讀，百九十三世。敬念明德遠，馨香永無替。

【注釋】

〔1〕禹陵、窆石：見前面《踏雪上會稽謁禹陵觀窆石》一詩注。

〔2〕巃嵸：雲氣蒸騰貌。

〔3〕藏瘞：埋葬。

〔4〕窆：挖墓穴。

〔5〕籀文：古代的一種字體，中國春秋戰國時流行於秦國，今存石鼓文是其代表，亦稱“大篆”。

〔6〕書契：指文字。

〔7〕韋布：韋帶布衣，古指未仕者或平民的寒素服裝，借指寒素之士。

〔8〕姒氏：在紹興市郊，一個家族四千多年來一直以活化石的姿態頑强地證明着大禹存在的真實性。他們的職業是爲大禹守陵。從公元前1923年，一直守到今天。戰争、瘟疫、自然災害曾給他們帶來滅族之災，最凄涼的時候闔族只剩下父子三人，至今這個家族在全世界也只有不過千餘人。他們創造了一個英雄家族悲壯的史詩。中科院把這個家族作爲重點研究物件，有外國史學家驚歎，這是只有偉大的中國人才能創造出來的最偉大的人間奇跡。農曆六月初六，姒氏家族要舉行古老而神秘的祭禹儀式，會稽山上彌漫着浩浩上古遺風。會稽山，就在紹興城東南6公里處。據先秦典籍記載，華夏始祖黄帝的玄孫、偉大的治水英雄大禹就埋葬在這裏。禹下葬後100年，這裏就叫禹陵村了。相傳農曆六月初六是禹王的生日，因此，每年的六月初六，會稽山下禹陵村的村民們都要舉行古老而神秘的祭禹儀式，儀式是禹的兒子啓當政時創制的，一直流傳到今天。祭祀從這天夜裏開始。夜幕剛下垂，禹陵前立即變成人的海洋。香煙繚繞燭光飄摇之中，人們跪在地上，無論是白首老者，還是黄髮幼童，神情都是那麼肅穆。他們一聲聲地呼唤着祖先禹王的名字，吟誦着流傳了四千多年的"經文"——"明明我祖，萬邦之君。有典有則，貽厥子孫。關石和鈞，王府則有"，姒大牛説，此歌名叫《五子之歌》，爲禹的五個孫子所作，歌詞大意是頌揚禹的功德。頌歌字字含淚句句傳情，一直唱到次日凌晨3時。那一夜，會稽山的山上山下彌漫的是上古時代的遺風流韻。公元前2023年，禹因病亡葬於會稽，100年後，其七世孫姒無餘受命守陵。姒氏家族的人向記者出示了一部《姒氏世譜》，這是一個備受中科院關注的珍貴文獻。譜中記載，禹姓姒，名文命，字高密。他從舜那裏繼承王位後第十年，即公元前2024年冬天，他向東南狩獵巡視，來到了妻子女嬌的故鄉茅山，這裏是古越人一個重要的活動場所。隨從們按照他的要求在山上給他造了一個極其簡陋的行宫，即一座草房，院子的正中樹了一杆巨大的龍旗，龍旗之下，插着一柄象徵王權的玉鉞。他就在這樣的行宫裏住了下來，並傳令四方諸侯，務必在次年的春天來到茅山，他要考核大家的政績。春天到了，禹在茅山上大會各路諸侯，對政績突出的進行封賞，同時也殺了一個不守政令的防風氏。爲了紀念這次成功的"幹部考核"，禹將茅山改爲會稽山，會稽即會計，即考核功績的意思。秋天到了，這位白髮蒼蒼的

八旬老人對臣下説道："我恐怕要死在妻子的家鄉了。把我葬在這會稽山上，用蘆葦做槨，桐木做棺就可以了。墓穴不要挖得太深，下面不要觸及泉水。不要爲了埋我而勞役這裏的人民，更不要因爲我的墓在這裏就不讓民衆耕種這塊田地。這樣我才安樂。"公元前2023年夏曆八月，禹病逝於行宫。王族及大臣們根據他的遺囑將他埋葬在會稽山的北麓。禹的兒子啓繼位後，在禹陵的北面立了宗廟，春秋進行兩次大規模的祭禹活動。（選自《人物》雜誌，關捷《爲大禹守陵四千年的姒氏家族》一文）

由石簣山房〔1〕小憩登吼山〔2〕

渾噩一石山，刊剜成洞穴。豈是巨靈〔3〕擘，亦非融液結。開闢窮人力，腹空山澤泄。憑崖搆精舍，游憩良所悦。更望前峯峻，猙獰而屼嵲〔4〕。扶杖躋危磴，腰脚殊未劣。怪石如蒸芝〔5〕，懸壁儼屑鐵。峯頂掬雲泉，甘冷復澄澈。始信靈奇境，造物恣詭譎。天風颯颯來，遠寺鐘聲咽。

【注釋】

〔1〕石簣山房：明代文人陶望齡在吼山上所築，於此居住讀書。

〔2〕吼山：位於紹興城東12公里處的皋埠鎮，是紹興的一個著名的石文化園林景觀。吼山之名的由來有多種説法，其中較普遍的一種説法是因越王勾踐曾在此養狗而得名。而此地的許多山石，又確實顯露出形態各異的狗的形象。陸游、徐文長、袁宏道、鄭板橋、李慈銘、蔡元培、魯迅等都來過這裏。明代文人陶望齡在吼山上曾築有石簣山房，在此居住讀書。被稱爲小品文鼻祖的明代文學家張岱也曾在這裏著書立説。

〔3〕巨靈：巨靈神乃是天將之一，擔任守衛天宫天門的重任，力大無窮，可舉動高山，劈開大石。

〔4〕屼嵲：山高聳貌。

〔5〕蒸芝：向上伸展的靈芝。

登天姥[1]峯

峯巒層疊起，蒼翠撲人來。怪石頻當路，奔泉暗走雷。倚松招鶴至，攜杖撥雲開。清曉登天姥，休將幻夢猜。

【注釋】

〔1〕天姥：天姥山是紹興市新昌縣一邑之主山。天姥山不僅以天神叫“姆媽”知名，而且以高雅文化名山著稱。晋朝前爲人跡罕至之地，南朝謝靈運“嘗自始甯南山伐木開徑，直至臨海”，他寫詩感歎曰：“暝投剡中宿，明登天姥岑，高高入雲霓，還期那可尋？”南朝宋元嘉間，朝廷聞天姥美名，遣名畫師楷模山狀於白團扇上。唐李白、杜甫等追慕前賢高情，留下了《夢游天姥吟留别》、《壯游》等千古絶唱，遂使天姥山成爲人們無限嚮往的神奇仙景。此詩民國徐世昌《晚晴簃詩匯》有記載。

宿清涼寺[1]

言尋清涼寺，遂得清涼境。竹樹翳陰森，泉流溪石冷。雨餘蒼靄合，白雲羃西嶺。荒廟揹雙桂，犀香[2]待誰領。梵唄[3]寂無聲，青燈澹孤影。

【注釋】

〔1〕清涼寺：紹興清涼寺，位於市南飛來山上，始建於宋，屢經興廢。董其昌題清涼寺對聯：“寶塔應天真突兀，梵宫離地恰清涼。”

〔2〕犀香：木樨做的香。

〔3〕梵唄：佛教謂作法事時的歌詠讚頌之聲。

石梁瀑布[1]歌

我見浙中瀑布多，石門仙巖在澗阿[2]。雁山龍湫稱雄傑，石梁與衆尤殊科[3]。石梁關瑣群山水，飛流競奔出嵯峨。雙橋跨澗束趨走，渊澎作勢吼蛟鼉。巨石横亘攔不住，霏雪濺珠争投梭。象鼻之巖當其前，有如香象欲渡河。盤旋數折忽直下，駿馬脱韁注陂陀[4]。石梁天險何年設，�树流[5]到此俛而過。我憑危欄眺奇譎，目炫耳震成驚訛。天台名勝此爲最，請君看取石梁瀑布歌。

【注釋】

〔1〕石梁瀑布：石梁瀑布位於浙江天台山，是天台八景之一，位於中方廣寺東側。所謂“石梁”，系指山腰間一塊横空架在溪上的天然巨石，其形狀宛如屋梁，故名“石梁”。石梁長二丈，最狹處不過半尺，最寬處也不過尺餘，由於上狹下寬，背似龜，身似龍，故又有“龜背龍身”之稱。由於石梁銜接兩山，凌空横亘，其上有雙澗合流，一股是來自東面的金溪，一股是來自西面的大興坑溪，兩股溪水匯集到此，穿過石梁奔瀉而出，形成了高達30餘米的飛瀑，此景又名“二龍争壑”。

〔2〕澗阿：山澗彎曲處。

〔3〕殊科：不同。

〔4〕陂陀：傾斜不平貌。

〔5〕湺流：急流。

宿華頂寺[1]

直上層巒第八重，雲霄湧出青芙蓉[2]。掃清劫火樓臺見，五百年來運再逢。明洪武四年寺燬於火，去冬又燬，今方重建。

蓮峯高近拜經臺[3]，更欲攀躋步卻回。恐被罡風吹墮落，不如穩坐在中臺。

已攜笠杖欲歸休，山雨忽來雲正稠。解事小僧偏笑客，僧留不住有雲留。

劚[4]得黄精[5]飯已熟，名山小住真清福。他時歸去説游踪，曾在蓮華心裏宿。

【注釋】

〔1〕華頂寺：華頂講寺位於浙江省天台山的華頂峯。李白形容其巍峨，有“天台四萬八千丈”之句。華頂講寺是佛教的聖地，曾爲我國佛教的發展做出了貢獻。每當晴日，立於華頂望海石上，四顧“峯巒重疊，山有八重”。可以東眺溟渤，北望錢塘，西望栝蒼，南瞻雁蕩。八重峯巒，如朵朵蓮花，盡來眼底。

〔2〕青芙蓉：青山。

〔3〕拜經臺：位於華頂峯峯頂。峯頂上常有雲霧升起，或滾滾而來，或縹緲而去，這就是令觀者稱奇的“華頂歸雲”。李白曾在《天台曉望》詩中寫下“天如鄰四明，華頂高百越”、“雲垂大鵬翻，波動飛鰲没”的名句。拜經臺傳説爲天台宗創始人智者大師遥拜《楞嚴經》之地，由是著名。

〔4〕劚：用砍刀、斧等工具砍削。

〔5〕黄精：黄精，又名老虎薑、雞頭參。

由大荆[1]踰謝公嶺[2]宿浄名寺[3]

千里訪名山，好游本夙性。昨從天台來，腰脚尚頑勁。入山憩精藍[4]，林巒相掩暎。經行攜蠟屐[5]，宴坐揮麈柄[6]。緬想諸矩那[7]，心源[8]應可證。靈奇盪胸臆，俗氛息奔競。題壁留姓名，名心[9]終未浄。信宿[10]散花龕，澹然得幽靚[11]。

【注釋】

〔1〕大荆：指的是浙江省温州市樂清市大荆鎮。大荆鎮位於樂清市東北部，南臨北雁蕩山，東南瀕樂清灣，爲温州與台州的交界處。大荆鎮迄今有 880 多年建制歷史，在宋初已是聚居村落，至建炎元年（1127 年）始建要塞，爲温州十三要塞之一。

〔2〕謝公嶺：在今浙江省樂清縣雁蕩山，是東内谷與東外谷的分界嶺，由靈峯至雁東的通道。相傳謝靈運游雁蕩時曾着特製的登山木屐經過這裏，後人把這條嶺定名爲謝公嶺，並在嶺上建造了一座亭子，取名“落屐亭”，以示紀念。

〔3〕净名寺：在雁蕩山。清人施元孚《鐵城嶂記》："鐵城障在二靈中道，即所稱'初月谷、水簾谷'也。自響巖門東走百餘步，轉入谷中，有寺在崖下，曰'净名寺'。西有金鼎峯，峯西折而北，兩障夾峙高數百仞，深入數里，而勢若長城，色若鐵，故名'鐵城'。"

〔4〕精藍：佛寺，僧舍。精，精舍；藍，阿蘭若。

〔5〕蠟屐：塗蠟的木屐。

〔6〕麈柄：麈，鹿類，亦名駝麈，俗稱四不像；麈柄，麈尾的柄，借指麈尾，古人閒談時執以驅蟲、撣塵的一種工具。在細長的木條兩邊及上端插設獸毛，或直接讓獸毛垂露外面，類似馬尾松。因古代傳説麈遷徙時以前麈之尾爲方向標誌，故稱。後古人清談時必執麈尾，相沿成習，爲名流雅器，不談時亦常執在手。

〔7〕諾矩那：梵名 nakula，又作諾矩羅，爲十六羅漢之第五。傳説即阿羅漢具德經中之諾酤羅長者，彼與其眷屬八百阿羅漢共住於南贍部洲，護持正法，饒益有情。

〔8〕心源：猶心性，佛教視心爲萬法之源，故稱。

〔9〕名心：求功名之心。

〔10〕信宿：連住兩夜，也表示兩夜。

〔11〕幽靚：猶幽静。

出翠微亭緣溪入靈巖〔1〕

奇峯森拱衛，疊嶂互回抱。天柱撐空立，老僧儼拜倒。雙鸞倚鏡臺，玉女何姣好。卓筆争獨秀，勝景如蓬島。巖泉瀉瀑布，靈山多瑶草。嶺上有龍蟠，未敢窮幽討〔2〕。

【注釋】

〔1〕靈巖：靈峯、靈巖、大龍湫，謂雁蕩三絶，而靈巖正當其中，人視爲雁蕩山的"明庭"。

〔2〕幽討：尋訪幽雅勝境。

循翠微障響泉屏[1]入靈峯[2]

靈峯與靈巖，奇勝相伯仲。雙筍比玉出，靈芝天際玒[3]。五老率三賢，拱立靈峯洞。洞中層疊上，雲氣生梁棟。造化顯神通，爲此狡獪弄。我是探奇來，山靈勞迎送。

【注釋】

〔1〕響泉屏："出浄名寺，東觀老猴披衣峯，即響泉屏也。南爲吉星橋，緑樹低護，鳥鳴啁啾，往靈巖之塗也。"（郭鍾岳《雁山游覽記》）

〔2〕靈峯：靈峯爲雁蕩山的東大門景區。它以懸崖疊嶂，奇峯怪石，古怪石室，碧潭清潤而著稱，與靈巖、大龍湫並稱爲雁蕩三絶。

〔3〕玒（gòng）：騰，騰冲。

度馬鞍嶺[1]

雁山東西谷，中有一嶺閒。萬峯争羅列，靈奇各變幻。我老尚矍鑠，據鞍勞顧盼。

【注釋】

〔1〕馬鞍嶺：位於大龍湫景區。又名石城嶺，嶺背呈"凹"字形，狀如馬鞍，是東内谷與西内谷的分界嶺，也是從靈巖景區進入大龍湫的通道。在馬鞍嶺登嶺眺望，滿目丹峯翠緑，極爲壯觀。

大龍湫[1]觀瀑布

鐵城[2]何巃嵸[3]，玉龍自翺翔。直從雲霧中，一落千丈强。雷聲響澄潭，知是龍吟處。不甘窟穴藏，飛空作雲雨。

【注釋】

〔1〕大龍湫：雁蕩大龍湫瀑布爲浙江省雁蕩山勝景，位於雁蕩山中部偏西，舊稱於“西内谷”，以奇峯、巨嶂、飛瀑取勝。高聳天際的芙蓉峯，變態無窮的剪刀峯，雄偉如屏的連雲嶂，雲雨漠漠的經行峽，谷幽潭深的筋竹澗，皆爲勝境。被譽爲“天下第一瀑”的大龍湫，變幻多姿，蔚爲壯觀，更是令人叫絶。它與靈峯、靈巖合稱雁蕩山“三絶”。它與貴州黄果樹瀑布、黄河壺口瀑布、黑龍江吊水樓瀑布並稱中國四大瀑布，而大龍湫獨以其 190 餘米的瀑高取勝，爲中國瀑布之最。

〔2〕鐵城：從靈鷲峯下的路上稍進，可見浄名坑内左側一嶂“勢若長城，色若鐵黑”，此即鐵城嶂。鐵城嶂右有一嶂，其中部横向石理如縷縷游絲，因此稱爲游絲嶂。雁蕩山 15 嶂，以鐵城嶂最爲雄偉。與之鼎峙争奇者，惟有連雲、屏霞二峯。

〔3〕巀嶪（jiéyè）：高聳。

四十九盤嶺〔1〕

雲山有關鍵，盤折乃可入。彳亍磴道中，七七如蟻曲。登頂一舒嘯，群峯皆俯伏。

【注釋】

〔1〕四十九盤嶺：位於樂清芙蓉東嶴村東北首，與丹芳嶺相接於嶺頭。清朝詩人袁枚曾游覽此處，並寫有一詩：“四十九盤嶺，盤盤欲上天。不教雙足苦，難到萬峯巔。踏處全無土，喧聲但有泉。三休才得過，衣帽盡雲煙。”

芙蓉驛〔1〕

震旦〔2〕東南大海際，西竺經語。忽從海上得奇觀。雲霞錦繡團成畫，金碧芙蓉秀可餐。蓬島真人仙掌迴，矩羅古佛禪心安。謝公〔3〕好事偏留憾，未入雁山興便闌。

【注釋】

〔1〕芙蓉驛：位於樂清市境東北部的芙蓉鎮。據明永樂《樂清縣志·敘山》載：芙蓉山“去縣東六十里，在山門鄉，其山西南上三峯，有巖石，並高三四尺，森然如美蓉，紅赤相映，因以名村”。芙蓉自古以來就是温（州）、台（州）和永（嘉）、樂（清）的交通要道。北宋年間（960—1127）就爲温（州）、台（州）驛道的重要驛站之一，是南北交通的必經之地。至清道光、咸豐年間（1820—1850），在長達七百多年的漫長歷史中，温（州）、台（州）驛道雖時有變遷，但芙蓉驛作爲該驛道交通咽喉的地位卻一直未曾改變。

〔2〕震旦：古代印度人稱中國。

〔3〕謝公：謝靈運。景平元年（423 年），時任永嘉太守的謝靈運曾路過此處，並記述了芙蓉峯。

卷五 解帶唫

游南雁蕩[1]

嗣皇[2]七載辛巳[3]秋，我初解組[4]將歸休。如鷹脱韝[5]逞疎放，命儔同作横陽[6]游。嶺門南行不百里，到眼已覺溪山美。沿溪山勢皆雄傑，時見峯巔露奇詭。溪盡山轉石樓門，巖壑競秀雲爲奔。蒼嶺翠壁如屏列，仙洞飄緲高飛騫。緑竹掩暎何窈窕，石峯透漏娟且好。倚山爲屋起層樓，搴簾一笑出塵表。上有天門雲出入，下有貞士[7]之洞軒豁而聳立。町步溪流夜有聲，山樓攲枕殷雷[8]急。晨興看山雲起伏，雲來時换山面目。不知此身在蓬島，看山看雲苦不足。我昔笠杖游天台，歸從樂成[9]雁蕩來。樂成雁蕩已奇絶，兹山雄秀何殊哉。海澨[10]地僻接閩嶠，品題無人誰識妙。遂令山靈甘寂寞，遁跡荒陬成孤調。吾儕此來具特賞，要與南北争雁蕩。有相伯仲無低昂，作詩紀實非虚奬。

【注釋】

〔1〕南雁蕩：位於浙江省平陽境内，與北雁蕩山遥望相對，故名。境内峯巒蟠迴，溪壑交錯，巖洞密佈，怒瀑飛奔，儒、釋、道三教薈萃，文物勝跡衆多，民俗風情獨特。

〔2〕嗣皇：繼位的帝王。此處指光緒。

〔3〕辛巳：光緒七年，1881年（作者63歲）。

〔4〕解組：解下印綬，謂辭去官職。組，印綬。

〔5〕韝：韝绳，拴住韝鷹的绳子。

〔6〕横陽：縣名。晋置始陽縣，復更名横陽，隋省入永嘉，唐復置，吴越改

名平陽，故城在今浙江平陽縣北。這次游南雁蕩是與郭鍾岳、張克萃一起。

〔7〕貞士：志節堅定、操守方正之士。

〔8〕殷雷：轟鳴的雷聲。

〔9〕樂成：鎮名，屬浙江省温州樂清。

〔10〕海澨：海濱之意。

游瑞安〔1〕隆山

言尋安固〔2〕勝，携榼蕩輕舟。地簇東南秀，天高竹樹秋。行雲移塔動，活水抱城流。一覽窮江海，支笻〔3〕得快游。

【注釋】

〔1〕瑞安：現爲浙江省下轄的縣級市，由地級市温州代管。

〔2〕安固：縣名，本後漢安陽縣，晋更名爲安固縣，隋析入永嘉郡，即今浙江瑞安縣治。據舊志載，宋大觀中邑令吕勤以世俗所謂縣東南勢弱，在隆山建塔以壯之。傳説曾因颶風撼斜其頂，雷震復正。今塔爲明洪武十二年(1379 年)重建。

〔3〕笻：笻竹。一種竹，實心，節高，宜於作拐杖。

憩觀海亭〔1〕

招手三神近，孤亭水石隈〔2〕。沙田成綺錯，海舶挾潮回。嵐翠杯中落，雲藍檻外開。鯨鯢方跋浪，誰是射濤〔3〕才。

【注釋】

〔1〕觀海亭：在杭州韜光寺後。站在此亭可遥望錢塘江入海，清代新增“西湖十八景”中“韜光觀海”即由此而來。觀海亭亭柱上有唐代宋之問的聯句：“樓觀滄海日，門對浙江潮。”據明代田汝成《西湖游覽志餘》第十四卷記載：“駱賓王之敗也，落髮靈隱寺中，人無識者。宋之問游寺，月下繞廊吟曰：‘鷲嶺

鬱迢，龍宫鎖寂寥。’數過不徹，有一僧對長明燈，坐大禪牀，問曰：‘少年何事苦吟?’之問曰：‘欲題此寺，而思不屬。’僧曰：‘何不云樓觀滄海日，門對浙江潮?’之問驚喜，遂爲終篇。……遲明訪之，已不見矣。人始知爲駱賓王也。”觀海亭後來就用宋之問這一原句作爲對聯，所以也有一説稱此聯爲駱賓王所作。

張盛藻的朋友郭外峯當時同游，寫有《和君素太守觀海亭韻》：“古寺欹雲腳，空亭寄水隈。天吴飛浪去，海客駕山回。舟楫鱟帆矗，樓臺蜃樓開。巨鼇如可釣，應有濟川才。”

〔2〕隈：山水等彎曲的地方。

〔3〕射濤：相傳吴越王錢鏐曾射潮築塘。《宋史・河渠志七》：“淛江通大海，日受兩潮。梁開平中，錢武肅王始築捍海塘在候潮門外。潮水晝夜衝激，版築不就，因命彊弩數百以射潮頭，又致禱胥山祠。既而潮避錢塘，東擊西陵，遂造竹器，積巨石，植以大木。堤岸既固，民居乃奠。”錢王因射潮築塘，拓展杭州城，繁榮了杭州經濟，赢得了後人的崇敬和稱頌。錢王射潮在杭州留下了不少遺跡和傳説。

和外峯司馬隆山韻

巃然山勢起，吉語説登龍〔1〕。海色連天黯，嵐光過雨濃。秋稜餘白墖，石罅冷青松。宴坐潮音至，飛雲寫岸容。

【注釋】

〔1〕登龍：登龍門，指科舉時代會試得中。泛指升官。

出平陽〔1〕南郭踰嶺門入靈護廟〔2〕廟後院池沼亭榭頗佳有古松十八株〔3〕盤曲蒼翠奇石林立外峯及予與萃兒題名石上紀之以詩

聞道横陽南，古松多奇妙。百里來相訪，携朋忘長少。策杖出嶺門，侵晨入荒廟。翛然見群松，愜願欣成笑。亭沼何幽曲，如躡蓬壺嶠。選石坐松陰，解帶舒長嘯。松枝皆盤挐[4]，夭矯龍形肖。森森十八株，羅漢爲寫照。濡墨試題名，拂拭石峯峭。置身松石閒，梅仙許同調。作詩告來者，勿貽北山[5]誚。漢陽鄔梅仙銓是先見此十八松者。

【注釋】

〔1〕平陽：縣名。屬浙江省温州市。

〔2〕靈護廟：位於平陽縣昆陽鎮南側。據《民國平陽縣志·神教志》載："靈護廟（亦名新羅廟、新羅太子廟、匯頭廟），舊在新羅山。……其後廟遷於儒林大街（今烈士墓）。明天順甲申（1464 年）重修。天啓丁卯（1627 年）令聶於勤，禱雨輒應，額曰靈濟天瓢。"郭外峯、張盛藻、張克萃當年的題字："此十八公之所居也。光緒七年十月，素道人、訥道人、鐵頭陀同游。梅仙先來"等字。"十八公"即十八棵松樹。素道人是張盛藻（張盛藻字君素），訥道人是郭鍾岳，鐵頭陀是張克萃。這個稱呼在他們的合著《三雁紀游》有明確記載。

〔3〕古松十八株：關於這十八顆松樹，曾經捐資支持修建平陽文明塔的縣令湯肇熙在《縣城南新羅廟詩》一詩中這樣寫道："平明策馬出南城，坐愛園林夏氣清。樹有松如羅漢數，峯宜石以丈人名。不流止水間心定，未仆殘碑老眼明。野叟尚能譚舊事，何年王子渡蓬瀛。"名流孫鏘鳴也曾以詩述情："城南荒廟何代王，門外老樟雙龍翔。廟後群松尤奇絶，左拿右攫鱗鬣張。東西錯立十有八，百年飽聞風與霜。我來已及秋過半，槐柳蕭疏無輝光。爾松豈必矜顔色，各各端立秀而蒼。翠蓋對擎拂雲霓，回枝交縈卧陂塘。俄聞商飆颯然入，此唱彼和鳴笙簧。有似瀛洲唐學士，峨冠紳佩會朝堂。抑疑西域阿羅漢，虯髯錫杖來東方。樹樹摩挲愛不舍，疏影微漏斜陽黄。往尋雲壑兹發軔，咫尺所得已倍常。老來眼福知不淺，鼓興當令腰腳强。"

〔4〕挐：連結。

〔5〕北山：孔稚珪，南朝齊駢文家。一作孔珪，字德璋，會稽山陰（今浙江紹興）人。劉宋時，曾任尚書殿中郎。齊武帝永明年間，任御史中丞。齊明帝禄建武初年，上書建議北征。南朝齊東昏侯永元元年（499 年），遷太子詹事。死後追贈金紫光禄大夫。孔稚珪文享盛名，曾和江淹同在蕭道成幕中"對掌辭筆"。史稱他"不樂世務，居宅盛營山水"，"門庭之内，草萊不剪"。孔稚珪最

著名的作品是駢文《北山移文》。文章借北山山靈的口吻，嘲諷了當時的名士周顒故作高蹈而又醉心利禄。類似周顒的情況，自兩晋以來比較普遍，因此此文筆鋒所指，並不限於周顒個人。文章寫得尖刻潑辣，通過對山川草木擬人化的描寫，嘻笑調侃，因而爲人傳誦。

錢倉山〔1〕觀動静石〔2〕

磊磊落落中，破空出妙想。巨石兩相倚，動静得欣賞。一足踢崑崙，跫然〔3〕空谷響。呼之不肯起，叩以方竹杖。蒲團聊對坐，新月西嶺上。

【注釋】

〔1〕錢倉山：錢倉，是臨江背山的一個小鎮，古時候是通往南雁蕩的必經之道，在歷史上被稱爲南雁之門。明代的蔡芳在其《南雁蕩山游記》中寫到："數岫遠露，如抽亂筍，如架筆格，如横修眉，争獻奇狀。"他坐船將兩岸景色盡收眼底，把錢倉的寶勝寺、雙塔、錢王的一宿樓都載入了《南雁蕩山游記》中。

〔2〕動静石：亦名摇動巖，是錢倉山的"鎮山之寶"。凡到錢倉山的，是巖必游，游後必奇，奇後必讚歎不絶。石上歷代詩人墨客留下的摩巖、題詠最多。其中以明正德十三年（1518年），馬性魯的《動静石贊》較爲有名，全文46字："望之也危，即之也夷。静焉特立，動不詭隨。知仁具體，動静惟時。猗歟偉哉，可仰可師。正德戊寅秋九月庚戌，碧溪居士贊。"張盛藻、郭鐘岳、張克萃一行均題名動静石上。

〔3〕跫然：脚踏地的聲音。

渡飛雲江〔1〕遇雨

山行日日見晴暉，游興將闌帶雨歸。雙槳霧迷横海渡，一帆風峭挾雲飛。驅寒有術狂呼酒，灑道無塵笑溼衣。來往煙波真好事，欲將蓑笠問漁磯〔2〕。

【注釋】

〔1〕飛雲江：位於浙江省南部，是浙江省八大水系之一。它發源於景寧和泰順兩縣交界處的洞宮山白雲尖北麓。泰順百丈口以上稱三插溪，與洪口溪在百丈口匯合後始稱飛雲江，水流由西向東，單獨流入東海，屬山溪性强潮河流。

〔2〕漁磯：可供垂釣的水邊巖石。

擬重游仙巖不果

寅年我昔訪仙巖，曾與林宗共荷鑱[1]。題壁詩篇留賸稿，飛潭瀑布濺征衫。浪游忽阻慳今雨，泉石何緣嬾老饞。聞道山靈憎俗客，迷離煙霧每扃緘。

【注釋】

〔1〕鑱：古代的一種犁頭，也是一種挖草藥的器具。

甌江泛雨

薄游命輕舟，興不阻風雪。雲來失山容，山骨自不滅。天風吹海水，寒氣逼成霰。陰雨送潮平，遠聲溼征雁。

宿館頭[1]

寒雨廉纖[2]近夜分，孤燈旅館飲微醺。明朝雨霽扶筇去，白石山中看白雲。已約清游[3]五日前，到山應及月初圓。何期今夜館頭驛，海雨江風客未眠。

【注釋】

〔1〕館頭：在今浙江金華市永康。

〔2〕廉纖：細小，細微。多用以形容微雨。

〔3〕清游：清雅游賞。

中雁荡[1] 即白石山一名玉甑峯

寰區[2]有五岳，游覽幾能徧。海上三神山，縹緲誰親見。東甌佳山水，雁蕩人争羡。南北記游蹤，中雁夙所眷。百里來相訪，同儔各歡忭[3]。言尋白石山，溪山何幽倩。遥瞻玉甑峯，矗立如甀甗[4]。徑路修且阻，千仞目欲眩。盤折登九嶷，蹩躠[5]足爲趼[6]。天風撼山來，息駕日已宴。幽棲得仙洞，喘定神猶顫。取酒相慰勞，兹游吾其倦。

倦卧玉虹洞，曉起天容霽。巖洞豁以庨[7]，游仙所飛憩。凭欄恣遐矚，群山若拱衛。峯巔皆俛伏，澗水相縈綴。大海何漭盪[8]，島嶼露青髻。見説扶桑日，光射朝霞麗。山頂灑飛泉，霏霏玉屑細。鏗然鐘磬聲，空山答鶴唳。複閣祀諸天，鐘乳垂巖際。清泉竹筧通，庖湢[9]賴以濟。轉尋洞之西，空明無壒翳。池水鑑眉毛，坦平如玉砌。一抔三尺土，中有仙人蜕[10]。

遺蜕是何時，今名藏真塢[11]。真人李少和[12]，此洞開山祖。力爲芟榛莽，誠能驅狼虎。巖居餐芝英，宴坐揮松塵。温室勤訪道，賜紫[13]歸洞府。巖上泉涓涓，飛空爲法雨[14]。我來題姓字[15]，名山自千古。卻笑謝康樂，仙境未搜取。扶筇下層巔，山雲時冋睹。更尋西漈勝，岧嶢[16]望天柱。

天柱望岧嶢，玉甑實相抗。路逾五馬嶺，溪澗幽以曠。巖巖千丈巖，欲干青霄上。緜延亘石城，側看爲屏幛。卓筆峯卓卓，雲煙時摩盪。華表與展旗，羅列森天仗。造物逞狡獪，位置各殊狀。何期窮海陬[17]，有此奇境餉。西來諸矩那，應識中雁蕩。南北吾已游，兹山復何讓。歸去誇朋儕，三雁游皆壯。儻亦有好事，接踵來相訪。

【注釋】

〔1〕中雁蕩：在樂清市西南。中雁蕩山原名白石山。境内以峯雄嶂險、飛瀑

流泉、洞幽寺古、湖光山色、潭碧林翠著稱。歷代文人雅士慕名而來，留下了大量珍貴的墨迹，爲山色增添光彩。南朝謝靈運詩云："千頃帶遠堤，萬里瀉長汀。"宋王十朋也寫道："十里湖山翠黛横，兩溪寒玉鬥琮琤。"這些都是對中雁蕩山的稱讚。

〔2〕寰區：天下，人世間。

〔3〕忭：高興，喜歡。

〔4〕甑甗：甑，古代盛酒的有蓋的瓦器，口小，腹大，底小，較深。甗，古代蒸煮用的炊具，上下兩層，中間有箅子，陶製或青銅製。甑甗，常用來比喻山。

〔5〕蹩躠：旋行貌。

〔6〕趼：手或腳上因長久磨擦而生的硬皮。

〔7〕庨：高峻深邃。

〔8〕漭蕩：廣大無際貌。

〔9〕湢：浴室。

〔10〕蜕：道家認爲修道者死後留下形骸，魂魄散去成仙，稱爲尸解，也叫"蜕"。

〔11〕藏真塢：相傳爲李少和澄神辟穀之所，羽化後塋葬於此，集真觀相傳爲李少和修煉之處。

〔12〕李少和（930—1021）：名士揚，字性柔，少和爲其別號，温州市永嘉鯉溪鄉人。北宋開寶年間（968—976）進士，曾任太學博士。後辭官回鄉研習岐黄之術，行醫治病，聲譽頗著。太平興國年間（976—984）至樂清白石山，見玉甑峯拔地擎天，山幽洞邃，遂定居修身。淳化初年（990—994），宋太宗徵召至京，詢問道術，書"第一山"賜之。至道二年（996年），又召對便殿，賜命服，不受辭歸。真宗即位後（998年）又召見，獎賜甚豐。後鯉溪村民爲其修建鯉溪庵，尊稱"李氏真人"，來自温州各地的香客慕名而來，香火旺盛。

〔13〕賜紫：唐制，三品以上官公服紫色，五品以上緋色（大紅），有時官品不及而皇帝推恩特賜，准許服紫或服緋，以示尊寵，稱賜紫或賜緋。

〔14〕法雨：佛教語，喻佛法。佛法普度衆生，如雨之潤澤萬物，故稱。

〔15〕我來題姓字：張盛藻在《中雁山紀游》記載，"次晨，在洞壁眉毛泉上審量石勢，題'藏真塢'三大字並記予三人姓名於上。囑僧人與月溪命石工刻之"。

〔16〕岧嶤：高峻。

〔17〕海陬：海隅，海角。亦泛指沿海地帶。

和郭外峯寒夜飲酒詩六首

人生如草木，榮悴任天風。逾時不自斂，毋乃[1]過之叢。松柏性不易，槿藿比奚啻[2]。素心聊共話，宵深垂燭淚。

良夜月色皎，薄醉不知寒。攤書人易倦，棋局可共彈。聞歌辨商徵[3]，潑墨留爪指。近局同懽笑，世事付馬耳[4]。

閒庭娱花竹，門外謝塵囂。古今愁幾許，能供一醉消。開徑延三益[5]，風雪歲寒交。小酌興未盡，餘甕[6]約明朝。

君來譚軒昂，君去兀然睡。時復甘痦默[7]，向誰傾肝肺。作詩追韓蘇，一語道得無。差喜無俗慮，冰心濯玉壺。

我亦有敝裘，豈止卅年狐。不羡腰金重，但免寒侵膚。白傅展大裘[8]，此願成虚無。歸去尋游釣，布衣是真吾。

把酒和君詩，詩成歎無已。世人學長生，誰能長不死。貂蟬何足重，樗櫟[9]亦何用。陶然謀一醉，永託羲皇夢。

【注釋】

〔1〕毋乃：莫非，豈非。

〔2〕奚啻：何止，豈但。

〔3〕商徵：代指音樂的五音。五音指的是宫、商、角、徵、羽。

〔4〕付馬耳：比喻把别人的話當作耳邊風。

〔5〕三益：指梅、竹、石。宋代羅大經《鶴林玉露》卷五："東坡贊文與可梅竹石云：'梅寒而秀，竹瘦而壽，石醜而文，是爲三益之友。'"

〔6〕甕：一種盛水或酒等的陶器。此處指酒。

〔7〕痦默：沉默不語的樣子。痦，通"喑"。

〔8〕白傅展大裘：白傅，白居易的代稱。白晚年曾官太子少傅，故稱。白居易詩云："安得萬里裘，蓋裹周四垠。穩暖皆如我，天下無寒人。"

〔9〕樗櫟：喻才能低下，用爲自謙之辭。典出《莊子·逍遥游》。

題温味秋[1]觀察使湘紀游圖

薊門[2]送別

詔書下丹陛[3]，軺車[4]出粉署[5]。秋風方薦爽，星言[6]三湘去。煙樹何蕭瑟，是曾送人處。

黄河曉渡

黄沙浩無垠，旭日曉雲贄[7]。星槎[8]天上來，擊檝增意氣。頻年客京華，嘗盡淄塵味。

鶴樓清話

飛樓映湘渚，成句。征帆暫延伫。一樽話江天，蓬萊舊儔侶。下界塵茫茫，空中聞笑語。

試院論文

手把珊瑚網，來搜楚國寶。沅芷與澧蘭，采擷肯草草。煎茶試院中，深宵細論討。

浯溪[9]繫棹

昔聞浯溪勝，今泛浯溪水。臺榭絢巖壑，篆銘[10]游可紀。試尋海上翁，琴樽相料理。

澹巖[11]訪碑

迤邐城西路，峯巒競奇秀。月來樓不扃，石破雲生竇。誰與辟荒榛，清風在巖岫。

烟雨望衡

參天勢巍峩，南來瞻崇巘。九面看不足，帆隨湘流轉。七十二峯雲，胷中日舒卷。

桃源春色

桃柳自成邨，尚有秦時洞。洞口白雲封，一舟微風送。春色無古今，引入漁人夢。

五溪煙瘴

箐[12]入五溪深，灘入五溪險。犵鳥與蠻花[13]，化工[14]偶粄點。矗立標銅柱[15]，飛鳶隨風颭[16]。

洞庭殘雪

攬勝岳陽樓，維舟君山側。風雲莽蕭蕭，皓淼天一色。似聞鐵笛聲，蛟龍皆偃息。

岳麓尋幽

岳色欲入城，嵐光照几席。共登望湘樓[17]，更倚飛來石。翛然愜幽興，長嘯楚天碧。

湘浦歸帆

白沙[18]聊可釀，黄精[19]亦可服。三載使湘中，呼吸湖山緑。輕風送歸帆，别意如轉軸。

【注釋】

〔1〕温味秋：温忠翰（1835—?），字味秋，山西太谷敦坊村人。清同治元年（1862 年）壬戌科徐郙榜進士第三名。温忠翰進士及第後，授翰林院編修。同

治六年，温忠翰出任湖南學政，官至湖北按察使，後轉任詹事府贊善，又改任中允。光緒元年，温忠翰任四川鄉試副考官，歷任司經局洗馬，成爲浙江温州處州道道臺。在浙江時，有個叫柏耐的美國人在温州恣意橫行。温州人與他訴訟，美國人不出庭，温忠翰就聘請英國律師哈華當庭辯論，柏耐終於服罪。在清朝知道聘請、使用律師是自温忠翰開始的。光緒六年，温忠翰出任湖南學政。光緒九年，晋升陝西按察使。光緒十一年，温忠翰調任湖北按察使。光緒十二年，温忠翰以病休致，回歸故里。

清光緒十年曹雅直《租受沈裕豐地基公契》，一面爲中文，從右到左豎寫楷書，共十五行字，蓋有“大英駐扎温州領事官之關印”等印。另一面爲英文，從左到右横寫，共二十九行字母。此份租契乃温處道温忠翰與英國駐紮温州特授正領事官共同簽定的，對研究清末英國傳教士在温州城區勢力的發展有重要的價值。

〔2〕薊門：古地名。在北京城西德勝門外西北隅，即薊丘。明代蔣一葵《長安客話·古薊門》：“京師古薊地，以薊草多得名……今都城德勝門外有土城關，相傳是古薊門遺址，亦曰薊邱。”

〔3〕丹陛：古時宫殿前的臺階多飾紅色，故名“丹陛”，亦指借稱朝廷或皇帝。

〔4〕軺車：奉使者和朝廷急命宣召者所乘的車，亦指代使者。

〔5〕粉署：漢代，尚書省以胡粉塗壁，故後世稱尚書省爲“粉署”，又稱“粉省”。

〔6〕星言：泛言及早，急速。

〔7〕靅（fèi）：濃雲密佈的樣子。

〔8〕星槎：往來於天河的木筏。傳説古時天河與海相通，漢代曾有人從海渚乘槎到天河，遇見牛郎織女。

〔9〕峿溪：是發源於湖南雙牌縣陽明山的一條小溪。

〔10〕篆銘：用篆字所刻的銘文。

〔11〕澹巖：又名澹山巖，在永州市芝山區（原零陵縣）城南二十五華里的富家橋鎮淡山腳下，今湖南省建華機械廠所在地。“澹巖秋月”是永州八景之一。

〔12〕箐：山間的大竹林，泛指樹木叢生的山谷。

〔13〕犵鳥與蠻花：形容化外的詞語，意近之詞有“瘴雨蠻煙”、“蠻花犵草”、“獐花猺草”等。犵，今作“仡佬”，中國西南地區少數民族之一。

〔14〕化工：指自然的造化者。

〔15〕銅柱：銅製的作爲邊界標誌的界樁。《後漢書·馬援傳》“嶠南悉平”李賢注引晋代顧微《廣州記》：“援到交址（趾），立銅柱，爲漢之極界也。”唐代張渭《杜侍御送貢物戲贈》詩：“銅柱朱崖道路難，伏波横海舊登壇。”清代趙翼《陔餘叢考·馬氏銅柱有三》：“馬援所立銅柱在林邑國……此漢時所立銅柱在交趾者也；馬總爲安南都護，建二銅柱於漢故處，劖著唐德，兼以明伏波之裔，此唐時所立銅柱亦在交趾者也；五代時馬希範攻溪州蠻，降之，乃立銅柱爲表，命學士李臯銘之，此五代時所立銅柱在五溪者也。”

〔16〕颭：風吹顫動。

〔17〕望湘樓：在岳麓山頂雲麓宫前。

〔18〕白沙：白沙泉。

〔19〕黄精：黄精，又名老虎薑、雞頭參。

又題味秋觀察且園[1]四景圖　集太白句

地形連海盡，賢人當重寄。躡身凌青霄，文章多佳麗。静坐觀衆妙，登臨徧池臺。風入松下清，溪即鏡中迴。木落秋山空，秋雲暗幾重。抱琴出深竹，雙目送飛鴻。巖花覆谷泉，荷秋珠已滿。水渌沙如雪，白雲還自散。舊賞人雖隔，召客得英才。紫綬[2]歡情洽，更進手中杯。且諧俗所好，高士何處來。裂素寫遠意，心與雲俱開。吾亦澹蕩人，但恐行來遲。眷言王喬[3]舃，未作仲宣[4]詩。謝公池塘上，冲賞歸寂寞。茫然起逸興，四岳聊所託。

【注釋】

〔1〕且園：又名其園，原址在道署東隅（今温州市府院内），也是一座官辦花園。清康熙四十五年，温州分巡道高其佩（號且園），愛好花木，植樹造園，以其號命名“且園”。張盛藻的朋友方鼎鋭詩：“且園名勝冠東甌，鐵嶺高徐各

創修。添種梅花三百樹，任教仙史恣夷猶。”張盛藻的另一朋友郭鍾岳詩：“且園花草總精神，何處重尋且道人。後李前秦名望重，又聽退叟頌新歌。”

〔2〕紫綬：紫色印綬和金印，古丞相所用。後用以代指高官顯爵。

〔3〕王喬：傳説中的仙人，漢葉縣縣令王喬。漢代應劭《風俗通·正失·葉令祠》：“俗説孝明帝時，尚書郎河東王喬遷爲葉令。喬有神術，每月朔常詣臺朝。帝怪其來數而不見車騎，密令太史候望，言其臨至時，常有雙鳧從東南飛來。因伏伺，見鳧舉羅，但得一雙舄耳。使尚方識視，四年中所賜尚書官屬履也。”舄，泛指鞋子。

〔4〕仲宣：王粲，字仲宣，山陽高平人，三國時曹魏名臣，也是著名文學家，與魯國孔融、北海徐幹、廣陵陳琳、陳留阮瑀、汝南應瑒、東平劉楨，合稱“建安七子”。王粲爲“七子之冠冕”，文學成就最高。他以詩賦見長，《初征》、《登樓賦》、《槐賦》、《七哀詩》等是其作品的精華，也是建安時代抒情小賦和詩的代表作。

坡公生日偕戴鼇峯〔1〕玉生〔2〕喬梓〔3〕郭外峯司馬石渠閣廣文〔4〕出城至宜園看梅小憩巽山〔5〕子克萃侍行晚歸醉飲兼以志別

坡公昔日守黄州，樊口〔6〕幽絶儘勾留。我守東甌亦五載，解組欲去未歸休。年年今日爲公壽，梅花水仙荔枝酒。今年臘盡已立春，水仙寂寂過六九。扁舟相邀出郭門，攜柑共訪梅花邨。戲拆紅蕊簪霜鬢，拈髭一笑回春温。扶筇更作巽山行，松徑謖謖〔7〕翠濤生。歸來置酒張高讌，橢圓明月夜窗横。明年壽公知何處，人生聚散隨飛絮。我擬歸攜笠屐圖，泛吴入楚溯江去。

【注釋】

〔1〕戴鼇峯：“戴鼇峯夫子，諱咸弼，浙江嘉善人，道光癸卯舉人，由瑞安縣訓導官至温州府教授，以老辭職，就養揚州，光緒十五年卒，年七十五。”（引自清人朱彭壽《安樂康平室隨筆》）戴鼇峰，善書法，有《東甌金石志》，由

被稱爲“有清三百年樸學之殿”的孫詒讓進行校補。光緒七年，永嘉縣知縣張寶琳領銜纂修縣志，委王棻爲總纂，戴咸弼爲協纂，孫詒讓分纂。清人梁章鉅父子所作《楹聯叢話全編》記載：“戴鼇峯咸弼以名孝廉任東甌教授。時其太母年近九旬，甚健，迎養學署。鼇峯績學有名，老而彌篤，在學署猶手不離案。予正校刊先集，常任讎校之役，亦學官之翹楚者耳。嘗索予書聯，因以分書撰句云：‘二千里外冷官，潘輿迎養百齡母；六十年來宿學，邊笥真藏萬卷書。’又錢塘丁氏竹舟、松生昆仲依竹起屋，藏書其中，又得竹垞檢討竹書額揭之，因取唐陸處士羽《竹山堂連句》，以隸書贈之。句云：‘萬卷皆成帙；千竿不作行。’”

〔2〕玉生：戴鼇峯子，戴文俊，字玉生，魏塘（今浙江嘉善）人。同治七年（1868 年）曾隨宦來温，達 21 年之久，對温州世情民俗頗有瞭解。某年秋天，他回鄉探親，有人問及東甌風土之事，他常出示他收藏的方鼎鋭寫的《温州竹枝詞》，大家看後都説：“不煩蠟千里屐，裹百日糧去游東甌，看了此書，東甌山川人物如在眼前，真快事也。”後文俊回温，在且園讀書時，也經常寫點竹枝詞。直到同治十三年（1874 年）夏，因病養痾在家，繼續吟唱作詞，湊滿百首，取名《甌江竹枝詞》，以木版印刷刊印。戴作描述風土人情，喜用掌故，文詞温雅，圓潤清新，其内容均寓風人之旨。

〔3〕喬梓：稱人之父子。

〔4〕廣文：“廣文先生”的簡稱，泛指清苦閒散的儒學教官。

〔5〕巽山：原爲海島，後升爲陸地。地處浙江温州鹿城區東南，因在城東南，依古代易書巽之方位，故稱巽山。

〔6〕樊口：今湖北鄂城西北。

〔7〕謑謑：象聲詞，形容風聲呼呼作響。

人日試筆詠蘭次外峯司馬韻　壬午〔1〕

開得春蘭三兩枝，初春天氣雨晴時。入幽人室沁清夢，助美女妝生媚姿。撲鼻芬芳宜静領，同心言笑倩誰知。梅花柏葉〔2〕衆香裏，共作今朝獻歲詞。

【注釋】

〔1〕壬午：光緒八年，1882 年（作者 64 歲）。

〔2〕柏葉：指柏葉酒。古代風俗，以柏葉浸酒，元旦或人日（正月初七）共飲，以祝壽和避邪。

將去温州得孫太僕〔1〕同年惠詩〔2〕奉答

卿月〔3〕澄輝鏡萬流，南轅北轍記同游。同官都門，客游白下。閱人自笑鬚眉老，作宦應憐身世浮。史筆箸書徵晚福，聞搜輯舊書，刊行甚多。春風拂柳動離愁。何時更遇蘇門嘯〔4〕，快論雄譚壓九州。

【注釋】

〔1〕孫太僕：太僕寺卿孫衣言。

〔2〕惠詩：贈詩。

〔3〕卿月：月亮的美稱，亦借指百官，語出《尚書·洪範》："王省惟歲，卿士惟月，師尹惟日。"孔傳："卿士各有所掌，如月之有別。"孔穎達疏："卿士分居列位，惟如月也。"

〔4〕蘇門嘯：《晉書·阮籍傳》："籍嘗於蘇門山遇孫登，與商略終古及棲神導氣之術。登皆不應，籍因長嘯而退。至半嶺，聞有聲若鸞鳳之音，響乎巖谷，乃登之嘯也。"後以"蘇門嘯"指嘯詠，亦比喻高士的情趣。

答叔高〔1〕贈别

去官何足道，臨别卻潸然。知己延三徑，論交瞬六年。雲山同結契〔2〕，詩酒證前緣。甌海通潮信，應隨旅夢旋。

【注釋】

〔1〕叔高：即郭外峯。見前面相關注釋。

〔2〕結契：謂結交相得。

酬戴此翁贈别

六載東甌住，知心兩老顛。連篇勞贈綺[1]，長揖賦歸田[2]。我樂辭官去，君思奉母還。相逢應有日，莫漫悵緣慳[3]。

【注釋】

〔1〕綺：比喻美麗的文字。

〔2〕賦歸田：漢代辭賦家張衡有《歸田賦》，是他從仕途轉向退隱時所作的一篇小賦。

〔3〕緣慳：緣慳一面，謂無緣相見。

泛　海

栝蒼山色雨濛濛，返駕卻尋甌海東。向道鯨波惡作劇，我來如在鏡湖中。

滬　上[1]

蜃樓海市擁奇觀，萬國[2]梯航[3]世界寬。曼衍魚龍[4]城不夜，我來三日倚醉看。

【注釋】

〔1〕滬上：上海，簡稱滬。在未有上海這一地名之前，當地本是一漁港，今青浦縣東北舊青浦一帶的古吴淞江下游近海處一段（今黄浦江下游）。因當地人用“滬”（捕魚的竹栅）在江海之濱捕魚，此段水域即以“滬”來命名，又凡水發源而注海曰瀆，因此被稱爲“滬瀆”。後吴淞江改道與黄浦江（别稱申浦、春申江等）匯合，不再有瀆，剩下“滬”的稱謂流傳下來。所謂“滬上”的“上”字，含義是“旁邊”、“邊側”。

〔2〕萬國：萬邦，天下。

〔3〕梯航：亦作“梯杭”，“梯山航海”的省語，謂長途跋涉。

〔4〕曼衍魚龍：曼衍，亦作“漫衍”、“蔓延”，巨獸名，古代仿照它排演百戲節目；魚龍，指古代雜耍中能變化爲魚和龍的猞猁模型，亦爲該項百戲雜耍名。詩中常以曼衍魚龍，比喻事物的離奇變幻，亦作“魚龍曼衍”。

偶　園[1]　在嘉善[2]城内即查梅壑二十五峯園[3]舊址

名園新構出塵寰，樓閣玲瓏徑路灣。二十五峯争奇秀，我來不笑石頭頑。

【注釋】

〔1〕偶園：俗稱金家花園，位於嘉善舊縣治東北柯家埭，今陵園路嘉善廣播電視臺舊址。清光緒三年（1877年）金安清費銀6861兩，由汪文琛處購得二十五峯園重建，有亭臺之盛。

〔2〕嘉善：縣名，建於明宣德五年（1430年）。地處江浙滬兩省一市交界處，境内一馬平川，屬典型的江南水鄉，交通非常便捷。歷史上因“民風純樸、地嘉人善”，所以定名爲嘉善。

〔3〕二十五峯園：原爲清乾隆間查開所辟，内有春風第一軒、八方亭、清夢軒、平遠樓、園多圓石峯，名自在、仙掌、鸚鵡，杭州杭世駿有記，後歸汪氏所有。

梅花庵[1]　有吴仲圭[2]墓

魏塘[3]停棹詣荒菴，嵌壁琳琅墨瀋馣[4]。幾樹梅花高士墓，我來斜照入煙嵐。

【注釋】

〔1〕梅花庵：位於嘉善縣魏塘鎮，是江南著名的文化旅游地，主要古迹和景點有梅花庵、吴鎮墓、梅花亭、八竹碑、草書心經碑以及吴鎮陳列室等。吴鎮

的作品典型地體現了中國古代文人畫所特有的文化品質，開創了文人畫的新紀元，在中國繪畫史上具有不可替代的價值和意義。

〔2〕吴仲圭：吴鎮（1280—1354），字仲圭，號梅花道人，嘗自署梅道人，浙江嘉興魏塘人。工詞翰，草書學辯光，山水師巨然，墨竹宗文同。擅於用墨，淋漓雄厚，爲元人之冠。兼工墨花，亦能寫真。吴鎮墓坐北朝南，墓基八邊形，用條石砌成，條石棱角上刻有如意紋，石墓以上再疊三層條石，頂上堆土植草。墓前有明萬曆知縣謝應祥篆書“此畫隱吴仲圭高士之墓”碑。墓東側的梅花庵内有吴鎮自題的“梅花和尚之塔”碑。另有明泰昌元年（1620 年）陳繼儒撰寫的行書《修梅花道人墓記》碑立於墓前的梅花亭。東側回廊上置有吴鎮畫竹刻石 8 方（稱爲“八竹碑”），西側碑廊有吴鎮草書“心經”碑石 3 方，劉墉、皇十一子（永瑆）、錢樾題跋刻石 2 方，乾隆四十五年劉臻書《重修梅花庵記》碑 1 方，曹庭棟書《重修梅花庵募引》碑 2 方。（相關資料據嘉善新聞網）

〔3〕魏塘：鎮名，位於嘉善縣境中部偏南，地處長江三角洲黄金地帶，位於上海、杭州、蘇州三大名城之間，是嘉善縣治所在地。

〔4〕藩醃（ān）：沉香。

泊煙雨樓〔1〕前調〔2〕許雪門〔3〕太守

詩人循吏久相傳，自守名邦十九年。煙雨一樓仍未起，我來卻笑官無錢。

【注釋】

〔1〕煙雨樓：見《南湖訪煙雨樓遺址》注釋。

〔2〕調：開玩笑。

〔3〕許雪門：名瑶光，字雪門，號複齋，晚號複叟，清代詩人，浙江名宦。清嘉慶二十二年（1817 年）生，道光二十九年拔貢，歷任桐廬、淳安、常山、諸暨、仁和等縣知縣，有循聲，任嘉興府知府前後十九年，政聲卓著，被當時輿論譽之爲近世少有的賢太守，光緒八年（1882 年）卒。著有《雪門詩草》十六卷、《談浙》四卷。

臨平[1]舟次

溪橋通路水潺湲，柔櫓輕舟任往還。行過越中三百里，我來始見數峯山。

【注釋】

〔1〕臨平：浙江餘杭區，有 1700 多年的城鎮歷史，今爲杭州市餘杭區政府所在地。

題何青耜[1]前輩白門[2]歸櫂圖

尚書門第何耽耽[3]，車蓋飛揚鳳城[4]南。朝回花底招吟侶，清望人比海山三。南臺[5]賤子[6]蠅附驥[7]，東閣[8]詩人筆如蠶。出巡兩浙天方眷，夙擅九能[9]君不慙。丁年我亦辭帝里，同時相送桃花潭[10]。詩情不因世情減，鄉味差比宦味酣。豈知春明重相見，十年又得親笑談。我忝出守向東澥，沙彌[11]來參彌勒龕。使旌更指羊城遠，郡符[12]謬綰鳩拙[13]甘。去年與君同解組，山水不廉亦是貪。夢想湖山君又到，腳踏泉石我尚堪。秋風共遂蓴鱸願[14]，一棹白門訪心庵。先生詩集名。

【注釋】

〔1〕何青耜：何兆瀛（1809—1890）字通甫，號青耜，江蘇上元人。道光丙午舉人。官至兩廣鹽運使（二品）。博涉多通，尤嫻習朝章國故。服官持大體，不殖生産，以文章詩酒自娱。何兆瀛爲“浙派”末期著名詞人之一，宗尚張炎，有神似處，著有《老學後庵文集》、《心庵詩存》及《心庵詞存》，並傳於世。

〔2〕白門：舊時南京的别稱，因六朝建康南門宣陽門又名白門，故稱。

〔3〕耽耽：深邃貌。

〔4〕鳳城：京都的美稱。

〔5〕南臺：御史臺。以在宫闕西南，故稱。

〔6〕賤子：謙稱自己。

〔7〕蝇附驥：即托驥之蝇，喻指追隨賢能之後而得以顯名的人。

〔8〕東閣：古代稱宰相招致、款待賓客的地方。

〔9〕九能：古指大夫應當具備的九種才能。《詩·墉風·定之方中》“卜雲其吉”毛傳：“建邦能命龜，田能施命，作器能銘，使能造命，升高能賦，師旅能誓，山川能説，喪紀能誄，祭祀能語，君子能此九者，可謂有德音，可以爲大夫。”

〔10〕桃花潭：水潭名。在安徽涇縣西南，李白曾游於此。李白《贈汪倫》詩：“桃花潭水深千尺，不及汪倫送我情。”此指送别處。

〔11〕沙彌：俗稱“小和尚”，此爲張盛藻的謙稱。

〔12〕郡符：郡太守的符璽，亦借指郡太守。

〔13〕鳩拙：《禽經》：“鳩拙而安。”張華注：“鳩，鳲鳩（布穀鳥）也。《方言》云：蜀謂之拙鳥，不善營巢，取鳥巢居之，雖拙而安處也。”後用爲自稱性拙的謙詞。

〔14〕蓴鱸願：南朝宋劉義慶《世説新語·識鑒》：“張季鷹（張翰）辟齊王東曹掾，在洛見秋風起，因思吴中菰菜羹、鱸魚膾，曰：‘人生貴得適意爾，何能羈宦數千里以要名爵！’遂命駕便歸。”後以“憶蓴鱸”喻思鄉或歸隱之念。

題賀藍田大令江干送别圖

出宰如出嫁，養民如養兒。米壚凌雜事，待君去主持。又似爲繼室，先後看設施。上有翁姑[1]親，下有兒女慈。事蓄各有責，仔肩[2]奚以辭。君今爲令宰，相送江之湄。捧檄父母命，綰符[3]與結褵[4]。敬戒自黽勉，往矣其毋違。清閨[5]諸姊妹，餞别良所宜。聽取賢良譽，非徒飾容儀。

【注釋】

〔1〕翁姑：公婆的合稱。

〔2〕仔肩：擔負的擔子、任務。

〔3〕符：古代朝廷傳達命令或徵調兵將用的憑證。綰符，類似於持節。

〔4〕結褵：古代嫁女的一種儀式。女子臨嫁，母爲之繫結佩巾，以示至男家後奉事舅姑，操持家務。

〔5〕清閨：清静的閨房。

題幕賓[1]王蓮生[2]松陰課讀圖

矯矯先生，手一卷書。群松繞廬，佳兒侍坐。爲璠爲璵，學富五車。清陰羃覆，皎月窗虚。課勤三餘[3]，煎茶竹所。眠琴林於[4]，其樂只其。

【注釋】

〔1〕幕賓：幕僚或幕友。

〔2〕王蓮生：不詳。

〔3〕三餘：建安時期的董遇勤奮好學，一點空閒時間都不白費。他把冬天、夜裏、陰雨天看作“三餘”。後以“三餘”泛指空閒時間，指善於利用空閒時間來學習。

〔4〕林於：亦作“林箊”，竹名，亦泛指竹。

哭漢陽鄔梅仙

昨夜秋風起，君亡於七月朔日。鴞音[1]破曉來。斯人窮竟死，老我實憐才。拼命能勤學，嘔心是禍胎。一官終末吏，齎志[2]赴泉臺。

撫匱哀嫠母[3]，營喪仗友朋。藐孤[4]誰與邺，貧士没無稱。何事吟常苦，多愁感不勝。凄涼帷幕内，來弔有青蠅[5]。

【注釋】

〔1〕鴞音：鴞鳥的惡聲。古人視爲不吉祥。

〔2〕齎志：齎志以歿，謂懷抱着未遂的志願而死去。

〔3〕嫠母：寡居的母親。

〔4〕藐孤：幼弱的孤兒。

〔5〕青蠅：《三國志·吴書·虞翻傳》："又爲《老子》、《論語》、《國語》訓注，皆傳於世。"裴松之注引《虞翻别傳》："自恨疏節，骨體不媚，犯上獲罪，當長没海隅，生無可與語，死以青蠅爲弔客，使天下一人知己者，足以不恨。"後因以"青蠅"爲生罕知己，死無弔客之典。唐劉禹錫《遥傷丘中丞》詩："何人爲弔客？唯是有青蠅。"

八月二十六日爲先嚴[1]百齡冥壽志感

嚴親棄我成孤兒，今是先嚴百歲時。空有楹書[2]存手澤，難留杖履享期頤[3]。庭階屢見曾孫喜，霜露總關孺慕[4]思。十五年來言笑杳，那堪游子滯天涯。

【注釋】

〔1〕先嚴：對亡父的尊稱。張盛藻父親張澳生於1782年陰曆八月二十六日。

〔2〕楹書：《晏子春秋·雜下三十》："晏子病，將死，鑿楹納書焉，謂其妻曰：'楹語也，子壯而示之。'"後因以"楹書"指遺言、遺書。

〔3〕期頤：也稱人瑞，指百歲以上的老人。

〔4〕孺慕：對父母的哀悼、悼念。

松化石[1]

授書圯上[2]逢黄石，辟穀[3]空山訪赤松。是石是松忽變相，留侯悵惘將安從。點石成金五百年，金仍是石任顛倒。不知石尚化松否，欲問當時馬自然[4]。

【注釋】

〔1〕松化石：爲松樹幹的化石。

〔2〕圯上：圯上老人，《史記》中又稱之爲黄石公。傳説他傳兵法與張良，具體身世無人得知，可能是司馬遷杜撰，也可能是民間傳説被司馬遷採擷入史。在平陰縣西南的東阿鎮駐地北一公里處，有一座黄石山，在此山的山頂上有黄石臺，據説這個黄石臺就是漢代張良和他的老師“圯上老人”相約見面的地方。

〔3〕辟穀：張良曾爲避禍遠害而辭封退隱。

〔4〕馬自然：馬湘，字自然，浙江杭州鹽官人（海寧）。是唐代的雲游道士。據《太平廣記》記載：湘自霍桐回永康縣東天寶觀駐泊。觀有大枯松，湘指之曰：“此松已三千餘年，即化爲石。”自後松果化爲石。忽大風雷震，石倒山側，作數截。會陽發自廣州節度責授婺州，發性尚奇異，乃徙兩截就郡齋，兩截置之龍興寺九松院。各高六七尺，徑三尺餘，其石松皮鱗皴，今猶存焉。

竹間桃　即夾竹桃

碧樹緑�辨未真，琳琅綺麗别生春。最憐似笑無言態，翠袖薄寒見美人。

桃花竹葉水之湄，畫手寫生三兩枝。蜂蝶不知春已去，偎紅倚翠故遲遲。

荷包牡丹[1]

當風不結麝蘭[2]囊，成句。别有丰姿巧飾妝。含醉含嬌深葉底，醲芬無限盡包藏。

紅情緑意一蕤蕤，魚貫宫人笑倚風。不藉金僊[3]囊浥露，衣香各帶湛恩[4]濃。

【注釋】

〔1〕荷包牡丹：花瓣四片，外方一對紅色，基部囊狀；内部一對白色，伸出

於外方花瓣之外，雞心狀，頗似荷包形。因葉似牡丹葉，花類荷包，故名“荷包牡丹”。

〔2〕麝蘭：麝香和蘭香的簡稱。所謂麝蘭通常指非常濃郁，獨特的香氣，有時代指女子的脂粉香氣。

〔3〕金僊：僊是道教修訂的最高境界，人之修道，必由五行歸五老，三花而化三清，始能歸原無極本體，而達圓通究竟。道教以修至三花聚頂、五氣朝元爲最高境界，成爲金僊。金僊爲僊道極品，不生不滅、永不輪回。

〔4〕湛恩：深恩。

卷六　歸來唫

奇哉劉郎行　壬午〔1〕

沙津〔2〕喜晤劉楚青茂才，英爽逼人，良深傾倒。以予有台蕩〔3〕之游，承示雁蕩歌，次韻〔4〕奉酬。老嫗見西子，亦不自知其醜也。

劉郎奇才生自天，騏驥騁步横九邊〔5〕。凌顔轢謝〔6〕恣豪宕〔7〕，詩筆欲踞太華〔8〕巔。清譽〔9〕已知空儕輩，我隔山海見無緣。神交五千里，相望渺雲煙。君從何處見我《笠杖集》，謂我同調〔10〕嗜好亦何偏。散樗〔11〕臃腫，乃招胎仙〔12〕。好音惠我，針芥〔13〕若牽。平生浪跡徧吴越，世事如蟻隨磨旋。倦游歸來鬚鬢老，一甌苦茗石鼎煎。何圖沙津得良晤，剪燭高譚意灑然。我幸歸蓬廬，君方守硯田。相期共浥楚江水，一洗萬古愁心俗塵湔〔14〕。何能伏蠹櫪下〔15〕，戀此棧豆〔16〕終餘年。看君及時騰驤〔17〕奮雲路，愧我老馬疲苶〔18〕不能前。

【注釋】

〔1〕壬午：光緒八年，1882年（作者64歲）。

〔2〕沙津：沙市。“沙市在縣東南十五里，一名沙津，一名沙頭。《宋史司馬夢求傳》：‘沙市距城十五里，南阻蜀江，北倚江陵，地勢險固，爲舟車之會。’按沙市與草市皆江陵市之最大者，就中沙市尤爲繁盛，列肆則百貨充牣，津頭則萬舫鱗集。”“沙津爲三楚名鎮，通南北諸省，賈客揚帆而來者多至數千船，向晚篷燈遠映照耀，常若白晝。”（光緒《荆州府志》）

〔3〕台蕩：台州和雁蕩山。

〔4〕次韻：舊時古體詩詞寫作的一種方式，按照原詩的韻和用韻的次序來和

詩，是和詩的一種方式，也叫步韻。

〔5〕九邊：本謂明代設在北方的九個邊防重鎮，後爲邊境的泛稱。《明史·兵志三》："初設遼東、宣府、大同、延綏四鎮，繼設寧夏、甘肅、薊州三鎮，而太原總兵治偏頭，三邊制府駐固原，亦稱二鎮，是爲九邊。"

〔6〕凌顔轢謝：凌轢，超越，壓倒；顔謝，指南朝宋詩人顔延之、謝靈運。

〔7〕豪宕：亦作"豪蕩"，謂意氣洋溢，器量闊大，亦指文藝書畫作品感情奔放，不受拘束。

〔8〕太華：山名。即西岳華山，在陝西省華陰縣南，因其西有少華山，故稱太華。

〔9〕清譽：清白的聲譽，美好的名聲。

〔10〕同調：喻指志趣或主張一致的人。

〔11〕散樗：不成材之樗木，比喻無用之人，常用作自謙之辭。

〔12〕胎仙：鶴的别稱。古代鶴有仙禽之稱，又相傳胎生，故名。

〔13〕針芥：磁石能引針，琥珀能收芥，常以情性投合爲針芥相投。

〔14〕湔：洗。

〔15〕伏嚼櫪下：像老馬一樣，一輩子都困守在馬房裏，見聞不廣。櫪，馬房。

〔16〕棧豆：馬房豆料，亦比喻才智短淺的人所顧惜的小利。《三國志·魏書·曹爽傳》："爽於是遣允泰詣宣王，歸罪請死，乃通宣王奏事。"裴松之注引晋干寶《晋書》："桓範出赴爽，宣王謂蔣濟曰：'智囊往矣。'濟曰：'範則智矣，駑馬戀棧豆，爽必不能用也。'"

〔17〕騰驤：飛騰；奔騰。引申爲地位上升，宦途得意。亦形容高昂超卓。

〔18〕疲苶（nié）：疲倦的樣子。

癸未〔1〕五月九日舟次述懷赴彝陵〔2〕諸友人之約疊韻三首

北轍南帆息，沱江返舊居〔3〕。老無京國夢，情豈故交疎。花鳥能娱我，江山或助予。宦囊今不儉，插架五千書。

笠杖都抛卻，翛然賦索居[4]。不隨詩社約，未與酒杯疎。狂學春歸點[5]，甘爲晝寢予。扁舟忽西上，昨得故人書。

招我彝陵去，僧寮[6]擬借居。閒鷗盟水[7]澹，舊燕拂簾疎。烏倦應知我，蘭芳諒信予。十年塵壁涴[8]，認取醉時書。

【注釋】

〔1〕癸未：光緒九年，1883年（作者65歲）。

〔2〕彝陵：即夷陵。

〔3〕舊居：枝江董市老街。

〔4〕索居：孤獨地散處一方。

〔5〕春歸點：點，孔子的學生曾皙。他曾告訴孔子自己的理想是："莫春者，春服既成，冠者五六人，童子六七人，浴乎沂，風乎舞雩，詠而歸。"

〔6〕僧寮：僧舍。

〔7〕閒鷗盟水：結爲夥伴。張盛藻的朋友俞樾《春在堂隨筆》卷六："卻好五雲最深處，閒鷗威鳳共聯盟。"

〔8〕涴：汙，弄髒。

疊前韻贈劉勛臣大令

長卿吾執友[1]，解組自閒居。菽水[2]親情樂，錦江宦意疎。看雲應憶弟，令弟廖陔時宰永壽。招隱[3]合偕予。更喜森蘭桂，令郎蘭階直庵同案[4]入學。傳經有祕書[5]。

【注釋】

〔1〕執友：十分親密的朋友，知心好友，現在一般作"摯友"。執，真摯，真誠。

〔2〕菽水：豆與水。指所食唯豆和水，形容生活清苦。

〔3〕招隱：這是一個反訓詞，既有徵召隱居者出仕的意思，也有招人歸隱的意思。此處似爲後意。

〔4〕同案：明清兩代稱同一年進學，亦指同一年進學者。

〔5〕祕書：秘密的書，如宫禁藏書、讖緯圖篆、朝廷機要文書等。

大風鍵户夜坐偶成

二月顛風[1]研[2]欲凝，罏香椀茗[3]對青燈。摩挲彝器陶情性，檢點塵牋憶友朋。敝帚享由京俸耗，予所有書籍、字畫、金石、文玩多從都門琉璃廠[4]市購得。狂奴態比少年增。群經更督兒孫課，莫笑老如退院僧[5]。

【注釋】

〔1〕顛風：暴風，狂風。

〔2〕研：古同"硯"，硯臺。

〔3〕椀茗：碗中的茶水。

〔4〕琉璃廠：見前《廠肆得六朝銅鏡將寄置秦淮水閣賸之以詩》注。

〔5〕退院僧：脱離寺院的僧人。

奉和邑侯[1]易清漣[2]見贈之作即送其歸湘中

高軒[3]幾度過柴門，未接雄談酒一罇。憩舍留陰思邵伯[4]，前途遇嶮困王尊[5]。還山雲去猶依岫，飲水泉清可溯源。政績詩名均不朽，鷄蟲得失[6]那堪論。

【注釋】

〔1〕邑侯：縣令。

〔2〕易清漣：光緒九年前後枝江縣令。

〔3〕高軒：高車，貴顯者所乘，亦借指貴顯者。

〔4〕邵伯：周召公奭。因封地在召，故稱召公或召伯，又作邵公、邵伯。《史記·燕召公世家》："召公之治西方，甚得兆民和。召公巡行鄉邑，有棠樹，决獄政事其下，自侯伯至庶人各得其所，無失職者。召公卒，而民人思召公之

政，懷棠樹不敢伐，歌詠之，作《甘棠》之詩。”張守節正義：“今之棠梨樹也。”後因稱棠梨樹爲“邵伯樹”。

〔5〕王尊：《漢書・王尊傳》：“上以尊爲郿令，遷益州刺史。先是琅琊王陽爲益州刺史，行部至邛郲九折阪，歎曰：‘奉先人遺體，奈何數乘此險！’後以病去。及尊爲刺史，至其阪，問吏曰：‘此非王陽所畏道邪？’吏對曰：‘是。’尊叱其馭曰：‘驅之，王陽爲孝子，王尊爲忠臣。’”後以“王尊叱馭”喻忠於吏事，不避艱險。

〔6〕雞蟲得失：像雞啄蟲，人縛雞那樣的得失。比喻微小的得失，無關緊要。

甲申〔1〕六月偕劉楚青之武昌晤郭外峯喜而有作

天風吹到故人書，邀我同食武昌魚。遂馭飆輪〔2〕來鄂渚，拍肩一笑欝懷舒。郭子素心人，與我有久要。劉郎奇傑士，意氣干雲霄。竟以傾蓋成莫逆，葛衣葵扇神超超。袖中一卷寫天倪，郭君詩文集名《天倪子》。數載心跡差堪知。更詢甌江游釣侣，如我當日同娱嬉。長卿出示紀游草，蜀山黔雲供搜討〔3〕。騏驥逞步行絶塵，我與郭子同傾倒。攜手共登黄鶴樓，臨風啜茗味新秋。是日立秋。白雲流水盪胸臆，那有爾許古今愁。連旬不雨憂旱暵〔4〕，暍者思蔭坐揮汗。涼風一夜驅酷暑，荷花深處試泮奐〔5〕。山前荷花萬柄餘，緑樹陰陰畸人〔6〕居，揚州杭秀峯司馬寓居。軒窗明潔蘭蕙馥，荷花新露袪煩裾，是日摘荷花制露共飲。游事粗畢過江去，未免躊躕生别絮。或爲鯤鵬思圖南，或因蓴鱸歸江潭。人生蹤跡鴻踏雪，蓬梗〔7〕豈能常盍簪〔8〕。今我頽老百無爲，他日相逢倘有期。不問别後著作當何許，先須披襟快飲三百巵〔9〕。

【注釋】

〔1〕甲申：光緒十年，1884年（作者66歲）。

〔2〕飆輪：喻飛馳的舟車。

〔3〕搜討：搜尋，訪求。

〔4〕暵：乾旱。暍：中暑、中熱。

〔5〕泮奂：伴奂。閒適自在。

〔6〕畸人：出自《莊子·大宗師》："畸人者，畸於人而侔於天。"可見，莊子所謂"畸人"乃是與世俗不同的"異人"、"奇特的人"的意思。但他又是"侔於天"，就是能與天"相等"或相通亦即能夠"通天道"（掌握自然規律）的人。成玄英疏："畸者，不耦之名也。修行無有，而疏外形體，乖異人倫，不耦於俗。"

〔7〕蓬梗：謂如飛蓬斷梗，飄蕩無定，比喻飄泊流離。

〔8〕盍簪：亦作"盍戠"，指士人聚會。

〔9〕巵：古代盛酒的器皿。

滇撫[1]月卿[2]張公以詩招楚卿茂才予聞而壯之因次元韻以勸其行

針芥相投有夙因，一書萬里促征人。鴻飛莫厭滇雲遠，驪唱[3]難留楚水濱。磨墨行將馳露布，運籌端賴靖邊塵。同游鄂渚今如昨，甫卸歸帆未幾旬。

【注釋】

〔1〕滇撫：雲南巡撫。

〔2〕月卿：張凱嵩（1820—1886），清末湖北江夏（今武昌）人，字雲卿，又字月卿。道光進士，歷任廣西左江道、廣西巡撫等職，曾督兵鎮壓陽朔等地農民反清起義。同治五年（1866年）率兵追擊太平軍餘部汪海洋部。六年任雲貴總督，因畏懼民變，三疏請罷職，不准，遂以規避職責褫職。光緒六年（1880年）起授通政使參議，後任貴州巡撫，十年調雲南巡撫，奏請開設五金總局，招商開礦。不久，奉令與内閣學士周德潤勘察中越邊界。後病死。

〔3〕驪唱：驪歌，告别的時候唱的歌。

孟冬送姪安甫北上

團蕉壓霜重，落葉辭樹輕。匹馬長安路，踉蹌獨遠行。

元日試筆　乙酉[1]

體健邀天幸，家居荷國恩。已成翁未老，欣見子添孫[2]。宦囊餘書畫，豪情仗酒罇。梅花開喜色，杖履得春温。湖海游蹤倦，枌榆[3]古意敦。説經三代共，繞膝一庭喧。菽水皆清福，交朋樂笑言。但期邊域靖，何惜在田園。

【注釋】

〔1〕乙酉：光緒十一年，1885 年（作者 67 歲）。

〔2〕子添孫：張盛藻兒子張克萃，孫子張承賢、張承良，曾孫張先閎、張先闓。此指他得了第一個曾孫張先闓（生於 1884 年農曆八月初一）。

〔3〕枌榆：漢高祖故鄉豐縣的里社名，漢高祖故鄉爲江蘇省徐州市豐縣。泛指故鄉。

春日山行

臣居近市總塵埃，一入山林笑眼開。松徑有泉侵碎石，菜畦帶露長蕓薹[1]。穿田野鳥背人去，隔嶺閒雲招我來。晚坐茆檐看月色，鳩盤[2]農婦進春醅[3]。

【注釋】

〔1〕蕓薹：即油菜花。

〔2〕鳩盤：亦作“鳩盤茶”。佛書中謂噉人精氣的鬼，亦譯爲甕形鬼、冬瓜鬼等，常用來比喻醜婦或婦人的醜陋之狀。

〔3〕春醅：春醁，唐人之酒多以“春”命名，故以“春醁”泛指美酒。

熊卓甫[1]歸自伊犁晤談甚快

橐筆[2]從戎萬里游，不因仗劍覓封侯。九邊關塞資窮覽，一帶河源溯盡頭。金印[3]何如持斗酒，鐃歌[4]且復脱兜鍪[5]。歸來與我談深夜，竹樹蕭疎月上樓。

【注釋】

〔1〕熊卓甫：熊魯裔，張盛藻同年、同治《枝江縣志》纂修熊文瀾次子，詳見《元夜登熊問亭看雲聽雨樓寄懷仲放魯裔》注。

〔2〕橐筆：即橐筆，古代書史小吏，手持囊橐，簪筆於頭，侍立於帝王大臣左右，以備隨時記事，稱作持橐簪筆，簡稱“橐筆”。

〔3〕金印：指舊時帝王或高級官員金質的印璽，也借指官職。

〔4〕鐃歌：戰歌，軍樂。

〔5〕兜鍪：古代戰士戴的頭盔。

十月十日王子上邀集同人游西陵山[1]欣然有作

六一先生[2]嗟賞處，西陵形勝至今聞。荆門[3]山勢開群嶂，巴峽江聲入野雲。公昔有懷梅二丈[4]，我歸欲帶月三分。青鞋布韈偕游侣，攜榼霜天酒共醺。

好游成癖笑平生，未上筍輿[5]句已成。一徑閒雲隨杖履，四山嵐氣撲簾旌[6]。茗甌[7]水辨上中峽，楓葉霜清前後坪。老我歸來尋勝蹟，西岡久不負佳名。

【注釋】

〔1〕西陵山：據同治《宜昌府志》記載：“西陵山在（東湖）縣西北十五里，蜀江之險始此。相傳即古彝山。前漢《地理志》應劭曰：‘夷山在西北。’”《宜昌市地名志》載：西河之間，泛指從營盤崗至天燈包之間的山頭，這西北至東南走向。當地群衆一般把原建有西陵山廟的山頭稱爲西陵山。宋代，西陵山被列爲峽州八大古跡之首。這裏名勝古跡衆多，有三游洞、至喜亭、張飛擂鼓臺、嫘祖廟等。西陵山上原有一廟，在社林鋪前後坪。據傳，清光緒末年，西陵山廟曾由四川張道人擴建，建有靈官殿、正殿等大小房舍十餘間。寺廟的山門正

對宜昌古城，上石匾刻有“西陵山”三個大字，爲當時宜昌著名的寺觀之一。抗日戰爭時期，宜昌淪陷，西陵山被日寇炸爲廢墟。解放後，西陵山廟遺址被辟爲農田。

〔2〕六一先生：對六一居士的敬稱，歐陽修的自號。歐陽修《六一居士傳》：“客有問曰：‘六一何謂也？’居士曰：‘吾家藏書一萬卷，集録三代以來金石遺文一千卷，有琴一張，有碁一局，而常置酒一壺。’客曰：‘是爲五，一爾奈何？’居士曰：‘以吾一翁老於此五物之間，是豈不爲六一乎？’”故亦以“六一”稱之。歐陽修曾任夷陵縣令。

〔3〕荆門：山名，在今湖北省宜都市西北，長江南岸，隔江和虎牙山相對。江水湍急，形勢險峻。古爲巴蜀荆吴之間要塞。《後漢書·公孫述傳》：“又遣田戎及大司徒任滿……等拔巫及夷陵、夷道，因據荆門。十一年，征南大將軍岑彭攻之，滿等大敗，述將王政斬滿首降於彭。”三國魏陳琳《檄吴將校部曲文》：“若使水而可恃，則洞庭無三苗之墟，子陽無荆門之敗。”北魏酈道元《水經注·江水二》：“江水又東歷荆門、虎牙之間。荆門在南，上合下開，暗徹山南，有門像虎牙在北，石壁色紅，間有白文，類牙形，並以物像受石，此二山楚，之西塞也。”

〔4〕梅二丈：指宋代詩人梅堯臣，字聖俞，因排行第二，常自稱梅老二；歐陽修等人年紀比他輕，都尊稱他爲梅二丈。

〔5〕筍輿：竹輿。

〔6〕簾旌：簾端所綴之布帛，亦泛指簾幕。

〔7〕茗甌：茶壺或茶杯。

次日疊前韻

尋幽初到西岡口[1]，天氣薄寒一雁聞。訪菊恰逢秋盡日，擕柑更得友如雲。風中竹弄參差影，霧裏山難遠近分。紫蟹黄鷄宜小酌，頹顔已覺醉微醺。

翛然[2]笠杖野雲生，翠柏丹楓畫未成。豈有雄談驚四座，不須騶從[3]引雙旌[4]。隔林樵入嶺頭路，遠浦漁依沙際坪。古寺[5]荒涼游跡少，殘碑何處覓題名。

【注釋】

〔1〕西岡口：西陵峽口。

〔2〕翛然：形容無拘無束貌，超脱貌。

〔3〕騶從：古代貴族、官員出行時的騎馬侍從。

〔4〕雙旌：唐代節度領刺史者出行時的儀仗，後泛指高官之儀仗。

〔5〕古寺：嫘祖廟又名西陵山廟，聳立於海拔 108 米的西陵山上，爲紀念黄帝正妃嫘祖而建。嫘祖又叫雷祖，據司馬遷《史記·五帝本紀》記載："黄帝居軒轅之丘，而娶於西陵之女，是爲嫘祖。嫘祖爲黄帝正妃，生二子，其後皆有天下……"相傳黄帝在與蚩尤的争鬥中，南下西陵，後與當地的村女嫘祖結爲夫婦。嫘祖秀麗、聰明、賢慧，發明了養蠶、繅絲和紡織，與黄帝一起組織部落裏的男女老少，男耕女織，共創華夏古代的文明，被後世尊稱爲"蠶母娘娘"。每年農曆三月十五日，是嫘祖的生日，嫘祖廟舉行"先蠶節"，盛况空前。

寒夜對月有懷郭外峯永嘉〔1〕

寒月窺人坐，孤燈近夜分。少時喜交結，老至歎離群。獨念同心者，飄然隔海雲。一書征雁遠，清唳誰共聞。

【注釋】

〔1〕永嘉：位於浙江省東南部，甌江下游北岸，温州市境内。

丙戌〔1〕春分日舟次夢范鶴生〔2〕醒後作

戴笠乘車舊有盟，都門話别十年更。今從風雨孤蓬夜，兩接笑言旅邸情。赤壁横江來鶴影，青春伐木聽鶯鳴。如何一水通衣帶，不見尺書爲寄聲。

西江東越繫離愁，老病歸來世慮休。笑我獨攜方竹杖，想君高譏百花洲[3]。江西省垣[4]勝地。屋梁落月照孤夢，鉛槧[5]問奇懷舊儔。便擬黄金將范鑄[6]，扁舟載酒五湖游。

【注釋】

〔1〕丙戌：光緒十二年，1886 年（作者 68 歲）。

〔2〕范鶴生：范鳴和，張之洞的房師，詳見《丙寅上巳，再游極樂寺，訪畏吾村，同范鶴生、黄翔雲、唐萩農諸同人作》一詩注解。范鶴生與張盛藻、張盛藻的姨表兄熊文瀾等人都是朋友。熊文瀾七十生日時，范鶴生還寫了一首詩歌："黄金累累印懸肘，那識循良名不朽。琴鶴歸來老鵲仙，遺碑嘖嘖稱人口。日夕榆關壓陣雲，征西車馬尚紛紛。撫綏保障資賢吏，多少蒼生望使君。"（民國《熊氏文集》）

〔3〕百花洲：在江西省南昌市東湖中，有冠鼇亭、九曲橋等勝景，解放後擴建，辟爲"八一公園"。

〔4〕省垣：省城。范鶴生曾任江西副主考、江西候補道。

〔5〕鉛槧：古人書寫文字的工具。

〔6〕黄金將范鑄：東漢趙曄《吴越春秋·勾踐伐吴外傳》："越王乃使良工鑄金，象范蠡之形，置之坐側，朝夕論政。"

元日試筆　丁亥[1]

嗣皇[2]親大政，秉訓尚趨庭[3]。徧地涵春澤[4]，維天自降靈。

除日祥霙[5]羃羃，歲朝晴旭融融。小臣安處蓬蓽，萬姓共歌年豐。

輕裘緩帶撚吟髭，百不一能百不知。子已生孫孫生子[6]，阿翁酣醉復奚辭。

【注釋】

〔1〕丁亥：光緒十三年，1887 年（作者 69 歲）。

〔2〕嗣皇：指光緒。

〔3〕趨庭：《論語·季氏》："（孔子）嘗獨立，鯉趨而過庭。曰：'學詩乎？'

對曰：‘未也。’‘不學詩，無以言。’鯉退而學詩。”鯉，孔子之子伯魚。後因以“趨庭”爲承受父教的代稱。

〔4〕春澤：春雨，比喻恩澤。

〔5〕霙：雪花。

〔6〕孫生子：張盛藻的長曾孫張先闓生於1884年，次曾孫張子高生於1886年。

得鄧慰農〔1〕書卻寄〔2〕

竹杖翛然户每扃，年來搆得小園亭。杯中物送瞢瞢日，座上客成落落星。乘月登樓稱老子，攤書滿架學酸丁〔3〕。春歸擬放剡溪棹，布穀聲催柳正青。

【注釋】

〔1〕鄧慰農：不詳。

〔2〕卻寄：回信。

〔3〕酸丁：舊時對貧寒而迂腐的讀書人嘲諷性的稱呼。

答劉楚青〔1〕

不見劉郎一載餘，相逢一笑胷懷攄〔2〕。出袖示我年時作，雄文字字千璠璵〔3〕。尤工駢麗逞豪邁，我腹寒儉難追摹。就中一卷《東游草》，江南山水足清娛。棖觸〔4〕舊游如夢境，風月不與當時殊。我游江南十餘載，山靈識我衰眉須。把君新詩囘環誦，手鈔成帙供歌歈〔5〕。惟有所思人不見，歸臥蓬門何爲乎。人生離合原有數，寸心豈逐駒光徂。扁舟荒江值溽暑，作詩報君汗如珠。

【注釋】

〔1〕劉楚青：見前注。

〔2〕攄：發表或表示出來。

〔3〕璠璵：玉。

〔4〕棖觸：感觸。

〔5〕歈（yú）：歌。

中秋赴彝陵訪友示王生子上

寂處少懽悰[1]，良朋殊闊别。獨乘片席[2]風，來翫中秋月。桂影漾金波，蘭言[3]霏玉屑[4]。昨宵對綺窗，可有燈花結[5]？

君家群從識羯末[6]，喜接衰翁恣笑謔。不羞予髮雪蒙茸，共醉賓筵金鑿落[7]。去年一笻西陵路，記得同游題詩處。横江適有孤鶴來，明月未隨長流去。

【注釋】

〔1〕悰：歡樂，樂趣。

〔2〕片席：片帆，孤舟。

〔3〕蘭言：喻指心意相投的言論。

〔4〕玉屑：轉以喻美好的文辭。

〔5〕燈花結：燈心餘燼結成的花狀物，俗以燈花爲吉兆。

〔6〕羯末：均爲兄弟的小名，羯指謝玄，末指謝川。用以稱美兄弟子侄之辭。

〔7〕鑿落：以鐫鏤金銀爲飾的酒盞。

倦圃[1]種竹得雨志喜　戊子[2]

奇石欣環列，新添竹數竿。微風偶摇曳，後日總平安。春意回荒圃，清陰護小欄。宵來得甘雨，天予主人歡。

萬物滋春雨，新恩屬此君。喜逢佳士至，昨自比隣[3]分。骨格猶憐瘦，丰標[4]本出群。涉園日成趣，奚用勢干雲。

【注释】

〔1〕倦圃：爲張盛藻晚年歸家後所修園林，“倦”指倦於仕途，他在晚年的詩歌中多次流露疲倦之感。園中有各種名石奇花，不少石頭是他從江蘇太平山、聖壽寺等名勝帶回來的，見後面《憶吴門八首》詩。

〔2〕戊子：光緒十四年，1888 年（作者 70 歲）。

〔3〕比隣：隣居。

〔4〕丰標：風度，儀態。

入伏日得郭外峯書並詩一首 黄楊如意雁山新茶又三雁紀游[1]合刻十册賦此志謝

結廬倚長江，歸隱居大厦。葛衣拂葵扇，良亦自瀟灑。柰此炎蒸日，如金在爐冶。几簟[2]不生涼，茗飲汗盈把。宴坐喘吴牛，况復行路且。因思皇華使[3]，軺車[4]當盛夏。更思南畝農，鋤禾炙骨髁[5]。渴欲赴溪泉，蔭就槐柳下。我慙無所營，放蕩而疎野[6]。翹望東南天，念我同心者。

客從東南來，遺我十端綺[7]。組織[8]素手工，光采生棐几[9]。尺素[10]寫寸心，寸心無終始。不恨山海長，只覺年月駛。媵[11]以文木枝，雕鏤作連理。靈峯有仙荈[12]，寄我重包匭[13]。上言資頤養，下言順動止。六載甌江上，共盟甌江水。自别甌江去，今又六載矣。我歸戀枌榆，君暫棲籬枳[14]。海鯤倘化鵬，振翮九萬里。相思長不見，常寄書一紙。

【注釋】

〔1〕《三雁紀游》：張盛藻、郭鍾岳（外峯）、張克萃三人游南雁蕩、北雁蕩、中雁蕩的游記和相關詩歌的合集。

〔2〕几簟：几席，即几和席，古人憑依、坐卧的器具。

〔3〕皇華使：皇帝的使臣。

〔4〕軺車：奉使者和朝廷急命宣召者所乘的車，亦指代使者。

〔5〕髁：骨頭上的突起，多長在骨頭的兩端，亦指大腿骨或膝蓋骨。

〔6〕疎野：放縱不拘。

〔7〕端綺：綺劄，文辭華美的書信，此指《三雁紀游》。

〔8〕組織：紡織。

〔9〕棐几：用棐木做的几桌，亦泛指几桌。

〔10〕尺素：書寫用的一尺長左右的白色生絹，借指小的畫幅、短的書信。

〔11〕媵：送，相送。

〔12〕荈：茶的老葉，即粗茶。

〔13〕包匭：裹束而置於匣中，一説包裹纏結。匭 guǐ：小匣子、小箱子，如"票匭"、"投匭"。

〔14〕籬枳：枳木籬笆，有客居他鄉之意。唐代韓偓《南安寓止》詩："此地三年偶寄家，枳籬茅廠共桑麻。"郭鍾岳是江蘇人，他在浙江温州生活了二十多年。

題　圖

混沌未剖總模糊，一幅先天粉墨圖。睡醒華山年代換，水清石瘦見真吾〔1〕。

【注釋】

〔1〕真吾：真實的我，謂脱去外相的本質的我。

歲暮感懷

風雪連旬歎索居，黄綢酣卧夢蘧蘧〔1〕。瓶梅已凍香痕沍〔2〕，窗竹時摇月影疎。晨起擁罏〔3〕嘗苦茗，夜分醉酒薦甘蔬。最憐比户〔4〕饑寒者，何計能教渴望紓。

昨宵飛夢到東甌，九斗山城華蓋樓。謝客游蹤芳草冷，劉根〔5〕仙去赤霞收。良朋對月三千里，好句隔年一再酬。爲憶依依亭畔柳，西風殘照不勝愁。

寒宵飛夢到西湖，濃抹淡妝景未枯。溪澗有泉皆冷咽，樓臺如畫總模糊。山靈省識[6]衰翁意，游侶招尋瘦杖扶。一葉扁舟輕蕩漾，歸帆何處是吾廬。

一宵飛夢到燕京，輪鐵銷磨歲序更。北斗光芒騰殿陛，東華塵土涴[7]冠纓。舊交寥落晨星在，朔雪飄零白髮生。更有人依遼海上，邊關籌筆計歸程。時熊生卓甫游幕[8]吉林。

【注釋】

〔1〕蘧蘧：悠然自得貌。

〔2〕沍：寒凍。

〔3〕擁罏：唐代詩人貫休有“卷箔倚闌雲欲雪，擁壚傾榼酒如飴”的詩句。罏，舊時酒店裏安放酒甕的土臺子，亦指酒店，酒壚。

〔4〕比户：形容人多而普遍。

〔5〕劉根：東漢時，高士劉根隱居於今温州飛霞洞，後得道羽化乘赤霞仙去，故名飛霞洞。

〔6〕省識：猶認識。

〔7〕涴：弄髒。

〔8〕游幕：舊指出外作幕僚。

元旦試筆　庚寅[1]

隙駒易駛又春光，一醉陶然引興長。世味於今嘗八九，行年七十有二。積容應許勝尋常。半生交舊知誰健，四代嬉娛笑我狂。列坐書聲從聒耳，吾聾未與細評量。

【注釋】

〔1〕庚寅：光緒十六年，1890 年（作者 72 歲）。

五老唫

予自光緒辛巳秋解組言歸，壬午抵里，幼時親舊存者無幾人。庚寅春初，因爲五老之讌，序之以齒[1]：君素，嘉慶己卯[2]生，年七十二；虞門，嘉慶庚辰生，年七十一；胡笋園，嘉慶庚辰生，年七十一；袁曉帆、何少泉，俱道光辛巳生，年七十。之五人者，同生閭里[3]，同列膠庠[4]，名德相齊，孫、曾[5]競起，眠食安善，無虞饑寒，相與徜徉於煙霞泉石之間，天之與我等厚矣！同時有陳君静庵者，少與同學，後棄儒習弓馬，入武庠，今亦七十一，未與此讌。用香山九老中不列狄兼謩、盧貞例也。予既爲之序，且系以詩。

斗柄建寅[6]春氣回，瑞雪應時薦春醅。招邀井里集五老，三百五十壽筵開。坐中何以爲供奉，椒花[7]柏葉[8]水仙梅。漢時五星聚東井，今玆五老或然哉。一老愛菊成高隱，鬢髮黝黑猶童孩。一老龐眉方面鬚，滿頰屐齒不破門前苔，對客無言似銜枚[9]。一老長身鶴立雙髩皚，揮豪濡墨雲錦堆。一老扶杖意氣積，事變推究及根荄[10]。山中宰相陶宏景[11]，門外車有長官來。素老耳聾不聞雷，花木竹石相徘徊。每憶湖山舊游處，狂吟獨笑時傾杯。五老及今未爲老，耄耋期頤何須猜。回頭四五十年事，泮水[12]池邊五秀才。

【注釋】

〔1〕序之以齒：按年齡大小的順序依次排列。

〔2〕嘉慶己卯：嘉慶二十四年，公元1819年。

〔3〕閭里：鄉里。

〔4〕膠庠：周代學校名。周時膠爲大學，庠爲小學，後世通稱學校爲“膠庠”。

〔5〕曾：曾孫。

〔6〕斗柄建寅：即斗柄回寅。這句成語的意思是北斗星的斗柄指向了寅方，即到了農曆正月，一元復始，萬象更新，大地回春，代表一年的開始的意思。

〔7〕椒花：指椒花酒。《荆楚歲時記》云："俗有歲首用椒酒，椒花芬香，故采花以貢樽。正月飲酒，先小者，以小者得歲，先酒賀之。老者失歲，故後與酒。"

〔8〕柏葉：指柏葉酒。古代風俗，以柏葉浸酒，春節共飲，以祝壽和避邪。

〔9〕銜枚：古代行軍時口中銜枚，以防出聲，因有銜枚而進、銜枚夜襲之谓。枚，古代行軍時，士卒口銜用以防止喧嘩的器具，形如筷子。

〔10〕根荄：亦作"根垓"、"根核"，植物的根，比喻事物的根本，根源。

〔11〕陶宏景：即陶弘景（456—536），字通明，人稱"山中宰相"，南朝梁時丹陽秣陵（今江蘇南京）人。南朝齊梁時期的道教思想家、醫藥家、煉丹家、文學家，晚號華陽隱居，卒謚貞白先生。南朝齊梁時期的道教茅山派代表人物之一。

〔12〕泮水：古代學宫前的水池，形狀如半月，後多以指代學宫。

得王琳齋〔1〕同年書並詩次韻奉酬

天風吹送好音來，剪燭捧函帶笑開。醉擘綵牋常得句，老持玉尺尚量才〔2〕。時主講高觀書院〔3〕。夢魂夜照梁間月，驛使春傳嶺上梅〔4〕。細字蠅頭勞遠寄，童顏鶴髮想丰裁〔5〕。長江衣帶盈盈閒，隔斷相思山外山。何日同傾金鑿落〔6〕，兩詩如贈玉連環。籬邊竹解迎人笑，袖裏石能肖我頑。自恨年來衰憊甚，空懷五岳未躋攀。

【注釋】

〔1〕王琳齋：王景彝，字琳齋，湖北江夏人，丁酉拔貢，己未舉人，同治三年任永康知縣，同治九年任嘉善知縣，光緒年間任江夏縣令。

〔2〕玉尺尚量才：玉尺，玉製的尺，舊時比喻選拔人才和評價詩文的標準。用恰當的標準來衡量人才和詩文。

〔3〕高觀書院：光緒十年（1884 年）創建，設在武昌賓陽門高觀山。1906 年改爲江夏高等小學堂。清人丁丙有《和王琳齋重游泮水詩》："浮浮江漢

炳靈奇，在泮耆儒邁古稀。風教三千尊講學（掌教高觀書院），星辰廿八獨留輝（同入泮二十八人）。肯堂绳祖槐遺蔭，及第詒孫柳染衣。何物傳家惟治譜，偶從子舍樂春暉（謂鶴譜司馬）。宰官惠愛久非消，謳頌山漁又水樵。南國再來娱鶴髮，西湖閒影落虹腰。鐵華舊社歡猶在，玉局仙蹤接未遥。永錫試歌難老什，豈同桃李望秋雕。”

〔4〕驛使春傳嶺上梅：南朝宋陸凱《贈范曄》：“折梅逢驛使，寄與隴頭人。江南無所有，聊贈一枝春。”這首詩當是陸凱率兵南征度梅嶺時所作。

〔5〕丰裁：風度神采。

〔6〕鑿落：亦作“鑿絡”，以鐫鏤金銀爲飾的酒盞。

熊子卓甫自山海關外歸携姜女祠〔1〕畔石見貽〔2〕晶瑩潔白良足珍也名之曰冰雪石

按祠在山海關外十里許女像正立側視愁容慘澹舊傳始皇築長城時孟姜哭其夫而死後人哀之爲立祠有墳在海澨〔3〕登祠座可於煙波浩淼中望見之

秦皇築長城，城長民力竭。地老天荒後，尚有貞女血。貞女亦何在，留此片石碣。行人重咨嗟，息車瞻綽楔〔4〕。携取一拳物，弆〔5〕藏等佩玦。清如幽壑冰，皚如陰崖雪。山海有變易，此石不磨滅。歸遺好事者，用以表芳潔。袖中有東海，休與衆石列。

【注釋】

〔1〕姜女祠：“山海關外數里，姜女祠在焉。祠前土丘爲姜女墳，望夫石在其側。俗傳姜女爲杞梁妻，始皇時因哭其夫而崩長城。今山西潞安、直隸古北口，並此處皆有姜女祠。考杞梁之事見於《左傳》、《孟子》，非始皇時人可知。即《列女傳》載有崩城之説，亦無長城實據也。然其節義有可尚者，故題以詩，並識其梗概焉。”（乾隆《姜女祠序》）

〔2〕見貽：送給我。

〔3〕海澨：海邊。在山海關東約十里的海中（屬遼寧綏中縣界），有四块礁石突出於海面之上，傳説這就是孟姜女的墓，稱爲姜女墳或姜女石。

〔4〕綽楔：亦作“綽削”或“綽屑”。古時樹於正門兩旁，用以表彰孝義的木柱。

〔5〕弆（jǔ）：收藏；保藏。

重陽日和熊雪亭[1]韻

我今七十二重九，寂坐無憀[2]思出游。高讌龍山誰落帽[3]，强扶鳩杖[4]一登樓。故人爽約非因雨，芷畛期來未至，時久不雨。蘶菊未開不算秋。醉卧荒齋看月色，笑他星漢總西流。

【注釋】

〔1〕熊雪亭：熊文烺孫，熊嗣章長子熊輝郢，字客山，號雪亭，邑庠生，娶枝江廩生張克昶女。據民國《熊氏支譜》記載：“聰明過人，負才磊落，詞賦敲金戛玉，古色斑斕。旁及方技。懸壺沙津三十年。著有醫案及文集。”

〔2〕無憀：空閒而煩悶的心情，閒而鬱悶。

〔3〕龍山誰落帽：在龍山上被風吹掉了帽子，形容人氣度恢宏，臨亂不驚。《世説新語》引《孟嘉别傳》：“（晋孟嘉）爲征西桓温参軍。九月九日温游龍山，參僚畢集，時佐史並著戎服，風吹嘉帽墮落，温戒左右勿言，以觀其舉止。嘉初不覺，良久如廁，命取還之。令孫盛作文以嘲之，成，箸嘉坐。嘉還即答，回坐嗟歎。”後世每用“落帽龍山”描述人風度之倜儻閒雅。龍山在今湖北荆州區八嶺山鎮西側，離熊雪亭行醫的沙津（今沙市）很近。

〔4〕鳩杖：杖頭刻有鳩形的拐杖。

展重陽日書懷

九月尚無螯在手，老饕辜負水鄉居。舉盃未放重陽過，把菊已遲十日餘。舊雨愆期[1]農望久，新霜遠塞雁來初。幽燕吴越空成憶，蓑笠自甘楚澤漁。

【注釋】

〔1〕愆期：失約，誤期。

辛卯[1]正月命孫承賢[2]在家塾授曾孫先闓先閎讀

蠢子蒙童[3]予命名，望憑愚魯到公卿。讀書識字循規矩，培養心田自發生。

【注釋】

〔1〕辛卯：光緒十七年，1891 年（作者 73 歲）。

〔2〕承賢：張克萃的長子張承賢，字七柏，生於 1864 年。張承賢長子張先闓，字子翕，生於 1884 年。張先闓的兒子張寶存，在上海滬江大學讀書時到黄浦江游泳溺水而亡。張承賢次子張先閎，字子高，中國著名化學家。張子高的兒子張滂、張懷祖，女兒張秋華，均是新中國著名大學的名教授。

〔3〕蒙童：知識未開的兒童，舊亦以指開始讀書識字的兒童。

雨後答雪亭[1]

作字微嫌腕倔强，閒行時覺杖欹斜。夜來一雨關心甚，未問禾苗只問花。

【注釋】

〔1〕雪亭：熊雪亭，見前面《重陽日和熊雪亭韻》注釋。

述夢二首

寂寞深山裏，天外來故人。故人廿載别，更逾平生親。促坐道衷曲，意氣尚嶙峋[1]。吴山踰閩海，跋涉盪精神。歲序寖超忽[2]，病魔纏其身。去去各歸里，相望參與辰[3]。雲有江海客，問訊殊諄諄。我有一端綺[4]，欲寄遠無因。結交金石固，不在接待頻。故人謂勒少仲中丞。

我欲訪崇巖，迢遞北山北。道逢一佳人，問我奚登陟。入山採靈藥，煮石以爲食。佳人睨而笑，謂此狂也惑。長跪前致辭，望君俯察識。我有九莖芝[5]，陸離[6]燦五色。持以獻殷勤，取置碧山側。不怒亦不喜，含意自默默。矯如鶴在陰，飲啄戢[7]其翮[8]。飛鳴兩無心，罻羅[9]焉能得。

【注釋】

〔1〕嶙峋：形容人剛正有骨氣。

〔2〕超忽：迅速貌。

〔3〕參與辰：參、辰，二星宿名，此出彼没，不同時出現。

〔4〕綺：綺劄，文辭華美的書信。

〔5〕九莖芝：清代陳淏子《花鏡·靈芝》："木芝十一品：千歲芝，木威喜芝，飛節芝，木渠芝，黄蘗芝，參成芝，建木芝，五德芝，樊桃芝，九光芝，九莖芝。"

〔6〕陸離：色彩繁雜絢麗。

〔7〕戢：收斂，收藏。

〔8〕翮：羽毛中間的空心硬管，此指羽毛。

〔9〕罻羅：捕鳥的網。

七月送孫承賢結伴鄉試[1]

快意風高六翮翩，飈輪[2]共到五雲[3]邊。鵬程萬里扶摇上，蟾窟一枝折[4]得先。計日秋元纔幾日，明年春榜[5]又同年。鄂垣[6]老友如相問，爲道衰翁尚似前。

【注釋】

〔1〕鄉試：鄉試是明清時在各省省城和京城舉行的科舉考試。照例每三年舉行一次，逢子午卯酉年爲正科，遇皇家有喜慶之事加科稱爲恩科，由皇帝欽命正副主考官主持，凡獲秀才身份的府、州、縣學生員、監生、貢生均可參加。考試通常安排在八月舉行，因此叫“秋試”。按四書五經、策問和詩賦分三場進行考試，每場考三天。“舉人”一詞，在元代以前，是指各地舉薦進京參加會試的秀才；到明代，成了鄉試合格秀才的專稱。鄉試第一名稱解元，讀書人成了舉人才有資格進入更高層次的會試。

〔2〕飈輪：指禦風而行的神車，喻飛馳的舟車。

〔3〕五雲：指皇帝所在地。

〔4〕蟾窟一枝折：即蟾宫折桂，攀折月宫桂花，科舉時代比喻應考得中。

〔5〕春榜：八月鄉試，二月會試，明清相沿，故也稱會試爲春試。

〔6〕鄂垣：湖北省城。張承賢當時在省城參加鄉試。

憶　昔

新著斕衫首怕擡，鄰閨衆妙〔1〕擁看來。而今頹老誰相憶，六十年前小秀才。

【注釋】

〔1〕妙：青春年少的人。

壬辰〔1〕春三月重游泮水〔2〕自嘲

老拙安吾素，涉園日成趣。歸田已十年，不問門外路。把酒自嘯歌，偕兒孫唫哦。坐擁圖書府，聊稱安樂窩。憶昔髫齡〔3〕事，應試同兒戲。五經未卒業，文筆尚童穉。閩海周先生〔4〕，建寧舉人，名嗣康，號静齋，壬辰〔5〕爲本邑知縣。擢我冠群英。以未冠〔6〕取案首〔7〕，履歷〔8〕十二歲。

青衿〔9〕列庠序，期許到公卿。十赴南北試，未能博一第。鴻毛借東風，丁年[10]登拔萃[11]。濫竽入農曹，朝考[12]一等，户部小京官。浮湛[13]壯志銷。洎[14]厠[15]南臺[16]任，立馬愧金貂[17]。一麾[18]守甌海，山水癖未改。黽勉[19]效靖共[20]，無尤亦無悔。海上生塵埃，蜃氣幻樓臺。驅驪[21]鮮長策，汗漫[22]歸去來。老翁何所求，荏苒七四秋。童時釣弋[23]處，泮渙[24]而優游。共研[25]少友朋，撰杖[26]賴孫曾。爲問經世畧，曰僕病未能。

【注釋】

〔1〕壬辰：光緒十八年，1892 年（作者 74 歲）。

〔2〕泮水：古代學宫前的水池，形狀如半月。《詩經·魯頌·泮水》："思樂泮水，薄采其芹。"毛傳："泮水，泮宫之水也。"鄭玄箋："泮之言半也。半水者，蓋東西門以南通水，北無也。"後多以指代學宫。

〔3〕髫齡：童年，幼年。

〔4〕周先生：周嗣康，福建建寧縣舉人，道光十二年任枝江縣令。在任時曾將關帝廟由沙沱移建枝城（當時縣城）城北，將武廟由下沱移建枝城城北。

〔5〕壬辰：道光十二年，1832 年。

〔6〕未冠：古禮男子年二十而加冠。故未滿二十歲爲"未冠"。

〔7〕案首：明清時科舉考試，縣、府試及院試的第一名，稱爲案首。

〔8〕履歷：謂親自經歷過，此處指年齡。

〔9〕青衿：青色交領的長衫，古代學子和明清秀才的常服。

〔10〕丁年：指道光丁酉年，張盛藻是道光十七年（1837 年）拔貢，他當時 18 歲。

〔11〕拔萃：清代時用以稱拔貢，科舉制度中由地方貢入國子監的生員之一種。清朝制度，初定六年一次，乾隆中改爲逢酉一選，也就是十二年考一次，優選者以小京官用，次選以教諭用。每府學二名，州、縣學各一名，由各省學政從生員中考選，保送入京，作爲拔貢。經過朝考合格，可以充任京官、知縣或教職。

〔12〕朝考：清代科舉制度。每府學二名，州、縣學各一名，由各省學政從

生員中考選，保送入京，作爲拔貢。同時，經朝考合格，入選者一等任七品京官，二等任知縣，三等任教職；更下者罷歸，謂之廢貢。

〔13〕浮湛：隨波逐流。

〔14〕洎：自從。

〔15〕厠：厠身。謙辭，指參與某一部門工作。

〔16〕南臺：御史臺。以在宫闕西南，故稱。

〔17〕金貂：皇帝左右侍臣的冠飾，借稱侍從貴臣。

〔18〕一麾：一面旌麾，舊時作爲出爲外任的代稱。

〔19〕黽勉：勉力，努力。

〔20〕靖共：恭謹地奉守，借指職位、職守。

〔21〕驅鱷：典出《新唐書・韓愈傳》，此處指解除百姓疾苦，詳見《途中懷都門諸友》注。

〔22〕汗漫：形容漫游之遠。

〔23〕鈞弋：釣魚和射鳥，此處比喻爲謀取功名利禄而奮鬥。

〔24〕泮涣：自由放縱，無拘束。

〔25〕共研：共同學習。研，通"硯"，硯臺。

〔26〕撰杖：撰杖捧屨，謂侍奉長者。

同治壬申〔1〕三月客金陵得章价人〔2〕司馬所遺滁州石刻坡翁書殘碑百字置之篋中無暇料理光緒壬午〔3〕歸里迄今壬辰又逾十稔矣雨窗清寂因集成五言十韻詩訂爲一册以便臨池展閲

僻也滁陽〔4〕俗，廬陵始記歐。少年甘畎畝，往事按商周。豐歲民之樂，深山谷以幽。休從書史問，能見鳳凰不。闢地泉爲釀，治亭夏與游。滃然〔5〕涵酒意，海可受觥籌。環顧生清景，臨風有勝流。醒時同太守，豪飲共南州。愛窈知藏蔭，消閒用在舟。名人蘇軾述，此外安所求。

【注釋】

〔1〕同治壬申：同治十一年，1872 年（作者 54 歲）。

〔2〕章价人：章壽麟（1832—1887），字价人，善化人，湘軍將領，官滁州知州、泰州知州。史稱“少孤貧”，民國名士章士釗族兄，是曾國藩因靖港敗役投水自殺時的救命之人。曾任江蘇補用知府。湘軍名人李元度這樣評價章壽麟：“嗚呼！援一人以援天下，功在大局不淺，价人雖不以爲功，天下後世有知价人者，遇不遇烏足爲价人加損哉！”左宗棠這樣評價章壽麟：“而論者不察，輒以公於章君不録其功，短公之矯，不知公之一生死，齊得喪，蓋有明乎其先者，而事功非所計也。”意思是：議論者不明察，以爲曾國藩不計章壽麟的功績，是因其本人有矯驕的主觀不足原因，卻不知章公一生得失，都是他平生聰明智慧的累積，而根本不計較所取得的功名。

〔3〕光緒壬午：光緒八年，1882 年（作者 64 歲）。

〔4〕滁陽：在安徽合肥縣東北。《太平寰宇記》：“古滁陽城，在縣東北六十四里，吴赤烏十三里，孫權遣兵斷滁作堰，以淹北道，遂築此城爲守備，東晋置南梁郡，隋開皇三年廢。”

《醉翁亭記》、《豐樂亭記》共八通碑文都是歐陽修撰寫，蘇東坡重書。原碑由歐陽修自書刻石，立於安徽滁州琅琊山醉翁亭旁。後終因字畫褊淺，字跡模糊漫滅，在宋元祐六年蘇東坡出知安徽潁州時，滁州知州王詔派人赴潁求蘇軾重書。據傳，東坡書《醉》碑一出，時人拓碑者爲之塞途。但此原碑已佚。1982 年，三蘇祠重刻兩碑，所據拓本是宋拓本，即館藏《醉》、《豐》宋拓本，這是北京故宫博物院於 1959 年無償調贈給三蘇紀念館的鎮館之寶。張盛藻所得石刻殘碑極有可能是已佚的原碑，章壽麟作爲滁州知州弄到原碑殘片是合乎情理的。

〔5〕滃然：雲氣騰湧、煙霧彌漫貌。

憶吴門〔1〕八首

壬午解組歸里，道經吴門，浪游各名勝，未嘗作詩。今十年矣，杜門不出，老態日增，棖觸舊游，作八憶詩紀之。

吴中何所憶，我憶拙政園[2]。不圖兵燹後，翻得棟宇存。大府[3]襜帷[4]駐，時張子青[5]制府以乞養留吴。賓僚文讌繁。書畫娱清閟[6]，古器陳鼎罇。澄碧闌干俛，游魚静不渾。隔院琵琶語，花香紅映門。

吴中何所憶，我憶獅子林[7]。闤闠[8]數畝地，邱壑深復深。似經倪黄[9]手，峯巒萬象森。星斗自羅列，妙處不可尋。宸題[10]，仁廟賜題“真趣”二字。仰“真趣”，啜茗豁塵襟。何必游五岳，方寸萬里心。

吴中何所憶，我憶在怡園[11]。結構祛雕飾，花草總蘭蓀。珍禽育孔翠，窟宅儗崑崙。題句富詞藻，園中匾對皆集詞人名句。繞廓沁詩魂。奇礓[12]突兀起，三面窗開門。欲尋來處去，高柳隱城垣。

吴中何所憶，我憶滄浪亭[13]。過客文字飲[14]，才人著作庭。水亦爲之曲，雲亦爲之停。非徒集冠蓋[15]，從來聚德星[16]。五百名賢[17]在，肅然俎豆[18]馨。石屋留天藻[19]，成廟[20]爲陶文毅[21]公題“印心石屋[22]”四字。臺榭亂曾經。柳邊蹔繫馬，小酌酒易醒。

吴中何所憶，我憶天平山[23]。名賢留祠宇，搢笏儼朝班。泉澗白雲裏，嶔崟[24]未可攀。携歸一片石，尚認茶鼎䵘[25]。小坐息塵翳，天風滿禪關[26]。日斜山坳路，回首松翠環。天平萬笏，今得此一片，爲倦圃清供[27]。

吴中何所憶，我憶柏因社[28]。古柏欝森森，少亦千年也。如龍矗天半，如蛇卧蟠野。側枝拗作門，挐空[29]勢欲下。清奇與古恠，能狀不能寫。後復有千年，留詩示來者。

吴中何所憶，我憶香雪海。即鄧尉山[30]，因其地多梅花，純廟[31]賜今名。四時有嬗遞[32]，香名終不改。梅花一萬樹，樹樹香魂在。賸有荒寒月，到此增光采。山氣自氤氲，何必花蓓蕾。贏得芳豔稱，誰與叩真宰[33]。

吴中何所憶，我憶聖壽寺[34]。勝蹟留湖山，翠華所臨莅。三萬六千頃，洞庭伏座次。上有太元墳，晋郁太元葬此山。時復游人至。鏗然鐘磬聲，鯨鱷不敢肆。山僧具伊蒲[35]，玉版[36]禪立致。贈我一拳石，留證三生義。太湖石一拳，爲倦圃清供。

【注釋】

〔1〕吴門：指蘇州或蘇州一帶，爲春秋吴國故地，故稱。

〔2〕拙政園：江南園林的代表，蘇州園林中面積最大的古典山水園林。位於蘇州市東北街一百七十八號，始建於明朝正德年間，其中園林中部、西部及張之萬住宅（今蘇州園林博物館舊館）爲晚清建築，被譽爲“中國園林之母”，1997年被聯合國教科文組織列爲世界文化遺産。

〔3〕大府：明清時亦稱總督、巡撫爲“大府”。

〔4〕襜帷：車上四周的帷帳，借指車駕。

〔5〕張子青：張之萬（1811—1897），清代官吏，張之洞兄，字子青，號鑾坡，直隸南皮（今屬河北）人，道光二十七年進士。同治間署河南巡撫，移督漕運，歷江蘇巡撫、閩浙總督，光緒中官至東閣大學士，當時的仕壇盟主。張之萬住宅即今蘇州園林博物館舊館。

〔6〕清閟：亦作“ 清祕”，謂清净秘密之所。

〔7〕獅子林：見《游獅子林》一詩注。

〔8〕闤闠：市肆，市門，也指街道。

〔9〕倪黄：指元代著名畫家黄公望和倪瓚。

〔10〕宸題：帝王的親筆題字。仁廟（康熙）游獅子林後（時稱涉園），題“真趣”二字。

〔11〕怡園：怡園建於清光緒年間，是富紳顧文彬的私人花園，東部原爲明朝尚書吴寬的舊宅，西部爲顧氏擴建，耗銀20萬兩建成，取《論語》“兄弟怡怡”句意，名曰怡園。該園由顧文彬第三子顧承主持營造，畫家任阜長、顧芸、王雲、范印泉、程庭鷺等參與籌畫設計，園中一石一亭均先擬出稿本，待與顧文彬商榷後方定。園成之後，江南名士多來雅集，名盛一時。

〔12〕礓（jiāng）：小石，泛指石頭。

〔13〕滄浪亭：位於蘇州市城南三元坊附近，在蘇州現存諸園中歷史最爲悠久。始建於北宋，爲文人蘇舜欽的私人花園，稱“滄浪亭”。因園内有一泓清水貫穿，波光倒影，景象萬千，故名。舜欽死，屢易主，紹興時曾歸韓世忠家，俗名韓王園，由元迤明，廢爲僧居，舊有飛虹橋、濯纓亭、清香館、翠玲瓏、瑶華境界諸勝，明歸有光、清宋犖皆有記，至今爲吴中勝境。

〔14〕過客文字飲：用王安石的典。王安石《和王微之登高齋》之二：“能招

過客飲文字，山水又足供歡哈。”

〔15〕冠蓋：指仕宦，貴官。

〔16〕德星：古以景星、歲星等爲德星，認爲國有道有福或有賢人出現，則德星現。喻指賢德之士。

〔17〕五百名賢：始建於清朝道光七年的滄浪亭五百名賢祠，祠中三面粉壁上嵌着594幅與蘇州歷史有關的人物平雕石像。他們的面目，有的严謹，有的和善，有的刻板，有的飛揚，其中大部分是有着各種不同經歷和性格的吳人，也有外地來蘇爲官的名宦，仿佛要永遠與蘇州長存。清咸豐和同治年間，五百名賢祠曾遭兵火，但牆上的石刻畫像至今仍存，它是一部由人物石刻像串起來的蘇州史志，也從側面反映了蘇州的歷史。五百名賢祠中有一副篆書對聯：“千百年名世同堂，俎豆馨香，因果不從羅漢證；廿四史先賢合傳，文章事業，英靈端自讓王開。”這副對聯原款署“同治十三年（1874年）小春上瀚全椒薛時雨題，仁和吳恒書”。薛時雨是張盛藻的朋友。

〔18〕俎豆：祭祀，宴客用的器具，引申爲祭祀和崇奉之意。

〔19〕天藻：指天子的文章。

〔20〕成廟：道光皇帝。

〔21〕陶文毅：陶澍。清兩江總督，湖南安化縣人，字子霖，號雲汀，自稱桃花漁者，印心石屋主人，晚歲自稱髯樵。乾隆四十三年（1778年）生。少時家貧，隨父讀書。嘉慶五年（1800年）秋舉於鄉。兩年後中進士，選翰林院庶吉士。授編修，旋丁父憂歸。十五年任四川鄉試副考官，十八年記名以御史用。先後任江南、陝西道監察御史。遷户部給事中，巡視江南漕務。轉吏部給事中。

〔22〕印心石屋：滄浪亭園内南端有石屋兩間，爲巡撫、兩江總督陶澍所建。横額石刻“印心石屋”，爲道光帝御書。史料記載，道光十五年（1835年），陶澍受道光帝召見。道光帝得知陶澍幼年學於家鄉水月庵，庵前有石門潭，潭心有石，方正如印，名印心石，署書室爲印心石屋。道光帝御書“印心石屋”四字賜之，字高六寸。陶澍十分珍視，刻石於家鄉、蘇州滄浪亭等十餘處。

〔23〕天平山：南連靈巖山，北接支硎山，東鄰金山，海拔221米，是蘇州西南諸山中最爲高峻的一座山峯，因其山巔平整故名天平山。北宋時期范仲淹將其高祖葬於山麓，宋仁宗把天平山賜給范仲淹爲家山，又稱范墳山。山體由花崗巖組成，經長期風化，巖體裂隙向縱深擴展，分裂成塊，有的巖塊直立原

地，石柱矗立，形成了“萬笏朝天”的奇特景觀。

〔24〕嶔崟：高大；險峻。

〔25〕黫（yān）：黑，黑色。

〔26〕禪關：坐禪之道場，即佛家修行的寺院。

〔27〕倦圃清供：倦圃，爲張盛藻晚年歸家後所修園林，“倦”指倦於仕途，他在晚年的詩歌中多次流露疲倦之感。園中有各種名石奇花，不少石頭是他從太平山、聖壽寺等處帶回去的。清供，清雅的玩品。

〔28〕柏因社：即司徒廟，位於蘇州西南光福鎮西的澗廊村東南，是東漢光武帝的大司徒鄧禹的祠廟，又叫古柏庵、柏因社、柏因精舍。司徒廟始建年代歷史未載，無以考證。廟裏有四株古柏，樹齡近二千年，清柏碧鬱蒼翠，挺拔清秀；奇柏主幹斷裂，其腹中空；古柏紋理紆繞，古樸蒼勁；怪柏卧地三曲，狀如蛟龍，被雷劈開後的二個枝幹完全離開了主幹，但是都活着，並發出了新枝。四棵古柏樹組合在一起，宛如一幅天然的古柏圖。乾隆看後給四棵古柏樹分別命名爲：清、奇、古、怪。

〔29〕拏空：凌空，凌雲。

〔30〕鄧尉山：又名光福山、香雪海、梅海，是太湖風景區的一大景致。相傳東漢光武帝時，司徒鄧禹隱居於此，他官至太尉，故名鄧慰山。鄧尉山是我國四大賞梅勝地之一，有“鄧尉梅花甲天下”之稱，過去梅花開時漫山遍野都是梅花，香聞數里。

〔31〕純廟：即乾隆。

〔32〕嬗遞：演變。

〔33〕真宰：宇宙的主宰。

〔34〕聖壽寺：在蘇州吴江。

〔35〕伊蒲：即伊蒲饌，齋供，素食。

〔36〕玉版：筍。

展重陽對菊有作

僻居江岸習疏慵，又過重陽重復重。寂寞詩情兼閏夏，今年閏六月。

因循花事到初冬。昨日立冬。餞秋乞得鄰家菊，借酒能澆壘塊胷。爲惜駒光難展緩，揞持衰老勉扶筇。

大雪聞雪亭將有草市[1]之行走筆訊之

大雪漫天地，孤雲何所託。身世多憂患，行止總寂寞。有如在轅駒，鞭策任朽索。松巔覆其巢，蘸[2]莼此瘦鶴。沙津不可住，草澤亦落拓。不如一樽酒，就我倦圃酌。

【注釋】

〔1〕草市："草市，在（荆州）城東三里，東連漕河，南通沙市，舟楫往來，居民輻輳。"（光緒《荆州府志》）熊雪亭當時正在那裹行醫，詳見《重陽日和熊雪亭韻》注釋。

〔2〕蘸：紅藻的一種，也叫"龍鬚菜"。

歲杪[1]大雪縱飲懷歌者玉琳即呈寶田姻丈[2]

雪霽令人思，雪來令人喜。今年夏苦熱，葵扇跣[3]雙趾。秋來厭積潦，花事從委靡。入冬見三白[4]，來牟[5]差可恃。倏忽歲云暮，老境急如駛。惟有杯中物，藉澆胷塊壘[6]。天公方玉戲[7]，漫空恣颯纚[8]。裝緜飾茆檐，飋飋溼窗紙。兒童不畏寒，手摶雪獅子。新釀備屠蘇[9]，棗栗勤料理。我醉拈嶮豪，雪意殊未已。雪與詩倔强，有雪詩不止。因憶錦堂[10]讌，白髮洒其醨。賴有一雛伶[11]，解語拇戰[12]裏。技不挾笙簧，歌不諳宫徵。試問何所能，能勸客酒耳。壺來翁便醉，醻酌無窮已。謂天方大雪，門外問咫尺。咫尺亦不問，頹然吾醉矣。

【注釋】

〔1〕歲杪：《禮記・王制》："塚宰制國用，必於歲之杪，五穀皆入，然後制

國用。”鄭玄注：“杪，末也。”後謂年底爲歲杪。杪，樹枝的細梢。

〔2〕姻丈：對姻親長輩的尊稱。

〔3〕跣：光着脚，不穿鞋襪。

〔4〕三白：三度下雪。

〔5〕來牟：古時大小麥的統稱。

〔6〕塊壘：積砌成堆的土塊，比喻心中鬱積的不平之氣。

〔7〕玉戲：指下雪。

〔8〕纚：飄舞飛揚的樣子。

〔9〕屠蘇：古代一種酒名，常在農曆正月初一飲用。

〔10〕錦堂：柳永曾創作過一首典型的俗詞《錦堂春》，詞中以代言體的方式塑造了一位潑辣、傲氣、不拘禮法的市井女性。

〔11〕雛伶：年幼的歌伎。

〔12〕拇戰：酒令的一種，也叫“劃拳”、“豁拳”，因劃拳時常用拇指，故稱。

癸巳〔1〕人日晨起頗思作畫把杯逕醉畫乃不成成此一詩興盡而止耳

老來何事堪娛嬉，風雪杜門把酒卮。薄醉忽然清興發，欲寫老松青蒼枝。磨墨伸紙拈禿筆，滿幅龍鱗生之而〔2〕。畫未成時先有畫，松生腹中光陸離。寂然不動本無畫，雲氣已挾天風馳。欲待畫松先畫雲，老松偃蹇〔3〕雲恠奇。有松無雲嫌枯槁，有雲無松成呆癡。是松是雲渾難寫，盤欝胷中下筆遲。雲入松閒逞變幻，松影搖曳雲追隨。何如雲松都不畫，還他太素〔4〕一張紙，筆墨塗抹徒爾爲。

【注釋】

〔1〕癸巳：光緒十九年，1893 年（作者 75 歲）。

〔2〕之而：鬚毛。

〔3〕偃蹇：高聳。

〔4〕太素：古代謂最原始的物質，引申爲天地。

自題畫松

花宜妍妙松宜醜，禿筆一枝如敝帚。偃蹇深山百不知，任人呼作支離叟[1]。

【注釋】

〔1〕支離叟：松的别稱。

補刻　戊寅[1]上巳六十自述

暮春天氣佳，開罇延賓友。觴詠聊爲歡，敢云主人壽。衆賓謀迭進，酌我以大斗。篇章錫錦綺，妝飾無鹽[2]醜。主人慙而汗，趨避不能受。無已聽予言，且盡杯中酒。

予生沱江上，孤陋尠所聞。家無田二頃，一硯守清芬。十齡就外傅[3]，嬉戲詎能文。挾策[4]希早進，遑冀根柢[5]深。弱冠游京洛，志慮日以分。迢迢失群翼，不得依故林。禄薄難迎養[6]，空負倚閭[7]心。

明光[8]初獻賦[9]，厠名在農曹[10]。輪鐵易銷磨，未積尺寸勞。荏苒三十載，馮唐鬢蕭騷[11]。咸豐同治閒，諫垣[12]職濫叨[13]。仗馬自不鳴，非無伯樂遭。未能振六翮，充此腹背毛。羈人戀庭闈[14]，告歸意陶陶。

歸來奉雙親，雙親耄矣老。既無旨與甘，云歸悔不早。塵涴[15]游子衣，淚溼墓門草。辭家益放曠，蹤跡殊潦倒。扁舟泛吴越，再上長安道。長安不易居，乞郡[16]計亦好。

一麾[17]辭北闕[18]，五馬[19]來東甌。東甌佳山水，王謝迹可求。山城列九斗，江海通一舟。平生愛游覽，得此願已酬。我無惠民政，素餐[20]良足羞。中野有鴻雁，孰爲稱粱謀[21]。辜負二千石[22]，蹉跎六十翁。濟世方需才，曾無補救功。終當解組去，煙波理釣筒。長及修禊日，歸詠[23]舞雩風。心閒壽乃永，官久謗易叢。持謝衆賓意，區區諒予衷。

【注釋】

〔1〕戊寅：光緒四年，公元1878年。

〔2〕無鹽：亦稱“無鹽女”，即戰國時齊宣王后鍾離春，因是無鹽人，故名。爲人有德而貌醜，後常用爲醜女的代稱。

〔3〕外傅：古代貴族子弟至一定年齡，出外就學，所從之師稱外傅，與内傅相對。

〔4〕挾策：手拿書本，喻勤奮讀書。

〔5〕根柢：草木的根，比喻事物的根基，基礎。

〔6〕迎養：謂迎接尊親同居一起，以便孝養。

〔7〕倚閭：盼望子女歸。

〔8〕明光：原指漢代宫殿名，後亦泛指朝廷宫殿。

〔9〕獻賦：作賦獻給皇帝，用以頌揚或諷諫，指做諫官。

〔10〕農曹：又稱農商曹，負責農業耕作、商業經營、水利、天災、人禍等。

〔11〕蕭騷：稀疏。漢朝馮唐身歷三朝，到武帝時，舉爲賢良，但年事已高不能爲官。

〔12〕諫垣：指諫官官署，即專職進諫官吏的辦公場所。

〔13〕濫叨：猶言濫充，多用作自謙之詞。

〔14〕庭闈：内舍，多指父母居住處，因用以稱父母。

〔15〕涴：汙，弄髒。

〔16〕乞郡：舊時官吏請調往故鄉任職，此指請求出京到地方任職。

〔17〕一麾：一面旌麾，舊時作爲出爲外任的代稱。

〔18〕北闕：古代宫殿北面的門樓，是臣子等候朝見或上書奏事之處，用爲宫禁或朝廷的别稱。

〔19〕五馬：太守的代稱。

〔20〕素餐：不勞而食，多指無功受禄。

〔21〕稻粱謀：本指禽鳥尋覓食物。杜甫《同諸公登慈恩寺塔》：“君看隨陽

雁，各有稻粱謀。”亦用作比喻人之謀求衣食和基本生活必須。

〔22〕二千石：漢制，郡守俸禄爲二千石，即月俸百二十斛。世因稱郡守爲“二千石”。

〔23〕歸詠：《論語·先進》：“莫春者，春服既成，冠者五六人，童子六七人，浴乎沂，風乎舞雩，詠而歸。”後遂以“詠歸”作爲很多人聚合一起吟詩作賦之典。

荆楚文库

集　外

卷一 游記

南雁山紀游〔1〕

光緒七年秋九月，盛藻卸篆〔2〕將行，念東甌〔3〕山水之勝，在官時未能徧訪，乃約郭外峯〔4〕司馬，攜萃兒，輕舟減從，載酒爲南雁宕〔5〕之游。

十月三日晚，坐夜航行六十里。天明已抵瑞安，憩城南海關。城東南有隆山，一墖巍然。相與登臨，坐觀海亭，茗飲而返。午餐後過飛雲渡，三十里至平陽，投南郭旅店宿焉。此行不著衣冠，瑞安、平陽均未入城。城中冠蓋〔6〕來見者，均弗答拜。

五日辰刻，步出嶺門，尋靈護廟，觀十八松。予與外峯、萃兒題名峭石上，流連久之，各賦一詩而去。命輿行三十里，至錢倉山，入寶勝寺。飯後登山，觀動静石〔7〕，亦各題名於其上。循山頂崎嶇而行，覓得黄石公洞。足力已疲，不甚愜意，乃扶杖下山，即宿寺中。六日晨起，乘舟由錢倉五十里過蒹葭浦、水頭，至北港登岸。適遇衛芝生少尹，投其館舍。甚精潔，因留止焉。

次晨，筍輿〔8〕入山，沿路山林蔚秀，霜葉如花，石峯青紺，溪水澄碧，約十餘里許。澗流遶山腳，作紅黄色，有若丹砂者，殆所謂錦水也。止輿趺坐〔9〕，仰見峯嶺間一奇石聳立數十仞，嶺西南有瘦石並峙。中一石案，如二仙之對弈者然。左石人座下似一方洞，外峯喜曰：“是必有異。”亟欲登山往觀。群相勸阻曰：“是無徑路，其高數里，萬難攀躋。”外峯毅然攜一僕竟行矣，踉蹌于亂石蘙莽中，時露帽影，時露襟裾，半時許，始至山腰。又兩僕覓得稍南石徑，乃解衣奔前，扶掖而登。余與萃兒坐山下，望之摇首而歎其苦。坐旁石崖下，清泉縈流，忘攜瓢杓，乃掬水拂鬚，漱齒而飲，甚甘美也。萃兒取千里鏡視山中，喜曰："至矣！至矣！前者張僕，後者劉僕，外峯先生倚杖立洞門外矣！"少焉，循樵徑石磴而下，不一時，已復我坐處。汗流透衣，外峯憊甚，仍樂甚。始悟難進易退之理有如是夫！

亟登輿，沿山行，乘竹筏過一溪，入兩巖間，是爲南雁山門户。兩巖峯頂俱奇形恠狀，或如老僧，或如將士，或如龍女之參佛，或如釜甑，或如城呰，不得其定名。又進，則見石樓、月牖在巖左，老人峯、硯屏峯在巖右。再轉過七星洞，即貞士洞，則見溪流奔赴，蒼巖翠壁，如五色屏風。對面奇峯逞恠，嵌空玲瓏，勢欲摩雲。猗猗[10]绿竹，掩映巖畔。一衮下山邀予曰："勿他往，此上即仙姑洞[11]也。"萃兒徒步先登，余與外峯輿行。半山間徑窄而曲，乃扶杖而上，凡歷數折，乃抵洞門。洞宇高敞，中祀仙姑，宋紹興間朱進士女也。旁有小洞，躡石磴至洞外，一樓軒豁明潔，正對前山，所謂五色屏風者。烹茗呼酒，亟謀醉飽而憩。視時辰表，甫未[12]正耳。命僕子展襆被於第二層樓中，將永今夕焉。

十月七日，素道人記於仙洞之第一樓。

【注釋】

〔1〕選自《三雁紀游》。

〔2〕卸篆：謂辭去官職。

〔3〕東甌：又叫東越或甌越。戰國晚期，有一支越人大部落活動於浙江東部甌江流域一帶，歷史上稱爲東甌，後用作温州及浙江省南部沿海地區的别稱。

〔4〕郭外峯：見前面詩歌部分注釋。

〔5〕南雁宕：位於浙江省平陽境内，距温州市區 87 公里，離平陽城關 32 公里，上有泥塘沼澤，秋冬大雁在此棲息，且與北雁蕩山遥望相對，故名。

〔6〕冠蓋：古代官吏的帽子和車蓋，借指官吏。

〔7〕動静石：亦名摇動巖，是錢倉山的"鎮山之寶"。

〔8〕筍輿：竹輿，竹轎。

〔9〕趺坐：坐法之一。即互交二足，將右腳盤放於左腿上，左腳盤放於右腿

上的坐姿。在諸坐法之中，以此坐法爲最安穩而不易疲倦。

〔10〕猗猗：柔美貌，美好貌。

〔11〕仙姑洞：又名西洞。清代瑞安名士孫鏘鳴有《題鬮韻樓》詩歌："風流張太守，笠杖昔曾游。我亦偕良友，題詩最上頭。溪聲宵繞枕，竹色晝當樓。還望後來者，添教韻事留。"此處的"張太守"即張盛藻。鬮韻樓在南雁蕩西洞上，舊稱横厢樓。光緒八年，張盛藻游西洞時在横厢樓上題寫了"鬮韻樓"三字匾額。鬮韻是以拈鬮確定詩韻，爲舊時分韻賦詩的一種方法，爲文人雅士的韻事。張盛藻題額後的第二年秋，孫鏘鳴也約平陽萬全的宋少泉及其子宋恕來游南雁蕩山，在鬮韻樓上住了兩夜，他們"日則縋險鑿幽，夜則倡和迭作"。此詩即是其中之一。

孫鏘鳴，字韶甫，號蕖田，晚號止庵，孫衣言弟。道光二十一年（1841年）進士，官翰林院侍讀學士，以重宴鹿鳴加侍郎銜。工書，是李鴻章的房師。著有《止庵讀書記》、《東甌大事記》、《海日樓遺集》。

〔12〕未：日昳，又名日跌、日央，十三點至十五點。

［附］

南雁山紀游

張克萃〔1〕

今年我游北雁蕩，自詡游觀第一壯。芒鞋踏遍百二峯，一峯一峯各變相。造化何心弄狡獪，雕搜斤斧出神匠。南戒〔2〕山川盡於此，我聞在昔斯言諒。横陽乃有南雁山，名山奪席敢相抗。何年左股失蓬萊，地肺鉤連露鬼臟。平生躭奇不畏遠，足跡未到神先王。斯時秋末正冬初，隨侍杖履天懷鬯〔3〕。長官周邠〔4〕最多情，示我圖經資尋訪。更有景純五色筆〔5〕，對山寫照葫蘆樣。石門樓閣聳碧霄，峭壁屏風開青嶂。環珮珊珊來玉女，甲胄森森下天將。四山峯巒拔地起，天門華表屹然向。仙洞乃在霄漢間，輕舉如乘天風颺。洞口藤蘿挂纓絡，洞裏煙霞成寶藏。群峯足底盡低頭，夢裏驂鸞青雲上。溪聲徹夜走輕雷，瓊樓玉宇寒無恙。雲軿〔6〕翠葆飄然來，空中五色排仙仗。酌我以先天難老之泉，坐我以月牖清風之帳。群仙招邀朝金闕，童子殷勤傾玉盎。但見海日升，不聞天雞唱。似逢蓬島舊朋儔，驅使山靈[7]獻嘉貺[8]。袖中采得石靈芝，喜奉高堂[9]作供養。我生本是鐵頭陀，不學枯禪愛疎放。當年或與詎那[10]共行脚，遍陟明王峯頂相頡頏[11]。明朝乘興往游中雁山，更將詩情禪理參無量。

【注釋】

〔1〕張克萃（1841—1911）：字正甫，張盛藻子，同治癸酉拔貢，參與同治《枝江縣志》“考稽”。本卷所附詩歌均來自《三雁紀游》。

〔2〕南戒：古指南方阻隔少數民族的山河界限。横陽，即平陽縣。

〔3〕天懷鬯：天懷，出自天性的心懷；鬯，同“暢”。

〔4〕長官周邠：此句化用蘇軾《次韻周邠寄雁蕩山圖二首》詩意。

〔5〕五色筆：南朝梁鍾嶸《詩品·齊光禄江淹》：才子江淹以其出衆文采稱著於世。晚年時，他在夢中遇見一位叫郭璞的人。他對江淹説：“我的筆在你這裏多年，請你現在把它還我。”於是江淹便從懷裏掏出一支五色筆給他，他本人也在交筆同時醒過來，後來江淹發現自己再也没法作詩。“江郎才盡”這個成語也是從此而來。郭景純，即郭璞，東晋著名學者，既是文學家和訓詁學家，又是道學術數大師和游仙詩的祖師。

〔6〕軿：有帷蓋的車子。葆，車蓋。

〔7〕山靈：山神。

〔8〕貺：賜贈之物。

〔9〕高堂：指父母，其父張盛藻愛石成癖。

〔10〕詎那：雁蕩開山祖——大阿羅漢諾詎那。

〔11〕頡頏：泛指不相上下，相抗衡，引申爲不相上下。

［附］

南雁山紀游　後記

郭鍾岳

天倪子自游樂清之雁蕩以來，於今十有一年矣。今年春，素道人率鐵頭陀游雁蕩歸，謂天倪子曰：“子游雁蕩，已記之。其山之秀峭靈雋，既知之矣。更聞平陽有南雁蕩乎？吾將與子游焉。”天倪子作色曰：“樂清之雁蕩，此天地間少二寡雙者。如謂天地間山水有如樂清雁宕，吾且不之信，况謂温州數百里間山水有能與之相抗，吾更不之信矣。君毋聽人之誑君者遂以誑予。”素道人欣然而來，廢然而返。

洎冬十月，素道人復申前約，天倪子强允之。三日壬戌，由永嘉買舟夜發。四日癸亥之瑞安，登隆山，復之平陽。五日甲子，游嶺門新羅山，觀十八松，因題名於石上，遂之錢倉，登山觀動静石，宿寶勝寺。天倪子謂素道人曰：“此山若此，所謂南雁宕者，其附會可知矣。”素道人曰：“已至此，去來方知。”六日乙丑，乘潮抵北港。七日丙寅，乘肩輿入山，抵仙姑洞。素道人記之詳矣。謂天倪子曰：“此較北雁宕何如乎?”天倪子默然不應。酒飯後，天倪子與鐵頭陀尋導路者與游，洞中二老人年皆八十餘，不能往。有生長此山之瞽者願同行，天倪子笑謂鐵頭陀曰：“問道於盲，其可得乎?”瞽者請先行，遂之洞右，觀先天井，石上有泉。鐵頭陀以杖測之，深數尺。瞽者曰：“此山脈之所通，大旱亦不竭也。”歷石磴數十級，觀田螺洞。至擔水洞，觀石梁，酌水飲之，甘。瞽者曰：“此余平日擔水之所也。”下之洞左觀西天門，門高百丈，兩峯排闥，俯而視之，目駭足戰，退數武而下。瞽者曰：“此西洞之最奇處也。”下有清風洞，再下有鏡屏，之平陸，過町步，瞽者曰：“此上真士洞也、石華表也、觀音洞也、玉女峯也，請先往其至高者，余能往，君等不能往也。”天倪子與鐵頭陀一一如所指而登。真士洞旋轉三層，如樓觀焉，石華表高入雲際，如天柱焉，旁有一峯與華表相連，如石門焉。天倪子曰：“此與西天門相對，謂之東天門也可。”觀音洞樵徑曲折，解衣攀援，竟不能上。忽雲氣當頭，雨點急至，循途而下，回望玉女以袖覆石，如斜倚薰籠，西天門左一峯如道士背胡盧而來，天倪子曰：“此可名純陽峯。”天門外一峯如甲士冠盔而立，天倪子曰：“此可名天將峯。”憩少許，取椰瓢飲溪水，水味殊淡，不如石梁之甘也。瞑色已合，蹌踉歸入仙姑洞。素道人與天倪子語，天倪子如有所失，唯唯否否，飲酒數爵，卧胡牀上作夢游矣。

八日丁卯晨起，天倪子觀透天洞。洞在仙姑洞中，攬衣從口蛇行出洞外，如猿猱升木，約百步，下瞰洞口如深井，惴惴然匍匐面壁退而下入故處，與鐵頭陀約下山游澗東。洞中一叟前導。叟告天倪子曰："與仙姑洞正對者，三台峯也。三台峯之北，蝙蝠峯也。"且言且行，已至山下，回顧素道人策杖至西天門。叟與天倪子、鐵頭陀過澗南行，指仙姑洞上一洞曰："此畚斗洞也，四十年前有虎居之。"澗東三台峯之南爲八仙峯，隔澗與八仙峯相對者爲童子峯。童子峯遥與玉女峯對，玉女又曰觀音，俗謂童子拜觀音也。玉女峯下又有老人峯，童子峯後又有龜峯。遠見雲外一峯如笠帽，叟曰："此小西山也。"行可三里，澗轉而爲東西流，西峼盡處一峯，叟曰："此金雞回頭峯也。"天倪子坐石上少憩，鐵頭陀南行又二里許，欲尋瀑布，不得，回與天倪子過澗依山西行，望仙姑洞、童子峯之側面，南山諸峯亦如人如禽，不可名狀。鐵頭陀謂此山全具火形，峯峯皆尖，峭如火燄，四面可觀，移步換形，此其所以妙也。欲訪明王峯，龍湫高處，龍雁之所居。叟已先返，無從問津矣。遂過澗北，乘筍輿復至仙姑洞，飯飯罷，素道人復曰："此較北雁宕何如乎？"天倪子肅然起敬，避席而謝曰："吾過矣。吾前者少見而多怪也，吾今者知夫天地間之有奇必有耦也。蓋南戒山川之有南北雁宕，猶之乎天目之有東西也。天目爲北幹之尾，以徑山爲主，東西實輔弼之。雁宕爲南戒之枝，以地肺爲府，南北實屏障之。向之矇矇者，一旦豁然，非兹游之力不至此。"嗟乎！古人有言曰："士爲知己用，女爲悦己容。"山川靈秀，何獨不然。天倪子於游南北雁宕，庶幾其悟道乎！北雁宕之可道者，前之人所道者衆矣。若因北雁宕之所歷，謂足盡山川之妙，遂舍夫南雁宕，毋乃使山靈屈辱？如士之不遇，女之不耦也。紀前游之勝，無兹游之樂，爲樵牧之經行，鮮吾人之踪跡，猶用之非知己，容之非悦己也。素道人記之，天倪子又從而記之，且申論之，以告後之游者慎毋徒執己見，因循固陋，使山川未盡獻其奇，更令天下後世謂好游如某某竟未見此名山也。

兹游有數樂：秋末冬初，樂得其時；二三知己，樂得其人；酒盞茶鐺，圖經筆墨，樂得其具；或行或止，或歌或詠，樂得其法。

游者爲誰？前温州守枝江張盛藻自稱素道人也；前温州丞江都郭鍾

岳自稱訥道人即天倪子也；其稱鐵頭陀者，素道人之子張克萃也。

游既，更訂中雁宕之約。中雁宕者，樂清之白石山也。

［附］

南雁山紀游詩

郭鍾岳

永嘉山水古稱奇，樂清雁蕩人共知。豈知更有南雁蕩，乃在平陽之南陲。青山無言不召客，游人况復多呆癡。靈秀鍾毓天一角，我初聞之猶見疑。惜哉尤物生僻壤，知己不遇良可悲。韜光斂跡數百載，吁嗟顯晦亦有時。張公今秋罷守郡，放逐五馬收旌麾。平生雅有游山癖，每逢佳勝窮摎披。昔之太守誰可擬，謝公靈運王羲之。風流逸興已難遏，有子千里才不羈。知我閒散一無事，夙昔譚論同心期。笋輿在陸船在水，笠杖荷負行囊隨。黄昏出郭清夜發，櫓聲似雁聞呀咿。安固城南飛雲渡，放翁當日曾羈遲。足跡不向城市插，隆山觀海天風吹。平陽嶺門訪古寺，蒼松十八蟠龍螭。欲求名跡如枵腹，得此餅餌聊充飢。錢庫嶺邊餘廢塔，寶勝寺前方午炊。峯巒磊落半頹劣，誰將巨石堆蹲鴟？買舟乘潮溯北港，漸覺爽氣迎鬚眉。强向水頭留一宿，入山不肯待晨曦。一步一步入佳境，碧山錦水何參差！道旁突兀見奇石，峯巔兩仙對奕棋。拚爛斧柯觀一局，直上那復論高卑。攀援上下汗浹背，足力已倦神未疲。石門方竇在彼岸，門户咫尺當可窺。山靈故欲吝顔色，絶壁當路誰轉移？道逢盡處忽開朗，谽谺屼嵲呈丰姿。楓葉丹黄竹青翠，神仙洞府陰護持。路迴九曲至古洞，乳泉滴瀝枯藤垂。立身已在青雲際，諸峯下拜羅孫兒。東西天門高萬仞，群仙執笏朝天墀。徧登峯洞足貪恣，如觀古器列鐘彝。火焰烈烈騰地起，位占文明卦曰離。厥物維何見諸象，爲螺爲蚌爲蠵龜。金雞回頭路再轉，寶象舉足佛能騎。嗚呼妙處莫思議，咋舌贊賞難爲詞。此山豈讓北雁蕩，要與一戰决雄雌。拈豪不敢浪吟咏，且償詩債免呼追。後之游者自領畧，應有昌黎南山詩。

中雁山紀游[1]

辛巳[2]十一月十七日，攜子克萃，邀郭外峯爲白石山之游。是日未刻[3]，乘潮命舟，三十里至館頭。遇雨，宿焉。雨竟夕[4]，次晨晴。雇小舟三，僕從三四人，行厨[5]畧具，襆被[6]、筆墨以從。

一路溪山幽秀，水碧於油，彎環曲折，望玉甑峯如在眉睫矣。三十里至白石村，憩錢氏魯芹學博家。午餐畢，覓山兜[7]五乘，倩魯芹之從兄月谿先生爲嚮導，指玉甑峯而進。

登下馬嶺，爲謝公行田[8]之所。凡經數溪，過町步三處，山行十餘里，乃至玉甑山腳，以爲至矣。而千仞直立，絶無徑路，神驚目炫，莫敢仰視。月溪云："此山陽也，路在山後。"乃由南而東而北。登十二盤嶺，羊腸鳥道，從者喘汗不能駐足，舊名"小九嶷"。是日大風，遇險仄處下輿步行，僕人掖而登。風來欲踣者累[9]矣。至最高處，爲玉甑之背。折而東，又下山一二里，不知玉甑之所在。方驚疑間，見山側一門。月谿曰："至矣。是爲玉虹洞，乃玉甑之甑底，循巖而轉則山。"僧數人撞鐘伐鼓，著袈裟拱立洞門矣。日已銜山，燈明佛閣。釋杖而坐，與外峯相視而笑，曰："苦哉，此行也！頗深歎悔。如此高山，幾爲罡風吹墮，又值嚴冬，何竟未計及耶！"外峯曰："若已計及，便不成行，何有此樂？"

喘息片時，步於庭階，乃見巖洞宏敞，寬可二十丈許，有佛殿十餘間，壘碎石爲欄，欄下數千仞，不知其底。群山交互於左右，俛若培塿[10]。對面海水前横，不能究其邊際。星斗垂簷，前如可捫，心目豁然矣。就僧舍，具酒食以相勞。既由龕左小門入洞，後又一龕，祀諸天神像。壁間有明何无咎[11]石刻存焉。折而東，拾級而上，洞愈深，有小孔透天。泉出石罅，涓涓不竭，以竹爲筧[12]，供庖湢[13]之需。復由殿前西行，有祠宇三間，中祀真君李少和[14]像。真君，趙宋初年人，爲此洞開山之祖。太宗朝，曾召入京顧問，稱旨[15]。奉敕[16]還山，駐白石道院。洞内尚有真君遺蜕[17]瘞焉，志稱"藏真塢"是也。此洞豁庨[18]明潔，階石兩層，一平如砥，爲他處巖洞所不及，即止宿于祠左。

次晨，在洞壁眉毛泉上審量石勢，題“藏真塢”三大字並記予三人姓名於上，囑僧人與月谿命石工刻之。是時天晴風静，倚石闌而望，雲海蕩胸，如可掬而飲也。洞上巖巔，飛泉灑落，如珠如雪，隨風輕颺。月谿曰：“此名大飛雪。又有小飛雪。”餐畢，出洞下山而行，見巖間“國甑”二大字。有一綫天、溜鐘巖、屑玉泉，皆昨日履險時所未暇瞻顧者。一炊黍許，已至玉甑山下，回視石壁，陡削綿延如石城。玉甑在石城上，如吾楚黄鵠磯上之黄鶴樓高插雲表也。月谿又曰：“此山東西二漈[19]，西漈尤勝，曷往觀焉?”予老憊，不願行。外峯亦猶豫。萃兒賈餘勇勸往，乃踰五馬嶺而西。取徑竹樹間，一路迂回平坦，見千丈巖矗立於前。循巖西北行里許，回顧所謂石城者，則側面如玉屏風。屏外一峯特起，爲卓筆峯，左爲展旗峯，再西則華表，在山肩。再行，見巖上一石懸空附焉，如人之醉以頭觸石者然，俗名“倚壁聽”。千丈巖下有洞，洞門有小松數株，而無人蹤。傍爲一笏庵，亦闃寂[20]。巖之北，高峯峭拔，傍一峯如童侍立，是爲大天柱、小天柱。溪邊清流汩汩，出亂石間，取椰瓢漱飲而還，外峯與予咨嗟歎賞，不能極其妙，曰：“是又奇矣！吾等游北雁蕩，不知南雁蕩之奇。今游中雁蕩，又欲與南雁蕩抗衡矣。是耶？否耶?”

素道人評曰：“北雁蕩如波斯胡賈，奇珍異寶，層出不窮。南雁蕩如後宫佳麗，競美争妍。中雁蕩如蓬萊樓閣，縹緲雲際。三雁之游，吾欲議和，無庸袒護而争也。”訥道人唯唯，鐵頭陀默默而已。

【注釋】

〔1〕選自《三雁纪游》。中雁山：舊名白石山，民間流傳叫“道士巖”，位於樂清縣城之西9公里餘，東和樂成鎮相接，西與永嘉縣爲鄰。中雁山爲栝蒼山脈的一段，地質係火山巖斷裂層構成。峯巒秀拔，泉石清幽。玉甑峯卓立天心，東滌西滌蜿蜒縈抱，種種形態，類似雁蕩，又處於雁蕩山與南雁蕩山之間，故名“中雁蕩”。

〔2〕辛巳：光緒七年，1881年。

〔3〕未刻：下午 1 點至 3 點鐘。

〔4〕竟夕：終夜，通宵。

〔5〕行厨：謂出游時攜帶酒食。

〔6〕襆被：鋪蓋卷，行李。

〔7〕山兜：供人乘坐的篼子，是山區的交通工具，作用與轎子相同。

〔8〕謝公行田：謝靈運有《白石巖下徑行田詩》。

〔9〕累：多次。

〔10〕培塿：小土丘。

〔11〕何无咎：浙江永嘉人。

〔12〕筧：連接起來引水用的長竹管。

〔13〕湢：浴室。

〔14〕李少和：見《中雁蕩（即白石山，一名玉甑峯）》注。

〔15〕稱旨：符合上意。

〔16〕奉敕：奉皇帝的命令。

〔17〕遺蜕：僧、道認爲死是遺其形骸而化去，故稱其屍體爲“遺蜕”。

〔18〕豁庨：深邃高峻貌。

〔19〕漈：瀑布。

〔20〕闃寂：静寂，寧静。

［附］

中雁山紀游詩

郭鍾岳

辛巳十一月，言往白石游。乘輿訪名勝，那爲風雨休。冒雨理行橐，游侣共輕舟。江潮含海氣，混混下東甌。早期今夜宿，古驛在館頭。旅枕聽淅瀝，疎窓鳴颼飅。詰朝知晴否，更長生古愁。晨起旭始旦，天空溼雲收。驩憙那可言，小艇泝溪流。清流山之源，湛湛碧於油。五里復十里，景色何清幽。翩翩雲中鶴，拍拍水上鷗。淼淼澗水長，靄靄寒煙浮。嵬嵬叢峻嶺，漠漠開平疇。已見玉甑峯，獨立高無儔。迢遥卅里途，紆迴九折周。崋崒過萬仞，巉巖豈一邱。道經白石村，已達山之陬。欲尋導引人，村人意綢繆。云是故王孫，吴越傳錢鏐。坐我以西軒，宿我以南樓。我興在游山，欲行不少留。但問山中景，一一須採掺。示我舊圖經，指點語啁啾。止許攜笠杖，未可登轅輈。籃輿猶礙路，片板绳爲兜。行廚具村酒，僕夫裹乾餱。已覺近可接，詎知艱且脩。町步渡水三，褐衣重難摳。憩息下馬嶺，荒亭乃古郵。康樂昔行田，到此耕與畱。更上山徑窄，曲曲如蜒蚰。十二盤嶺間，盤盤若相讎。足繭不能上，氣息喘如牛。風來身欲踣，塵起目苦瞀。仰視眩難立，俯窺駭莫度。咫尺巖壑懸，衣袂荆棘勾。遂此游覽緣，幾有性命憂。自笑苦攀陟，童僕猶怨尤。我行玉甑陽，飛雪下瓊璆。一萬八千丈，舉首天與侔。我行玉甑側，寒雲相雜揉。氣勢何雄哉，五岳拔地抽。我行玉甑陰，玉甑不可求。駭然恐失道，氣沮心爲謀。翻身下崇岡，異境乃當眸。玉虹古洞天，廣厦堪庇庥。我從山下來，但見月一鈎。來此百畝寬，山腰聊逗遛。若云登絶頂，毋乃須猿猴。鐘鼓上方動，清磬鳴玉球。諸僧合掌迎，一齊排禿鶖。拾級趨梵宫，板屋連梲桴。皈心禮空王，吾儒良足羞。生寄天地間，楚楚爲蜉蝣。鍊氣求神仙，參同契真修。當年李少和，棲息心悠悠。屢蒙天子召，前席親咨諏。平治告聖人，廊廟呈嘉猷。十二真人號，寵錫亦云優。名利脱韁鎖，富貴列罟罘。告歸良有識，有司仍濟賙。泉石入膏肓，疏放疾乃瘳。仙蹤足千古，遺蜕留一抔。步入藏真塢，池水潤咽喉。洞中有匡牀，大被展黄綢。夜起望明月，却惱陰雲稠。朝來看日出，却惱繁霧蟄。我聞月明時，靈臺挂晶毬。我聞日出時，金鏡湧浮漚。更聞四時景，歷春夏冬秋。春氣被草木，蘭苕和且柔。下瞰凝叢緑，杜若生芳洲。夏炎多涼風，单衣不解禂。竟夜無蚊蚋，露體能駢齁。秋涼挹清露，爽颯來松楸。飛仙御空行，白鹿鳴呦呦。冬寒木葉枯，樵蘇供薪槱。深谷氣燠煖，敝褐勝羊裘。我倚石檻覿，萬象窮集蒐。群峯開翠藍，衆水疏青緅。田原布棋局，竹樹森戈矛。有如周天王，八百會諸侯。圭璋齊下拜，明堂端冕旒。有如楚漢争，兩大項與劉。壯士拔劍舞，呼吸當鴻溝。有如窈窕女，有如趫傑酋。有如天馬行，八駿奔驊騮。有如介族居，黿鼉搏蝤蛑。有如盤龍蛇，有如走虎彪。有如躍鯉魚，有如蹲鵂鶹。有如祭宗廟，秬鬯陳尊卣。有如羅食品，餠餌蒸來麰。有如戰方酣，隆隆擊鼓桴。有如烽初舉，烈烈騰烟烰。周覽奇勝境，贊歎嗟莫由。歸途玉甑下，逸興尚自遒。未遑尋東漈，西漈且探搜。卓筆揮雲烟，展旗分旌斿。高嵓立百丈，華表添一籌。石門開雙闕，倚壁聽孤叟。美人梳髻鬟，勇將冠兜鍪。凡兹諸大觀，欣賞何夷猶。若此北雁宕，豈讓大龍湫。若比南雁宕，天門相匹仇。美哉三山景，契合膠漆投。吁嗟造化工，斤斧細雕鎪。天功神所貪，大巧誰敢偷。地位當震旦，星躔跨奎婁。定有間世才，出爲地靈酬。努力佐聖朝，輔弼濟神州。嗟彼壇墠旁，培塿承酒篘。名山未當道，下士空吟謳。急就詩千言，品題得當不?

［附］

三雁紀游序

郭鍾岳[1]

永嘉山水，古來共談。若雁蕩者，自唐始傳，雖康樂未能與其奇，且有南雁蕩、中雁蕩，鼎足而三焉。天倪子得從子穎[2]觀察、君素太守游，即其景物，紀其事，或以記，或以詩，初何幸哉，今且十餘年矣。每當風晨雨晦，感逝懷人，竊有所惆悵而不能已者。方公以軍機章京出爲温處觀察，張公以給諫出爲温州太守，之二人者，忠藎謇諤，敭歷中外，在甌皆有美政。方以轉升鹾使告歸而逝，張則退居林下，得非未竟其用與? 天倪子自顧無才，沈淪閒散，慟山邱之零落，羡泉石之優游，雖欲再續前游，其人其興其濟勝之具，其可得乎? 其不可得也。世之人持此紀游一編，設身處地以思之，謂天倪子之欷歔感嘆，應耶? 否耶?

光緒十四年歲在戊子立夏日江都郭鍾岳識於温州。

【注釋】

〔1〕郭鍾岳：字叔高，又字叔吾或叔藩，號外峯，别署天倪子、訥道人，江都（今江蘇揚州市）人，官浙江温州同知。工詩詞，能鼓琴及刻印，書法各體皆妙，著有《和天倪齋詞》、《東甌竹枝詞百詠》、《東甌小記》、《大英帝王世系表並紀略》等书。

〔2〕子穎：方鼎鋭。“字子穎，號退齋，本之從曾孫，生有宿慧，五歲通五

經、《爾雅》，十六補諸生，有聲黌序。咸豐壬子舉順天鄉試，與兄鼎録同官内閣，才名滿都下，以軍機章京記名御史外簡浙江温處道，歷官杭嘉湖甯紹台道，升兩浙鹽運使，浙東山水本擅清嘉，持節往還，選勝探奇，吟詠益富。著有《雁山游草》、《且園賡唱集》、《退齋詩集》。卒年六十一。兄鼎録，字元仲，辛亥順天舉人，由内閣中書官至甘肅西甯道，署甘肅按察使。”（民國版《續修江都縣志》）

［附］

雁山游覽記

雁山主參定　天倪子述

有可必者，有不可必者，有可必而不可必者，有不可必而可必者。釋氏每以緣論之，信有之矣。天倪子之始來温州也，知雁蕩之勝，往游，謂可必也。八年秋，雁山主觀兵於沙角山，歸游雁蕩，從者甚衆，天倪子不果從，此可必而不可必矣。越明年，天倪子回武林，意再來温州將游雁蕩，此不可必也。十年春，雁山主由甯紹台使者回温處任，檄天倪子來，謂將與游天台雁蕩，而前天台因路歧出，弗克往；雁蕩則由樂清紆行一日耳。於是束裝同發，此不可必而可必矣。蓋游雁蕩之緣合在此日，遂因而記其時月與所游之地、同游之人，次爲一篇。並系所作之詩與吾揚先達阮文達[1]公、朱文定[2]公之詩於後，將文字之盛、游覽之樂以示後來。《記》所謂雁山主者，儀徵方鼎鋭子穎也。天倪子者，江都郭鍾岳叔高也。其《記》曰：

同治十年辛未春三月初四日甲午，早發大荆驛。雁山主約同樂清士人張桂萼月波，刻《雁山便覽》者也，彼生於大荆，常游雁蕩，故約爲鄉導。樂清縣丞金枚吉人，守備程夢熊渭賢從。行五里，遠見一石似僧狀，面目衣褶，宛肰如生。輿中觀之不足，棄輿而步，徘徊道旁。俄而張君至，曰：“此雁山東外谷之門户也。右有石梁洞，去此五里，亦可觀。肰入谷之佳處甚多，如亯太牢，何用戀此小鮮？舍之舍之。”石巖似僧者曰“老僧巖”，俗名“接客僧”。雁山主謂天倪子曰：“是實面壁，豈接客哉？名曰‘面壁僧’不更宜乎？”《志》謂：“至謝公領半領觀之，老僧之旁有二小僧，俯首就睡。”乃陟領半熟視，果肰。領有“落屐亭”，謂謝公落屐處。

按康樂東游，止於斤竹。此領此亭，得毋好事者託名於康樂乎？

越領，是爲東内谷。清溪橫道，水潺潺肰，鳴玉溪也。共由溪東北行，望幞頭巖、迴獅峯、背面觀音。幞頭巖盡處則與天冠峯接，峯下洞壁似橋之孔洞。下有屋三楹，遠望若在洞中，近視則在洞口。初疑僧寺，方欲入，有村婦抱呱呱者出窺客。問之曰："洞可觀乎？"曰："可。當巡檐而東出屋背，則悉見。"行至洞，儼半規肰。命隨卒鳴銃其中，聲震萬壑，山魈木客不當驚避游人耶！出初月洞，渡水行，溪無梁，中置石如栲栳大，數十相次。彳亍行，肩輿待於對岸。

雁山主率諸客先往浄名寺憩，天倪子乃獨行，自東之北，觀巖之與天冠峯對峙者，爲靈芝峯、犀角峯、槖駝峯，與天冠、靈芝等峯鼎足者，爲雙筍峯，稍進則五老峯、三賢峯、凌霞峯、象牙峯、朝陽峯、礪齒峯、鬥雞峯、丹桂峯、碧月峯。森森然立，巉巉然高。指之以名，有一定而不可疑者，此非人力，實天工也。群峯排立，有若爲之冠而睥睨一切者，此爲東谷之主腦，曰靈峯，即觀音峯也。峭立千仞，豁肰中開，即觀音洞也。拾級行，級級數之，得四百二十級。歷數十級一憩一回顧，下視諸峯羅列眼底，雙筍峯則如雙燭矣，此蠟燭峯之俗名所由來也。將入洞，於兩巖合處觀一綫天。登絶頂，洞可五六畮，一老僧居之，禪牀茶竈，外無他物。洞中中坐大士，左右裝諸佛，右小罏設一儒衣冠像，旁坐二女，下有碑曰"洞主劉允升與其二女像"。考之《志》：允升，宋人也，曾與二女披沙石來此修道，後之主此者故祀之。老僧引天倪子觀洗心泉，烹而飲之，味甘。坐少頃，欲下，老僧送出洞門。旋入，則梵音已喃喃在耳矣。下至半，仰窺則眩，俯視則駭。雲霧繞足，衆山皆晦，蓋欲雨也。下即坦途，山環如門，折而南，地忽開朗。途中皆沃壤，田間種麥，隴上樹茶，雞犬桑麻，恍入仙境。乘肩輿至浄名寺，雁山主及樂清令徐君、守備程君、縣丞金君、張君月波、鄭君芷馨已先在矣。徐君、程君因迎送來於此，各返，鄭君亦且園客同游者也。

寺依蓼花嶂，旁有挂錫谷，即散花龕也，巖石有梁茝麟中丞題名。至方丈，讀壁上阮文達公《蔬飯》詩，朱文定公《紀游》詩。雁山主和之，天倪子亦和《蔬飯》。

後雁山主與天倪子、月波、吉人、芷馨同出寺，游所未游。之寺西，觀蝙蝠峯，即鐵城嶂口也，本名金鼎峯，山僧以壁端有蝙蝠狀，故以今名名金鼎峯。對溪爲猴頭峯，西北視之若鷹嘴，亦以鷹嘴名。迴曲度碧玉溪，深入嶂内，四山合抱，望水簾洞，登維摩洞。洞有屋數椽，中無居人。藥杵峯在其南，鐵城橋在其右。飛橋石梁，深入谷底。山花團錦，香氣襲人，芳草沾衣，緑痕迷路，一嘯乍發，四谷響應。天倪子欣喜欲狂，流連而不能去。斯時，雁山主與吉人往靈峯游者，分一而二。靈峯去此五里。芷馨、月波與天倪子復入浄名寺，名肩輿從，出寺東觀老猴披衣峯，即響泉屏也。南爲吉星橋，緑樹低護，鳥鳴啁啾，往靈巖之途也。天倪子謂東觀未盡，奚暇南行。衆遂東，將至靈峯。雁山主與吉人自山凹處行出，謂芷馨曰："靈峯不可不到也。余游既，往靈巖矣。"遂與吉人西行。天倪子往碧霄洞，與月波東行。芷馨獨之靈峯，游者又分二而三。碧霄洞道出靈峯左，觀石棋枰、石浮圖，抵鋸板巖，過此望見洞里許。度溪，東行至洞下，仰視藤蘿倒挂，碧草蒼煙，非捷如猿猱，行跡固不能上。洞旁有屋，屋有樓，榜其門曰"碧霄禪院"。屋中厝薪，檐下鋪新茶盈筐。左有小室，脩潔無人。居人出耕，不知有游人至止。游人至亦何須問主人也。山中之風可羡也。夫出門東北去三里，可至真濟寺望石屏峯、童子峯。度溪，覓聽泉石，以耳屬之，汩汩中有聲，水由地中行也。《志》所謂棲真道士神跡。石臍、騰波、修道諸巖，香爐、浄瓶、大筆、玉笋、卓刀諸峯，或寓目，或未寓目，或可指，或不可指，雲氣迷漫，使人生憎。望見真濟寺而回，回至靈峯前。芷馨待同行，天倪子、月波與之合二而一。微雨，至浄名寺，雁山主與吉人游靈巖未回。天倪子欲往尋之，月波、芷馨不欲行，天倪子遂獨往。過吉星橋，由南西行，觀游龍嶂，聽詩叟巖。上聳而欹者，宛肰叟也，宛肰聽也。朝天鯉在石上，首尾潑剌，意欲告涸轍於蒼蒼耶？珠簾水相去咫尺，錯落不斷，若有日光時賞之，當更可觀。沿徑行，覓響巖不得，遠見松陰下有人行，蓋雁山主與吉人游靈巖諸景而歸也。雁山主謂天倪子曰："謂君不來君竟來，過此即是，當候君於路側。天欲雨，毋任貪也。”天倪子由路側北行，見靈巖寺，屋二重，重三楹，門外有浮圖三山繞寺。僧拜石當寺之西，石高於僧，當僧之面，僧作和南形。僧拜石之下爲卷圖峯，爲雙鸞峯。雙鸞峯之側爲獨秀峯，爲天柱峯，爲小龍湫。靈巖寺左側爲安禪谷，後爲大展旗、小展旗峯，天牕洞，頂珠峯。寺之右，攀援而登龍鼻洞。觀泉亭則已廢矣。龍鼻相傳不數年前爲人鑿去，水源自在也。洞中有龍爪，以石爲之者。席地少憩，讀明嘉靖時諸題名。烟靄四合，已將莫矣，且恐雁山主久待，旋下而諸峯旋爲雲迷。至雁山主前止處，則已去，回至浄名寺，雨踵至。雁山主於途中與村人購新茶，送至寺者甚夥。天倪子購二籠寄獻二人。夜大雷雨，泉聲溪聲終夜不絶。天倪子棖觸旅懷，不能成寐，意何日買山歸隱，剪燭西窗，庶洗盡塵襟，當異兹孤景也。作詩紀游，燭盡待旦。

初五日乙未，天色乍霽，耳中淅淅瀝瀝，疑復雨。審視木杪，巖壁如珠錯落，“山中一夜雨，樹杪百重泉”之句，其景直爲道破。雁山主起盥漱已，見天倪子題詩滿壁，乃大驚異。晨餐畢，金張二君辭回大荆，雁山主與天倪子、芷馨且行且游矣。西南五里，皆昨往靈巖之途也。抵靈巖村，下輿對紫微嶂，觀小剪刀峯。峯下有人家，竹籬茅舍，頗引人入勝。峯西有冲霄洞，過此有貓兒峯，一帶而陟馬鞍領，領極高，上似馬脊。由領下緩緩步行，已覺雲絮雨絲，噴衣欲溼。至其上，一望茫茫，峯巒屋舍，俱不能辨。白雲如海，四顧冥肰。此山爲東西谷分界處，過此則爲西谷。下領行約四里許，雁山主乘籃輿入内游大龍湫，命僮伺天倪子。天倪子后至，棄輿而步，西入曲折約四五里，渡水者四。溪水甚大，間有屋數處，亦不知其爲民舍爲僧寺也。行漸深，入谷忽一峯孑肰，左右無比其高且奇者，蓋大剪刀峯也。旁視之，若剪刀；側視之，若帆；正視之，若柱。故或名天柱，或名一帆，或名剪刀，從所似也。卓筆峯在其旁，相形見絀矣。不數武，緣石而行，則見大龍湫瀑布，高處爲雲所遮，水之根如天上來者。翠被石在潭中。潭中之色翠潤可握，瀑布如烟雲霧霰，其妙處不可思議。雁山主已來對觀少刻矣。爲天倪子言，舊有忘歸亭，今廢；前有詎那亭。昔在唐時，諾詎那尊者率八百弟子來此山中，尊者對此瀑一笑，遂坐化，故以“詎那”名亭。天倪子作佛法，單舉手曰：“到此清净世界，得大解脱。是尊者之入無餘涅槃而滅度也。”觀不足亭，今亦廢，内觀瀑布，外觀奇峯。自外而來，路極幽深，加以細雨拂面，衣衫盡爲汗漬，移時頓覺清沁，使人慨想南宗如夢初醒。惜遠峯層巒俱不得見。此游甚樂，亦甚苦。樂得名山一游，慰此數年企想；苦爲一峯一石必走歷其下方能謀面，稍遠即隔雲霧。對龍湫馳想諸峯之奇之不得見者，悵悵而返。雁山主曰：“今細雨薄雲，諸峯半在隱現間，此山靈之故施狡獪，留其有餘，不盡結我輩他日再來之緣也。子何悵焉?”天倪子初入，渡水皆使輿夫負以涉，返則棄籃輿。芷馨已先行。行五里，能仁寺僧以瓣香迎雁山主於道。寺久廢，無可觀，故未入。陟四十九盤領至領巔，西南望見海水横無涯涘。出西谷，渡筋竹澗，入芙蓉村。其中有一二可觀處，亦如殘杯剩炙，不暇一一搜羅矣。今者雁蕩之奇雖未盡覽，肰其最勝已得大畧。所不忘情者，雁湖未能登耳。《志》載十八剎，今以曾游者記之：真濟則矮屋數椽耳；碧霄院亦不整麗；靈峯故址僅存；净名未盡寥落；靈巖則有屋無僧，爲田家貯農器而已；能仁則無一椽不欲傾圮者。他則或未至，或至亦不知向之爲精藍也。盛衰之變，得無慨乎！至芙蓉村，意猶戀戀，顧盼間風消霧散，諸峯皆作黛緑色，參差不一。天倪子對之揖曰：“敬謝山靈，他日來慎毋吝顔色也。”俄而白雲横空，倏忽不見。

【注釋】

〔1〕阮文達：阮元（1764—1849），字伯元，號雲台，謚文達，嘉慶、道光間名臣。他是著作家、刊刻家、思想家，在經史、小學、天算、輿地、編纂、金石、校勘等方面都有着非常高的造詣，被尊爲一代文宗。

〔2〕朱文定：朱士彦（1771—1838），江蘇寶應人，謚文定，嘉慶進士。歷官至左都御史，工、吏、兵諸部尚書。多次主持會試及督湖北、浙江、安徽學政。參與編纂《國史・河渠志》，熟悉河工事務。道光中，先後勘察江蘇河、

淮、湖工程，浙江海塘、南河料垛工程等。疏陳南河高堰、盱堰大堤，運河埽工及安徽江堤修築事宜。

［附］

登隆山

振衣凌絶巘，塔勢湧青天。城[1]小江如帶，潮平海作田。寒飈吹木末，空翠[2]落樽前。不見僧齊己[3]，題詩待證禪。

【注釋】

〔1〕城：指浙江瑞安。張盛藻有同題詩作，可參閲。

〔2〕空翠：指緑色的草木。

〔3〕齊己：唐代著名詩僧。

憩觀海亭

天風吹客至，倚仗野亭間。雲物三秋迥，帆檣萬里還。濤飛江入海，日射塔撑山。且喜鯨波静，憑欄一展顔。

題横陽靈護廟[1]古松十八株

张克萃

我友鄔梅仙[2]，躭奇本同調。極稱横陽[3]南，嶺門群峯峭。有松十八株，一一皆奇妙。如誦《古柏行》[4]，恍游孔明廟。相要言猶在，分携[5]誰能料。朅來[6]侍杖履，曉起踰嶺嶠。蒼官[7]森森立，蘚苩成一笑。虬幹争拏雲，懸根出石竅。古怪復支離，瘦影清池照。一幅登瀛圖，讌集偕長少。作詩苦才短，品題殊難肖。盤桓歎奇絶，仰天一長嘯。

【注釋】

〔1〕靈護廟：見張盛藻相關詩注，在浙江平陽。

〔2〕鄔梅仙：漢陽人，俞樾的門生。張盛藻在《笠杖集》中説“漢陽鄔梅仙銓是先見此十八松者”。

〔3〕横陽：平陽。平陽古稱横陽，乾化四年（914 年），改名平陽縣。

〔4〕《古柏行》：是杜甫的一首詩，其中有“孔明廟前有老柏，柯如青銅根如石。霜皮溜雨四十圍，黛色参天二千尺”。

〔5〕分携：離别。

〔6〕朅來：猶言爾來或爾時以來。

〔7〕蒼官：松或柏的别稱。

游錢倉山〔1〕觀動静石

張克萃

昌黎南山篇，奇入非非想。我來錢倉游，亦頗愜素賞〔2〕。登高扣奇石，一鳴衆山響。兹游已云樂，更喜侍笠杖〔3〕。笑謂揚州客〔4〕，纏腰騎鶴上。

【注釋】

〔1〕錢倉山：見《笠杖集》相關注釋。其父張盛藻有同題詩。

〔2〕素賞：内心所欣賞。

〔3〕笠杖：此處一語雙關，兼指作者的父親張盛藻。

〔4〕揚州客：南朝梁殷芸《小説》卷六：“有客相從，各言所志：或原爲揚州刺史，或原多貲財，或原騎鶴上升，其一人曰：‘腰纏十萬貫，騎鶴上揚州。’欲兼三者。”此處亦爲雙關，兼指同行的温州同知郭外峯，他是揚州人。

渡飛雲江遇雨

张克萃

章安〔1〕城郭暗朝暉，蠟屐初從雁蕩歸。蜃海潮隨新雨至，龍山倉擁亂雲飛。天風颯颯懷僊洞，楓葉紛紛點客衣。我似閒鷗江上汎，不將鷸蚌話漁磯。

【注釋】

〔1〕章安：在浙省東南沿海靠近椒江入海口的北岸。其父張盛藻有同題詩。

重游仙巖不果

张克萃

曾隨杖履走巉巖，墜夢難尋舊藥鑱〔1〕。游子無緣還福地，老人且喜脱朝衫。頻年嬾惰添詩債，一醉瞢騰饜酒饞。惆悵歸途連夜雨，空山應有白雲緘。

【注釋】

〔1〕鑱：古代的一種犁頭，又是一種挖草藥的器具。

次工部壯游[1]韻

张克萃

人生貴適志，絶跡名利場。遨游徧湖海，意氣何飛揚。豈不懷稷契[2]，所託羲與皇[3]。昨游南雁宕，得句付奚囊[4]。如對素心人[5]，吐盡冰雪腸。郭公[6]濡大筆，磨崖爵青蒼。作詩追昌黎，灝氣接混茫。再赴中雁約，同游駕海航。孤嶼含水氣，勢欲吞扶桑。三山不可見，遐想及鴻荒。御風有列仙，傾慕爇心香。輕飈海上來，急雨灑空塘。篷窓透淅瀝，漸聞聲浪浪。停橈投旅館，沾衣心旁皇。本作汗漫游，飜成急就章。對酒無明月，三人影蒼涼。聯牀爲夜話，物我兩相忘。晨興命輕舟，言尋白石鄉。雨霽天容浄，旭日在西牆。聞説錢王[7]孫，近山有草堂。相訪不相識，未免譏楚狂。延坐具雞黍，薄醉山樓旁。急爲覓山兜[8]，駕言陟崇岡。玉甑出雲表，高飛囘鷟鷁。山公[9]愛嬉游，何事問葛疆。崎嶇十餘里，乃至玉峯陽。我行謁名山，非爲禮空王[10]。盤旋鳥道上，雲暗日無光。天風撲人來，蹇步[11]摳衣裳。詰曲出險阻，始見仙洞藏。擲杖得宴坐，呼燈命壺觴。嗤彼枯禪僧，習静肘生楊[12]。我欲學游仙，雲山足底忙。如鳥自高飛，豈罹北山殃。一枕邯鄲夢，何待熟黄粱。鹿記隍中覆，羊覓歧路亡。真人李少和，藏脩歲月長。倚檻恣平眺，滄海遥在望。群峯如培塿[13]，日色冷蒼黄。天邊點黛青，仰見雁成行。便欲挽强弩，飛箭射天狼。古洞尋煙霞，瀑布憶石梁。平生好游覽，泉石入膏肓。詞賦百無能，敢論班與揚[14]。恐遭神女忤，難洗唾生瘡。何處逢桓伊[15]，弄笛據胡牀。芒屩下層嶺，僕痡[16]我足傷。囘首荒山巔，長嘯答嵇康。更欲尋西漈，游興殊未央。西漈[17]好峯巒，嶠圓壺則方。天柱與華表，勢與天低昂。巖間有芝草，飲泉擷其芳。海濱得奇賞，長歌詠滄浪。人生非金石，誰能壽千霜。著得幾緉屐，酒債亦尋常。快續南北游，三雁同翱翔。

【注釋】

〔1〕工部壯游：杜甫有五言長詩《壯游》。

〔2〕稷契：稷和契的並稱，唐虞時代的賢臣。

〔3〕羲與皇：即伏羲氏。

〔4〕奚囊：《新唐書·李賀傳》：“（賀）每旦日出，騎弱馬，從小奚奴，背古錦囊，遇所得，書投囊中。”後因稱詩囊爲“奚囊”。

〔5〕素心人：指没有其他胡思亂想、欲望雜念的人。

〔6〕郭公：指一同游覽的郭外峯。

〔7〕錢王：吴越國王錢鏐，五代十國人（852—932），公元970年被梁朝晋封爲吴越國王。其孫忠懿王錢俶（929—988）爲台州刺史，後漢乾佑元年（948年）襲封吴越國王。他在温州江南（今温州蒼南縣錢庫）設司庫，聚無限財寶，使國强民富。

〔8〕山兜：供人乘坐的篼子，是山區的交通工具，作用與轎子相同。

〔9〕山公：《世説新語·任誕》：“山季倫（山簡）爲荆州，時出酣暢。人爲之歌曰：‘山公時一醉，徑造高陽池。日莫（暮）倒載歸，酩酊無所知。復能乘駿馬，倒著白接籬（頭巾）。舉手問葛彊，何如並州兒。’高陽池在襄陽，彊是其愛將，並州人也。”

〔10〕空王：佛的别名，因佛空無一切邪執。

〔11〕蹇步：謂步履艱難。

〔12〕肘生楊：《莊子·至樂》：“支離叔與滑介叔觀於冥伯之丘，崑崙之虚，黄帝之所休。俄而柳生其左肘，其意蹶蹶然惡之。”郭慶藩集釋引郭嵩燾曰：“柳，瘤字，一聲之轉。”後因以“楊枝肘”泛指人生病。

〔13〕培塿：小山丘。

〔14〕班與揚：漢代文學家班固和揚雄的並稱。

〔15〕桓伊：東晋音樂家、名士。爲人謙素。

〔16〕僕痡：《詩經》曰：“我僕痡矣。”痡（pū），意思是因疲憊、困倦而面

朝下趴下。

〔17〕西漈：西起石門，東至玉甑峯下，是一條兩公里長的狹長山谷。

望玉甑峯〔1〕

张克萃

小艇尋幽白石鄉，玉甑千仞遥相望。迂回已是饑腸轉，風日蒸成黍稻香。

仙洞幽居不問年，黄梁未熟且安眠。峯前時有雲飛出，恰爲玉甑作爨煙。

【注釋】

〔1〕玉甑峯：玉甑峯是中雁蕩山的主峯，又稱道士巖，狀如倒扣的銅鐘，拔地而起，聲勢逼人。中雁蕩最早的山志干脆就叫《玉甑峯志》，可見玉甑峯在中雁景區中的地位之重。

和阮文達公净名寺蔬飯

方鼎鋭

選勝入東谷，松陰一徑斜。行厨供竹筍，小院落松花。汲水嘗雲液，烹茶試露芽。高僧曾挂錫，旁有挂錫谷。繞屋總烟霞。

和前作

郭鍾岳

紆迴東谷路，曲曲似褒斜。古寺客炊飯，空巖佛散花，寺傍散花巖，又作散花龕。茶煎溪上水，蔬摘雨中芽。坐對諸峯静，銜杯醉落霞。

疊前均

郭鍾岳

古寺依層嶂，門臨溪水斜。清齋餐竹筍，春酒煮桃花。撥火煨青芋，看山試紫芽。縱觀峯百二，滿腹飽烟霞。

雨夜不寐再疊前均

郭鍾岳

角枕欹殘夜，坐看人影斜。泉聲來木杪，雨氣蝕燈花。詩筆秃無幹，心蓮妙吐芽。聯牀鼾睡客，夢不到烟霞。附阮文達公原作："石色峯峯變，溪聲步步斜。椶櫚圍野屋，杉竹隱疎花。入寺聽詩板，穿林劚笋芽。鐵盂香稻飯，匙上有雲霞。"

寄雁湖和阮文達公均

方鼎鋭

峯巔湖水波千頃，更有奇觀在上頭。南戒山川盡甌海，北鴻消息在深秋。頗思蠟屐窮搜索，那許籃輿更逗留。三過儻能腰脚健，定攜卮酒溯長流。

和前作

郭鍾岳

雁湖直上高無際，闖在奇峯最上頭。雲路未登天咫尺，雪泥多感歲春秋。快游須待重來償，佳處權將勝景留。可奈賓鴻歸去早，新詩誰與付清流。

疊前均

郭鍾岳

未登雁蕩平湖頂，空對峯巒一舉頭。霧斂山光時欲雨，波摇雲影氣横秋。豈無游客扶筇上，應有高僧卓錫留。按《志》載，昔僧卧雲結茅湖畔。聞道水源通海眼，是誰倒捲作清流。

雁山紀游和朱文定公均

方鼎鋭

再入净名寺，樵汲僧兩三。賓僚先後至，各各恣討探。蔬飯欣一飽，豈云口腹貪。出過行春橋，須眉映澄潭。郭子示我句，堪喜青勝藍。循途繚而曲，捷徑非終南。山茶採新荈，山花現鉢曇。茅檐逢老叟，未飲如酒酣。屋外樹扶疎，所幸無伐戡。城市不插脚，羡爾如蘇耽。薄莫山色合，笑我目力眈。歸讀壁上詩，餉我勝肥甘。鐘磬夜來作，頓將禪悦參。謫仙渺何處，頂禮散花龕。李石農觀察有楹聯，自號散花龕主。

和前作

郭鍾岳

太歲在協洽，良時當春三。天台未能往，雁蕩來尋探。自笑游人游，郤似貪夫貪。雲深屏遠嶂，瀑響落空潭。名山多奇觀，古寺依伽藍。按圖索佳境，歷歷如指南。傍晚宿方丈，清净現鉢曇。同游或已倦，我獨興方酣。不寐賦新景，字句都冼戡。幸從此山主，子潁觀督自號雁山主。得遂士之耽。懷想近數年，欲逐空視眈。暢游百二峯，方知苦後甘。歸語且園客，謂諸乃方四薌。畫理詩能參。四薌善畫。聊作紀游編，題留散花龕。附朱文定公原作："雁湖不得上，所歷纔二三。奇縱倏變幻，靈境容搜探。震炫難自持，縋鑿何容貪。詰曲穿巖谷，犖确邁石潭。風洞天欲暝，忽朕開精藍。松篁皆娟好，一一如江南。投宿假斗室，談笑對优曇。縱游意始釋，小憩神爲酣。譬如將帥士，轉戰劉與戡。功成賜黄金，歌舞情斯耽。又如山海珍，飫食饕且眈。屬厭餐白鸞，淡泊味逾甘。詭秘恣所爲，思議不可參。紀游古有作，媿我詩同龕。"

接客巖

方鼎鋭

石佛立東谷，已入最上乘。何用接游客，當名面壁僧。

謝公領

方鼎鋭

謝公雖好游，未陟此山巔。我來恣周覽，臨風懷古賢。

初月洞

方鼎鋭

人家住絕巘，月洞在其背。飛瀑鳴谷中，山精都避退。

鳴玉溪

方鼎鋭

山溪漱鳴玉，汩汩流清泚。上有獅子峯，掉頭不肯視。溪上一峯名"掉頭獅子"。

超雲峯

方鼎鋭

超雲峯下過，雲氣忽瀰漫。山靈故狡獪，留著再來看。

聽詩叟

方鼎鋭

側耳向空谷，石交定吾友。得句不敢哦，怕有聽詩叟。

安禪谷

方鼎鋭

古寺臨深谷，禪心此可安。勞勞名利客，何日息征鞍。

觀音巖

方鼎鋭

步登觀音巖，直上四百級。幽谷窈而深，飛塵不能入。

洗心泉

方鼎鋭

花雨散諸天，飛泉下空碧。何緣得退藏，焚香讀周易。

朝天鯉

方鼎鋭

困石亦云久，涸鮒奚足慮。鼓鬣向天衢，終當化龍去。

靈巖寺

方鼎鋭

峯圍寺三面，靈蹟不勝紀。日莫寂無人，惟有木居士。

雙鸞峯

方鼎鋭

仙人跨雙鸞，來游此山麓。仙去鸞不歸，千年化爲石。

卓筆峯

方鼎鋭

此筆宜天上，曾銘晝日功。故應憐老秃，委棄此山中。

一帆風　一名剪刀峯

方鼎鋭

步移形亦换，面面不相同。剪刀真快利，化作一帆風。

大龍湫

方鼎鋭

龍湫上在天，雲霧通嘘吸。忽如風雨來，滿身衣盡溼。

詎那亭

方鼎鋭

詎那尊者來，一笑去處去。我欲剪荒榛，立個團焦住。

接客巖

郭鍾岳

山僧奚接迎，西向如來望。面壁一千年，還我本來相。
屹立東谷門，耻與俗塵對。千喚不回頭，來往相君背。

觀音洞

郭鍾岳

四百二十級，級級生青雲。膜拜大士前，有語人未聞。

謝公領

郭鍾岳

謝公昔未來，蠟屐止斤竹。料因此山佳，託名不欲俗。

初月洞

郭鍾岳

茅屋當洞門，初月出屋背。昨日月初三，今日月初四。

洗心泉

郭鍾岳

泉水如我心，我心自可洗。我心已可洗，何必借泉水。
我心本未垢，何必浄水洗。不垢亦不浄，無心亦無水。

靈芝峯

郭鍾岳

芝草生天際，采服壽萬春。願共地榆煮，攜歸獻雙親。

雙笋峯

郭鍾岳

上有彩雲盤，下有芳草衛。森肰同一根，對之感兄弟。

散花龕

郭鍾岳

花雨散繽紛，佛法妙如此。天香人共聞，吾無隱乎爾。

聽詩叟

郭鍾岳

石丈立巖表，側耳聽青雲。我詩天上來，有句君先聞。

朝天鯉

郭鍾岳

觸石便興雲，何時得燒尾。上無天池波，下無西江水。

説法臺

郭鍾岳

説法深山深，妙理誰與求。一百二十峯，一時齊點頭。

僧拜石　一名僧禮墖

郭鍾岳

老僧和南拜，豈拜石兄不。云何金剛身，中有光明佛。

展旗峯

郭鍾岳

諸峯若排陳，攘臂供一呼。飛將傳六甲，爲展繡蝥弧。

大龍湫

郭鍾岳

殷雷鳴空谷，天河落九霄。豈因連夜雨，驚起卧龍跳。

天柱峯

郭鍾岳

仰觀天柱峯，俯拜爵瓊液。天意期之深，東南之半壁。

觀不足亭

郭鍾岳

衆觀具大觀，意足觀不足。外觀觀奇峯，内觀觀飛瀑。

剪刀峯

郭鍾岳

何來并剪刀，置此仙人境。時將雲錦裁，欲把天衣整。

斤竹澗

郭鍾岳

康樂游斤竹，此爲雁蕩門。既未鑿山徑，何妨求水源。

游瑞安隆山

郭鍾岳

爲有西飛鳳，隆山便作龍。黏霜衰草滑，破曉野雲濃。掉尾撑孤墖，批鱗立萬松。孟嘉在何處，落帽想從容。

憩觀海亭

郭鍾岳

亭子山巔立，扶筇陟翠微。回頭城市小，豁目水雲飛。滄海浮漁艇，天風振客衣。恍如登日觀，朝旭照依稀。

和君素太守觀海亭韻

郭鍾岳

古寺欹雲腳，空亭寄水隈。天吴飛浪去，海客駕山回。舟楫鶯帆矗，樓臺蜃市開。巨鼇如可釣，應有濟川才。

題横陽靈護廟古松十八株

郭鍾岳

朝飯横陽郭，破曉登嶺嶠。豫章何鬱盤，中有靈護廟。廟中池沼佳，簌簌松風嘯。古松十八株，株株具神妙。夭矯起雲烟，鱗甲蒼龍肖。扶杖歷坡陀，張老笑我少。披苔坐蒲團，瀹茗響石銚。題名筆不停，童叟走相笑。此中神仙居，跨鶴那能料。借問十八公，可赴上清召。四圍青山色，曈曈朝旭照。峯巒削不成，天斧披大竅。戀此遲遲行，近觀復遠眺。有客先我來，悵然懷同調。

游錢倉山觀動静石 限韻

郭鍾岳

入山猶未深，對景發遐想。空谷來足音，奇石具心賞。動静何因緣，推移見影響。頭戴坡仙笠，手持天台杖。黄昏返寺中，佛座燈初上。

渡飛雲江遇雨

郭鍾岳

嶺門信宿盼朝暉，數到庚晴放棹歸。雨過潮來催水長，風生雲擁逐山飛。渡頭野燒疑烽火，海角蠻煙上褐衣。應有披裘江上客，垂綸空守釣魚磯。

擬重游仙巖不果

郭鍾岳

洞天福地在仙巖，采藥曾攜長柄鑱。三度題名留白石，十年作客老青衫。山嫌返駕游人俗，酒憶持螯太守饞。回想虎溪亭子畔，經幢緑字蘚苔緘。

玉甑峯銘

郭鍾岳

路廻九曲，鼎立三山。奇抽地軸，高入雲關。彷彿武夷，頡頏雁宕。境列娜嬛，人欣游賞。飛仙晨莅，野鶴晚投。群山疊浪，雨潦崩流。巒谷笑春，潮汐迎秋。玉甑巉巉，獨立千古。泉飛石聳，霞蒸霧吐。不識青天，何時伏甑。

甌江泛雨二絶句

郭鍾岳

扁舟載游人，凍雨欲成雪。潮落下空江，雲溼山光滅。

輕橈盪雲水，細雨積如霰。煙迷不見人，欸乃一聲雁。

宿館頭

郭鍾岳

雁宕三山鼎足分，游蹤阻雨酒初醺。赤龍在手鞭羲馭，明日横空掃片雲。

爲訪名山待月圓，雨絲偏釀歲寒天。若非旅館吟遥夜，醉伴孤燈也未眠。

山店寒更夜正長，酒醒無夢在他鄉。疎風密雨匡牀聽，不爲游山應斷腸。

雲瑣荒寒撥不開，玉虹古洞月靈臺。山靈須慰游人苦，竹杖芒鞋冒雨來。

卷二 奏摺

奏天文算學無庸招集正途摺[1]

竊臣考《堯典》授時[2]，分命羲和[3]，《周禮》軼司空[4]一篇，漢儒補以《考工記》[5]，未聞水、火、工、虞[6]之職俱習鳥、火、虚、昂[7]之文，亦未聞天官[8]六屬俱習考工之事。我朝頒行憲書，一遵《御制數理精蕴》[9]，不爽毫釐，可謂超軼[10]前古矣；即或參用洋人算術，不過藉西法以印證中法耳。

近見邸鈔[11]，總理各國事務衙門請設同文館[12]，專用正途[13]科甲人員學習天文算術，以爲製造輪船、洋槍之用。臚列[14]六條，意在專講習，勤考課[15]。又恐人之不樂從也，乃厚給廪餼[16]，優與獎叙[17]，以鼓舞之。其誘掖[18]獎勸用心苦矣。

臣愚以爲朝廷命官必用科甲正途者，爲其讀孔孟之書，學堯舜之道，明體達用[19]，規模宏遠也。何必令其習爲機巧，專明製造輪船、洋槍之理乎？若以自强而論，則朝廷之强莫如整紀綱，明政刑，严賞罰，求賢養民，練兵籌餉諸大端。臣民之强則惟氣節一端耳。朝廷能養民之氣節，是以遇有災患之來，天下臣民莫不同仇敵愾，赴湯蹈火而不辭。以之禦災而災可平，以之禦寇而寇可滅，皆數百年深仁厚澤以堯、舜、孔、孟之道爲教有以培養之也。若令正途科甲人員習爲機巧之事，又藉升途、銀兩以誘之，是重名利而輕氣節。無氣節，安望其有事功哉？臣以爲設立專館，祗宜責成欽天監[20]衙門考取年少穎悟之天文生、算學生，送館學習，俾西法與中法互相考驗[21]。至輪船、洋槍，則宜工部遴選精巧工匠或軍營武弁[22]之有心計者，令其專心演習，傳授其法，不必用科甲正途官員肄習〔23〕其事，以養士氣而專責成。

臣職司獻納〔24〕，未敢以緘默自安。惟念此舉於士習〔25〕人心大有關係，可否飭令在廷諸臣悉心妥議之處，伏乞皇太后皇上聖鑒訓示。

【注釋】

〔1〕奏於同治六年正月二十九日（1867年3月5日），選自《中國近代史資料叢刊·洋務運動》（二），上海人民出版社1961年版，第28—29頁。

〔2〕授時：謂記録天時以告民，後以稱頒行曆書。語本《尚書·堯典》："曆象日月星辰，敬授人時。"孔傳："敬記天時以授人也。"

〔3〕羲和：神话传说中，羲和是太陽女神，東夷人祖先帝俊的妻子，生了十個太陽。羲和又是太陽的趕車夫。羲和掌握着時間的節奏，每天由東向西，驅使着太陽前進。因爲有着這樣不同尋常的本領，所以在上古時代，羲和又成了制定時曆的人。《尚書·堯典》説："乃命羲和，欽若昊天，曆象日月星辰，敬授人時。"——於是指示羲和，密切注視着時日的迴圈，測定日月星辰的運行規律，給大家制定出計算時間的曆法。

〔4〕司空：關於司空職務的法律。司空，掌管工程，由於多用刑徒，後逐漸成爲主管刑徒的官員。

〔5〕《考工記》：是中國春秋時期記述官營手工業各工種規範和製造工藝的文獻。這部著作記述了齊國關於手工業各個工種的設計規範和製造工藝，書中保留有大量先秦的手工業生產技術、工藝美術資料，記載了一系列的生產管理和營建制度，一定程度上反映了當時的思想觀念。

〔6〕虞：古代掌管山澤鳥獸的官吏。

〔7〕鳥、火、虚、昂：星宿名，最早見於《尚書·堯典》。書中記載的鳥、火、虚、昂是後來二十八宿的重要組成部分，這四星在南中天時，正是春夏秋冬四季。而現存的關於二十八宿最完整的記録是在湖北省隨縣出土的戰國初期古墓（葬於公元前433年）的漆箱蓋上，它第一次記録了二十八宿的全部名稱。

〔8〕天官：官名。《周禮》分設六官，以天官塚宰居首，總御百官。"官名"或"職官名"今當被理解爲縣令、宰相之類官職名稱，然《周禮》之"官"，實乃職事或部門之稱。天官、地官、春官、夏官、秋官、冬官，後世沿而爲吏部、

户部、禮部、兵部、刑部、工部。唐武則天時曾一度復六部爲六官之稱，可見六官即是六個行政部門。

〔9〕《御制數理精蘊》：一般稱《數理精蘊》，是一部由清康熙皇帝親自担任主編的，介紹包括西方數學知識的數學百科全書，全書分上下兩編及附表。

〔10〕超軼：超越，勝過。

〔11〕邸鈔：也叫“邸抄”、“邸報”。中國古代抄發皇帝諭旨、臣僚奏議和有關政治情報的抄本。宋代起發展成一種手抄的類似報紙的出版物，明末開始發行活字版本，到清代稱“京報”。

〔12〕同文館：清代培養外交翻譯人才的學校。1862 年（同治元年）在北京成立，附屬於總理各國事務衙門，主要學習外文。《清史稿・選舉志二》：“又震於列强之船堅炮利，急須養成翻譯與製造船械及海陸軍之人才。故其時首先設置之學校，曰京師同文館，曰上海廣方言館，曰福建船政學堂及南北洋水師、武備等學堂。”

〔13〕正途：清制，官吏以進士、舉人出身與以恩貢、拔貢、副貢、歲貢、優貢、蔭貢出身的稱正途。由捐納或議叙而得官的稱異途。

〔14〕臚列：羅列，列舉。

〔15〕考課：按一定標準考核官吏優劣，分别等差，决定升降賞罰，謂之“考課”。

〔16〕廩餼：舊指由公家供給的糧食之類的生活物資。

〔17〕獎叙：猶獎勵。

〔18〕誘掖：引導和扶持。《詩經・陳風・衡門序》：“誘僖公也。愿而無立志，故作是詩以誘掖其君也。”鄭玄箋：“誘，進也。掖，扶持也。”孔穎達疏：“誘掖者，誘謂在前導之，掖謂在傍扶之，故以掖爲扶持也。”

〔19〕明體達用：明體的“體”强調的是事物的主體和根本，特指儒家的經典著作及其思想原理；達用的“用”强調是實用價值和功能。

〔20〕欽天監：官署名。掌觀察天象，推算節氣，制定曆法。

〔21〕考驗：稽考檢驗。

〔22〕武弁：武官。

〔23〕肄習：學習，練習，演習。

〔24〕獻納：委婉地提出意見以供君主接受、採納。

〔25〕士習：士大夫的風氣，讀書人的風氣。

請儲將才以衛京師[1]

十一月[2]初一日，江南道監察御史臣張盛藻跪奏，爲思患預防，宜經武備儲將才以衛京師，仰祈聖鑒事。

竊自軍興以來，調兵練勇，籌餉儲糧，經營謀劃十有餘年，而盜賊猶未盡平者，始由於將帥屢易而未得其人，繼由於畛域[3]太分而徒知自守，以致狼奔豕突，勢若燎原。比年來，各處用兵省分，裕韜鈐[4]嫻攻估者，尚不乏人。京畿爲根本重地，武備將才尤不可不切未雨綢繆之警。咸豐十年，京師戒严，幾至噬臍[5]，賴宗教社稷之福，得以化險爲平。此正上下儆戒、卧薪嘗膽之日也。臣考歷代兵制，其權統於兵部，而京營尤▨[6]。

【注釋】

〔1〕此奏摺原件藏於台北故宫博物院。

〔2〕十一月：此爲同治二年奏。

〔3〕畛域：界限。

〔4〕韜鈐：古代兵書《六韜》、《玉鈐篇》的並稱。後因以泛指兵書，借指用兵謀略。

〔5〕噬臍：指因遭受極大損失而後悔、反悔。

〔6〕此奏摺下文缺失。

卷三 墓誌

大本公墓誌銘[1]

松滋熊致堂封翁[2]者，多篤行。有司廉其賢，擬上其孝廉方正。聞於朝，辟，弗起，後以侄珮之貤封[3]授朝議大夫。隱曜清時[4]，悠游林下者八十春秋。或曰："殆古之逸民也。"或曰："殆熙朝人瑞[5]也。"今其墓草已宿矣。

盛藻誼屬葭末[6]，其孫春帆、海嶠又丁酉拔萃同年也，屬爲銘以誌之。盛藻以愧非其人，未敢諾也。堅辭不獲已，謹受其狀[7]而讀焉。

按狀，翁諱大本，致堂其字也。先世于前明時由豫章遷松，遂家焉。歷數傳，至翁曾祖方旦府君始起家，如旭日東昇。方旦[8]之名，邑人藉作斯解。方旦公生貢生敕贈徵仕郎懷瑩府君，有幹略，爲世簡重，是爲翁王父[9]懷瑩公。生貢生誥贈奉政大夫坦園府君，爲人慷慨英爽，肝膽照人，是爲翁父。翁生而蹇篤，騎竹時即屹然如成人，天性然也。甫垂髫，出就外傅[10]，問字[11]皆當時名師儒長，遂邃於學，精宋儒理旨。作文一準先輩，喜腹稿，稿脱不易一字，若宿構焉。然以不求聞達也，僅受知于洪素人先生之門。一試棘闈[12]不售，遂以一衿終隱。翁行益篤逮，事親以孝聞。先是，翁體素羸，患中消症，瀕於危者屢矣。緣母余太宜人至誠感神，夢神授藥方而愈。疾若失，繼復走馬圯橋，失足陷於泥，恍惚中若有人援以出者。至是，翁之事親，益以守身謹疾釋親憂。昆季四，翁爲伯，仲警齋府君，叔曉亭府君、季琴軒府君，皆以績學有聲黌序[13]，而季尤錚錚，歷任學博。翁以一身領袖群季，時若严師良友以相勖也。又宛宛如孺子狀，問衣問食，聲以柔。其篤於骨肉如此。

中年喪偶，矢志不娶。或以中饋之事奉頻繁爲諷，而翁曰：“否，否，娶妻非爲養也。苟其嗣祀無殄[14]，雖乏内助，此事不宜有替人。吾父母或不吾强也，吾子孫必有興者矣。”用是，甘心茹苦鰥居者幾四十年。其他，潔清自好，動必以禮，一切履冰，持滿思深慮，遠不能悉數，數其處倫紀間卓犖最大者。

噫！吾觀夫大家巨室，襲先世遺業，浸焉淫焉，陷入于聲色裘馬、蒲博酒食者，何可勝道！間有稍知禮義者，甫能抑抑就範，即博賢聲於鄉里。若翁者，抱璞葆純，潛光篤祜，富貴福澤，天所以厚其生也，而非以薄其德而猶慮其沉薶湮没也。必無是理矣。

抑余又聞之，翁非徒有德也，其才識亦有過人者。善其身而兼能善其身後事。是説也，余得之鄉先輩云。

翁生於乾隆癸酉七月十一日，卒於道光壬辰二月二十八日。配羅氏，先翁卒，贈恭人。子五人：啓元，優增生；啓亨，上庠生；啓泰，歲貢生，候選訓導；啓豐，歲貢生，候選訓導；啓晋，上庠生，以弟曉亭無出，命豐嗣焉。女一，婿陶元凱。孫男十六人：文裕（庠生，亨次子，承啓元嗣），文炯（廩生），文烺（廩生），文質（庠生），俱亨出；文瀾（優貢生，現官陝西知縣），文匯（拔貢生，候選教諭），文涵（早世），俱泰出；文楷（廩生），文模（援例從九品），文煒（廩生），文煌（業儒），文鑑（庠生），文鏡（增生），文浩（廩生），文瀚（己酉選拔），俱豐出；三房嗣孫文坊（庠生），晋出。曾孫三十餘人。以某年月日，葬翁於宅之左偏。

銘曰：嗚呼，明月在天兮，清風在户。哲人一逝兮，名教誰主？哲人雖逝兮，有典可數。聚斂精魂於兹丘兮，長與清風明月而終古。

年姻再姪[15]張盛藻撰文。

【注釋】

〔1〕選自《熊氏文集》。

〔2〕封翁：封建時代因子孫顯貴而受封典的人。

〔3〕貤封：清制，官員以自己所得封誥，請求改授親族尊長，稱貤封。

〔4〕清時：清平之時，太平盛世。

〔5〕熙朝人瑞：熙朝，興盛的朝代；人瑞，指有德行的人或年壽特高者。

〔6〕葭末：喻關係疏遠的親戚。

〔7〕狀：指行狀，漢朝稱“狀”，元代以後稱之“行狀”或“行述”（也謂之“事略”）。敘述死者世系、生平、生卒年月、籍貫、事蹟的文章，常由死者門生故吏或親友撰述，留作撰寫墓誌或史官立傳的依據。

〔8〕方旦：熊習周，字方旦，清敕贈修職郎。府君，舊時對已故者的敬稱，多用於碑版文字。

〔9〕王父：祖父。

〔10〕外傅：古代貴族子弟至一定年齡，出外就學，所從之師稱外傅。

〔11〕問字：請教學問。

〔12〕棘闈：科舉時代對考場、試院的稱謂。

〔13〕黌序：古代的學校。

〔14〕嗣祀無殄：不絶後人。

〔15〕再姪：姪孫。

海嶠公墓誌銘〔1〕

君姓熊氏，諱文匯，字東瀛，號海嶠，荆州松滋人。曾祖全學，貢生，有潛德。祖大本，郡庠生。考啓泰，歲貢生。事俱詳邑乘〔2〕。

君幼聰穎，以體弱，嘗後讀先罷，然數刻所誦，儕輩終日不能逮。爲人敏捷有奇氣。未冠，入邑庠，旋食廩餼〔3〕。年二十七，登道光丁酉選拔，候選教諭。鄉試，屢薦不售〔4〕，人皆爲扼腕。而君以伯兄〔5〕春帆遠宦關中，故留侍親庭〔6〕，無意仕進。家故饒裕，道光辛卯、壬申間遭水患中落。營度遷徙，多方補綴，不貽堂上〔7〕憂，潔膳侍養，忻忻〔8〕如也。兩親皆壽逾八旬，孺慕〔9〕終身。雖季弟泳池早逝，而與伯兄相友愛，白首猶如孩提。所學授族鄰子侄，皆底於成〔10〕，遠近請業者踵相接。平居多暇，則默坐竟日，或悠然獨酌，莫能窺其涯岸。不臧否人物，人或毁譽之，如弗聞也。

君生於嘉慶辛未三月十五日，以同治甲戌三月十六日卒，年六十有四，即以其年十二月二十五日葬於本邑王福冲之原。

娶張氏，予姊也。繼娶鄭氏。子含章，拔貢生，同知銜，陝西候補知縣，出爲季父後[11]。璘章，太學生，考取國史館謄録。璞章，邑廪生。皆予姊出。理章尚幼，鄭氏出。長女適同邑拔貢生劉元晋，次適青浦太學生沈兆堃，三適枝江太學生胡慶緒，四適武陵湖北候補通判趙家瑞，五適宜都儒士李啓祥，六字[12]武陵儒士趙謹璠，七字枝江儒士馬中琛。孫輝蕚，邑庠生；輝蘅；輝第。女孫四。

予與君家世姻[13]，又同科選拔，故於其葬也爲銘。

其墓銘曰：德如古琴，穆然愔愔。一埋黄壤，永閟至音。於虖先生，山高水深。銘辭無愧，奕禩所欽。

年姻愚表弟張盛藻撰並書丹

【注釋】

〔1〕選自《熊氏文集》。

〔2〕邑乘：縣志。

〔3〕廪餼：指科舉時代由公家發給在學生員的膳食津貼。

〔4〕不售：指考試不中。

〔5〕伯兄：長兄。熊春帆，即熊文瀾，系同治《枝江縣志》纂修。

〔6〕親庭：指父母。宋司馬光《安之朝議哀辭》之一："朱衣老卿列，白首戀親庭。"

〔7〕堂上：指父母。

〔8〕忻忻：欣喜得意貌。《淮南子·覽冥訓》："斬艾百姓，殫盡大半，而忻忻然常自以爲治。"高誘注："忻忻，猶自喜得意之貌也。"

〔9〕孺慕：謂對父母的哀悼、悼念，也指對父母的孝敬。

〔10〕底於成：獲得成功。"底"，通"扺"。

〔11〕出爲季父後：過繼給叔叔做兒子。

〔12〕字：女子許嫁。

〔13〕世姻：世代聯姻。張盛藻是熊文匯的姨表弟。據民國《熊氏家譜》記載，熊文瀾、熊文匯、熊文涵的父親熊啓泰娶的是“枝江歲貢長樂訓導曹之新女”，而據同治《枝江縣志》記載，“曹之新，以外孫張盛藻户部員外郎，覃恩貤贈朝議大夫，妻楊氏貤贈恭人”。而熊文匯的三子蘊章又娶張盛藻的女兒張伯鸞爲媳。張伯鸞嫁到張家五年後不幸因病去世，熊文匯爲此寫了一篇十分動情的祭文，現附録於此。

文匯公哭三媳婦熊門張孺人伯鸞文

咸豐辛酉十月十五日，返念翁熊文匯命子蘊章哭告於三媳婦熊門張孺人字伯鸞之靈柩前，曰：

嗚呼！人生不盡百年。生，寄也；死，歸也。花之開也必謝，草之榮也必枯，理固然乎。然是説也，亦必花謝於已開之後，草枯於常榮之久。如蘭之與蕭共命，如蔦之與蘿同依。然後修短歸之於數，死生聽之於天。從未有花未開而即謝，草甫榮而旋枯，如我媳之曇花一現，朝榮而暮落而命薄於靡蕪者也，痛矣哉！予之德薄，以累汝也，悔矣哉！五年依予，我之未盡撫字者何多也。尚何言哉，尚何言哉！

然我不言，將使我媳遂齎志以殁乎，是益予之悲也。我不禁一回首一愴神也。念我媳生於丁酉歲，是年予亦舉三子蘊章。以舊姻而聯新特，是所謂侄從其姑者。甫二歲，即從汝父官居京邸。燕楚雖隔，音問常通，亦謂他日者下温嶠之鏡臺，終當拜姑爲嫜耳。詎知遭家不造，我家以尼於陽侯，家中落。而汝姑又於庚戌秋遽爾辭世。斯時也，既歎室家之靡定，又傷兒女之無依，繞棺兒號，滿目凄然。憶爾日執諸妹之手而潸焉出涕，何啻望燕京之雲而心傷弱息乎。然而將來之著代有人、寬我憂者，猶有爲我慰藉者也。

聞汝幼習姆教，長嫺内則，女紅之暇兼讀女箴。冲淡之性、和平之情，予耳而喜之。自是以來，汝之年亦稍長矣。癸丑歲，汝母於數千里外攜汝回，將於歸吾門。予亦欲了子平之願也，遂委禽焉。

嗚呼！門第猶是也，而豐嗇殊焉；絲蘿猶是也，而援系異矣。以常情度之，鮮有能詠静好者矣。而我媳自入門後，則敬執婦道焉。維時，祖父母猶在堂也，其一切事重闈、和妯娌、撫弟妹、順丈夫，此婦道之應爾，予亦無事鋪張其詞。而第其冲淡和平之性情，益信當年之傳聞不我欺也。

嗚呼！值我家食指之多，旋丁高堂重艱之際，非不茹苦也。而窺其意，若不自以爲茹苦也，且若竊笑世俗之多淺見也。是其宜家如是，貞遇如是，且其性情之和緩又復如是。宜其無疾而壽且康矣。不料，苿苢正詠子息多艱，祇以不任撫育之勞而憂勤特甚。舉一子，周歲而痘殤，已剜如心頭之肉。生一女，而三月懷抱，擎如掌上之珠。死者未忘於心，生者又累於懷。而我媳之氣血遂從此大虧矣，舊疾復發矣。然猶曰：此當發而旋愈者也。病非久入膏肓者，何遽以一疾而遂隕其身耶？

先是婦在母家，聞即患咯血症，但不劇，後或每年而一發，究亦未有他患也。論者曰：是症也，婦女家氣血失調，往往遂而上行者有之。以故，每服藥亦數劑而即愈。

今年秋，我趁汝歸省。此七月中旬後也。我赴館之前一夕，汝又來面稟於吾。我囑勿再遲已，行有日矣。孰意我到館不數日，而家中遂以病劇聞也。浹辰之間，禍福異門，此何異青天白日之忽聞一震雷也。然我慮是疾之難治，是病之遂不起也。乃始而咳嗽，繼而添燒終日，飲食精神漸即短少。兩月來，總無一日少間之瘥。嗚呼！是殆將不治也乎？然未至於萬無生理之時。一家人望汝愈之心與汝自望愈之心腸，一日而九轉也。參求調治，日異一日，亦曰庶幾其或瘥耳。乃突於前月二十七日夜徒覺發眩，寒熱喘嗽，一時交作，而疾遂不可爲矣。延至十月初四日辰刻，只片時未語耳，而遂溘然長逝也。

嗚呼！痛哉！數年來，迭遭大故，而今又奪我媳以去耶？我命何蹇！我辰安在？我實不德而使媳罹此殃，是我行負神明以至此極也。尚何言哉！尚何言哉！

然汝逝矣，臨終一切之囑，我能一日去予懷耶？吉祥女，汝之所鍾愛也，當托諸伯母爲汝飲食而教訓之，長爲相攸得所，汝無憂其無母。蘊章雖駑鈍，性情汝所知者也，他日或當不汝負。汝有父母，年茂福遐；汝兄弟，年少老成，汝亦可不廑骨肉憂。汝逝矣，生爲淑媛，死留芳聲。予他日將哀求大人先生可光泉壤者，狀汝之幽閒，銘之石而傳之子孫。九泉之下，汝無恨也。今以佳城已就，諏吉有期，預三日延請淄流諷經禮懺，超汝淑魂。謹擇於本月十五日午時將葬汝于宅左，早厝祖母之穴旁，扡作癸山丁向兼丑未三分爲塋，從汝不遠離之意也。幽明雖殊，朝夕在望。祖母當年已爲汝先驅狐狸于地下矣。夜台咫尺，勿怖勿驚。汝素聰明，聽我告汝：靈兮不昧，尚其鑒予之哀思。

皇清例封孺人馬母姜孺人墓誌銘[1]

孺人姓姜氏，荆門當陽縣國學生姜英公次女。敕授修職郎、歲貢生馬公儁臣公之原配也。幼嫻姆訓[2]，作配名儒。敬事舅姑，肅肅如也；娣姒之間，怡怡如也；克襄[3]内政，井井如也；哲嗣[4]挺生，温温如也；孫曾林立，绳绳[5]如也。享壽則齊眉篤祜[6]，問安則點額臚歡。以同治丁卯正月二十四日辰時終於内寢，距生於乾隆壬子年三月初八日卯時，春秋七十有六，卜吉於次年戊辰三月某日某時，葬於本邑曾家冲祖塋之北，甲山庚向兼卯酉。子二，大培，大堉，俱邑貢生。女三，長適余維梁，次適劉光弟，三適高承椿。孫男八，中鈺太學生，中錫邑稟生，中銑邑庠生，中鍊太學生，中鏡邑庠生，中鑄，俱培出；中鐸從九品，中鈊，俱堉出。孫女八，曾孫十余人。盛藻誼忝莩末[7]，嘗以歲時登堂拜謁，謹摭其實而爲之銘，銘曰：

磻溪淑媛，歸我白眉[8]，領聞[9]戚黨，笄珈表儀，鴻案介壽，鳩杖偕攜，雲仍[10]衍慶，蘭桂岐嶷[11]，勒銘貞石，永無愧辭。

掌山東道監察御史姻侄張盛藻頓首拜撰

【注釋】

〔1〕選自光緒六年枝邑馬氏族户首馬大坦編修《枝邑馬氏族譜》。馬大坦，“字德貞，號履庵，姓馬氏，世居枝江董市後之揚旗里。父增貢生士炯，有學行，人稱鑒心先生。先生六子殤，君行七。咸豐壬子以縣第一補博士弟子，辛酉循例得光禄寺署正，誥授奉直大夫，同治乙丑加同知銜，晋爵朝議大夫，蒙覃恩封君父如其官。”（楊恩澍《誥授朝議大夫同知銜馬君家傳》）

〔2〕姆訓：女師的訓誡。

〔3〕襄：幫助。

〔4〕哲嗣：對人兒子的尊稱。

〔5〕绳绳：戒慎貌。

〔6〕篤祜：篤，厚重；祜，大福。清人常用“常珍篤祜”表達時常珍惜祖上

美德之意。

〔7〕莩末：謙詞。言居於親戚之末。

〔8〕白眉：用《三國志・蜀書・馬良傳》之典，比喻兄弟或儕輩中的傑出者。

〔9〕領聞：領，通“令”。猶美名。

〔10〕雲仍：孫輩。

〔11〕岐嶷：《詩・大雅・生民》：“誕實匍匐，克岐克嶷。”朱熹集傳：“岐嶷，峻茂之狀。”後多以“岐嶷”形容幼年聰慧。

卷四 序

啓亨公[1]配程夫人七十壽序

從來發祥之遠、卜世之長者，推本母德。史册所載，前稱陶母[2]，後紀歐母[3]，其彰彰已。吾鄉岳峙淵渟[4]，洲氣所鍾，不乏名媛。間嘗披覽郡志，見夫簪纓之族，讀父書，绳祖武[5]，亦多得力於母教。然未有如我姻家藜齋諸同年門第清華，文章焜燿，琪樹聯芳，比之二難四美，瓊枝並茂，推之玉友金昆[6]、彬彬雅雅之賢且盛者。溯厥所自，端由我姻年伯母程太孺人孕玉紀瑞，夢蘭葉吉[7]，義方有訓，閫教[8]無違。是千里渥窪[9]，詑盧家[10]之龍子；九苞[11]翎翮，羨謝氏之鳳毛。如此乎，爲鄉國所罕覯也。

盛藻世居丹陽，舊與名門有秦晋好，髫齡時即耳熟太孺人芳徽懿範。嗣于丁酉拔萃[12]科，與諸兄弟聯爲通誼。每當歲時伏臘，拜謁華堂，見太孺人環珮從容，笑嚬不苟，未嘗不歎母之賢，而益信其子之賢有自來也。

今年秋爲太孺人七秩帨辰[13]，盛藻遠隔京華，里中諸君子有欲製錦爲壽者，郵尺書而問序於余。余躍然曰："是誠可壽也。夫母之壽也以德，太孺人夙聞令德；母之壽也以子，太孺人兼有令子。慶集德門，歡騰子舍，固其宜也。"

玆得爲諸君子敬陳之。太孺人系出河南，爲二程子伊川之後，生於詩書世家，沐浴有自，而又重以姆氏之訓，德言貌功有兼美焉。逮乎歸我姻年伯雲衢公也，端莊之德協於珩璜，静好之音傳諸琴瑟。鹿車共挽[14]，則桓少君[15]也；鴻案並齊，則孟德曜[16]也。德音來括，淑問孔昭[17]，亦既聲溢閫外[18]矣。所尤難者，聞太孺人之來相夫子也，當新婦廟見[19]之日，在慈姑見背之後，問諸姑則縰褷未離，主中饋[20]則娣姒[21]無多。稅租非不凌雜也，食指非不殷繁也，奴隸臧獲非不奔走而待策也。賦役繁興，差徭滋起，非不紛至遝來，朝追暮呼，前者未去，後者踵門也。太孺人用是愀然，皇皇如有所不逮。

於是，我姻年伯雲衢公以文宣理絲之手，抱彭祖觀井[22]之心，因敬通多艱之日，作楊愔[23]興宗之計。棄毛錐[24]，分高堂憂；立圭臬，爲家人式。任勞而不避怨，則我公之肝膽無私也；守成而兼創業，則我公之心力俱殫也；膏壤半繡錯[25]，則我公之越阡度陌呼佃人而課之也；甲第若雲連，則我公之鳩工庀材[26]進匠人而營之也。任重事繁，豈易爲力！蚤作夜思，必有與偕，則知潔滫瀡[27]，奉盤飧，課酒漿，治絲枲[28]，内顧無憂，百廢俱舉，則又我太孺人問夜戒旦不倦於勤之所致也。

今者登斯干[29]之室，君子攸躋；種南山之田，農夫克敏矣。太孺人方將衣呈錦繡，膳進珍羞，進杖祝饐[30]，以慰期頤。顧乃深自損抑，不遑自暇，經營拮据，以庇家政。彼夫夜雨剪春初之韭，晨霜刈秋末之菘。性之所近，樂此不疲，則又數十年如一日也。内政既脩，一堂雍穆。諸嗣君[31]奮志芸窗，無不脱穎而出，文場鏖戰，錚錚有聲。迄於今，揣摩成矣，太孺人猶復篝燈佐讀，無間寒暑。時周旋於酒鐺茶竈間，以資勤苦。稍或廢讀，則鬱鬱弗樂。以故二三昆季，互相師友，或探程朱之奥旨，或抒韓柳之精英，或奪匡劉之經席，或步李杜之文章。其尤者，爲季常，爲慈明，賦出則紙高洛下，詩成則楓落吴江[32]。夫惟《大雅》"卓爾不群，飛鳴騰踏"之盛，太孺人將拭目以俟矣。蘭孫繼起，又復棱棱露爽[33]也。含飴弄孫之下，猶是當年和丸課子[34]之心。久若兹，而又何愧于陶母、歐母也哉？今者年開八秩[35]，頌進九如[36]。太孺人之壽於是增，太孺人之富貴福澤亦於是增。他日科第綿綿，蟬聯鵲起，佇看排闥金馬之門，徐舉太孺人之嘉言懿行，上之太史，以俟褒章寵錫。斯時，錦里建百歲之坊，後宫賜千日之宴，祝壽者履滿户外，則今日之冰桃雪藕以佐霞觴，特其權輿也。諸君子其以余言書之於錦，以爲異日龍章鳳詔之嚆矢[37]也可。是爲序。

【注釋】

〔1〕啓亨公：張盛藻的姨父熊啓泰的二哥熊啓亨，字嘉會，號雲衢，清監生。他的次子熊文烺是熊氏家族中文章最有名的，與張盛藻有很多唱和。本篇選自《熊氏文集》。

〔2〕陶母：陶母湛氏（243—318），中國古代有名的賢母，晉代著名大將軍陶侃的母親。她與孟母、歐母、岳母齊名，是著名的“四大賢母”之一。陶侃因年幼喪父，家貧無所依託，湛氏只好攜陶侃由鄱陽回外祖父家。陶母即以紡織謀生養子，供陶侃讀書。湛氏家教严謹，教子惜陰讀書，樹建功立業之志，還以忠順勤儉爲美德熏陶其子。爲此，小小陶侃總以清貧爲樂，發憤進取，自幼伴母夜織而讀書，聞雞鳴而勞作。因此，陶侃讀書萬卷，精通兵法，爲官清正，爲國爲民。

〔3〕歐母：歐陽修之母鄭氏。宋歐陽修早歲喪父，母鄭氏督教甚严，家貧無紙筆，嘗以荻畫地教子。

〔4〕岳峙淵渟：如山岳屹立，如淵水停滯。本用以形容軍隊穩定，不可動摇，後多用以形容人堅定沉着。

〔5〕祖武：謂先人的遺跡、事業。武，指步武、足跡。

〔6〕玉友金昆：對他人兄弟的美稱。

〔7〕夢蘭葉吉：稱婦人懷孕。

〔8〕閫教：指後妃或妻妾的訓戒。

〔9〕渥窪：指代神馬，此處比喻傑出的人才。

〔10〕盧家：富家。

〔11〕九苞：指鳳凰。

〔12〕丁酉拔萃：張盛藻與熊文瀾、熊文烺、熊文匯等同是道光丁酉年拔貢。

〔13〕帨辰：女性壽辰稱“帨辰”或“帨誕”。

〔14〕鹿車共挽：舊時稱讚夫妻同心，安貧樂道。

〔15〕桓少君：古代著名賢妻，名不詳，字少君，是勃海人鮑宣的妻子，桓氏的女兒。《列女傳》中有她的記載。

〔16〕孟德曜：孟光，東漢隱士梁鴻之妻，字德曜。此用孟光舉案齊眉的

典故。

〔17〕淑問孔昭：賢淑的品德十分顯著。用《詩經・小雅・鹿鳴》典。

〔18〕閫外：指家庭之外。

〔19〕廟見：古代婚禮儀式之一。即婚後至遲三個月，須擇日率新娘至夫家宗廟祭告祖先，以表示婚姻已取得夫家祖先的同意。從此，才算加入夫宗，具有參加祭祀和被祭祀的資格。在封建宗法時代，"謁舅姑"與"廟見"爲成婦之禮。

〔20〕中饋：指家中供膳諸事。

〔21〕娣姒：古代同夫諸妾互稱，年長的爲姒，年幼的爲娣。

〔22〕彭祖觀井：據説有一幅宋繪明刻的《彭祖觀井圖》，畫面上，彭祖站在一棵柳樹下，前面有一口井，井口上覆蓋着一個車輪，又在柳樹幹上捆上一根绳子，將绳子另一頭係在他腰間，弓着腰從車輪空隙向井觀望。真是如臨深淵，如履薄冰，唯恐下墜，可謂小心之至。

〔23〕楊愔（511—560），字遵彦，小名秦王，北齊弘農（今河南省靈寶縣）人。他輔佐高洋建立北齊，後担任少帝高殷的顧命大臣。乾明元年（560年），楊愔謀劃誅除常山王高演、長廣王高湛，未能成功，在政變中被殺。

〔24〕毛錐：指筆。

〔25〕繡錯：色彩錯雜如繡。

〔26〕鳩工庀材：招集工匠，準備材料。

〔27〕滫瀡：古時調和食物的一種方法。

〔28〕絲枲：指纅絲績麻之事。

〔29〕斯干：《詩经・小雅》篇名。小序謂是周宣王建築宫室落成時的祝頌歌辭，後人用爲"儉宫室"之典。

〔30〕祝饐：當老人進餐時，使人在前後祝禱他們不要哽噎。

〔31〕嗣君：稱别人的兒子。

〔32〕楓落吴江：《新唐書・文藝傳上・崔信明》："信明蹇亢，以門望自負，嘗矜其文，謂過李百藥，議者不許。揚州録事參軍鄭世翼者，亦驁倨，數恌輕忤物，遇信明江中，謂曰：'聞公有"楓落吴江冷"，願見其餘。'信明欣然多出衆篇，世翼覽未終，曰：'所見不逮所聞。'投諸水，引舟去。"後遂以"楓落吴江"借指詩文佳句。

〔33〕棱棱露爽：指眼睛黑白分明，明亮有神。這裏是説孫輩也個個精明聰慧。

〔34〕和丸課子：比喻母親教子勤學。引用於明汪廷訥《獅吼記·撫兒》："他和丸不厭朝和暮，你反哺休忘桑與榆。"

〔35〕年開八秩：開始第八個十年。

〔36〕九如：《詩经·小雅·天保》"如山如阜，如岡如陵，如川之方至，以莫不增……如月之恒，如日之升；如南山之壽，不騫不崩；如松柏之茂，無不爾或承。"本爲祝頌人君之詞，因連用九個"如"字，並有"如南山之壽，不騫不崩"之語，後因以"九如"爲祝壽之詞。

〔37〕嚆矢：響箭。因發射時聲先於箭而到，故常用以比喻事物的開端，猶言先聲。

誥封奉政大夫問亭公七十壽序〔1〕

《南華》〔2〕一書首述《逍遥游》，中間言冥靈以五百歲爲春秋，大椿且以八千歲爲春秋，非侈談遐齡〔3〕也。小年不及大年，則小知不及大知。要其指歸，則以無功無名爲逍遥之極致。夫漆園〔4〕所謂逍遥，即鄒嶧所謂囂囂。彼其無欲自得，豈必放浪形骸以作達哉？亦惟日用之間，禁嗜欲，安形性，俯仰天人，躊躇滿志，復以風月適其性情，花木增其意趣，舉富貴功名漠然無所動於中。由是心曠神怡，婆娑歲月，歷周甲，晋稀齡，以臻于大齊〔5〕。人生逍遥游，孰有逾於此者？此其人，求之叔季，恒不易得，而亦當一二見之。

今秋七月盛藻以蘭臺秩滿，出守温州。温州爲古永嘉，謝康樂嘗官斯郡。山水清暉，娱情獨勝。余夙抱煙霞癖，公餘之暇，登池上樓，見夫春草凋秋，鳴禽閟響，不勝六代蒼茫之感。爰攜支屐，尋壑經邱，流覽名勝，徜徉于龍湫、雁蕩間。

一日者，侄倩熊绳甫茂才郵書見寄，以其尊公問亭先生七十壽言相屬。盛藻於是援毫吮墨，作而言曰：

先生動合绳矩，言無瑕謫〔6〕。内樹表於家庭，外無間于戚黨。下逮兒童走卒，咸知其名；上則前後官長，悉奉其教。而其曠懷高致，特出塵埃之中，翛然名利之外。竊幸薫沐有年，得其詳而觀其深焉。先生爲雲衢封翁仲子，甫成童，以伯父體齋公無出，命爲之嗣。兩家尊老承顔娱志，無纖芥疑嫌。時大父致堂太封翁年篤老，先生侍側十年，夙興夜寐，省視起居無少間。太翁寢疾，與堂兄春帆大令晨昏奉湯藥，衣不解帶者月有餘日。迄彌留不起，親視含斂[7]。凡絞衿衾帽與夫禮第椱柎[8]之具，靡不審慎周詳。而于鑚棺漆蓋以及輀車[9]之駕、夏屋之封，尤致謹焉。後於生父母亦然，于嗣父母亦然，于諸父母俱然。以此云孝可謂孝矣。

先生昆弟四人，同祖十六人，群從且數十人，悉待之以至誠，視之如一體。偶有過失，即不惜藥石，痛加針砭。而於春帆大令，少所師事，長彌致敬。大令藹若春和，先生嚴如秋肅。性質各殊，而意氣相洽。當宦秦歸里，朝暮肩輿過從，商家政，籌世變，情話肫摯[10]，如蛩蟨相憐也。大令厭世，悲哽難任，且撫膺大慟曰："吾無與爲善矣。"故於所生兩嗣君又平明經、魯裔茂才，愛之重之倍于他侄。其友也又如是。

先生兩娶淑媛，懽慳偕老。當潘岳悼亡之歲，爲二毛[11]始見之年。或謂齒方及壯，而子女孤弱，曷續鸞弦[12]以資撫育？先生泫然流涕曰："余非以不娶鳴高也。蘆花之衣，履霜之操[13]，何代蔑有？輒思曾子之言、王駿管甯之語及余先大父之事，故不忍爲耳。"蓋致堂太翁亦以中年不再娶云。於戲牧犢，致歎孤飛，温嶠亦曾三娶。《禮》云："宗子雖七十，無無主婦。"故以先生守義，未免賢者之過，以爲義而慈，吾又何間焉？

先生原籍江西，至前明避亂，徙居松滋。時值戎馬倉皇，笭箵[14]晝伏，鐵籠宵行，以致族譜散失，宗祠未建。致堂太翁亦嘗輯成節略，又於菱角塘創修家廟，而逡巡未克藏事者，良以水木之誼，宜溯本源，馨香之奉，必擇善地。俟合派豫章，俾瓜瓞[15]相承，不失大宗之緒，乃修譜牒，乃建專祠，庶幾無憾。無何，屢罹冠氛，頻經水患，蕩析離居，有志未逮。

先生見家乘之未修，宗祠之未立也，幼子童孫之日生日繁，日以放佚也。用是，深曠太息，端憂莫釋，乃集宗族，首創凡例，合歐蘇兩家参用之，次則立規條，严約束，使跅弛[16]者勉就範圍，罔敢踰越。復醵金置祭田，以爲春秋享祀俎豆牲牷[17]之備。事雖未竣，已得要領。尊祖敬宗收族，一舉而三善備。仁孝誠敬之思，一往而深矣。

且夫士人樹立，首重彝倫[18]；當路登庸[19]，必先德行。先生圭璧其躬，姱修自好。使身逢上世，則賓興[20]於鄉，舉揚於朝，徵辟於州郡。不是之屬而誰屬與？然而先生爲此，非爲名也。生而質直，義所當爲者爲之，力所能爲者爲之。即事所難爲者，猶强爲之。至於形隔勢禁，萬無可爲，乃謝而不爲。此其故可得而述焉。

松滋地瀕大江，江流湍急，萌隸[21]恃堤爲命。庚寅以後，屢决屢修，自戊申一潰，兩歲不修。得先生出循舊章，量土方，功歸核實于馬南極亭側，長堤十里，屹若金城。後此，沿堤蟻潰而此獨完，固維先生之力。方其經始也，承洊饑[22]之餘，嗸嗸[23]者待命須臾，雖朝廷加恩，而黔敖之粥[24]半歸中飽。時則土費不充，大工難就，乃呈邑侯，稟詳大憲[25]，請藉撫恤，以工代賑。於是全活饑黎數十萬人，而奸胥黠吏無由乾没[26]，遂率群不逞之徒[27]，于監工之頃，煽爲蜚語。氓無知，紛蟻聚。一時沙泥瓦礫交集於一身，而先生不顧也。西山之石可填東海，黎陽之土思塞孟津。心苟無瑕，事期有濟。横逆之加，度外置之。是役也，禍幾不測。幸當途專任，迄用有成。自時厥後，亦遂不復爲馮婦[28]矣。然事關桑梓，禦災捍患，究未嘗諉爲異人任也。會當百六[29]之秋，水旱兵戎，循生迭起。松滋一邑，蓋四修戈矛矣。先生識足以揆勢，膽足以勝任，誠足以感人，力足以紓難。方紅巾[30]猝至，及土豪屢變，不計利害，並不恤身家。卒之履險不驚，易危爲安，功德在生民。當事者録以上聞，請加優叙。先生聞之，慨然曰："以衆人之力，爲一己之功，余弗忍爲也。且事屬僥倖，萬一不虞，咎將誰執？"堅辭，再三不受。是豈沽名要譽，有所利而爲之耶？

負性淡泊，不希宦達。弱冠體高堂志，勉登弟子籍。過此以往，遂絶意科名，不屑以席帽從事矮屋[31]。惟是一邱一壑，與村農野老閒話桑麻。芳辰上日，具樽酒，邀子姓[32]兄弟，壹笑爲樂。或攜稚孫彳亍庭階，課園丁種竹灌花，意自得也。産不逮中人，而性嗜興作，終歲偕都料匠慘澹經營，雖左支右詘，略不措意[33]，嘗曰："阿堵物，糞土也。從吾所好，以終餘年，積財奚爲哉?"然則言其坦懷，雖漢二疏[34]不得專美於前。語閒適，將與涑水之獨樂有同情焉；論園林之勝，則晋習池、唐平泉未遑多讓。盛藻家居日，每歲必至松滋。至則下榻君家，喜其院宇寬閑，欄檻屈曲，樓榭亭沼，俱愜鄙意。今雖遠宦海隅，而夢寐迷離，猶如身卧藤花館也。

夫閻浮[35]擾擾，不營爵禄，則務勳業。名利韁鎖，求一息之自適而不可得。若先生者，俯仰平生，囂囂然無欲自得。邇來白首，松雲、風月、花木皆足健其精神，雖不必侈語椿年，而逍遥容與，動與天游，海屋[36]添籌，當百齡未艾也。即以此報绳甫，爲稱觴[37]之一助焉。謹序。

【注釋】

〔1〕選自《熊氏文集》。

〔2〕《南華》:《南華真經》的省稱，即《莊子》的别名。

〔3〕遐齡：老年人高壽的敬語，高齡。

〔4〕漆園：指莊子。鄒嶧指孟子。

〔5〕大齊：最大的定限。《列子·楊朱》:"百年，壽之大齊。"

〔6〕瑕謫：玉上的斑痕，比喻人的缺點、過錯。

〔7〕含斂：即含殮。古時將珠寶放於死者口中含之入棺，後以此泛稱入殮。

〔8〕楄柎：古時棺中墊屍體的長方木板。

〔9〕輭車：亦作"輀車"，載運棺柩的車子。

〔10〕肫摯：真摯誠懇。

〔11〕二毛：頭髮斑白。

〔12〕曷續鸞弦：古時以琴瑟來比喻夫妻，故喪妻稱斷弦，再娶爲續弦。

〔13〕履霜之操：《琴操》曰："《履霜操》，尹吉甫之子伯奇所作也。伯奇無罪，爲後母讒而見逐，乃集芰荷以爲衣，采楟花以爲食。晨朝履霜，自傷見放，

於是援琴鼓之而作此操。曲終，投河而死。”蘆花之衣，也是講後母虐待前娘之子的故事。

〔14〕笭箵：漁具的總稱，亦指貯魚的竹籠。

〔15〕瓜瓞：喻子孫繁衍，相繼不絶。

〔16〕跅弛：放蕩不循規矩。

〔17〕俎豆牲牷：祭祀時的器皿和祭品。

〔18〕彝倫：常理，常道。

〔19〕登庸：選拔任用。當路，指掌握政權的人。

〔20〕賓興：科舉時代，地方官設宴招待應舉之士，亦指鄉試。

〔21〕萌隸：平民，百姓。

〔22〕洊饑：連年饑荒。

〔23〕嗸嗸：哀鳴聲，哀號聲。

〔24〕黔敖之粥：施捨之食。

〔25〕大憲：舊時府吏對上司的稱呼。

〔26〕乾没：投機圖利。

〔27〕不逞之徒：因心懷不滿而鬧事搗亂的人。

〔28〕馮婦：人名，出自“再作馮婦”一詞（見《孟子·盡心下》），用來比喻再幹舊行業。

〔29〕百六：百六爲陰數極點，古代以爲厄運。

〔30〕紅巾：襄陽張維邦、王士旺領導的農民起義，後與白蓮教合併。

〔31〕矮屋：指壯志難酬。五代王仁裕《開元天寶遺事·卷上》：“張生（張彖）及第，釋褐授華陰尉。時縣令太守俱非其人，多行不法。張生有吏道，勤於政事，每申舉一事，則太守令尹抑而不從。張生曰：‘大丈夫有凌霄蓋世之志，而拘於下位，若立身於矮屋中。使人抬頭不得。’遂拂衣長往，歸遁於嵩山。”

〔32〕子姓：泛指子孫、後輩。

〔33〕措意：留意，在意。

〔34〕二疏：指漢宣帝時名臣疏廣與兄子疏受。疏廣爲太傅，疏受爲少傅，同時以年老乞致仕，時人賢之。歸日，送者車數百輛，設祖道，供張東都門外。

〔35〕閻浮：梵語的音譯，亦稱“閻浮提”、“南閻浮提”，爲須彌山四方的四

洲之一，即位於南方的南贍部洲，上面生長許多南贍部樹。“閻浮”即“贍部”，樹名，後泛指人間世界。

〔36〕海屋：寓言中堆存記録滄桑變化籌碼的房間。籌，籌碼，舊時用於祝人長壽。

〔37〕稱觴：舉杯飲酒，表示祝壽。

《分疆録》〔1〕序

羅陽〔2〕林太冲先生，古之振奇人也，於學無所不窺，尤究心當世之務，嘗出佐粤西學使者幕。會時事變起，省垣〔3〕被圍，當道者以守城功登薦牘〔4〕，銓補瀫溪司訓。適寇擾浙東，率諸生守禦。其歸田也，寇氛逼近鄉關，先生年已老，命其子用霖督團扼隘堵截，先後指授方略，境賴以安。見所著《望山堂詩鈔》，中皆實録也。生平著作甚夥〔5〕，尤要者爲《分疆録》一書。泰邑自前明景泰間割瑞平二邑之遠鄉設縣，其華離〔6〕之地，志乘不詳，遂致界址混淆，人物舛互〔7〕。先生憂之，竭十數年心力，條分縷析如指上羅紋，可謂勤矣。又以舊志主修非人，紀載失實，恐年代久遠，將有以非爲是，以不肖爲賢者，關係世道人心匪淺。故發憤爲此，排陷而廓清之，使後之修志者有所據依。鳴呼，以先生而入史館，其是非當不謬于聖人，能爲一代信史無疑也。惜乎懷才不遇，僅以區區一邑掌故之書表見於世，不亦重可慨哉！嗣君能請父書，踵成之以承先志，此不朽事也，先生可無憾矣。余故樂爲序之，以諗後之讀是書者。

光緒五年己卯秋七月知温州府事枝江張盛藻序

【注釋】

〔1〕《分疆録》：是一部洋洋大觀的浙江順泰地方誌書，但它不是出自官方之手，而是該縣林鶚、林用霖父子用十八年時間完成的“私家作述”。

〔2〕羅陽：是順泰縣的一個鎮。

〔3〕省垣：省城。

〔4〕薦牘：推薦人才的文書。

〔5〕夥：多。

〔6〕華離：交錯。

〔7〕舛互：相互抵觸。

卷五　信劄

致孫詒績書（一）

仲彤〔1〕賢棣世講〔2〕足下：

秋間匆匆一晤，未獲罄譚〔3〕。上月游南雁蕩，有紀游小草，刻成一册，玆寄數本，希爲分致張蔚文〔4〕、周伯龍、令兄仲容〔5〕及洪生、項生、薛生各一本。原非言詩，但紀一時游跡，可知鄙人志趣之所在耳。餘不贅及。順頌

侍祺萬福。

世弟張盛藻頓首

十二月四日

附白〔6〕者：周曉芙〔7〕兄赴金陵館事，應早有回信到府上矣。舍親〔8〕鄧春田何以數月未有來函，愁企之至。

【注釋】

〔1〕仲彤：孫仲彤（1865—1888），名詒績，又名德煒，字仲彤，又字仲熙，孫鏘鳴子，光緒十一年優貢，光緒十二年浙江拔貢引見，點用小京官，簽分湖廣司行走。

〔2〕賢棣世講："棣"通"弟"，賢棣即"賢弟"。世講，朋友的後輩。

〔3〕罄譚：暢談。

〔4〕張蔚文：平陽人，孫詒讓門生。晚清永嘉學派成員（晚清永嘉學派以孫衣言、孫鏘鳴、孫詒讓爲核心）。

〔5〕仲容：孫詒讓，又名德涵，字仲容（一作仲頌），晚號籀頃，浙江瑞安

人，我國近代著名的一代經師，一代國學大師，朴學家，並譽爲“有清三百年樸學之殿”，近代新教育的開創者之一。

〔6〕附白：正文後附帶的說明。

〔7〕周曉芙：周恩煦，字曉芙，泰順人。拔貢，官江蘇直隸州州判，著有《晚華居遺集》。

〔8〕舍親：對人謙稱自己的親戚。

致孫詒績書（二）

仲彤世講賢弟足下：

昨令親張蔚文來郡，枉顧未見。及往答拜，則行矣。良用歉然〔1〕。頃接舍親鄧春田觀察由金陵來函，欲延請泰順茂才周曉芙恩煦至寧教讀。春田之幼子年十三，未知口音何如，能説官話否？弟恐其居住鄉間，報信頗難。聞其係令伯大人高徒，或係在金陵藩署〔2〕中所薦，往來當密。兹特將原函送上，希令伯〔3〕大人飭妥往送周君，如允其請，即來温，附輪船由滬至寧，甚便也。路上舟資需用程儀〔4〕若干，亦祈令伯大人酌示〔5〕，以便由弟處照墊。聞每月束脩〔6〕十金，索君信内必有成説也。春田觀察今年得上河木釐局〔7〕差，不似在善後局時窘况矣。呵呵。僕因海防稍松，亟思退歸以樂餘年。有紀游詩一二卷，現已抄出付梓，刻成送閲。縷此布達〔8〕。即頌

侍祺多福

令伯大人，令尊大人前候安。令兄等均好。望回音。

世弟〔9〕張盛藻頓首

六月十三

【注釋】

〔1〕良用歉然：實在抱歉。

〔2〕藩署：清代布政使稱藩臺（從二品）。藩署，即藩臺的衙署。

〔3〕令伯：指孫詒績的伯父孫衣言。

〔4〕程儀：亦稱“程敬”，舊時贈送旅行者的財禮。

〔5〕酌示：指示，告知，提出意見。

〔6〕束脩：指學生致送教師的酬金。

〔7〕上河木釐局：指同治十年曾國藩在江寧城外設的上新河木釐局，木釐局是管理木材經營税收的機構。

〔8〕縷此布達：分條陳述，讓對方知道，多用於書信的謙詞。

〔9〕世弟：即“世教弟”，是世交之家平輩的謙稱。

致孫詒鈞〔1〕、孫詒績書

德楨、德煒兩弟年世講足下：

睽違〔2〕數月，懷想臨風，辰維侍奉延釐〔3〕，學業日進；花萼樓〔4〕前，樂事必多，健羡〔5〕健羡。昨接令親張蔚文來訃，有寄伊唁信一函，並祭幛一包，煩附便轉致爲荷〔6〕。前文旌在郡，臨行時，承周生伯龍、林君慶衍〔7〕題予《石緣圖》，匆匆未及致謝，希轉達。惟林君素昧平生，不知其别號，便中未及，幸甚。率此布臆，即頌

侍祺百益

世弟張盛藻頓首

嘉平〔8〕望日

【注釋】

〔1〕孫詒鈞（1863—1891），又名德楨，字伯幹，又字伯陶，光緒十四年優貢，孫鏘鳴長子。孫詒績，見前注。

〔2〕睽違：别離。

〔3〕延釐：舊時祝頌語，謂迎來福祥。釐，通“禧”。

〔4〕花萼樓：唐玄宗於興慶宫西南建花萼相輝之樓，簡稱花萼樓。

〔5〕健羡：非常仰慕，非常羡慕。

〔6〕爲荷：書信及公文慣用語，表示感謝，是很多應用寫作裏的客套話，意

思是麻煩人家了。

〔7〕林君慶衍："林慶衍，字祁生，用光子，瑞安人。朱壽保曰：慶仿父若衣，母項孺人，皆能詩，淵源家學，倜儻有奇氣。詩學昌穀義山，才情横溢，惜不永年。"(《兩浙輶軒續録》補遺卷六)

〔8〕嘉平：爲臘月的别稱。

荆楚文库

附　　録

張盛藻侄孫婿熊雪亭相關詩文

上張春皆[1]先生

聞道陶宏景[2]，深居卧白雲。欲將山水樂，持贈聖明君。伴讀青藜杖，當歌白練裙[3]。上書曾折檻[4]，諫草避人焚[5]。

本接華山席，兒童欽古風。石劖三峽秀，書擁百城雄。笠屐隨髯叟，湖山老放翁。董灘名勝地，每畝傍花叢[6]。

【注釋】

〔1〕張春皆：即張春陔。此处原书作“張春皆”。枝江方言“皆”、“陔”同音。本詩及以下詩歌均據《雪亭文集》稿本。

〔2〕陶宏景：即陶弘景，字通明，號華陽隱居，人稱山中宰相，丹陽秣陵（今江蘇南京）人。南朝齊梁時期的道教思想家、醫藥家、煉丹家和文學家。他精通棋術，善於彈琴，也是書法家。

〔3〕白練裙：戲曲名。明鄭之文爲名妓馬湘蘭作。錢謙益《長干行寄南城鄭應尼》“游人尚酹湘蘭墓，子弟争翻《白練歌》”自注：“應尼少游長干，爲名妓馬湘蘭作《白練裙》雜劇，至今流傳曲中。”

〔4〕折檻：漢代朱雲向成帝進諫，稱丞相張禹爲佞臣，成帝怒，欲斬之，他用手攀殿前欄杆，致使折斷。後比喻直臣冒死進諫。

〔5〕諫草避人焚：張盛藻爲官不順，曾“一朝諫草盡焚棄”，據説北京陶然亭的鸚鵡塚就是就是他埋“諫草”的地方。参见附録《張盛藻對紅樓夢的傳播作出過重要貢獻》一文。

〔6〕每畝傍花叢：原書此句旁邊另有“白衣如載酒，徑指菊花叢”，似爲後來的修改。張盛藻在《董灘八景》中曾記載，當年的董市，“秋來花成市，開滿百餘家。瑹瑹瓊玉積，亂墜若天葩”。

送張春皆太姻丈歸董灘

樵風[1]引歸棹，日暮江水深。偶爾隨雲去，原無出岫心[2]。霧收檣影卓，沙坼漲痕侵。爲[3]語問津者，煙波何處尋。

【注釋】

〔1〕樵风：《後漢書·鄭弘傳》“鄭弘字巨君，會稽山陰人”李賢注引南朝宋孔靈符《會稽記》：“射的山南有白鶴山，此鶴爲仙人取箭。漢太尉鄭弘嘗采薪，得一遺箭，頃有人覓，弘還之，問何所欲，弘識其神人也，曰：‘常患若邪溪載薪爲難，願旦南風，暮北風。’後果然。”後因以“樵風”指順風、好風。

〔2〕原無出岫心：用陶渊明“雲無心以出岫”典。

〔3〕爲：原书此字旁批有小字“煩”，似爲後來修改。

孟姜冰雪石詩[1]和乎堂老人[2]

摇風吹雨天嗚咽[3]，貞女山頭灑淚血。貞心化石石不轉，哭聲撼山山爲裂。長城築於無道秦，祖龍[4]鞭石如鞭人。城成人死不可計，白骨與石相[5]嶙峋。嗟哉孟姜女，甘爲哭夫死。一片堅白心，寫入山石裏。至今陵谷凡幾遷，此石長踞東海邊。皎如峨嵋古冰雪，堅凝不畏驕陽煎。行旅遇者瞻祠拜[6]，鐫取方寸同珍貝。老人偶爾得一拳，不惜長言發清籟。當時九華貯壶中（老人“壶中九華”[7]山房，藏石甚奇），誰爲[8]奇特誰[9]玲瓏。更向小齋拜石友，珍爱不與凡石同。我讀公詩欽至論，又睹兹石起深愿。愿公鍛煉成五色，補盡古來彌天恨。

【注釋】

〔1〕孟姜冰雪石詩：指張盛藻咏熊子甫惠贈薑女祠畔冰雪石之詩。前有收録。

〔2〕乎堂老人：指張盛藻。

〔3〕嗚咽：原书此字旁批有小字“昏黑”，似爲後來修改。

〔4〕祖龍：指秦始皇。

〔5〕相：原书此字旁批有小字“交”，似爲後來修改。

〔6〕行旅遇者瞻祠拜：此句后改为“行旅遇之輒下拜”。

〔7〕壶中九華：用苏轼典，指奇石。“湖口人李正臣蓄異石九峯，玲珑宛转，若窗棂然。余欲以百金買之，與仇池石爲偶，方南遷未暇也。名之曰‘壶中九華’，且以詩識之。”（蘇軾《壶中九華詩》）

〔8〕誰爲：原书此字旁批有小字“類皆”，似爲後來修改。

〔9〕誰：原书此字旁批有小字“争”，似爲後來修改。

次日得乎堂老人和詩戲以七十二二十八合算得百齡復爲長句〔1〕

横江老鶴最通靈，唳入秋空響八溟。眼底九洲冲健翮，胸中五岳見真形。豪情詎止吞雲夢，稚齒猶堪應列星。三萬六千新甲子，與公合算得延齡。

【注釋】

〔1〕長句：唐人習慣稱七言古詩爲長句。

喜雨呈乎堂老人

三篙就淺就深水，一樹宜晴宜雨花。笑問乎堂老居士，好將詩韻鬥尖叉〔1〕。（《雪亭文集》稿本）

【注釋】

〔1〕尖叉：“尖”、“叉”均舊詩中之險韻。

次乎堂老人展重九對菊韻

詩情老去未疎慵，待到陽和日又重。寄岳雲間安九夏，延齡菊好足[1]三冬。先生有道羲皇侣，壽佛無量卍[2]字胸。六十年前芹茆[3]詠，朝冠已挂更支筇。

【注釋】

〔1〕足：原書此字旁批有小字“耐”，似爲後來修改。

〔2〕卍（wàn）：佛教名詞，象徵吉祥福瑞，武則天定爲漢語讀“萬”。

〔3〕芹茆：猶“芹藻”，比喻貢士或才學之士。語本《詩經・魯頌・泮水》：“思樂泮水，薄采其芹……思樂泮水，薄采其藻。”

雪中鶴

壬辰仲冬將之沙津[1]，風雪交作，乎堂老人訊之以詩，其中有句云：“松巔覆其巢，蘺蓰此瘦鶴。”憐惜之意溢於言表，因取其言以伸拳拳之意云。

瘦鶴梳翎傷孤影，舊巢傾覆松巔冷。忽發清唳響空山，姑射仙人眠方穩。連日江天戰玉龍，華嚴樓閣[2]瓊瑶封。簷下啾啁數凍雀，猶知養羞御殘冬。嗟爾寒更徒戒露，棲息安得雙珠樹[3]。粟盡潭皋恒苦饑，夢裏常尋青田路。吴都傾市焉足豪，碧海蒼莽朔風高。大雪干人非所願，還向支公[4]假羽毛。回看虛室忽生白，疑是冰壺濯皓魄。一篇舞鶴賦参軍，縞衣玄裳增顔[5]色。雲合孤山凍不開，梅花拂羽白皚皚。中軍倘愛劉遵祖[6]，共[7]笑元規[8]榻上來。

【注釋】

〔1〕沙津：沙市。

〔2〕華嚴樓閣：佛寺。

〔3〕珠樹：神话、传说中的仙树。

〔4〕支公：晋高僧支遁，字道林，時人也稱爲林公。

〔5〕顔：原书此字旁批有小字“氣”，似爲後來修改。

〔6〕劉遵祖：用“羊公鶴”典。劉義慶《世説新語・排調》：“劉遵祖少爲殷

中軍所知，稱之於庾公。庾公甚忻然，便取爲佐。既見，坐之獨榻上與語，劉爾日殊不稱。庾小失望，遂名之爲羊公鶴。昔羊叔子有鶴善舞，嘗向客稱之。客試使驅來，氃氋而不肯舞。故稱比之。”後因以“羊公鶴”比喻名不副實的人。此是作者的謙詞。

〔7〕共：原书此字旁批有小字“曾”，似爲後來修改。

〔8〕元規：晋庾亮，字元规。即《世説新語》中的“庾公”。

方竹杖赋

天台之山，嶕崒峥崚。客有游者，蠟屐往登。循欹斜之石徑，挽蟠曲之苍藤。則見琅玕[1]萬個，篠簜[2]千層，斑斑局罫[3]，整整田塍。乃截枝而剪葉，因削皮而斬根。美生質之中矩，似苦節而鑿圓。既裨益於陟眺，亦扶持如童孫。噫！此行脩之正士，乃托形於此君。爾其嶰谷[4]移竿，柯亭[5]解籜。低拂風煙，挺生巖壑。含長笛之宫商，製洞簫而雕削。终無補於顛危，徒有功於音樂。若乃會稽水曲，澄州石窟，鳳尾[6]初抽，龍孫乍脱。節竪雲横，根穿水活。占六二以象坤，經八九而生物。笑千畝於渭川，終圓通而無骨。以彼托地灵而鍾氣，倣太紫而茁芽。展匝而股可結角，引绳而皮不披斜。度長短於莊叟，比靈壽於仙家。青藜有燄，緑玉無瑕。鬼斧神工而狀峭，豨膏[7]棘輪而用差。於是芒履老人，角巾詞伯[8]，快登覽於池臺，隨折旋於泉石。似秉介圭，疑擎界尺。任一縱而一横，咸疆分而井畫。生掌握之鋒棱，抗操履之標格。嗤鑿枘之難入，配踵趾而留跡。媿無瓦合[9]之能，聊作奇觚[10]之客。荷蓧則平而不頗，化橋則安而匪窄。此皆蒼筤[11]之不群，而有似乎第五倫[12]之峭覈。客乃喟然而嘆曰：“嗟乎！溯群生之含性，同鼓舞[13]於洪鈞。孰拳曲而無用，孰端正而可珍。胡廉隅之砥礪，卒模棱以全身。苟扶人而無咎，問折角其何因。行見陪賜几[14]之盛典，慰方瞳[15]之僊真。乎堂老人游天台歸，携得方竹杖一具，心愛好之，登臨名勝，閒步閭里，無或釋也。熊子雪亭妙龄[16]績學，詩文日益精進。昨與晤谭甚快，酒酣兴猆，爲我賦此枯竹一枝。得如椽之筆以潤饰之，老朽何幸，獲此荣施。光緒丁亥年夏，君素附記。

【注釋】

〔1〕琅玕：形容竹之青翠，亦指竹。

〔2〕篻簩（línyū）：古書上説的一種竹子，葉薄而寬。

〔3〕局罫：圍棋上的方格子。

〔4〕嶰谷：昆侖山北谷名。漢應劭《風俗通·聲音序》："昔黄帝使伶倫自大夏之西，崑崙之陰，取竹於嶰谷，生其竅厚均者，斷兩節而吹之，以爲黄鐘之管。"《文選·左思〈吴都賦〉》："梢雲無以踰，嶰谷弗能連。"劉良注："嶰谷，山名，生美竹。"

〔5〕柯亭：又名高遷亭，在今浙江省紹興市西南，以産良竹著名。

〔6〕鳳尾：即鳳尾竹，此指竹筍。

〔7〕豨膏：豬油。蘇軾《述古以詩見責屢不赴會復次前韻》："多謝清時屢推轂，豨膏那解轉方輪。"

〔8〕角巾詞伯：此指張盛藻的兒子張克萃。角巾，方巾，有棱角的頭巾，爲古代隱士冠飾；詞伯，稱譽擅長文詞的大家，猶詞宗。

〔9〕瓦合：謂不自卓然立異，而與衆人相合。

〔10〕奇觚：奇特，不一般，此指特立獨行。

〔11〕蒼筤：指青竹。

〔12〕第五倫：字伯魚，東漢京兆長陵（今陜西咸陽）人，是古代著名的耿介無私的大臣。峭核，严峻苛刻。

〔13〕舞：原書此字旁批有小字"鑄"，似爲後來修改。

〔14〕賜几：古代天子給有功的老年大臣賜以倚几，以示榮寵。

〔15〕方瞳：方形的瞳孔，古人以爲長壽之相，亦有以爲方瞳者爲神仙之説。

〔16〕妙齡：熊雪亭寫作此詩時二十二歲。

謝張春陔太姻丈[1]惠酒趣啓

人來頒示[2]《酒趣》一章。張顛草聖，紙滿雲煙；曼倩謫仙[3]，言皆玄妙。《飲酒》[4]作於歸隱之後，《抑》[5]篇成於大耄之年。碩德高風，今猶昔也。遥憶沱江[6]水濃，倦園[7]春曉，黃鸝弄響，緑蟻發醅，琴書恰其古歡，風月助其清興。柳花泛碧，瓊液同香，蓮子浮青，玉案共色。認舊痕於襟上，夢繞揚州；顧誤曲於筵前，量深公瑾。灘邊八景，常聚酒星；壺中九華，時饒佳趣。因而珊瑚插架[8]，編酒國之春秋；珠玉揮毫，記醉鄉之日月。豈止劉伶一誦[9]，獨擅千古哉！勸青衫牢落，紅友[10]疏闊，忽奉醁醽[11]之頒，似灌醍醐之頂。惟是久違笠杖，思陶令之酡顔；願逐兒童，見山公而拍手[12]。

【注釋】

〔1〕太姻丈：熊雪亭是張盛藻的侄孫婿，故稱。

〔2〕頒示：謂賜給觀看。

〔3〕曼倩謫仙：李白《玉壺吟》："世人不識東方朔，大隱金門是謫仙。"東方朔，字曼倩。

〔4〕《飲酒》：陶詩。

〔5〕《抑》：指《詩經·大雅·抑》。

〔6〕沱江：張盛藻家鄉董市鎮位於古沱江邊。

〔7〕倦園：即倦圃，張盛藻晚年歸鄉後修建的園林。

〔8〕珊瑚插架：或典出米芾書法《珊瑚帖》（又名《珊瑚筆架圖》)。隨意而書，神韻自然。此處指宴飲詩文。

〔9〕劉伶一誦：指劉伶的《酒德頌》。

〔10〕紅友：酒的别稱。

〔11〕醁醽：即"醽醁"，美酒名。

〔12〕見山公而拍手：山公，指山簡，山濤之子，常大醉，兒童見之拍手做歌。

張盛藻一紙奏摺引爆了中國近代史上中西文化的第一次大論戰

周德富

同治六年（1867 年）的同文館之争，是近代中西文化的首次交鋒，是一場影響中國歷史進程的重要論辯，而這場大論辯的引爆者就是枝江籍御史張盛藻。

京師同文館成立於同治元年（1862 年），實際上是一個培養翻譯人才的機構。此館的設立是有感於鴉片戰争後中外交涉言語不通，經常因爲詞不達意而導致一些外交麻煩。但隨着洋務運動的深入，曾國藩、左宗棠、李鴻章等一批辦洋務的大臣逐漸認識到僅僅學習西方的語言是不夠的，還要學習西方的天文、算學等自然知識。在這種背景下，同治五年年底，總理衙門大臣恭親王奕訢等人即上奏建議在京師同文館添設天文算學館，擬取“進士、舉人、恩、拔、副、歲、優貢生並翰林院庶吉士、編修、檢討及由前項出身京外各官”，招聘西人在館教習。這個建議雖然在今天看起來無可厚非，並且在當時也得到了慈禧所控制的清廷最高領導層的認可，但由於這一大膽的舉措挑戰了傳統中國的固有觀念，一大批深受傳統文化影響的大臣和士大夫對此極力加以反對。最先站出來的就是時任山東道御史的張盛藻。張盛藻在同治六年正月二十九日上了一道《奏天文算學無庸招集正途摺》，從而揭開了一場大論戰的序幕。

张盛藻在奏摺中先引經據典來支持自己的觀點，他從先秦的《堯典》，説到清朝的《御制數理精蕴》，得出兩個結論：一是從古以來就没有朝廷命官學習天文算學的先例；二是西方算術已包括在康熙朝編制的《御制數理精蕴》中，不必再請洋人教習。接下來，他針對“總理各國事務衙門請設同文館，專用正途科甲人員學習天文算術，以爲製造輪船、洋槍之用。臚列六條，意在專講習，勤考課。又恐人之不樂從也，乃厚給廩餼，優與獎叙，以鼓舞之。其誘掖獎勸用心苦矣”觀點和做法，旗幟鮮明地提出了反對意見：“臣愚以爲朝廷命官必用科甲正途者，爲其讀孔孟之書，學堯舜之道，明體達用，規模巨集遠也。何必令其習爲機巧，專明製造輪船、洋槍之理乎？”他認爲：“若以自强而論，則朝廷之强莫如整紀綱，明政刑，严賞罰，求賢養民，練兵籌餉諸大端。臣民之强則惟氣節一端耳。朝廷能養民之氣節，是以遇有災患之來，天下臣民莫不同仇敵愾，赴湯蹈火而不辭。以之禦災而災可平，以之禦寇而寇可滅。”而這一切“皆數百年深仁厚澤以堯、舜、孔、孟之道爲教有以培養之也”。他的意思很明白，就是説，朝廷命官最重要的是讀孔孟之書，學堯舜之道，以氣節影響國人。他在此表達的是儒學興國的信念。言下之意，算學無非機巧之事，形下之器不可與形上之道相提並論。他進一步指出恭親王等人做法的危害是將朝廷命官引向歧途：“若令正途科甲人員習爲機巧之事，又藉升途、銀兩以誘之，是重名利而輕氣節。無氣節，安望其有事功哉？”用“升途、銀兩”去誘惑士大夫，毁壞氣節，追逐名利，其結果便是朝綱敗壞，不得有臣民之强。最後他提出了自己的建議：“臣以爲設立專館，只宜責成欽天監衙門考取年少穎悟之天文生、算學生，送館學習，俾西法與中法互相考驗。至輪船、洋槍，則宜工部遴選精巧工匠或軍營武弁之有心計者，令其專心演習，傳授其法，不必用科甲正途官員肄習其事，以養士氣而專責成。”他的意思是天文算學是“末技”，斷斷不可納入儒學的範疇，這種事是斷斷不可讓士大夫階層去做的。他代表的是部分中國士人根深蒂固的道統觀。

在恭親王等人的共同反對下，張盛藻的奏摺被皇帝諭旨嚴厲駁回。諭旨裏説：“朝廷設立同文館，取用正途學習，原以天文算學爲儒者所當知，不得目爲技巧。正途人員用心較精，則學習自易，亦於讀書學道無所偏廢。”“不過借西法以印證中法，並非舍聖道而入歧途，何至於有礙人心士習耶？該御史請飭廷臣妥議之處，著毋庸議。”

皇帝都已經下聖旨，此事似乎已塵埃落定。但事實並非如此。據一度任《清史稿》協修的李岳瑞講：“疏上，都下一時傳誦，以爲至論，雖

未邀俞允，而詞館曹郎，皆自以下喬遷谷爲恥，竟無一人肯入館者。”（李岳瑞《春冰室野乘》）

張盛藻被打壓之後，晚清士林領袖、大學士、同治皇帝的老師倭仁親自登場，與恭親王奕訢展開了兩個回合激烈論戰。

同治六年二月十五日（1867 年 3 月 20 日）倭仁上奏，直言“立國之道，尚禮義不尚權謀；根本之圖，在人心不在技藝”，堅決反對科舉出身的士子師從“夷人”，認爲這樣會動摇國本，終至“變夏於夷”，天朝輝煌的文化道統會被粗陋的蠻夷之學所取代，有亡國之患。下面爲奏摺全文：

> 昨見御史張盛藻奏天文算學無庸招集正途一摺，奉上諭：“朝廷設同文館，取用正途學習，原以天文算學爲儒者所當知，不得目爲機巧，於讀書學道無所偏廢等因，欽此。”數爲六藝之一，誠如聖諭，爲儒者所當知，非歧途可比。惟以奴才所見，天文、算學爲益甚微，西人教習正途，所損甚大，有不可不深思而慮及之者，請爲我皇上陳之。
>
> 竊聞立國之道，尚禮義不尚權謀；根本之圖，在人心不在技藝。今求之一藝之末，而又奉夷人爲師，無論夷人詭譎，未必傳其精巧，即使教者誠教，學者誠學，所成就者不過術數之士，古今來未聞有恃術數而能起衰振弱者也。天下之大，不患無才。如以天文、算學必須講習，博采旁求，必有精其術者，何必夷人，何必師事夷人？
>
> 且夷人吾仇也，咸豐十年，稱兵犯順，憑陵我畿甸，震驚我宗社，焚毁我園囿，戕害我臣民。此我朝二百年未有之辱，學士大夫無不痛心疾首，飲恨至今，朝廷亦不得已而與之和耳，能一日忘此仇恥哉？
>
> 議和以來，耶穌之教盛行，無識愚民半爲煽惑，所恃讀書之士講明義理，或可維持人心。今復舉聰明儁秀，國家所培養而儲以有

> 用者，變而從夷，正氣爲之不伸，邪氛因而彌熾，數年以後，不盡驅中國之衆咸歸於夷不止。伏讀聖祖仁皇帝御制文集，諭大學士、九卿、科道云："西洋各國，千百年後，中國必受其累。"仰見聖慮深遠，雖用其法，實惡其人。今天下已受其害矣，復揚其波而張其焰耶？聞夷人傳教，常以讀書人不肯習教爲恨。今令正途從學，恐所習未必能精，而讀書人已爲所惑，適墮其術中耳。伏望宸衷獨斷，立罷前議，以維大局，而弭隱患，天下幸甚！（《籌辦夷務始末》同治朝卷四十七，第 24—25 頁）

這是一篇極具殺傷力的奏摺，加之倭仁在當時的士大夫當中享有崇高的威望。當時士人評價他時稱："朝士歸依，維持風紀者數十年，道光以來一儒宗也。"朝廷不敢小覷。上奏當天，兩宮皇太后就立即召見了倭仁，但談話没能達成共識。隨後，朝廷責成恭親王和他領導的總理衙門再行妥議。同治六年三月初二日（1867 年 4 月 6 日），總理衙門拿出了一個極長的奏摺，重申了開設天文算學館的重要性以及招收科甲士子進天文算學館入學的必要性。

針對倭仁的意見，恭親王奕訢上奏反駁：

> 同治六年二月十六日，軍機處抄交出御史張盛藻、大學士倭仁條奏各一件，除張盛藻一摺業奉明降諭旨著勿庸議外，其倭仁一摺，奉旨："該衙門知道。欽此。"臣等查閱倭仁所奏，陳義甚高，持論甚正，臣等未曾經理洋務之前，所見亦復如此，而今日不敢專恃此説者，實有不得已之苦衷，請爲我皇太后皇上詳陳之。
>
> 竊惟城下之盟，春秋所恥。宋臣韓琦有言："和好爲權宜，戰守爲實務。"自古禦夷無上策，大要以修明禮義，以作忠義之氣爲根本，一面即當實力講求戰守，蘄得制伏之法，不能以一和而遂謂可長治久安也。溯自洋務之興，迄今二三十年矣。始由中外臣僚未得竅要，議和議戰，大率空言無補，以致釀成庚申之變。彼時兵臨城

下，烽焰燭天，京師危在旦夕，學士大夫非袖手旁觀，即紛紛逃避。先皇帝不以臣奕訢等爲不肖，留京辦理撫務。臣等不敢徒效賈誼之痛哭流涕，胡銓欲蹈東海而死，空言塞責，取譽天下，而京城内外尚以不早定約見責，甚至滿漢臣工連銜封奏，文函載道，星夜迭催，令早换約。臣等俯察情形，不得不俯徇輿論，保全大局。自定約以來，八載於兹，中外交涉事務，萬分棘手，臣等公同竭力維持，近日大致雖稱馴順，第苟且敷衍目前則可，以爲即此可以防範數年、數十年之後則不可。是以臣等籌思長久之策，與各疆臣通盤熟算，如學習外國語言文字，製造機器各法，教練洋槍隊伍，派赴周游各國，訪其風土人情，並於京畿一帶設立六軍，藉資拱衛。凡此苦心孤詣，無非欲圖自强。又因洋人制勝之道，專以輪船、火器爲先，從前御史魏睦庭曾以西洋製造火器不計工本，又本之天文度數，參以勾股演算法，故能巧法奇中，請在上海等處設局訓練。陳庭經亦請於廣東海口設局製造火器。臣等復與曾國藩、李鴻章、左宗棠、英桂、郭嵩燾、蔣益澧等往返函商，僉謂製造巧法，必由算學入手，其議論皆精鑿有據，左宗棠先行倡首，在閩省設立藝局、船廠，奏交前江西撫臣沈葆楨督辦。臣等詳加體察，此舉實屬有益，因而奏請開設天文算學館，以爲製造輪船各機器張本，並非空講孤虚，侈談術數，爲此不急之務。又恐學習之人不加揀擇，或爲洋人引誘，誤入歧途，有如倭仁所慮者，故議定考試必須正途人員，誠以讀書明理之士，存心正大，而今日之局，又學士大夫所痛心疾首者，必能卧薪嚐膽，共深刻勵，以求自强，實際與泛泛悠悠漠不相關者不同。倭仁謂夷爲吾仇，自必亦有卧薪嚐膽之志。然試問所爲卧薪嚐膽者，姑爲其名乎？抑將求其實乎？如謂當求其實，試問當求之愚賤之人乎？抑當求之士大夫乎？此臣衙門所以有招考正途之請也。

今閲倭仁所奏，似以此舉斷不可行。該大學士久著理學盛名，此論出而學士大夫從而和之者必衆，臣等向來籌辦洋務，總期集思廣益，於時事有裨，從不敢稍存回護。惟是倭仁此奏，不特學者從此裹足不前，尤恐中外實心任事不尚空言者亦將爲之心灰而氣沮，則臣等與各疆臣謀之數載者，勢且隳之崇朝，所系實非淺鮮！臣等反覆思維，洋人敢入中國肆行無忌者，緣其處心積慮在數十年以前，凡中國語言文字，形勢虛實，一言一動，無不周知，而彼族之舉動，我則一無所知，徒以道義空談，紛争不已。現在瞬屆十年换約之期，即日夜圖維，業已不及，若安於不知，深慮江河日下，及設法求知，又復衆論交攻，一誤何堪再誤！左宗棠創造輪船各廠，以爲創議者一人，任事者一人，旁觀者一人，事敗垂成，公私均害。李鴻章置辦機器各局，以爲無事則嗤外國之利器爲奇技淫巧以爲不必學，有事則驚外國之利器變怪神奇以爲不能學，並引宋臣蘇軾之言，以爲言之於無事之時，足以有爲，而恒苦於不信；言之於有事之時，可以見信，而已苦於不及。該督撫等所論，語多激切，豈故好爲辯争？良由躬親閱歷，艱苦備嘗，是以切實不浮，言皆有物。在臣等竭慮殫思，但期可以收效，雖冒天下之不韙，亦所不辭。該大學士既以此舉爲窒礙，自必别有良圖。如果實有妙策可以制外國而不爲外國所制，臣等自當追隨該大學士之後，竭其檮昧，悉心商辦，用示和衷共濟，上慰宸鱒（廑）。如别無良策，僅以忠信爲甲胄，禮義爲干櫓等詞，謂可折冲樽俎，足以制敵之命，臣等實未敢信。所有現議開辦同文館事宜，是否可行，伏祈聖明獨斷，訓示遵行。

此奏摺不僅情真意切，而且論辯的技巧性極强：一是對倭仁一再强調的“變夏於夷”避而不談，而是大談特談危機之深和“自强”的緊迫；二是爲了給倭仁造成壓力，特意大量引用曾國藩、左宗棠、李鴻章等一大批洋務大臣的相關議論；三是使用了激將法，該大學士既然認爲增設天文館會危害朝廷，會招致亡國，想必他是有自己的强國良策的。如果他實有良策可以壓制外國而不使本國受到壓制，那麽我們應當緊隨他，竭力效勞，悉心商辦。如果没有其他良策，僅僅以忠義、禮儀爲武器，認爲忠義、禮儀可以制服外敵，我們實在不敢相信。

同治六年三月初八日（1867 年 4 月 12 日），倭仁再次上奏，不但再次强調“夫欲求制勝，必求之忠信之人，欲謀自强，必謀之禮義之士”，而且以其人之道還治其人之身，也來了一個激將法：

本月初三日，軍機大臣文祥、汪元方口傳諭旨：“總理衙門摺一件、片二件，並摘抄曾國藩等摺件信函，着倭仁閱看。”仰見集思廣益之衷，奴才不勝欽佩！伏思是非者不易之理，好惡者天下之公。前因同文館延聘夷人教習正途一事，上虧國體，下失人心，是以罄竭愚誠，直言無隱，固非爭以意氣之私也。今閱總理衙門所奏，大率謂忠信禮義之空言，無當於制勝自强之實政。奴才愚見，竊謂不然。夫欲求制勝，必求之忠信之人，欲謀自强，必謀之禮義之士，固不待智者而後知矣。今以誦習詩書者而奉夷爲師，其志行已可概見。無論所學必不能精，即使能精，又安望其存心正大、盡力報國乎？恐不爲夷人用者鮮矣。且夷人機心最重，狡詐多端，今欲習其秘術以制彼死命，彼縱陽爲指授，安知不另有詭謀？奴才所慮墮其術中者，實非過計耳。

方今時事多艱，義當共濟，豈忍以游談侈論，邀譽沽名。第議論不爲苟同，正所以求其至是。若謂奴才此論一出，不特學者裹足不前，即中外實心任事者亦心灰而氣沮，則持論亦過激矣。夫利之所在，衆所必趨，既有薪水，又得優保，人亦何樂而不從？而謂一人之空言，遂能沮千萬人之嚮往乎？至任事諸臣，公忠體國，修内攘外，應辦之事甚多，何至因此一議，群相解體？此尤不待辯而自明者也。

總之，夷人教習演算法一事，若王大臣等果有把握，使演算法必能精通，機器必能巧製，中國讀書之人必不爲該夷所用，該夷醜類必爲中國所殲，則上可紓宵旰之憂勞，下可伸臣民之義憤，豈不甚善！如或不然，則未收實效，先失人心，又不如不行之爲愈耳。戰勝在朝廷用人行政，有關聖賢體要者，既已切實講求，自强之道，何以逾此，更不必多此一舉，轉致於人才政體兩無裨益也。

奏摺的結尾部分，倭仁直指恭親王的軟肋：如果恭親王等人的確有把握使得天文算學館的生員精通演算法，巧製機器，不被外夷利用，外夷必會被中國殲滅，使皇上得以寬心，臣民得以洩憤，那自然極好。如果不能這樣，未收實效，先失人心，那就不如不設這個天文算學館了！

同治六年三月十九日（1867年4月23日），奕訢上奏承認自己不能做上述保證。奕訢説："若倭仁所奏，果有把握等語，臣等衹就事所當辦，力所能辦者，盡心以辦，至成敗利鈍，漢臣如諸葛亮尚難逆睹，何況臣等？"

但作爲反擊，奕訢又抓住了倭仁上次奏摺裏的一個弱點集中攻擊。奕訢説："惟查倭仁原奏内稱：'天下之大，不患無才，如以天文算學，必須講習，博采旁求，必有精其術者，何必夷人？'據此，是内外臣工先後二十餘年所求而弗獲者，倭仁耳目中竟有其人，不勝欣幸！相應請旨飭下倭仁，酌保數員，各即請擇地另設一館，由倭仁督飭，以觀厥成。若能如此辦理，更屬兩得之道，裨益非淺，彼時臣衙門原請奏辦之件，即行次第裁撤。"

這一招確實把倭仁將住了。4月25日，他不得不據實上奏，稱"並無精於天文算學之人，不敢妄保"。但朝廷卻顯然有些不依不饒，下旨要求他隨時隨地留心訪查，一旦找到本國精於算術之人，立刻保奏，開設算術館，以收實效。朝廷還諭令倭仁在總理衙門"行走"。"行走"是個閑官，這在倭仁一派看來，以帝師之尊去兼任此職，是故意地"困之"、"辱之"，這顯然是倭仁所不可能接受的。最後，倭仁以病爲由，拒絕前去總理衙門上班。這場歷時半年之久的高層鬥争的正面衝突就此結束。

倭仁病隱之後，争論遠未結束。倭仁一系的支持者甚多，朝廷接二連三地接到攻擊開設算術館的奏摺。但朝廷對這些奏摺均給以了痛批，同文館也得以成立。

表面上看，是恭親王一派取得了勝利，其實際情況卻是兩敗俱傷。倭任的極力反對，在當時造成了强大的輿論壓力，致使天文算術館没招到什麽科舉正途的學生。共計只有九十八人報考，參加考試的僅有七十二名，最終録取的三十名中，可堪造就者也甚少，最後僅留下十名，天文算術館不得不與外文館學生合併。開設僅半年，天文算學館即名存實亡。

論戰雙方的分歧在於，一個主張以自然科技救國，一個主張以儒學救國。倭仁一派的許多觀點雖然很有道理，比如氣節精神等在民族振興中的作用，但在當時特定的歷史背景下，不免顯得保守落後，也在客觀上阻礙了中國社會發展的進程。張盛藻的觀點相對來説要折中一些，他並没有頑固到完全反對推行洋務，他也不否定“西法”的價值，只是不同意以科舉“正途”之人去學，認爲可以選取一些並非正途出身的少年或者工匠進行相應的學習。同時，張盛藻也没有絶對的堅持己見，只希望將這問題提出來公開討論。雖然在這次大論辯中起關鍵作用的不是張盛藻，而是大學士倭仁，但中國近代史上的這次中西文化的第一次大論戰畢竟是因張盛藻的一紙奏摺而起，因此，無論是當時的論辯雙方，還是後世的相關研究者，都不能不提到他。

張盛藻對《紅樓夢》的傳播作出過重要貢獻

周德富

曹雪芹的《紅樓夢》自乾隆朝前期問世之後，就備受關注，一些研究者就開始對它作評點。據中國紅樓夢學會理事、北京語言大學段江麗教授研究，像今天大家較熟悉的脂硯齋評幾乎與《紅樓夢》的創作同步進行（紅學界甚至有人認爲脂硯齋就是曹雪芹），但它在清代的影響卻有限，因爲它是附在早期的手抄本上，程高本在刊印時將其删除了，直至20世紀初新紅學興起時才被陸續發現，引起重視。嘉慶朝先有嘉慶六年張汝執的評語，此評語寫在程甲本上，未曾刊行，影響也不大。影響較大的是嘉慶十六年問世的東觀閣評，這一評語附在由東觀閣書坊刊印的《新增批評繡像紅樓夢》上。這一帶有批語的東觀閣本問世之後，大受歡迎，在與同時期刊行的《紅樓夢》白文本的激烈競争中占有明顯的優勢。但道光十二年，王希廉評點的《雙清仙館本·新評繡像紅樓夢全傳》一經問世，就動摇並逐漸取代了東觀閣評本的壟斷地位。至光緒十年前後王希廉、姚燮合評本開始刊行，東觀閣評本及其他本子“幾廢矣”（吴克岐《懺玉樓叢書提要》）。此後直至1930年商務印書館鉛印的萬有文庫本《石頭記》，幾乎所有的翻刻本和合評本都附有王希廉評。因此，從傳播的情况來看，王希廉評語是包括脂評在内的所有《紅樓夢》評點中影響最大的一家（以上内容據段江麗《論王希廉〈紅樓夢〉“評語”的小説學思想》）。

王希廉因此被人們視爲清代紅學評點三大家之一。但一般人不知的是雙清仙館本《新評繡像紅樓夢全傳》行世之後，歷經咸豐、同治兩朝，未再見發行。王希廉的評點同治以後得以繼續流傳，是有賴於道光二十二年由養餘精舍刊行的單行本《石頭記評贊》。而一般人更不知的是該《石頭記評贊》在咸豐年間一度毁於兵燹，同治十三年金陵吴耀年據張盛藻抄本重刊才得以繼續流傳。張盛藻的抄本是他同治年間做御史時在北京琉璃廠書肆淘寶所得。今國家圖書館所收藏的王希廉的紅學著作中有七部是張盛藻當年所抄，分别爲《大觀園圖説》、《〈石頭記〉辭贊》、《〈石頭記〉分評》、《〈石頭記〉總評》、《〈石頭記〉論贊》、《〈紅樓夢〉問答》、《〈紅樓夢〉存疑》。

下面是張盛藻的朋友沈鍠笠湖爲張盛藻復刊《石頭記評贊》所寫的序。

石頭記評贊序

蘭亭妙墨，永欣梁上之珍；鴻寶奇編，淮王枕中之秘。吾友張春陔侍御，鈔弆《石頭記評贊》一帙，洞庭王雪香先生之所作也。《石頭記》一書，味美於回，秀真在骨。自成一子，陋搜神志怪之奇；不仿秘辛，軼飛燕太真之傳。其曰可讀，久而聞其香；惟目亦然，無不知其佼。耳食者方諸南柯之記，目論者訾爲北里之編，顛矣！然而齊紈蜀錦，非纂組無以絢其華；癸鼎辛彝，非摩挲無以發其澤。岳珍川靈之藴，經探幽者捫苔剔蘚，而奥窔乃宣；含花孕萼之英，得好麗者振芬揚葩，而葳蕤畢達。是記也，苟無雕龍之鴻藻，繡虎之碩才，爲之□挈卝量，句櫛子比，恐食蛤蜊者，不知許事；啖橄欖者，未見可甘。幾同嚼蠟，遂至唐突西施；誰爲畫眉，安得鑿開混沌。雪香孝廉刳肝鏤腎，殫精竭思，郁王郎斫地之才，運媧皇補天之手。千濯百辟，莫邪斂芒；五虱六蠹，韓非説難。萬言脱草，經營乎匠心；一笑拈花，領略乎妙諦。浮白可呼知己，殺青遂作功臣。斯真慧業文人，靈運當先成佛；前身金粟，太白定是謫仙矣！春陔侍御，嗜古如朐，愛香成癖。索從燕市，詑爲未見之書；琅嬛購乏齊金，願下阿難之拜。珠探九曲，如入武夷洞庭；石注三生，合是琅嬛秘笈。固宜金鑄賈島，絲繡平原，盛以碧玉之函，囊以紅蕤之錦。書成繭紙，仿衛夫人之簪花；字拓蠶眠，裝虞世南之行篋。僕京華舊雨，廿載重逢；白下秋風，一尊命酌。酒闌燈灺時，出斯帙見示，命綴言於卷首。參軍得無小異，願借一癡；長公自是奇才，難參三昧。愧豹窺乎寸管，聊貂續以片言。宜付手民，鐫姊妹茗華之字；休爲皮相，誣荒唐風雨之詞。

崇川沈鍠笠湖

沈鍠（1816—1878），字駿聲，號笠湖，南通州人。沈鍠自幼聰穎，四齡即能成誦《尚書·洪范篇》，17歲補州學生，於道光二十四年（1844年）考中甲辰科舉人，道光二十七年（1847年）考中張之萬榜二甲進士，歷任户部候選主事、欽揀東河，補山東兗州府運河同知、特用知府、鹽運使銜即補道，誥授中議大夫。同治十二年（1873年）捐資創辦白蒲保嬰局。屢主紫琅、馬洲、麗正諸書院，學者仰之，弟子日益進尋。光緒四年（1878年）正月病故，年63歲，其門生、光緒進士、甘泉縣知縣顧曾烜撰《笠湖沈先生行狀》。同治七年至光緒元年（1868—1875），參撰光緒《通州直隸州志》。沈鍠工詩詞，著有《蝸寄廬詩草》8卷、《文集》2卷、《駢體文》4卷、《律賦》2卷、《選定諸生課藝》2卷。查沈《蝸寄廬詩草》，有《九日偕張春陔侍御、虞季唐同年游華嚴庵，觀摹拓石刻莫愁小像，復偕游周海鎮軍古樸園，晤薛慰農山長，用工部藍田崔氏莊詩韻紀之》詩二首以及《和張春陔詩》四首。

我們從此序中可得到如下相關信息：一、王雪香（王希廉字雪香）的《石頭記評贊》是張盛藻抄録、收藏的；二、張盛藻“嗜古如朐”；三、此書來源於燕京書肆（參閲張盛藻的其他作品可知，他常去的是北京琉璃廠書肆）；四、這本書是張盛藻從未見過的；五、張盛藻十分珍愛這本書；六、此序寫於他們别後二十年，地點是南京。考查兩人的作品，他們相逢是在同治十二年重陽節前，張盛藻有詩歌《重陽日偕笠湖兄、季唐弟游莫愁湖，登勝棋樓，晚游樸園，遂至酒肆買醉而歸》可證，沈鍠的詩歌《九日偕張春陔侍御、虞季唐同年游華嚴庵，觀摹拓石刻莫愁小像，復偕游周海鎮軍古樸園，晤薛慰農山長，用工部藍田崔氏莊詩韻紀之》亦可證。

下面是張盛藻的朋友“劍舞山中人”爲張盛藻復刊《石頭記評贊》所題的詞。

石頭記評贊題詞

春陔侍御以手録洞庭王雪香先生《石頭記評贊》見示，題詞一首

丹山有鳳鳴朝陽，羽儀璀璨聲鏘鏘。
一朝諫草盡焚棄，摭拾稗史非荒唐。
眼前僞學若蟊賊，經傳緒餘稍剽竊。
砥心砥行路人知，猶敢靦顔附賢哲。
曹家公子真風流，紅樓夢比逍遥游。
豎儒咋舌不願讀，翻以理障興戈矛。
洞庭王郎好才調，異書到眼勤讎校。
奇緣參透死生關，妙悟鑿開混沌竅。
同心喜得京兆張，言歸楚澤搴蘭茳。
簪花格寫粲花舌，流傳不吝陽春腔。
藝林從此添清話，詞人俯首才人拜。
砭頑如見悼紅情，不是齊諧專志怪。
吁嗟乎！金陵自昔多金釵，而今花月荒秦淮。

豎儒發難那可聽，相與作偽聯朋儕。
擕君此卷泛煙水，勿令酸風射眸子。
太虛境與太極同，是真解人能解此。

劍舞山中人稿

“劍舞山中人”顯然是一個筆名，真名是誰，現在還不能確定，極有可能是薛時雨。“劍舞山”是安徽全椒的一座名山，而薛時雨就是全椒人。並且同治十二年，張盛藻與沈鍠、薛時雨有很長時間在一起，彼此寫了很多的唱和詩。此詩告訴了我們張盛藻的相關信息，一是他爲官不順，“一朝諫草盡焚棄”，這容易讓人想到北京陶然亭的鸚鵡塚或是他埋“諫草”的地方，他官場失意轉而“摭拾稗史”；二是“言歸楚澤搴蘭茳”，即張盛藻有回家鄉歸隱之心。這種想法在他的詩集《笠杖集》中有多處流露，尤其是同治六年同文館之争以後，比如他在同治六年寫的《丁卯仲春乞假歸養和陳筱石同年見贈韻留别諸同人》一詩中就寫道：“久别衰親事遠游，闕廷依戀尚遲留。投林鳥翮今知倦，過海帆檣早欲收。襪綫無長徒卅載，袞衣未補詎千秋。惟應解組歸來好，醉卧沱江舊酒樓。”

他對《紅樓夢》的評價，即使今天看來仍然很有見地：“《石頭記》一書，描寫閨閣兒女，意態如生。園亭房閣，器用服飾，歷歷如繪。覽之如聞其聲，如見其人，是爲説部極詣。洞庭王雪香孝廉評論之，讚歎之，而書中人之性情心跡畢露，家道興衰之感寓之矣。”（張盛藻《石頭記論贊》後跋）。

由於張盛藻在《紅樓夢》傳播過程中的重要影響，民國以來甚至有人提出張盛藻是參與《紅樓夢》創作的作者之一。這種觀點，直到今天仍有一定市場。

張盛藻是《書劍恩仇録》中《香塚銘》的原作者

周德富

金庸先生的《書劍恩仇録》享譽海内外，其讀者數以千萬計。相信讀者大多不會忘記小説結尾部分的一個片段：

陳家洛與群雄在回人的指引下來到香香公主喀絲麗墓前，準備將她的玉體移葬翡翠池，豈料挖開墳墓卻香魂無蹤，只遺一灘碧血，一塊温玉。陳家洛拾起温玉，不由得一陣心酸，淚如雨下，心想喀絲麗美極清極，只怕真是仙子。突然一陣微風過去，香氣更濃。惆悵良久，唏噓不已。正當搬土填墳之時，只見一隻玉色大蝴蝶在墳上翩躚飛舞，久久不去。陳家洛睹物思人，百感交集。陳家洛對那老回人道："我寫幾個字，請你雇高手石匠刻一塊碑，立在這裏。"那回人答應了。心硯取出十兩銀子給他，作爲立碑之資，從包袱中拿出文房四寶，把一張大紙鋪在墳頭。陳家洛提筆蘸墨，先寫了"香塚"兩個大字，略一沉吟，又寫了一首銘文："浩浩愁，茫茫劫，短歌終，明月缺。鬱鬱佳城，中有碧血。碧亦有時盡，血亦有時滅，一縷香魂無斷絶！是耶？非耶？化爲蝴蝶。"群雄佇立良久，直至東方大白，才連騎向西而去。

這一道盡俠膽與柔腸的《香塚銘》銘文，不知讓多少世間多情男女一灑熱淚。

不過很多人不知道現實中確實有這個香塚，也有那段銘文，只是這一切與小説的男女主人公陳家洛和香香公主喀絲麗没有什麼關係，倒是與枝江的一位古人有關。

此人叫張盛藻，原名志繡，字春陔，又字君素，枝江董市人。生於嘉慶二十四年（1819 年），卒於光緒二十二年（1896 年）。道光十七年（1837 年）拔貢，道光庚戌（1850 年）進士。朝考一等，欽點七品京官，任户部廣東司主事，升廣西司員外郎，補都察院江南道監察御史，署禮科給事中。後掌山東道監察御史、四川道監察御史。晚年任温州知府。好游歷，北陟盤山，南躋祝融，西入巫峽，東泛吴越，笠杖所經，輒紀以詩。有《笠杖集》、《三雁紀游》（合著）等書傳世。

這座香塚原位於現在著名的北京陶然亭（陶然亭是清代名亭，是現存中國四大歷史名亭之一）公園内，在公園錦秋墩南坡上。香塚前原有一石碑，上刻“香塚”二字，被稱爲“香塚碑”。香塚附近原還有一鸚鵡塚及碑。香塚“文革”中被毁，所幸北京圖書館藏有香塚、鸚鵡塚碑拓片。

香塚碑碑陽銘文爲“香塚”兩字，係篆書；碑陰銘文爲“浩浩愁，茫茫劫。短歌終，明月缺。鬱鬱佳城，中有碧血。碧亦有時盡，血亦有旹滅。一縷煙痕無斷絕。是耶，非耶？化爲蝴蝶”，係隸書體。後有“題香塚碑陰”五個行書小字。其後有行書七絶一首，云：“飄零風雨可憐生，香夢迷離緑滿汀。落盡夭桃與穠李，不堪重讀瘞花銘。”金庸在小説中幾乎是全文照抄，僅改動了三處：一是將“煙痕”改爲了“香魂”，二是將古字“胡”，改爲了今字“蝴”，三是將“時”的訛字“旹”改爲了正字。

有關香塚的文字記載，清代有三種。

一是與張盛藻幾乎同時出生的魏秀仁（1818—1873），在其被後世稱爲鴛蝶派濫觴之作的《花月痕》（此書初稿寫於咸豐八年）第二回中描述：“京師繁華靡麗，甲於天下。獨城之東南有一錦秋墩，上有亭，名陶然亭，百年前水部郎江藻所建。四圍遠眺，數十里城池村落，盡在目前，别有瀟灑出塵之致。亭左近花神廟，綿竹爲牆，亦有小亭。亭外孤墳三尺，春時葬花於此，或傳某校書埋玉之所。”這段文字的結尾句今人來讀容易産生狹隘的理解，誤以爲“校書”是指古代掌校理典籍的官員。其實，“校書”除了上述語意外，它還指妓女。唐代胡曾《贈薛濤》詩：“萬里橋邊女校書，枇杷花下閉門居。”薛濤，蜀中能詩文的名妓，時稱女校書。後因以“女校書”爲有才妓女的雅稱，亦省稱“校書”。因此“某校書埋玉之所”实际是指某妓女葬身之處。“埋玉”在古代就是指埋葬女子。著名的文史工具書《漢典》在解釋“埋玉”時引用的就是《花月痕》中的這個句子。

二是與張盛藻幾乎同時去世的李慈銘（1830—1894）在其著名的

《越縵堂日記》"同治三年十一月十六日"中記載："鼎丞（王鼎丞，夷陵人，曾國藩的高級幕僚，《曾子家語》等書的編者）屢言當約楚中名士數人作一談會"，"不得已，晚呼車往。在坐者，兵部御史盛藻，及某某輩四五人也"，"其人短有髭，冠垂緌五寸"，"張侍御風流自命，嘗作香塚於陶然亭後，近以養親將歸，賦古詩八首，求予贈言。初更歸"。在"同治三年十一月二十日"日記中記載："夜飲初更歸，張侍御盛藻來，不值。"在"同治三年十一月二十二日"日記中又記載："終日小極，舊恙俱發，晡後，詣沽夫小談，答拜張侍御盛藻，不值。"《越縵堂日記》是李慈銘生前認定的傳世之作，一字一詞都不苟且，學界有口皆碑，1920年由其生前好友蔡元培先生助其出版。該書學術價值極高，被譽爲晚清四大日記之首。李慈銘是清末同光年間才望傾朝的大學者，治學態度極其嚴謹，在這兩段文字中可看出他與張盛藻有多次來往，他這麼肯定地說香塚是張盛藻所作，必是有根有據，極有可能是聽張盛藻親口所說。

三是比張盛藻略晚的震鈞（1857—1920），在其《天咫偶聞·卷七》中記載："窯臺在陶然亭之東，有香塚及鸚鵡塚。相傳香塚爲張春峐（陔）侍御瘞文稿處；鸚鵡塚則諫草處也。香塚銘云：'浩浩愁，茫茫劫，短歌終，明月缺。鬱鬱佳城，中有碧血。碧亦有時盡，血亦有時劫（滅），一縷煙痕無斷絶！是耶，非耶？化爲蝴蝶。'又詩云：'蕭騷風雨可憐生，香夢迷離緑滿汀，落盡夭桃又穠李，不堪重讀瘞花銘。'嬰鵡塚銘文云：'文兮禍所伏，慧兮禍所生。嗚呼！作賦傷正平。'"（筆者注：禰衡，字正平，東漢時名士，文學家，與孔融等人親善。後因出言不遜觸怒曹操，被遣送至荆州劉表處，後又因出言不遜，被送至江夏太守黄祖處，終爲黄祖所殺，終年26歲。）

民國以降，説法較多，而出自學者之手且較爲可靠的，只有兩種：

一是歷史學家鄧之誠（1887—1960）在其《骨董瑣記》中説："陶然亭後香塚，一小碣曰：'浩浩愁，茫茫劫，短歌終，明月闕。鬱鬱佳城，中有碧血。碧亦有時盡，血亦有時滅。一縷香魂無斷絶，是耶非耶？化爲蝴蝶。'無姓名題署，或云悼曲妓茜雲者，予讀《越縵堂日記》，乃知丹陽（筆者注：枝江是楚國都城丹陽所在地，因此張盛藻常常自稱丹陽人）張春陔御史盛藻所作。張光緒初官温州知府。”

二是著名學人張中行（他與季羨林、金克木、鄧廣銘被稱爲“未名四老”），他在其《負暄瑣話》中説：“傳説也是晚清，江南某士子來北京應考，與青樓中一妙齡佳人結識，訂了白首之盟。士子南歸，返京延誤，佳人抑鬱成疾，到能夠會面的時候，佳人已經是彌留之際或者剛剛死去。於是士子把她葬在陶然亭畔，立碑刻銘。銘云：‘浩浩愁，茫茫劫。短歌終，明月缺。鬱鬱佳城，中有碧血。血亦有時盡，碧亦有時滅，一縷香魂無斷絶。是耶，非耶？化爲蝴蝶。’銘後有七絶一首云：‘飄零風雨可憐生，香夢迷離緑滿汀。落盡夭桃又穠李，不堪重讀瘞花銘。’詩後還有跋云：‘金台始隗，登庸競技，十年毷氉，心有餘灰。葬筆埋文，托之靈禽，寄之芳草。幽憂侘傺，正不必起重泉而問之。’詞句纏綿悱惻，撲朔迷離，與傳説的故事一配合，真是可以寫成傳奇了。我當年第一次站在塚前，讀銘讀詩，以爲墳堆下真有‘碧血’，於是想到唐朝的杜牧，想到法國的茶花女，一時大有《紅樓夢》‘黄土壟中，女兒薄命’的感慨。後來讀《越縵堂日記》，到同治三年十一月十六日那一條，才知道這是當時官御史的張盛藻造的，説是意在騙人或者太過，總是這樣來一下好玩罷了。放眼歷史，這樣來一下好玩的事很不少，西湖有蘇小小墓，虎丘有真娘墓，等等；擴大些説，唐人傳奇式的故事多半可以入此類。但我們無妨寬厚一點着想，天地不仁（無知覺），生涯多難，現實不可改而遐思不可消，能夠創造個想像的或説藝術的小世界，片時置身心於其中，得到淚與笑，不是慰情聊勝無嗎？”

上述五種記載比較集中地説了兩個問題：一是作塚者爲誰，二是塚中所葬爲何人何物。關於造塚者，魏秀仁没説，後四人都一致認爲是張盛藻，實際上是都認可李慈銘的説法。關於塚中所葬，一是認爲葬的是青樓女子，二是認爲葬的是文稿或諫草。筆者認爲所葬無論是青樓女子還是文稿或諫草，都能從側面證明這個香塚的確是與張盛藻有關聯。

試想，此碑立於這樣一個公共場所，而碑銘事涉青樓，身爲御史的張盛藻，他怎敢署名？怎能公然將其風流韻事昭之世人？可能正是出於這種顧忌，張盛藻在其詩集《笠杖集》中也未收録此作。還有一個原因是《笠杖集》較少收集早期的詩歌，在全部 270 首詩歌中，記録早期京城生活的只有兩首。但考查張盛藻的生活和《笠杖集》中的其他作品，仍能爲上述李慈銘等人的説法找到證據。

張盛藻 1837 年就進京爲官，一做就是三十年，但一直只是一個户部農曹的小官，後來在都察院做御史（諫官）整整十年，也不受重視，鬱鬱不得志。他多次在詩中流露這種情感。比如“卅載農曹心計拙，十年臺省步趨遲”（《丙子秋出守温州途次奉懷都門諸友人》）、“濫竽入農曹，浮湛壯志銷。洎厠南臺任，立馬愧金貂”（《壬辰春三月重游泮水自嘲》）、“明光初獻賦，厠名在農曹。輪鐵易銷磨，未積尺寸勞。荏苒三十載，馮唐鬢蕭騷。咸豐同治間，諫垣職濫叨。仗馬自不鳴，非無伯樂遭。未能振六翮，充此腹背毛”（《戊寅上巳六十自述》）。他的朋友“劍舞山中人”在爲他復刊王希廉的《石頭記評贊》的題詞中也説張盛藻“一朝諫草盡焚棄，摭拾稗史非荒唐”。從中我們可以感受到張盛藻當時失意落魄的心情。這些詩句能很自然地讓我們想到“金台始隗，登庸競技，十年毦毦，心有餘灰”這些句子。

而陶然亭在明清時期，一直是文人騷客、落第舉子、失意官員聚會賞景、飲酒賦詩的一個去處，張盛藻自然也不例外。他的詩集《笠杖集》中録有多首寫於此處的詩，比如《懷廠肆》：“京宦悔蹉跎，鬢髯漸欲皤。誚難書蠹免，債比酒錢多。鬧市幽居近，閒時緩步過。躭奇兼好古，歲月半消磨。”（《懷廠肆》）廠肆即北京琉璃廠書肆，離陶然亭很近。再比如《懷陶然亭》：“咫尺城南路，高臺俯緑汀。簾粘芳草碧，杯落遠山青。選勝招裙屐，懷香認篆銘。孤舟風雨夜，飛夢到江亭。”這首詩中不僅有“緑汀”、“碧”這些在“香塚”銘和詩中出現的詞，而且有“懷香”、“篆銘”這兩個很值得玩味推敲的詞，更明顯地佐證了葬青樓女子的説法。

懷香，猶偷香。晋代賈充之女竊香贈送韓壽，終成匹配之事（見南朝劉義慶《世説新語·惑溺》），後因用爲男女私下悦慕或私通之典。篆銘，用篆字所刻的銘文。銘文是指在金屬鑄器，如鼎、鐘等上以或突起或凹陷的形式鑄造或刻制的文字。張盛藻的最大愛好就是旅游和收藏。他曾寫過一首《厰肆得六朝銅鏡將寄置秦淮水閣媵之以詩》，其中就有句云："開奩勤拂試，古色認斒斕。"這裏的"斒斕"實際上就有可能是"篆銘"。古代銅鏡背面刻有篆銘是十分常見的。此處的"懷香認篆銘"顯然是指偷香時兩人在一起欣賞刻有篆銘的鼎、鐘、鏡之類的古玩的情景。這樣想來，陶然亭香塚碑上的兩個大字用篆體來刻也就再正常不過了。显然，"篆銘"在此亦可理解爲暗指這首用篆體寫的《香塚銘》。讀完張盛藻全部詩作就會發現他是一個憐香惜玉的情種。他的朋友沈鍠在《紅樓夢評贊序》中説"春陔侍御，嗜古如朐，愛香成癖"，可謂評點精准。他自己 50 歲時回憶自己年輕時的生活也説："自從車馬長安道，卅載羈宦成醜老。偶逢勝日事招尋，綺陌香塵夢草草。""香塵"就是喻指女子。大家不妨再讀讀他的《歲杪大雪縱飲懷歌者玉琳即呈竇田姻丈》："因憶錦堂讌，白髪酒其醺。賴有一雛伶，解語拇戰裹。技不挾笙簧，歌不諳宫徵。試問何所能，能勸客酒耳。壺來翁便醉，醻酌無窮已。謂天方大雪，門外問咫尺。咫尺亦不問，頽然吾醉矣。"特别是他的一首與《懷陶然亭》、《懷厰肆》寫於同一時間的《懷酒樓》，其中寫道："僚倒長安市（借指京城），貂裘酒可沽。拼將千日醉，到此一愁無。食品隨時具，花名（指妓女在妓院用的名字）任意呼。淺斟低唱處，回首夢模糊。"看來，他那時的確與一些歌妓有過來往。

我們再來看看《香塚銘》的用詞。"瘞花"一詞，令人不由自主想起林黛玉葬花焚稿。曹雪芹的《紅樓夢》成書於乾隆朝早期。所以"瘞花"句應該是深受《紅樓夢》的影響。而張盛藻正是一個對《紅樓夢》的傳播産生過重要影響的人物。《紅樓夢》問世之後，道光年間是清人評紅的高潮時期。這個時期，不僅評紅著作如雨後春筍般的湧現，而且形式多様，衆説紛紜。其中影響較大的紅學家有涂瀛、王希廉、張新之等人，特别是王希廉的“雙清仙館”評本，更是風靡一世，長期流傳，影響最大。初版在蘇州刊出後，各地重刻者極多，清末不少書坊又將其同姚燮、張新之、蝶薌仙史等人的評語合印，因此先後印行總計不下三十餘種。王希廉被人們視爲是清代紅學評點三大家之一。但一般人不知的是，王希廉的《石頭記論贊》等書，道光壬寅年初版，咸豐毁於兵燹，是張盛藻在同治時從琉璃廠中發現將其復刊，才得以繼續流傳。他對《紅樓夢》的評價，即使今天看來仍然很有見地：“《石頭記》一書，描寫閨閣兒女，意態如生。園亭房閣，器用服飾，歷歷如繪。覽之如聞其聲，如見其人，是爲説部極詣。洞庭王雪香孝廉評論之，讚歎之，而書中人之性情心跡畢露，家道興衰之感寓之矣。”（張盛藻《石頭記論贊》後跋）雖然“瘞花銘”典出庾信，但由於該作品久已失傳，因此在《紅樓夢》問世之前，文人引用並不多見。不過張盛藻倒是有可能熟知的，因爲庾信年輕的時候隨父親庾肩吾在張盛藻的家鄉枝江（百里洲）住過很長時間，他讀書的地方一直被稱爲“庾臺總”，解放初期仍叫庾臺鄉，而張盛藻對家鄉的歷史和文化是相當熟悉的。

如前所述，《香塚銘》中原是用的“香痕”，而不是“香魂”。在一般人看來，“香魂”比“香痕”似乎更具表現力，但張盛藻不知爲何在寫作時特愛用“痕”，在此略舉幾例：“去年人不見，棖觸淚痕清”、“旅壁忽驚詩筆健，墨痕尚是故人留”、“何當躡屐凌千仞，九點煙痕落眼中”、“峭壁雨留屋漏痕，長松霜落折釵股”、“且欣宿霧都消盡，沙岸漲添昨日痕”、“新漲水痕因久雨，微涼天氣近中秋”，等等。

還有張盛藻爲清代豔書《白門新柳記》作的題詞，也很能説明問題。這是一本介紹太平天國滅亡後活動於南京的一些名妓的書，書中所收妓女有數十人，各自單獨成篇，詳細描寫這些名妓們的籍貫、相貌、特長、才藝和風月故事。作者許豫出版該書時特請張盛藻題詞，説明張盛藻與書中所寫的人物是熟悉的。可能同樣是因爲有所顧忌，所題之詞也未收进他的詩集《笠杖集》。我們在這首題詞中再次看到了“痕”字：“風前嫋娜爲誰容，淡掃眉痕翠未濃，六代繁華消歇盡，飛花飛……”張盛藻與風塵女子多有來往，寫作偏愛“痕”字等再次得到了證明。

還有“綠汀”、“碧”等“香塚”銘和詩中出現的字詞，我們也能很輕易地從《懷陶然亭》詩中找到。下面大家再看看張盛藻的另一首悼亡之詩《青龍山謁先嚴墓》：“瞻謁松楸意愴然，佳城鬱鬱俯江天。群山擁座雙泉合，遠岫列屏一塕懸。美蔭惟期垂百世，怡顔不見倏三年。沙洲仗策成孤往，歸卧輕舟月照舷。”“鬱鬱佳城”與“佳城鬱鬱”何其相似乃爾！

張盛藻詩歌還有兩個明顯的特點，也能在《香塚銘》和詩中找到影子。一是他喜用疊詞，比如：“鬱鬱盤山松，皎皎西山雪。瀰瀰玉泉水，皓皓天街月。”詩中用疊詞的句子比比皆是。二是他寫詩較爲自由，不太願意受詩律詞譜的限制。興之所至，長短不拘；有時一詩一韻，有時一句一韻，如他所作的《橐筆》，詩云：“少小習書史，嗜好性命託。磨彼鐵硯堅，弄此柔翰弱。一官羈春明，蹤跡殊落拓。筆乎，爾既不能修巍巍五鳳之樓，又不能折岳岳五鹿之角。胡爲乎蹉跎韶光，苦自束縛。吾爲爾羞，請君入橐。家有古鐘彝，荒齋亦不惡。與爾歸故鄉，空山尋蝯鶴。行藏我與爾，筆耕樂其樂。”這顯然是作者率性而爲的自創體。

綜上所述，陶然亭上《香塚銘》雖然没有作者署名，雖然後世説法衆多，但目前的證據足以證明的確是張盛藻所寫，其他説法，包括天嘏的《滿清外史》的“容妃説”均是附會。限於篇幅，在此不一一論述。

張盛藻題詞、刊刻的古書

周德富

一、志人小説——《白門新柳記》

清末文人許豫所編《白門新柳記》，出版於同治十一年（1872年）左右。“新柳”，就是指太平天國滅亡後活動於南京的一些名妓，書中一共收録有數十人之多。書中以當時的秦淮名妓爲題，詳細描寫了這些名妓們的籍貫、相貌、特長、才藝和風月故事。作者許豫自認："金迷紙醉，不知天上之浮雲；粉碎珠啼，且喝酒邊之倒月。曲中擫笛，答寥雁之吟；畫裏堆蓬，趁閑鷗之話。"《白門新柳記》在清代末年曾被列爲禁書，今已十分少見。該書可補南京晚清曲藝外史的不足，是重要的戲曲史料。

尹氏松竹草堂校刻的《白門新柳記》，全一册，首爲上元盧崟、海陽許豫兩序，次爲方俊、張盛藻、薛時雨、王鶴齡、趙熙文、丁恩誥、陳兆熙、辛小玫、釋淡然等題詞。主體分《新柳記》、《新柳補記》、《衰柳附記》三卷，末爲《北曲》、《葉兒樂府》兩篇。除封面封底而外，總61頁，以綿四紙刷印，與今32開本相當。書中記金陵名妓"大文寶"等29人，補記"妙紅"等8人，附記"湯小聰"等5人，另曲師1人。

關於此書作者，近來有學者研究發現"海陽許豫養和編"、"同裏楊亨曉嵐校"是假託他人之名，真正的作者是薛時雨，此人正是張盛藻的朋友。張盛藻有多首詩歌寫到了與他的交往（見張盛藻《笠杖集》）。考鄒弢《三借廬筆談》卷九"白門新柳"條，可知是書爲全椒薛時雨撰，條云："金陵自遭髮逆之變，南朝金粉一洗而空。經曾文正（曾國藩）公克復城垣，栽培花柳，於是桃葉、秦淮管弦又沸。全椒薛慰農（按：慰農，時雨字）先生曾著《白門新柳記》秦淮豔品兩册，時李宗羲制軍督兩江，素以道學自呼，見此書即毁板禁之。今雖有重刊本，已藉他人名矣。"鄒弢與時雨同時，所言必有所據。

另，《官場與詞場互争》記載：薛慰農太守時雨掌教金陵書院，偶作《白門新柳記》，述秦淮之近事，續舊院之叢談，蓋亦《畫舫録》、《板橋記》之例也。風流韻事，本無關政要。時議禁樂籍，當事爲李雨亭，以此書爲禍魁，爰劈其板，且於書院扃試之時，各致譏彈，一則曰《勸農詞》，一則曰《喜雨亭記》，於是反唇不相下。白門士人撰有楹聯以記之，其聯曰："《喜雨亭記》、《勸農夫詞》，官場與詞場，互肆譏評果誰是；絳帳生徒，白門楊柳，風流本儒雅，偶然游戲亦何妨。"（百一居士《壺天録》）

張盛藻爲《白門新柳記》所題之詞爲：

風前嫋娜爲誰容，淡掃眉痕翠未濃，六代繁華銷歇盡，飛花飛。”署名“沱江張盛藻春陔”。

二、傳奇戲曲——《梅花夢》

魯迅《中國小説史略》曾重點提過此書，魯迅後來還在給臺静農的信中提到此書：“年來伏處牖下，於小説史事，已不經意，故遂毫無新得。上月得石印傳奇《梅花夢》一部兩本，爲毗陵陳森所作，此人亦即作《品花寶鑒》者，《小説史略》誤作‘陳森書’，衍一‘書’字，希講授時改正。”《梅花夢傳奇》的著者陳森，在中國小説史上頗有聲名，他的《品花寶鑒》一書始開近代狹邪小説之先河。但《梅花夢傳奇》，只是陳森的一個稿本，並未刊行於世。這個稿本的發現者就是張盛藻。稿本首頁有張盛藻的題字：“此《梅花夢傳奇》稿本，道光四年間，京朝諸名公有題詠，未見行世。同治三年，予得於書肆，棄藏久之。今爲光緒十二年，里中無事，再覽一過，他日當付梓也。春陔記。”稿本近末頁處有張盛藻的跋：“同治三年冬十二月廿一日，從琉璃廠肆破書攤上得此，攜歸，擁爐挑燈，快讀一過，麗情綺思，奔赴筆端，如泉湧花發，以此傳奇，此奇可傳矣。春陔張盛藻記。”今國家圖書館有石印本《梅花夢》，此書爲陳森手稿之影本，據《聊齋志異》事而編寫，爲清道光抄本，八行行字不等無格。有清吴企寬、莊縉度、劉沅、孫昭、冒廣生、鄧裕厘、莊蘊寬等題詩，魏惪音題詞，張盛藻跋。是書爲珍貴的戲曲文獻。

與張盛藻交往的重要人物一覽表

姓名	籍貫	身份、官職	主要成就和影響	生平簡介及張盛藻的相關詩作	其他
潘季玉（潘曾瑋）	江蘇	布政使、江南士林盟主	校讎刊印《儒林外史》	《游蘇將歸謝潘季玉世丈惠花露》	潘祖蔭的叔叔
毛鴻賓	山東曆城	湖南巡撫	曾上疏推薦左宗棠	《洞庭舟次寄懷長沙諸友人兼呈中丞毛夫子》	與曾國藩是同榜進士，相知甚深
范鶴生	湖北武漢	内閣中書、太子侍讀	張之洞的房師	《丙寅上巳，再游極樂寺，訪畏吾村，同范鶴生、黄翔雲、唐萩農諸同人作》	是較早賞識楊守敬的人
黄翔雲	湖北蘄春	著名的經學家、文學家、書法家		《丙寅上巳，再游極樂寺，訪畏吾村，同范鶴生、黄翔雲、唐萩農諸同人作》	國學大師黄侃之父
唐樹森	湖南善化	貴州按察使		《丙寅上巳，再游極樂寺，訪畏吾村，同范鶴生、黄翔雲、唐萩農諸同人作》	
勒方錡	江西南昌	詞人、書法家，江蘇、福建和貴州巡撫，官至河東河道總督		《無錫就醫，遂至姑蘇赴少仲同年之約》、《重游金陵别諸友人兼柬少仲方伯慰農山長》	

续表

姓名	籍貫	身份、官職	主要成就和影響	生平簡介及張盛藻的相關詩作	其他
王鼎丞（王定安）	宜昌東湖縣（今宜昌市夷陵區）	任曾國藩幕僚達20年之久	撰寫《湘軍記》等書，爲曾國藩所稱道	《鼎丞刺史手録所作百韻詩數首見示，既和予虎邱詩，又疊韻爲游木瀆詩，更索予和，再接再厲如追窮寇，意在乘人於險甫，自虎阜歸，解衣欲寢，走筆答之，不甘爲城下之盟耳》	黄侃的岳父
張嘯山（張文虎）	上海	曾館金山錢氏三十年	曾三次赴杭州文瀾閣，縱觀《四庫全書》，手自校讎	《坡公生日大雪，張君嘯山、唐君端甫邀同人集飛霞閣置酒爲壽，兼送琴西廉訪同年入覲，和琴西去年壁間韻》	與曾國藩曾國荃以及歷任兩江總督李鴻章、馬新貽等人都有聯繫
薛時雨（薛慰農）	安徽全椒	李鴻章淮軍佐幕，爲左宗棠薦補杭州知府，後署糧儲道，代行布政、按察兩司事	歷主杭州崇文書院、江寧尊經書院、惜陰書院凡二十年，一時吴下文人，多其弟子	《六月六日，游元武湖看荷花，次慰農山長前年壁間韻》、《重游金山訪舊石偕薛慰農作》、《東坡生日，李佛笙招集同人齋中薦芷，唐端夫詩先成，即和其韻》	蘇州滄浪亭五百名賢祠中有他篆書對聯："千百年名世同堂，俎豆馨香，因果不從羅漢證；廿四史先賢合傳，文章事業，英靈端自讓王開。"
沈　鍠（笠湖）	江蘇南通	户部候選主事、欽揀東河補山東兖州府運河同知、特用知府、鹽運使銜即補道，誥授中議大夫	《紅樓夢》傳播的功臣	《重陽日偕笠湖兄、季唐弟游莫愁湖，登勝棋樓，晚游樸園，遂至酒肆買醉而歸》	屢主紫琅、馬洲、麗正諸書院，學者仰之、弟子日益進尋

续表

姓名	籍貫	身份、官職	主要成就和影響	生平簡介及張盛藻的相關詩作	其他
曾國藩	湖南雙峯	晚清重臣，湘軍的創立者和統帥者。清朝軍事家、理學家、政治家、書法家，文學家，晚清散文“湘鄉派”創立人。官至兩江總督、直隸總督、武英殿大學士，封一等毅勇侯，謚曰“文正”	組建了金陵書局，刊刻了《唐人萬首絶句選》、《楚辭》，以及《白喉治法》、《蠶桑輯要》等普通讀物和醫學、農學方面的書籍	《曾文正公生日，同人集飛霞閣爲壽，即送嘯山學博歸吴淞》、《元武湖湖心亭題曾文正公遺像》	張盛藻自述“曾文正在安慶時即已延聘（聘請），爲文字之交”，“主金陵書局纂修者十年，予近始廁名其中”。曾贈張盛藻“樹立甚宏達；結交多老蒼”楹聯
張世準	湖南沅陵	晚清著名畫家	世準擅長畫梅，寓居北京時，與周少伯白棠齊名	《春明齋中坐雨得叔平比部種竹志喜詩，欣然賦答，用坡公醉中畫竹詩韻》	與張之洞有交往，卒於武昌
周棠（少白）	浙江紹興	晚清著名畫家	張之萬稱之爲“清代畫石第一”	《疊前韻答雙魚罌主人兼示少白先生》	朝鮮使者每乞其畫歸
符翕	湖南清泉		精金石鑒賞，工詩書畫，摩崖題壁甚多	《與符子琴述湘中舊游即題其芋園清讌圖》	書震滬廣兩湖，摹印直追漢人，幾欲並肩丁黄
李星沅	湖南湘陰	兵部尚書、陝西巡撫、陝甘總督、江蘇巡撫、雲貴總督、雲南巡撫、兩江總督等職	參與禁煙與鴉片戰争抗英，並有文才，時號位湖南“以經濟而兼文章”三君子之一	《與符子琴述湘中舊游即題其芋園清讌圖》	其私宅芋園爲長沙古城少有的幾大私家花園之一

续表

姓名	籍貫	身份、官職	主要成就和影響	生平簡介及張盛藻的相關詩作	其他
郭鍾岳（外峯）	江蘇揚州	温州海防同知	是温州文化名人，繪有温州現今留下的唯一一張立體的全域圖	《宿館頭對月同郭外峯司馬作》	與張盛藻及其子張克萃合著《三雁紀游》
梅啓照	江西南昌	江寧布政使、浙江巡撫。與其三哥梅啓熙同爲晚清進士，弟先哥後，謂之“一門兩進士”	中國近代洋務派著名人物，清末名臣，與曾國藩、左宗棠、李鴻章等同列爲清末同光十八名臣	《伏波海舶中和中丞梅公甌江閱武之作》	英法聯軍入侵其間，梅啓照赴天津換約，仔細核查條約内容，對其中不實之辭一一予以駁回
馬小眉	浙江海寧	著名藏書家		《寒夜攜子克萃偕楊子讓、馬小眉兩先生步月由署前冰壺橋泛小舟至小西湖而歸，用坡公〈泛潁〉韻》	劉鶚《抱殘守缺齋·乙巳日記》中曾提及他
温忠翰	山西太谷	湖北按察使、温州處州道道臺		《題温味秋觀察使湘紀游圖》、《又題秋味觀察且園四景圖(集太白句)》	清朝聘請、使用律師始自温忠翰
戴鼇峯	浙江嘉善	温州府教授、書法家	著有《東甌金石志》	《坡公生日偕戴鼇峯、玉生、喬梓、郭外峯司馬、石渠閣廣文出城至宜園看梅，小憩巽山，子克萃侍行，晚歸醉飲兼以志别》	

续表

姓名	籍貫	身份、官職	主要成就和影響	生平簡介及張盛藻的相關詩作	其他
戴玉生	浙江嘉善		著有《甌江竹枝詞》	同上	戴鼇峯子
孫衣言（琴西）	浙江瑞安	近代文化名家，太僕寺卿	孫衣言特别注意有關温州地方文獻的搜集整理	《坡公生日大雪，張君嘯山、唐君端甫邀同人集飛霞閣置酒爲壽，兼送琴西廉訪同年入覲，和琴西去年壁間韻》	主講杭州紫陽書院
孫詒讓	浙江瑞安	我國近代著名的一代經師，一代國學大師，朴學家	被譽爲“有清三百年樸學之殿”，近代新教育的開創者之一	見張盛藻信劄	孫衣言子
孫鏘鳴	浙江瑞安	晚清永嘉學派核心成員		見張盛藻信劄及《南雁山紀游》	孫鏘鳴和孫衣言爲親兄弟，是李鴻章的房師
許雪門	湖南善化	嘉興府知府	浙江名宦，被當時輿論譽之爲近世少有的賢太守	《泊煙雨樓前調許雪門太守》	
張裕釗	武昌鄂州	被康有爲譽爲“千年以來無與比”的清代書法家	其書法獨闢蹊徑，融北碑南貼於一爐，創造了影響晚清書壇百年之久的“張體”	張裕釗有《張春陔侍御儀徵城中得異石甚佳，爲賦此篇》詩，見張盛藻《重游金山訪舊石，偕薛慰農作》	爲“曾門四弟子”之一，被曾國藩推許爲可期有成者

续表

姓名	籍貫	身份、官職	主要成就和影響	生平簡介及張盛藻的相關詩作	其他
方浚頤	安徽定遠	兩淮鹽運使	創辦淮南書局，開辦梅花、安定兩書院，主修《續揚州府志》	方浚頤寫有《張春陔盛藻侍御以其令子克萃舉選拔喜作〈駒犢行〉，次韻奉賀》，見張盛藻《久羈秣陵未能北上，聞萃兒選拔獲雋，喜後起之有人戲作〈駒犢行〉》	
熊文瀾	湖北松滋	歷署長安甘泉、咸陽安康諸縣	枝江丹陽書院多年，纂修《枝江縣志》	《古藤書屋賞菊同熊春帆、問亭、仲放、海嶠昆弟作》	林則徐的學生和部下
何青耜（兆瀛）	江蘇上元	兩廣鹽運使	爲“浙派”末期著名詞人之一	《題何青耜前輩白門歸櫂圖》	
王景彝	湖北江夏	永康、嘉善、江夏縣令		《述舊游和琳齋同年見憶之作》	
章價人（壽麟）	浙江善化	湘軍將領，官滁州知州、泰州知州		《同治壬申三月，客金陵得章價人司馬所遺滁州石刻，坡翁書殘碑百字置之篋中，無暇料理，光緒壬午歸里，迄今壬辰又逾十稔矣，雨窗清寂，因集成五言十韻詩，訂爲一册，以便臨池展閲》	是曾國藩因靖港敗役投水自殺時的救命之人

续表

姓名	籍貫	身份、官職	主要成就和影響	生平簡介及張盛藻的相關詩作	其他
張子青（之萬）	直隸南皮	河南巡撫，移督漕運，歷任江蘇巡撫、閩浙總督，官至東閣大學士	當時的仕壇盟主	《憶吴門八首》	張之洞兄
方鼎銳	江苏儀徵	军机处章京御史、温处道，歷官杭嘉湖寧紹台道，升兩浙鹽運使	有作品被收录於《清史列传》	《雁山題詠》等	方鼎锐与翁同龢等藏书家关系极为密切